北京文学

年度短篇小说精选

2017

北京文学月刊社/选编

光明日报出版社

前　言

　　文化读物正处在一个让人欢喜又让人忧的时代。

　　一方面，互联网时代和文化的多元，让读者置身于琳琅满目、应有尽有的文化大超市中；另一方面，当代社会生存压力日渐加大，生活节奏日益加快，八小时之外的有限时间，读者面临阅读选择的困难。如何在浩如烟海的网络信息和汗牛充栋的纸质图书中寻找到有价值的读物，以节省为数不多的业余时间，已成为读者面临的共同课题。

　　创刊于 1950 年的《北京文学》，迄今已走过了一个多甲子的光辉历程。50 年代，《北京文学》因发表新编历史剧《海瑞罢官》而引发了全社会的广泛关注。"文革"之后，《北京文学》佳作迭出：汪曾祺的《受戒》和《大淖纪事》，张洁的《爱是不能忘记的》和《从森林来的孩子》、邓友梅的《那五》、陈建功的《丹凤眼》和《飘逝的花头巾》、余华的《现实一种》、刘震云的《单位》、刘恒的《伏羲伏羲》和《贫嘴张大民的幸福生活》等等，均成为广受传播的文学名篇。新世纪以来，《北京文学》锐意改革，本着刊物为读者办、编辑为读者着想的宗旨，贴近生活，关注时代，直面现实，体味人生，不断推出文学的精品力作，作品被转载率和被关注度一直在全国文学期刊中名列前茅，受到了社会各界尤其是广大读者的广泛欢迎。

　　为了让广大读者在有限的时间里阅读到《北京文学》每年发表的精品力作，领略《北京文学》的神韵与作品精华，我们决定编辑出版《北京文学》年度作品精选系列图书。

　　这套年度作品精选共四册，荟萃了 2017 年度《北京文学》发表的中篇小说、短篇小说、报告文学和散文随笔精品。作者阵容强大，既有名声显赫的众多著名作家，也有一批锐气逼人的文学新秀；作品风格各异，题材多样,内容精彩纷呈,一定程度反映了《北京文学》"中国文学的精品阵地,社会焦点的文学视窗"的刊物特征,相信是广大读者值得一读的年度优秀文学选本。

　　以后,我们每年都将编辑出版类似的优秀作品年选。期待广大读者的关注、阅读,同时也期待广大读者的建设性批评与建议。

北京文学月刊社

2018 年 4 月

目　录

合租者

范小青

一个漂泊在外的人眼中几位性格各异的合租者,他们像走马灯一样将此作为人生驿站,短暂停留,匆匆赶路却又留下时隐时现、似曾相识的人生剪影。小说以白描手法呈现当代都市中众多漂泊者的面孔和人生况味,叙述从容,简约、机智、幽默,读后让人久久回味。

房东是一对老夫妇,蛮节俭的,他们自己住在旧陋的平房里,用攒了一辈子的钱买下一套两室的公寓,后来拿出来出租。

无疑,这是他们为自己的孩子准备的房子,可是他们的孩子不愿意在家乡生活,他在其他的某个地方,租房过日子。

后来我就从其他的某个地方来了。

房东对我还算满意,可能因为我和他们的孩子差不多,是一个生活在异乡的合租者。

当然,虽然我和他们的孩子差不多,可我不会指望他们把我当成他们的孩子,他们也没有这个打算,在和我谈租金的时候,一分没让。

他们很细心,列了一张长长的手写的清单,把屋里能够列上的物品全部都列上去了,甚至连一只烟灰缸也写在上面。也就是说,如果在我离开这里的时候,这个烟灰缸不在了,我得赔偿。

我欣然答应。

所以,你们也看得出来,房东能够接受我,主要还是因为我这个人人品不差,聪明伶俐、鉴貌辨色、见风使舵。

不过,这一切并不是我和房东直接面谈的,现在处处都有第三者,房屋中介包办了房东和房客之间的一切磋商和对话,包括房东对我比较满意,也是由他们转达的。

我并没有见过房东的面。

没必要。

中介小张穿着蓝色的工作服,胸前挂着工作证,像大公司的白领,其实他那个中介公司,也就是通常我们在路边看到的一间小屋两三个人的节奏,不过我并没有瞧不上他的意思,就我这样,还挑中介?我没那么任性。

我并不是房东的第一个租客,我进来的时候,两居室中的另一居已经有人住了,他手里也有一张相同的清单,也就是说,我们两个,得共同守护这些物品。

许多人都认为合租没什么好结果,可是我们这样的人,不合租难道还想独住么,或者难道还想有自己的房子么?那真是想多了。

无论会有什么样的结果,反正我是住下来了,也果然不出许多人所料,不多久,那个先于我进来的合租者就消失了,我都没来得及和他攀谈些什么内容,我只是偶尔知道了他的名字,是从中介那儿听来的,我们在合租屋里碰面的时候,我喊过他名字,他回头朝我看看,并没有否认,但也没有明确应答。有一天早晨我们抢卫生间的时候,我曾问他是哪里人,他说,口音听不出来吗?我真听不出来。所以我一直也不知道他是哪里人。又有一天我试探他说,看起来我们年纪差不多大吧。他笑了笑说,你照照镜子再说吧。

话语短暂而铿锵有力,是个男子汉的样子。

和他比起来,我就显得有点娘娘腔,问人家年龄家乡之类的,干什么呢,问得着吗?

你们可能猜错了,他走的时候,并没有顺走房东的任何东西,也没有顺走我的什么东西,更没有拖欠房费,所以他走得很正常。我之所以说他"消失",是因为他走之前没有跟我打招呼,但是,他跟我打得着吗?

据说有的合租者相处得很融洽,搞到最后像一家人了,搞到一张床上的也有;而另一些合租者,则正好相反,虽然天天见面,却等于对方不存在,或者是警惕性太高拒绝交流，或者是个性太各色不愿交往，也或者有其他什么原因；也还有少量的合租者，最后合出祸事来了，对于这种事情，我会设防的。

无论怎样，我的第一位合租者都没有来得及在我面前展示他的个性，他只给我留下了一个名字。

他走了以后，征得房东和中介同意，我搬进了他的房间，他那一间有阳台，敞亮多了，我把自己的笔记本电脑搁到桌上，正在调试的时候，桌上的座机电话忽然响了起来，把我吓了一跳。

我想不通啊，这台座机老旧老土了，推理起来应该是房东原先安装的，可是现在哪里还有人用座机，无论甲方乙方丙方，登记的都是手机，座机应该早就停机了，怎么会有人打通这个电话，一个落满灰尘的电话居然还真的会响起来？

我接起电话，果然那边有人，那边的人说，啊哈哈，黄瓜，你在家啊。我无法立刻解释我不是黄瓜我是谁，我还没想出来我该怎么回答他，他又抢着说，不说话？别装蒜了，黄瓜就是黄瓜，腌了你是酱黄瓜，煮熟了你是烂黄瓜，你装不成蒜。我暗想，在我面前"消失"了的那位租客也不姓黄呀，长得也不怎么像黄瓜，怎么会有个绰号叫黄瓜呢？我正思忖琢磨呢，那边的人又说了，喂，黄瓜，我呼你十几遍，你都不回我，咋啦，呼机坏啦？

这句话把我吓着了。

呼机是个什么东西，我没见过，但我还算有点知识，知道那是从前的用品，那时候好像还没有我呢吧。你们替我想想，我生来胆小，还娘娘腔，又敏感，这样的台词顿时令我想起那些悬疑片来，我看过一个叫《来访者》的，某人接到了一个来自过去的电话，而且是来自过去的自己打给现在的自己，编导们真是挖空心思想得出来，够骇人的。

我哆嗦了一下，提着小心脏问道，你、你从哪里打来？那边说，什么？你从什么？什么意思？我再小心试探说，你、你是在从前吗？对方骂人了，你不是黄瓜，你谁呀？我告诉你，我不姓再，天下有姓再的人吗？你神经病。

挂了电话后,我胆战心惊了一会儿,鼓起勇气再去抓话筒,我可以给自己的手机拨一个,如果拨通了,说明这个座机并没有废弃,为了证明自己的听力没有问题,我特意咳嗽了一声,清清耳朵,话筒里顿时传来畅通的长音,犹如音乐般悦耳动听,我的手机也很给面子,同步响出了另一个动听的旋律。

座机电话是可用的,这让我怦怦乱跳的小心脏稍稍恢复了一点正常,既然能用,那这个"黄瓜"也许是我的前前住户呢,或者是前前前前呢?

反正现在一切都快,租房的人动作快,换房的人动作也不慢。

我把这个座机电话的事放下了,反正我也不会去使用它,现在的人一般都不愿意接陌生电话,尤其不接座机电话,防骗防诈防朋友。

现在合租房真的好租,没过几天,另一间屋的新租客已经到位。那天由中介领着进来,新租客和我客气地握了握手,说,我姓黄。

我差点以为他就是那个"黄瓜",当然我很快知道自己把时间顺序搞错了,我更没有把"黄瓜"的事情跟他说,我们没那么熟,今后会不会熟起来,我不知道。

有一次我下班回来,发现姓黄的合租者居然在我的房间里使用那个座机电话,看到我回来,他并没有慌张,也不解释什么。我肯定有点不爽,我说,咦,你怎么到我房间来了? 他无所谓地笑笑说,我打电话呀。我说那你是怎么进来的? 他仍然很无所谓,说,我就是这么进来的,哦,我是走进来的。

可我的房门是锁着的,难道他居然——我有点来气了,你撬了我的锁?

他见我有点发急,笑呵呵地说,没有没有,不是撬锁,你这个锁,根本就不用撬的——他指了指我的门,仍然笑道,你上当了,这种门锁,早就 OUT 了,用根铅丝拨一下就开了,锁了等于没锁。

我晕。

他真是满不在乎,他还希望我不要在乎,所以又跟我说,哎,你别以为门锁了别人就进不来,开锁其实并不复杂,很多事情也一样,别想那么复杂,本来很简单。

我气不过说，你经常简简单单开别人的锁吗？

他听不出我在生气，还笑着说，那倒也没有，不需要，也没那么多的机会，不过合租的人，那无所谓的，本来算是一家人嘛，甚至就像是一个人嘛。

我反而被噎住了，他都这么无所谓，我能跟他计较吗？但是我心不甘呀，锁着的门被人弄开了，人还不当回事，换了你，你试试，你有那么无所谓吗？我可没有，我小心眼儿，虽然我也想和合租者搞好关系，但是他这样随意进入我的房间，如入无人之境，也太把自己当自己人了，所以我抵着他说，你手机欠费了吗？

他的手机就在他手里，他扬了扬手机，又耸了耸肩，轻松地说，没有呀，我手机有钱，我妈会及时帮我充值的。

听他这么说，我心里一动，想起我妈来了，可不等我说什么，他又抢先说了，你可别觉得我妈那么好，她给我充了值，就打我的电话，我嫌她烦，她就可以批评我了，说，钱都是我给你充的，你接我个电话那么不耐烦。

哎哟喂，简直和我同一个妈。

但还是不对呀，他既然有手机，又不欠费，干吗要弄了我的门锁进来打座机电话？除非他想给对方一个措手不及，也许对方一直在躲他的电话，不接他的电话，他用一个陌生电话去唬人家，或者⋯⋯

我正在往下想，他却已经看穿了我的思虑，笑道，你想多了，我就是好久没用过座机电话，觉得挺好玩，我过来打一打。

我强调说，可是，座机在我房间里呀。

他完全不在意我的强调的口气，坦然说，所以嘛，所以我到你房间来打嘛。

这算是什么对话嘛，我完全败在下风。

不管怎么说，我觉得这个新合租者是有些问题的，我必须得搞搞清楚，我先给中介打电话，结果发现中介的电话停机，我又打房东电话，房东电话也停机。我来气呀，我还慌了，我这是遭遇什么了，这是世界末日的节奏，还是我没吃药的节奏，或者，整个世界都没吃药，于是到了末日？

慌乱之中我才想起我去过中介那个门店，我顶着发麻的头皮，撒腿直奔到中介公司那小破屋,还好,一切都还在,我劈头就问,你什么中介,留的都是打不通的电话?你的、房东的,统统不对。

那中介小张朝我的手机看了看,说,怎么不对呢?

我理直气壮地扬着我的手机,说,停机。

那小张小瞧我一眼,轻描淡写说,是不是你自己的手机欠费了哦。

怎就不是呢,瞧我这脸丢的。

再瞧我这小破胆子,我是被那个座机电话吓的,人一吓着了,心思就哆嗦了,连自己手机欠费停机都不知道。我赶紧充费,充上了费,我终于可以打电话了,可我该打谁的电话呢,我要打电话干什么呢?

我忘了。

晚上回到出租屋,我的合租者紧跟着我就进了我的屋,说,我总算看出来了,你不喜欢你不在的时候我到你屋里来,我是特意等你回来再进来的哦。我说,你又要用座机打电话吗?他说,不是打电话,是等电话,我给人家留下这个座机电话,可能等一会儿会有电话进来。

我说,那你是要在我的房间安营扎寨了。

他说,你蛮会用成语的。

还成语呢,我简直无语。

他又说,我看得出来,你很想知道我的事情,我可以告诉你,没什么需要保密的,我朋友都说我,不光有颗透明的心,我甚至还是个透明人。

我终于找着机会喷他说,可惜了,我是个瞎眼人。他惊讶地朝我的眼睛看了又看,说,不会吧,你两个眼睛这么亮,怎么会是盲人,难道这就是人家常说的那种睁眼瞎子?可是,可也不对呀,我看你进进出出十分顺溜,就像眼睛没瞎的人一样呀。

这家伙,真能扯,我服了他,我甘拜下风,我说,如果你要经常使用这个座机电话,不如我和你换房间好了,本来我刚进来的时候,就是住的你现在那一间,后来前面那个合租人走了,我看到这一间有阳台,就搬过来,以为占便宜了。

他赶紧说,不用不用,便宜还是让你占的好,我这个人从来就没有占便宜的命。

也就是说，他还得继续随意进出我的房间，随意使用座机电话。

好吧，随意就随意吧，反正我也没有什么秘密，我既不贩毒，也不贩人，我房间里既无赃物，也无贵物，我就放松一点随他去，他爱咋的咋的。

心情一放松，我就有了游戏心态，我看他认真等待来电的样子，我调侃他说，你不会是在等周小丽的电话吧？

说实在的，虽然周小丽背叛了我，丢弃我走了，但是提到她的名字，我心里还是有点受伤的，我拿自己的前女友调侃合租者，我承认我有点不厚道，可是他并不知道周小丽是我的前女友，这不厚道也就不存在。

可结果却大大出乎我的意料，他一听我说出周小丽的名字，顿时蒙了，张着嘴差一点就流下口水来了，他蒙了半天，才回了点神，眼睛死死盯着我，说，你是谁？你怎么知道周小丽？你认得她？她现在哪里？她为什么不理我？

我没想到他认得周小丽，而且他竟然也是被周小丽抛弃的，难道周小丽竟是他的女友或前女友，或者，我的前女友周小丽投到他的怀抱里去了然后又离开了？

有意思。

我兴致一起，干脆吓唬他一下，我说，嘿嘿，我不就是你么，我怎么会不知道自己在等谁的电话呢？

他那死鱼样的眼睛定住了。

过了一天，我没有看见他，又过了一两天，我回家的时候，看到他平时一直敞开的房门紧闭着，但是听得见里边有动静，说明他在房间里呢。过了好一会儿，他才开门走出来，我从自己屋里探出头来朝他一看，吓了一大跳，竟然不是他，是另一个人，他朝我点头微笑，说，你好。

这回轮到我蒙了，我以为他换了脸，吓得说不出话来了。

他可能误会了，以为我看到他害怕，赶紧说，你怎么啦，你没有和人合租过吗？我以前一直和人合租的，也没见过你这样胆小的，再说了，你怕我干什么，我是一个男的，你也是一个男的，你看起来也不比我瘦弱，你怕我能把你怎么啦?

原来是新来的合租者。

那个打座机电话的合租者呢,难道被我那天的话吓走了?

难道他的女友真和我前女友同名同姓?

什么鬼。

新来合租者的手机响了,他小心地看了一眼,注意到我在观察他,他赶紧竖起手指朝我"嘘"了一声。

搞什么搞,他根本就没有接通手机,手机那一头的人不会听见的,嘘什么嘘呢?

我调侃他说,你这么慌,看来是追债的打来的电话啰。

他说,是。

高利贷?

是。

多少?

算不清。

这家伙死定了,连本带利算都算不清了。

他死定了,我也怕怕,我向来敏感多疑小心眼儿,担心追债的追到门上,把我误以为是他给砍了。

我赶紧找了张纸,写上自己的名字,贴在自己的房门上。

他一看,笑了起来,说,你误会了,不是你们平时理解的那种放高利贷的,是另一种意义的高利贷。

我不懂,说,什么意义?

唉,他叹息一声,就是我爸我妈,他们说,养大我,就是放债给我,现在逼我结婚,结婚就是还债啰。

哎哟喂,他又和我同父同母了。

为了防止父母追上门来,我们互换了名字,贴在自己的门上,以混淆是非。

没过多久,那人的爸妈果然追来了,好像在儿子身上装了定位器似的准确，"轰"进门来一看，是我，他们有些发愣。

我说，爸、妈，我胆小，你们干吗这么看着我？趁他们没喘过气来，我又说，爸、妈，我记性不好，我是你们的儿子吗？

他们回过神来了，一起狠狠地"呸"了我一口。

其实都差不多啦，干吗要有那么大的分别心嘛。

那爸说，同名同姓？

那妈说，难道我们追踪错了？

两个嘀嘀咕咕走了。

过了一会儿，天下雨了，我关窗的时候顺便朝楼下看了一眼，发现那爸妈并没有离去，他们守在楼下呢。

他们没有上我们的当。

我知道我的合租者完蛋了。

他果然就一直没再来，不知道是被父母逮回去了，还是知道父母守着没敢再回来。我也懒得去问中介，就算我问了，中介也懒得告诉我。

房间是不会空着的，过几天又来了一个，反正我也习惯了，谁来都无所谓。这一个跟我搭讪说，我只租三个月，因为我可能很快就要被炒鱿鱼。

我听到"鱿鱼"两字，小心脏立刻"扑通"了一下，这时候我的手机响了，我同事透露消息给我，说公司近期又要裁员了，我们这一拨合同工恐怕都难逃厄运。我这时候忽然对自己起了疑心，难道谁在我的心脏里安了一个坏事预报器。

他住了三个月，走了。

接着又来的一个合租者，那天他进来时，我一眼看到他穿的那件衣服我好眼熟，不过我没有去追究这个事情，因为无论如何也不可能是他偷了我的衣服。一直等他又搬走之后，我才想起来，那衣服是从前周小丽和我好的时候，她买了送给我的。

就这样，在不长的时间里，我的合租者走马灯似的换了好几轮，后来我掐指一算，我住了有一年多了，算是个长住户了。现在中介对我也刮目相看了，我是有信誉的，也是有实力的，不像我的那些合租者，十分不靠谱。

这一天，又来了一个新的合租者，我看看他，感觉十分面熟，想了一想，我竟然想起来了，我说，怎么会是你，你是周一见。这新合租者说，谁？你说我是谁？周一见？你凭什么说我是周一见？

我说，咦，你难道忘了，你原来住过这里，我进来的时候，你住的是我现在住的这一间，带阳台的。你走后，我换过来住你这一间的，现在你又回来了，你记不得了？

他立刻摇头说，不是我记不得，是你搞错了，我以前根本就没有来过这个城市，这是我头一次来，刚刚找到工作，刚刚租了这个合租房，都是第一次。

我不能接受他的说法，我说，那我怎么看你这么面熟，那么周一见是谁？当初他离开的时候，留给我这个名字。

他奇怪地朝我看看，说，我倒是有话想说说，你不会介意吧？

我愣了一愣，我介意什么？

他说，你是周一见。

我说，你怎么知道？

他说，是中介告诉我的，他说我的合租者叫周一见，所以，你才是周一见。

我这才清醒过来，难怪我会觉得周一见这个名字这么熟悉，原来和我同名，或者，不是同名，是同人？他当初留下的那个名字，就是我的名字？或者说，他当初留下的那个人，就是我？

新合租者看了看时间说，晚上回来我们再聊吧，现在我得去上班了，我上班的地方挺远的，我得先坐……

我接过去说，先坐55路公交车，坐五站下车，再乘坐地铁四号线，再转三号线，坐……

他十分惊讶地打断了我，说，你怎么知道得这么清楚，难道你也在那里上班吗？

我说，是呀，我一直就在那里上班。

作者简介

范小青，女，江苏作协主席，中国作协全委会委员。1980 年开始发表文学作品，先后出版发表《裤裆巷风流记》《老岸》等长篇小说 11 部，并有文字被译成英、日文介绍到国外。创作《费家有女》《新江山美人》等电视连续剧百余集，创作字数达 1000 万字。短篇小说《城乡简史》获得第四届鲁迅文学奖。

五子棋

张玉清

一男一女两个人,在办公室模仿电脑游戏中的程序下五子棋,输了的一方就脱掉一件衣服。当最后一局结束,当游戏与人生合体,那件人性的底裤还在吗?

一

小姚说:"咱俩下盘五子棋呀?"

"不下。"我说,"我不会下五子棋。"

"我可以教你。"小姚说,她一边等待我回答,一边"嗒嗒"地没什么目标地点击鼠标。我望着她点击鼠标的手,这是一只白净丰润的手,皮肤细腻造型柔和。

"那也不行。"我说,"在办公室里下棋,让主任看见还了得?"我们的机关制度很严格,上班时可以吃茶、看报纸、聊天,但不许干别的,看书只许看"文件汇编",看杂志看小说不行,下棋打牌织毛衣就更不行了。

小姚说:"没事儿,我们不用棋盘棋子,用电脑下,主任进来鼠标一点关掉窗口就行了。"

我一听,这个方法可行,就赞成了小姚的提议,悄悄说了声:"好。"

我和小姚每人的办公桌上都有一台电脑,我们把电脑联上机,便开始从网上下载五子棋软件,几分钟后把软件在我们的电脑上安装好,就可以一起下棋了。

这是一个很好玩的软件,当我们打开程序进入界面,上面就有了两个漂亮的小人,一个穿西装,一个穿裙子。你当然应该明白这两个小人分别代表着交战双方的形象,我就是那个穿西装的男小人,小姚就是那个穿裙子的女小人。

下棋开始,画面效果相当逼真,穿西装男小人和穿裙子女小人分坐棋盘两边,表情沉思专注,就像真的下棋一样。当我移动鼠标时,画面上的男小人就举起手臂拈起一枚棋子,随我鼠标的引领把棋子下在我指定的位置;当小姚移动鼠标时,画面上的女小人就举起手臂拈起一枚棋子,随小姚鼠标的引领把棋子下在小姚指定的位置。你果断它也果断,你迟疑它也迟疑,一切就跟真的一样,除了表情呆板一点,它们还会眨眼睛,眼睛眨动的频率跟真人眨动眼睛的频率差不多。女小人移动身体时,裙子上的衣纹也随着动作而变化。

这样的软件真是独具匠心的设计,我兴趣大增,只用 5 分钟就学会了下五子棋,这不是因为我聪明,而是五子棋的规则太简单,黑白双方,哪方先把自己的子连成五颗一线,哪方就胜出。有些看上去简单的事物其实很复杂,有些看上去复杂的事物其实很简单;我们有时候把简单的事物弄得很复杂,有时候又把复杂的事物弄得很简单。五子棋规则简单,却奥妙无穷,几分钟后,我落入了小姚设下的陷阱,输了。电脑显示:男方输!

我说:"我输了。"

但接下来的画面让我们大出意外,只见电脑上"输"字一出,那上面的男小人就伏下身去,四肢着地,抬头仰脸,作动物状,而那女小人则站起身,轻盈地上前,牵起了男小人脖子上的领带,在地上遛了一圈,就像牵狗一样,高视阔步地沿着棋盘转悠。那男小人驯服如宠物,心甘情愿沿着棋盘爬。转完一圈,两人回归原始位置,恢复原状,预备进行下一盘。

嘿!这叫什么玩意儿!我窘迫万分,小姚却拍手称快,兴奋不已,好像真的牵着我遛了一圈,占了莫大的便宜似的。

我受了侮辱,拒绝再下第二盘,可小姚哪里肯依,"不行不行,再玩再玩!"

第二盘我又输了,这一次女小人牵着男小人遛了两圈。

第三盘我又输,女小人牵男小人遛了三圈。

他妈的，原来里面的男人输几盘就被女人牵着遛几圈！

在接下来的日子里，我和小姚都迷上了五子棋，只要一到单位，我们就下五子棋，我们一边喝着茶水一边交战，连每天读报的习惯也废了。我们乐此不疲。

不过说"乐此不疲"不甚确切，只有小姚乐此不疲，而我则是苦此不疲，因为每一盘都是小姚获胜，都是女小人牵着男小人遛圈，每次小姚都因对我进行了精神上的侮辱而乐不可支。而我则为了洗刷耻辱，更为急切地要进行下一盘。

然而下一盘还是我输，我从来没赢过。

"我上大学时是学校的五子棋高手。"有一天小姚终于承认说。

但我没有因此而畏缩，而是更激发了我的斗志，我立志一定要赢小姚，我的志向是终有一天要让那个男小人牵着女小人遛圈，也像牵宠物一样。

除了下五子棋之外，从平时其他事情上来看，小姚没有我聪明，我的智商远比她高，因此我有这个信心。小姚洞察了我的用心，却毫无惧色，自恃棋技高超，对我很是藐视，每次开盘都以一种姜太公稳坐钓鱼台的姿态对着我。

二

一天，小姚别出心裁地把界面上的小人换了头像，女小人换了她自己的头像，男小人则换上了我的头像。此五子棋软件居然设计了这样的程序，可以随意给上面的小人置换头像。换了头像之后的界面效果更加逼真，在电脑里我和小姚栩栩如生地对坐在棋盘两边，这让坐在电脑外面的我们俩有一种身临其境之感。

当然更加好玩了，当那里面的女小人又一次牵起男小人领带的时候，小姚笑嘻嘻地问我："你看这是不是跟真的一样？"

星期一上午8点，我们单位全体出动到人民广场去参加文明公约万人宣誓活动，这是一次严肃的活动，要求每个人都要身着正装。"正装"就是西服衬衫加皮鞋领带，女性则是西装裙，这是西风东渐的结果，一百年以前正装是长袍马褂,五十年以前正装是中山装,三十年以前正装是制服,现在正装是西装革履。

我只有一套正装,平日不穿,用于重要场合,颜色和规格完全符合上述要求。这不能说明我有先见之明,而是因为这几年每遇需要出席重大的工作场合,上级都会对服装作出上述的要求,我这套正装正是为此而量身定做。

我们在单位集合,临出发前发生了一点小矛盾,大家对于我们是先排好队再前往人民广场,还是到了人民广场再排好队,意见不统一,争执不下,最后还是由主任拍了板。主任说,排好队走在大街上更能体现出我们是一支有组织有纪律团结向上步调一致的干部队伍,所以应该先排好了队再去广场。统一了思想,我们排好了队,迈着整齐的步伐出发了。

到了人民广场,但见广场周围遍插彩旗,彩旗以外的区域还聚集了若干来看热闹的老百姓。偌大的广场上已经人满为患,喇叭里还在放着运动员进行曲,全市所有部门都到齐了,他们排着整齐的队伍,每人手里举着一个小红卡片,颇像幼儿园的小朋友。卡片上印刷着过一会儿将要宣誓的内容,也就是文明公约。

进行曲停了,先是领导讲话,再是代表发言,然后由市长亲自领读宣誓。本文明公约四字一句,半文半白,一共 100 句,涉及生活中邻里和睦礼貌待人不随地吐痰,也涉及工作上勤劳敬业廉洁奉公不贪赃枉法,还规范了人与人交往须讲诚信经营商贸不得欺诈,总之林林总总,把我们在这个小城市里生存所及的方方面面角角落落皆兼容并蓄。市长读一句大家跟着读一句,市长很庄严大家也很庄严,宣誓的氛围很好。只是进行到中间,市长读错了一句,把"守德怀仁,口碑四邻"读成了"口牌四邻",大家一时有点不知所措,拿不准是应该跟着市长读错,还是勇于坚持真理纠正市长的错误。有的人做出了前一种反应跟着市长读错,有的人做出了后一种举动纠正市长的错误,更多的人则是首鼠两端迟疑不决,因此场面有点纷乱。

宣誓完毕回到单位,我和小姚抓紧下五子棋,看看表已经 10 点了,这个宣誓活动用去了我们两个小时的光阴。

我穿着西服打着领带坐到电脑前,小姚忽然发出了惊喜的叫声:"哎呀,活脱脱!"

我一怔忡,小姚又叫了一声"活脱脱!"还指指电脑再指指我,手舞足蹈。我这才明白她所说的"活脱脱",是指我与电脑上的男小人相像得活脱脱。

嘿,真是,我现在穿的西装打的领带,跟电脑小人的颜色式样一模一样,那小人已经被小姚换成了我的头像,嘿,还真是"活脱脱"啊!

我冲小姚莞尔一笑。接下来的五子棋我两下得比往常更为兴奋,经过这么长时间的努力,最近我的棋艺颇有长进,小姚已不像原来那样三下五除二就能赢我,而是每一盘都要费些脑力。

这一盘棋当然还是小姚赢了,但能这般周旋,我已经很满意。小姚默默地望着我,像是在端详,又像是在思考。良久,她忽地站了起来,三步并两步来至我身前,一伸手扯住了我脖子下的领带,说道:"咱们来个仿真游戏如何?"

我猝不及防未及摆脱,小姚已然捉着领带把我牵了起来,她牵着我离开座位,我还没有明白过来她要干什么。小姚继续牵着我,她转过身去,笑嘻嘻走在我的前面,牵着我的领带,就这样在屋里走动。我到此时方才明白过来她的目的,于是心领神会地任她牵着走。

小姚倒背着手牵着我的领带,稍显夸张地仰起脸挺起胸,步伐迈出了一点节奏,像是在体验某种感觉。我不知她是否在做着鬼脸儿,我看不到她的脸,我观察着她的后颈,那里茸毛柔软皮肤细嫩,不是每天都洗一个热水澡的身体,不会有这样细嫩的皮肤。由于距离足够近,我嗅到了她身上发散的气息,那种气息有些甜有些香有些温馨,是吃牛奶面包的身体才会产生的气息。

小姚忽然又转过了身来,与我脸对着脸,眼睛在我的脸上骨碌来骨碌去,似笑非笑地察看着我的反应。她倒退着走,领带牵得有些松懈,此时我稍一挣动就可摆脱,但我没有试图挣动,我主动配合着,低下眼睛望在她牵着我的白净的小手上。

小姚牵着我在办公室里转了一圈，牵回到座位才松开我，放我坐下，这时候电脑上的小人也正好转完了一圈。小姚为自己发明的这种新形式得意得要命，一张脸冲我笑得没有一丝正经。

我的领带被小姚抻歪了，我正了正领带，绷起脸，面无表情："小姚，你这是干什么！"

小姚以为我恼了，有点发慌。但我接下来说的是："以后再这样，要先锁好门，否则让主任看见还了得？"

小姚兴奋地大叫起来："该死，快，再来一盘！"

从这天起，我和小姚就开始了这种新形式。因为这种新形式有被人撞见的危险性，我们还采取了措施，在每一盘棋下到将要结束的时候，我们会去锁上门。有时是我去，有时是小姚去——这由我们的心情来决定。走到门边，从里面轻轻一扭插钮，插好办公室的门，使外面的人不能轻易进来。这样在我输了棋之后，小姚就大胆地过来牵起我的领带，而我呢也放心地被她牵起，不用担心被别人撞见。

我们两个在办公室里转圈，小姚牵着我的领带，她高视阔步，像牵一条宠物，而我则自觉地作出驯服的姿态。

转完了圈，我们就马上去把房门的锁重新打开，以防止引起别人不必要的猜疑。

在又一个星期一，小姚穿着与电脑上女小人颜色和式样都一样的裙子来上班，我一见她，也大叫了一句："哎呀，活脱脱！"

小姚得意地坐到座位上，款款扭动几下腰肢，张开兰花指托在腮上做了个造型，说："这是我星期天跑了几个大商场才买到的呢，你看怎样？人总得有点追求呀。"

我说："对对。"

我和小姚在"活脱脱"之后，对游戏比以往更为投入，这种仿真游戏确是魅力无穷。初时小姚只是牵着我的领带，让我跟在她后面走。后来有一天在我连输三盘之后，小姚提出我们的仿真游戏能不能更严谨一些更投入一些，我说，能啊，你说怎么更投入吧。

小姚意味深长地说:"那电脑上面的女小人牵男小人时,男小人是四肢着地爬行的。"

我说:"你是说……"

我沉吟了几秒钟,"咕咚"一声趴了下去,四肢着地爬在地上。小姚没想到我执行得这么痛快,她反而有了些许的犹豫。

我仰起脸,嘴里发出"唔唔"的宠物才有的声音,鼓励她牵起我。

小姚无语地望着我仰起的脸,在确认了我是心甘情愿爬行之后,她默默地牵起我的领带,转身,迈步,脚步走得有些凌乱,像是还不完全适应游戏升级之后的状态。我则迅速进入了状态,我在小姚后面四肢爬行着跟着她。地面有些凉,我的手掌接触到地面也感到有些凉;地面还有些硬,我的膝盖接触到地面也感到有些硬。凉硬的地面硌着我的膝盖,我这是平生第一次被人牵着在地上爬行,我体验到了一种做了动物的感受。虽然是自愿的,虽然没有不适感,没有屈辱,但我还是隐约觉得了一些难为情。我抬起脸望望窗外,天空明净安宁,我让自己想这没什么,反正又没人看见。

我们就这样在办公室里转着圈,小姚渐渐从容了,为了适应房间的场地和我爬行的速度,小姚有时走在我的脸前,有时走在我的身侧,她的裙摆有时扫到我的脸,有时扫到我的脑壳。因为我有时仰起脸,有时低下头,我嗅到她的裙摆上有一种说不出是好还是坏的味道。

爬完了圈,从地上起来,我十分新鲜十分兴奋,我对小姚说:"你要保证,如果你输了棋,也要照样来做。"

小姚坐在座位上望着我,好像有些累,她走的比我爬的还累,她平静了一下呼吸,镇定地说:"那当然,既然是仿真游戏,我会严格照样去做。"

我说:"好,你要说话算话。"

小姚说:"我绝不反悔。"

从这天起我们的游戏就升级了,这种升级给我们带来了更大的快乐。我很快爬得得心应手,我们办公室的面积有 18 平米,周长 17 米,但因为有桌椅用具,我们能够活动的空间大大小于 18 平米。我和小姚就在这狭小的空间里努力转得尽意,左转右转顺时针转逆时针转曲折蜿蜒地转。我有时还故意增加难度,从桌椅下面钻过,有时还模仿宠物的心情爬出富于变化的姿势和速度,有时还亲昵地用脸去蹭一蹭主人的脚腕。小姚也更加深切地体会到了与宠物相处的感觉,有时候她就俯下身用手轻轻拍一拍我的脑袋,或摸一摸我的颈项,以示抚慰。

小姚也有觉得有些过意不去的时候,这时候她大多是没有全心投入,被什么东西分了心,意识到我是她的同事,而不真的是她的宠物。这时候她走出的步子就会稍有不自然,牵我爬完坐回座位时往往有意不看我的脸。

有时候小姚的眼里还会浮上些许郁郁,尽管这种时候极少,这也许是因为她知道我的心里一直在想着,有朝一日也要这样牵起她,也让她像我一样跪在地上四肢着地一圈圈地爬行,她虽然自恃棋高,但女人终究对变化莫测的未来不完全有底,这是女人先天的弱点。

而我的棋技会日益增长,"我们的目的一定要达到!我们的目的一定能够达到!"

三

我全心全意想着下棋的事,上班的时候和下班的时候,以及看电视吃饭和睡觉的时候,还因此给上小学三年级的儿子讲错了一道题。我和妻子有分工,儿子的生活归她管,学习归我管。在家里我和妻子在许多事情上都有分工,做饭时妻子管洗菜我管炒菜,妻子管蒸饭我管淘米;喝茶时妻子管放茶叶我管倒水;做爱时妻子管脱外衣我管脱内衣。这些天因为有心事的缘故,致使我分工负责的事差不多都出了差错,炒菜没炒熟,淘米没淘净,沏绿茶时该用 80 度的水我用了 100 度的水,做爱时我给妻子把内衣脱掉,可是爱还没有做,却又精神恍惚地给她穿上了。

"你安的什么心?"

妻子十分恼火地问我。

我撒了个谎说,这几天有一个大材料弄不出来伤脑筋。这个谎言让我得到了妻子的谅解,妻子对于我写材料最为重视,因为这关系到我的前程。

我在一个叫作政策研究室的单位工作,是一名普通的工作人员,过去叫干部,如今叫公务员。我的主要公务就是给领导写材料,妻子认为材料写得好不好,对于我来说十分重要,我的一个同事就因为材料写得好,先是提升为科长,再提升为副主任,最近升迁到某局当局长去了。虽然我清楚我不会有那么好的命运,我同事的提升并不仅仅是因为材料写得好,要论材料我远比他写得好,人家还有别的原因,但妻子不知道这些,她心里的期望还没有破灭。

在单位也出了一点错,开会时我因为走神,主任向我问话我没听见,让主任皱了眉。这次会后我要写一个学习上级文件精神的总结,总结好弄,晚上到网上去下载,稍稍改头换面就行了。我们单位虽然叫作政策研究室,实际上并不研究什么,政策都是上级定的,我们的职责是学习领会。网络真是个好东西,那上面什么都有,你想要什么就有什么,正经的资料和不正经的资料你都能找到;你能找到世界名著,也能找到黄色小说;你要想找治疗梅毒的配方,鼠标一点就能跳出一千条来。可我还是不理解为什么有人肯花费时间精力在网上提供学习总结,都是免费提供,那些学习总结既不如名著有用,也不如黄色小说有趣,也不像提供梅毒偏方那样能够治病救人。我猜想那往网上贴学习总结的人,很有可能与我是同样的身份,因为工作需要写了学习总结,写完了呢,除了交给领导,他就附带着把它发到了网上。这也许是因为他认为自己的总结写得很有水平,也许还因为他得到了领导的赏识,所以心情很好,至少是比我好,我就从来没有想到过要把自己的学习总结贴到网上去供全国人民共享。

昨天晚上我用了 15 分钟把学习总结轻松搞定,然后用半个小时阅读新闻,了解了在一个星期之内国际上有一起飞机失事两处火车出轨三次自杀袭击四项专利发明五拨领导人出访以及 N 次自然灾害。再用一个小时阅读黄色小说,我喜欢看日本的,不是强奸就是卖淫,要不就是教师勾引女学生。读完黄色小说我又用两个小时看美女图片,这些美女分为两类,一类是有名有姓的明星,比如歌星影星,中日韩三国,这一类都穿泳装。另一类是没名没姓的普通美女,都不穿泳装,一丝不挂,因为没有明星们收入高，所以买不起泳衣。

图片看得我有些激动，下线关机，摸进了妻子的卧室。

早晨醒来已是 8 点，我起了床，妻子上班了儿子上学了，家里就显得有些空，这让我的情绪懒洋洋的。我磨磨蹭蹭地洗脸刷牙，磨磨蹭蹭地用微波炉热牛奶，端着牛奶踱到客厅，打开电视机，茶几上还有妻子为我准备的面包，我一边看电视一边吃面包一边喝牛奶。过去我家早餐的膳食结构也是传统的豆浆油条，这几年总是有宣传说国人缺钙，油条有害，再加上豆浆掺水日趋严重，我们便改变了传统结构，吃上了牛奶面包。每人一个面包一元，一袋牛奶一元五角，消费支出比豆浆油条高出了一倍，但我和妻子工作稳定工资看涨，尚能承受。我们邻居的老太太，儿子儿媳都做买卖，收入比我和妻子高得多，但他们却舍不得吃牛奶面包，虽然缺钙仍坚持食用豆浆油条。我和妻子下决心改吃牛奶面包还有一个更充足的理由，就是想让儿子从小形成吃牛奶面包的习惯，预备将来出国留学能迅速适应人家的饮食文化，以免到时候手忙脚乱。我的同事小姚比我早好几年进入牛奶面包序列，那时候我的认识还没有提高，经济上也不太允许。小姚时常抱怨我打出的饱嗝一股子豆浆油条味，现在好了，小姚说吃牛奶面包打出的饱嗝就是好闻，有着婴儿般的温馨。

吃掉了面包喝下了牛奶，把杯子冲洗干净，已到上午 9 点，我没有立即上班，坐在沙发上继续看无聊的电视，我要磨蹭到 10 点才去，这是我的习惯，也是领导的特许，只要头天晚上我熬夜写材料了，第二天早上就可以晚上班。过去没有网络可以下载的时候，我经常熬通宵；现在虽然轻松得很，但我仍须磨蹭到 10 点，否则主任会认为我工作没有努力。

10 点 20 分我进了单位，一进办公室，小姚就跟我说，主任找你呢，要学习总结。我说声好，不敢怠慢，立即去了主任办公室。主任正在办公室里举着一面小镜子愁眉苦脸，愁眉苦脸的原因是担忧自己头顶上的头发日益稀疏，主任的头顶已如晚秋的树冠，主任担心别人误以为这是衰老的标志，在上级眼里不再年富力强。一见我进来，主任收起小镜子，换成一柄精致的小梳子在头顶上郑重地梳。五年前主任听专家说梳头是对头发最好的保养，就养成了随身携带小梳子的习惯。

我先说了句："我看一资料上说，谢顶是精力旺盛的表现。"

主任说："那对。"

我又说："前列腺增生才是老年病。"

主任笑了，说："那对——我前列腺没毛病。"

我们隔壁单位的主任就是前列腺增生，每当在小便池上一站就需要12分钟。他去卫生间期间，他的属下有时就趁机搞点非法活动，比如打一把扑克下一盘快棋，或者是跑去附近的菜场买回一兜蔬菜，预备用于下班后的家庭生活。这种混乱状况非到前列腺增生的隔壁主任退了休，换上前列腺不增生的新领导人为止，否则不会得到改观。这一点我们全楼的人都知道，虽然谢顶但前列腺没有增生的我们主任，最喜欢从前列腺已经增生的隔壁主任身上找到心理平衡。

完成了以上的铺垫，我把手里的总结向主任呈上，主任放下梳子拿起总结，展眼一溜，就看出了其中的破绽，抬起眼说："漏了一个方面，三个先锋性你只写了两个，这不行，必须补上。"

我装作恍然大悟："对对，主任您要不说我还真是没有意识到，看来您对上级的文件领会得就是比我深比我透。"

主任满意地把总结放在桌上，看着我把它拿走，说："你再好好弄弄，这份总结很重要啊。"

我说："是是，我再熬一个通宵。"

退出了主任办公室，我无声地笑了笑，那条先锋性，是我故意漏的。长期以来为我们主任写材料，我已积累了成熟的经验，我们主任的习惯是不管你的材料写得怎么样，第一遍到他这里，肯定要挑出毛病让你去修改。如果你的材料毛病不明显，那主任挑毛病时就会很费脑筋，这样既浪费主任的时间，也会浪费我的时间，因为我得站在他旁边等着他挑出毛病；而如果你写的材料根本没有毛病呢，那就更惨了，主任会让我整篇都重写。

基于长期的经验教训，我才总结出了对策，每次给主任写材料，我会在第一遍稿时弄一个明显的漏洞，以便让主任能够快捷地挑出毛病来，能够对我作出指示。我再在第二遍稿上轻松补上，就顺利过关了，这样双方都省时省力，皆大欢喜。

回到自己的办公室，我扔下总结，打开电脑，小姚早已开着电脑在等我了。我沏上茶，和小姚一边下五子棋一边喝茶。我望了望对面桌上小姚茶杯里的颜色，知道她已经喝过两滤了，正在喝第三滤。小姚喝茶比我有功夫，一杯茶能够喝五滤。我就不行，一杯茶顶多喝三滤，因此小姚比我费水，也比我费卫生间。我们楼里的人都费水费卫生间，因为都很会喝茶。

我和小姚的杯子是那种真空玻璃杯，杯子外面画着绿草和游动的小鱼，容积是 500 毫升。因此我们每人半天一般要消耗 1500 毫升到 2500 毫升宝贵的水资源，把净化水变成污水。

小姚喝茶的功夫是受其丈夫的影响，其丈夫对茶极为讲究，我就是从小姚这里知道了茶还可以成为奢侈品。小姚把丈夫拿回家的 1500 元一斤的茶叶拿了一点到单位请我品尝，我第一次知道了这值我一个月工资的茶叶，与我喝了多年的 50 块钱一斤的茶叶有多么不同。有一次小姚跟我说，她丈夫去南方开会带回来一套茶具，茶壶只有她的拳头大，茶杯只有三钱的酒盅那么大。我不信，小姚的拳头还不及我的一半大呢，哪会有这么小的茶具，就是喂鸟也要比这大。小姚说是真的，说这叫功夫茶，为的就是一小盅一小盅地品，吃功夫，一道茶要喝半天呢。那是我第一次听人说到"功夫茶"，那还是在几年前呢，这两年这种东西在我们的小城迅速发达，如今已不是新鲜事物了。那时我确实很好奇，想到小姚家里看个究竟，小姚为了让我相信她的话不虚，也想让我去她家里实地考察，但一个男人如果没有很好的理由，光天化日进入一个女同事的家里，容易被人看在眼里惹出些许口舌，若避开光天化日，把时间改在晚上却会更加令人起疑，因此要想让我进入小姚家就得找一个恰当的理由。那一阵子我和小姚真是没少费脑筋，在好多天里我俩共同想办法，后来还是小姚想了出来，小姚说，我装一次病吧，我装作生病，请假在家，你和同事们去家里看我，大家一起去，就不会有麻烦。我一听这个办法可行，我们单位一向有同事病了大家去探望的传统，这很正常。我兴奋地说，小姚你真聪明！于是小姚就装病在家，我们的一位副主任携工会主席、妇联主任、我们科长和我,共同去小姚家里探望了小姚,我于是实地见识了小姚家的这套新茶具,它真的是壶只有小姚的拳头大小,杯只有三钱酒盅大小。小姚还用这套新茶具为大家表演了使用过程,称为茶道。我们一一用三钱酒盅大小的杯子喝了小姚家高档的茶,啧啧称赞,我趁人不备与小姚会心地相视一笑。

棋下到中间我有了尿意,却拿不准主意是现在去卫生间,还是等下完了这盘棋再说。正迟疑中小姚催我快走,我就把尿憋了憋,继续下棋。待下完这盘我已尿急,放下鼠标就要奔卫生间,但就在与我站起身的同时,小姚也急刷刷站起来就走,显然处境与我相同。小姚脸上一红露出了几分羞涩,我则礼让三先,只得又坐下,要等小姚上了厕所回来,我再去。

我们楼里男女厕所的门紧挨着,隔音效果不是很好,彼此听得见动静,这也是我和小姚不好意思同时上厕所的原因。有一次我上厕所的同时,隔壁的一个女孩也上厕所,就听得那边“扑啦啦”的声响清晰传过来,我想我这边“哗啦啦”的声响也同样会清晰传过去,我走出厕所时正跟那女孩碰面,她满面通红,我的脸上也不好看。

这件事我跟我妻子讲过,被我妻子骂了一顿,说我思想肮脏,当天晚上没允许我做爱。其实我的意思是想提醒她,在单位里上厕所时要小心在意,别让隔壁的人听到声音。

四

许多天过去了,在这期间,我写了三份材料,一份学习体会、一份工作总结、一份领导讲话,这是我所完成的全部工作。除此之外,就是我棋技大长,已渐渐接近小姚,有好几次,我差一点就赢她了,可最后还是被她化险为夷,反而让我落入了圈套,这令我尤为气恼,小姚却更加得意。

我心里恨得要命,小姚牵着我爬时,我故意不老老实实,有时用头撞她的腿,有时爬在她的前面挡她的路,有时我扬起前肢扑抓她的裙子,还有一次我人立起来把前爪搭在她的肩膀上,伸出舌头去舔她的脸。但我没有让我的动作超出宠物的范围,我要严格遵守仿真的原则,不越轨。

我在爬行中最接近的就是小姚的鞋子,她的鞋子可真多,三天一换,一个月下来没有重样。我以前从没注意过小姚的鞋子,现在因为总要在她的脚下爬,她的鞋子总在我的视野里,所以看得清楚。从鞋子能够反映出小姚家的经济状况比我家要好得多,因为我的妻子就没有如此多的鞋子。据说富有的女人都有许多鞋子,马科斯(不是马克斯)夫人就有几千双鞋子。小姚虽然每月收入比我妻子还低100元钱,但她丈夫比我可强得多了,人家是处长,她的老公公还当过局长。

小姚比鞋子更多的是袜子,因为她的袜子是一天一换,一个月下来也没有重样。这一点我妻子就更做不到了,有一天晚上我跟我妻子提到这个时,我妻子先是嫉妒,后是警觉,"你怎么知道她袜子一天一换?"

我吓出一身冷汗,赶紧编织谎言,说是小姚自己说的,又解释小姚为什么要跟我说起这个,是因何话题而引起。好在这个小插曲是发生在上床之后做爱之前,我和妻子有双方更感兴趣的事情要做,妻子才没有深究。

小姚的鞋子袜子换得这样频繁,她的裙子却不这样,自从她穿上了那件与电脑上的女小人一模一样的裙子之后,就一直没有改变,而在此之前小姚的衣服裙子都是频繁更换的。最初的时候我还有些纳闷,有一个小细节让我不解,小姚整天穿着这件裙子,也不见她换洗,即使她是利用星期天来换洗,中间也隔了五天,这不符合小姚的风格,这个十分讲究的女性,怎么会容忍一件衣服在身上连穿五天? 这个问题困扰着我,我先是猜想小姚每天晚上都洗裙子,再在洗衣机上烘干,早上就可以穿了。可是又觉得每天晚上都洗裙子这种烦人的事,只有贫穷而又勤劳的女人才会干,但显然小姚既不贫穷也不勤劳,她不大可能把每天晚上的生命都用于洗一件裙子。那么,有一天我终于想到了这一点:她是不是有好几件一模一样的裙子呢? 每天换一件,星期天集中一洗。

为了证实自己的猜想,我就在她牵着我在地上爬时,手里藏了一支圆珠笔,偷偷地在她背后的裙边上写了一个小小的"1"。第二天,那个"1"不见了,一点痕迹也没有,这不会是洗掉的,圆珠笔写的,一次不会洗得这么干净利落。这次我写了一个"2"。第三天,"2"也不见了,我又写了个"3"。

如是几次，我一共写到了"5"，到周末了，接下来是两个休息日。

在下一个星期的五天里，小姚的裙子上由我写下的阿拉伯数字从"1"到"5"分别出现了一次，虽然在遭受清洗之后它们已不是很清晰。猜想得到了证实，我很兴奋，尽管我这猜想比不得哥德巴赫猜想那么有意义。

"你有五件一模一样的裙子！"我对小姚说，脸上是窥破了她一项秘密的得意。

"该死，你怎么知道？"

"我就是知道，你说对不对吧。"

小姚承认："对，这件裙子我买了五件。"嘿，这款与电脑上的女小人一模一样的裙子小姚买了五件，为了保持仿真的形象，同时又不耽误换洗，她把一模一样的裙子一共买了五件。从这一点看，小姚为了我们游戏的仿真效果作出了多么大的付出。

兴奋之下我向小姚坦白了我在她的裙子边上写 12345 的行径，小姚"妈呀"一声从椅子上跳起，扭转腰肢揪起裙子察看一番，见字迹很小且已模糊，无碍观瞻，才没有对我追究，只是撩起眼皮骂了我一句："讨厌。"

这款裙子是适合春末秋初穿的，面料较厚，天气热起来以后，小姚又按裙子的款式和颜色，到裁缝店做了五件轻薄绸料的裙子，用于夏季穿用。仍然一模一样，只做了一点小小的改动，原来的拉链在后背，小姚把它改到了肩上，这样比原来更方便，也显得更轻盈。

我明白了小姚的良苦用心，也自觉地为了仿真效果而努力，把那套西服天天穿在身上，衬衫雪白，皮鞋锃亮，领带打得一丝不苟，这样的装束使我上班下班特别像一个正人君子。

天气渐渐地热了，入夏了，年轻人都已是 T 恤短裤，小姑娘穿上了超短裙。我穿不住这件西服了，天一热西服革履显得格外厚重，我再穿这套装束上下班，不但自己热得受不了，在别人眼里也不会再是正人君子，而是会成为一个怪物。

不过我有办法，我把这套西服放在了办公室里，上下班时我穿半袖衫，走在楼道里也衣着正常，而一进办公室我就换上这套西装。这应该感谢近几年随着社会的发展,公务员的办公条件得到了改善,我们办公室里安着空调,我把空调开大,就能穿得上这套装束了。

有一天发生了一点险情,小姚刚刚牵我转完了圈,我刚刚整理好领带,刚刚走到门边打开了插钮,还没有转过身,门突然推开了,吓了我一跳。主任站在门外,手还放在把手上,正准备把门更大地推开。

我一见是主任,这一吓就更厉害了,有点慌张,赶紧张口说话,却又没有思路:"啊,主、主任,您、您站在这儿干什么?"

主任也没想到我会站在门边,他同样也被吓了一跳,脸上就有点严肃,说:"我站在这儿不行吗?"

我赶紧说:"行行,主任,您站在哪儿都行,这楼道里,您随便站。"

主任更严肃了,说:"楼道里我随便站,屋里就不能站吗?"

我这才意识到自己说错了话,赶紧纠正:"能、能,主任,您请进,您请进。"

主任往前踱了两步,就进了屋,他站在门里,不往里走了,很高大地立在那儿,目光在小姚和我之间逡巡着。我往旁闪开了两步,为主任的眼睛腾出更大的视野,也借以表明我们的房间里很坦荡,没有什么秘密。但我还是很惶恐,用眼角的余光看了看刚才我和小姚转圈走过的地方有没有留下脚印。没有,地上铺的是上好的地板砖,小姚又把地拖得干净,不会留下脚印。我脑子里飞快地转动起来,仔细想还有没有别的破绽。

小姚忽然哈哈大笑起来,笑声像突然飞起来的鸽子,"哈哈哈哈哈……"她一边笑,一边前仰后合,开心得要命,我都被她笑蒙了。小姚见我不醒悟,就对着我指点主任,她食指的方向指向主任的脑袋。

我一看,终于知道了小姚在笑什么,原来主任的头发有了惊人的变化,由原来的稀疏透顶,变为了满头浓密的黑发! 不用细看,我们当然明白主任是戴了个假发套。

刚才是我太紧张,居然没有发觉这个世界的变化。应该说主任突然改变的形象,在我们这种熟人眼里是滑稽的,我也忍不住笑了起来。我本来是不敢笑的,是小姚感染得我忍不住,我跟着小姚笑了大约五六声,到能指挥脸上神经的时候,我就及时打住了。小姚的笑却肆无忌惮,她当然敢笑,她老公在比我们单位更重要的部门当着处长,与我们主任一个级别,她不像我这样怕主任。

小姚还在笑个没完,主任不悦了,一甩胳膊,说了声:"有什么好笑的!"转身走了。

没想到险情如此轻易地化解了。但主任走后,我仍后怕,开动脑筋跟小姚一起分析主任此行有没有什么深意——如果主任是在我扭开插钮时刚好来推我们的门,那就很正常;如果主任是在我去扭开插钮时早已站在了门外,甚至是把耳朵贴在了门上,那就会很麻烦。

小姚说,你别杯弓蛇影,主任把耳朵贴在我们门上的概率不会很大,楼道里不时有人走动,主任不大可能冒着被别人看到的危险,做这样鬼鬼祟祟的活动。

我一想小姚说得有道理,那么应该是第一种可能。但进一步推理,如果主任是刚好走到门边来推门,那他一定是有事情找我们,主任不会平白无故地来推我们的门,可是主任并没有找我们有什么事情啊?

小姚说,怎么没有事情,他是来让我们看他的假头套的,他想听听我们的意见,但是让我一笑,给笑跑了。

对,肯定是这样。从这天起,主任戴起了假头套,看上去确实显得年轻了许多。

主任讨厌小姚的笑声,再也没有到我们屋里来过。这让我俩得以放心地下我们的五子棋。

五

这几天我心事重重。我和小姚之间的交战形势已有了很大的改变,双方实力正在发生逆转。我俩心里都明白,早晚有我赢她的那一天,我正在一步步向这个目标逼近。可我却忽然意识到了一处以往未曾细想过的疏漏,电脑上那女小人穿的衣服是一套裙子,可她没有戴领带呀,如果男小人赢了,他怎么牵她呢?女小人的身上没有可以用于牵着的东西呀。

　　我认真地分析了电脑画面，替男小人设想，在他终于赢了女小人之后，他要想牵她，只有三种可能：一个是他摘下自己的领带套在女小人脖子上，一个是他解下自己的腰带套在女小人的脖子上，再有就是他事先准备好了一根绳索拿出来套在女小人的脖子上。以上三个方法都能让他达到牵女小人的目的，除此之外，我设想不出还有什么别的可能。

　　可他究竟会用哪一种方法呢？

　　我很想提前看一看电脑里究竟是怎么牵的，也好有个思想准备，免得我到了赢小姚那天弄得手忙脚乱，如果需要自备绳索我要事先把它准备好。

　　要想提前看到结果，唯一的办法是趁小姚不在时，我代替她的身份和自己下一盘棋。于是我晚上来到单位，在办公室里，我摸黑打开我和小姚的电脑，我在两台电脑之间转来换去，分别充当男小人和女小人，我有意让女小人很快输掉了这盘棋。

　　当电脑上显示：女方输！之后，奇迹出现了，不是男小人来牵女小人转圈，那太平庸了，就像我们的生活一样平庸，这说明我们的想象力太差。电脑显然比我们人更能洞悉平庸之外的真谛，他不是让女小人被牵转圈，而是让她脱掉了衣服！

　　电脑画面上的女小人，当她输掉了这盘棋之后，她身上的衣服就像一树灿烂的桃花猛然摇落，缤纷而下，先是外面的裙子落下来，再是里面的紧身衣和连裤袜落下来，最后是胸罩和底裤也落下来。女小人一丝不挂地站在那里，睁着一双大眼睛，但看上去对发生在自己身上的事并不怎么吃惊，她脸上的神色既不淫荡也不圣洁，而是一种说不上是什么含义的表情。

　　我呆怔怔盯着这一丝不挂的裸体女小人，过了好久，突然意识到那张说不出是什么含义的脸竟是小姚的脸，顿觉热烘烘的血液从身体唰地涌上了头顶。

　　接下来我陷入了更为深重的心事重重。我一直以为电脑上这两个小人的关系，就是牵着在地上爬一爬，女人赢了牵男人爬，男人赢了则是牵女人爬，小姚一定也是这样以为。我没想到会是这样的结果，没想到如果男小人赢了女小人会是这样的结果。当然我并不是反对这样的结果,也不认为这样的结果不好,相反我认为电脑设计这样的结果真是高明,真是不俗,真是别出心裁,真是万绿丛中一点红。

可问题是:小姚会怎么办?

她会不会充分尊重电脑的设计? 或者即使不尊重但出于道义考虑而甘心服从? 在这么长的时间里我严格遵照电脑设计而仿真,该我跪我就跪,该我爬我就爬,但小姚事到临头也能做到如此认真吗? 有一个伟人讲过"世界上的事难就难在'认真'二字"。公正地讲,她应该认真对待,这是一个人最起码的品格,这涉及信义,讲信义是一个中国人最该维护的操守。

我对小姚说,如果我赢了你,你也能做到像电脑上那样仿真吗?

小姚说,能。

我说,真能吗?

小姚说,真能。

我认真观察着小姚的脸,看她说的是不是真心话。我认真地问,一定能吗?

小姚说,一定能。

我说,不论电脑上是什么结果你都能照着去做吗?

小姚沉默地盯着电脑,不看我,说,你烦不烦啊,你到底还想不想下棋? 不想下就算了!

我说,下,下,怎么不想下?

但我还是不放心,我想小姚是因为不知道游戏的结果所以才说能,她一定是以为输了只是让她在地上爬呢,她有勇气学做一下动物,也有思想准备被我牵着爬几圈,可要是她知道了那个结果,她还会干吗?

小姚看出了我心事重重,但她不会想到我在想什么。

尽管我不认为小姚真的能按照电脑上设计的那样去做,但我还是不由自主地涌出了许多联想。

我仔细地观察了小姚身上穿着的裙子,以前我对她裙子的关注仅限于它的颜色和样式。现在我更为关注的则是它好脱不好脱,电脑上女小人的裙子脱落时通顺流畅清爽利落,如落英缤纷一般,让人感觉美观自然。如果现实中的裙子脱得呆板涩滞,七扯八扯,拖泥带水,则会大大破坏情绪,说不定还会影响结局。

让我有些窃喜的是,小姚现在穿的裙子是最好脱的一件,我前面说过,小姚因为天热特意做了轻薄的裙子,还在拉链上做了小小的改动,把原来开在背后的拉链移到了肩上。她一定没有想到,这样一来脱裙子时比原来要容易得多。

如果小姚要脱裙子,只须抬手在肩上轻轻一拉,然后不用再做任何动作,她尽可以亭亭玉立着一动不动,裙子就会轻盈地落下。

六

我眼看就能赢小姚了,我的棋技已经达到了小姚的水平,而小姚这几天水平却在下降,棋走得慌,思路有些紊乱,还几次出现低级错误。

我写了一个字条塞在小姚的抽屉里,写的是:小姚,你好!我们下了这么长时间的棋,一直是你赢我,对此我毫无怨言。现在,我很快就能赢你了,不过如果你不愿意继续我们的游戏,我们就到此为止也可以。毕竟你作为女性,不方便像我一样轻易地被人牵着在地上爬。

我这最后一句用的是障眼法,我不想让她知道我已事先知晓了游戏结果。

第二天早晨上班,小姚先到,她看到了字条,但她没有对此说一句话,就好像它不存在。

小姚沉默着,打开电脑,进入游戏。

我心里非常慌乱,无法调整好心态,不可能下好棋了,很快输掉了这一盘。

这一次小姚在牵着我转圈时走了神,居然莫名其妙地鞋跟一歪崴了脚,但她仍然坚持着一拐一拐地牵着我转满了一圈。

小姚坐到她的座位上,微蹙着眉,脱了鞋子揉脚。她当着我的面脱掉了袜子,裙摆下的玉脚白光光一闪,我第一次发现小姚的脚竟然长得很妩媚。

我怦然心动,脸慢慢变热。

有一天我终于赢了!

我的棋技确实已经高于小姚,这一盘棋我把小姚逼到了绝境,她无可奈何地落下最后一子之后,身子矮了下去,知道自己这盘棋无可挽回地输了。

我只要再落下一子,这盘棋就结束了。

我盯着电脑屏幕,操纵鼠标让电脑里的男小人拈着棋子向那致命的一点落下去,在松开鼠标之前,我抬脸向小姚望去,却见她并没有对着电脑屏幕,而是呆呆地在望着我。她表情窘迫面红耳赤,一与我对上眼神,便心慌意乱地用她那丰润白净造型柔和的双手蒙住了自己的脸。

我也呆呆地,怔忡着。屋子里静极了。

但我几秒钟后恍然大悟:非常有可能,小姚也像我一样,早已经知晓了游戏的结果!

……

……

作者简介

　　张玉清,男,中国作家协会会员,河北省作家协会理事,河北文学院签约作家。2005 年评为第二届河北省"十佳青年作家"。曾在《人民文学》《花城》《山花》《青年文学》《长城》等杂志发表《地下室里的猫》等中短篇小说,其中多篇入选各类年选。《地下室里的猫》获《人民文学》2010 年度优秀作品奖。

放弃

冯积岐

女友和另一个人好了，"他"不甘心，于是写了情敌的揭发材料，几经周折却又放弃。爱与恨、制度与人性，在此激烈交锋……

上了车，他刻不容缓地扫视了车厢几眼。这是一辆从武山县开往西水市的过往车。他明显地感觉到，车内没有几个本县人。即使有，也未必认识他；即使认识他，他也没有什么可畏怯的。昨天晚上，他才下了决心，这件事要做，必须做；为这件事，他已经煎熬了几个月，犹豫了几个月。他把写好的材料压在抽屉里，并没有急着寄出去。他好像在等待什么——等待玉玉的电话，等待玉玉向他认错。果然，几天以后，玉玉主动给他打来了电话，三句话之后，两个人便吵了起来了，玉玉至今不承认她和单有科的龌龊之事——难道要他捉奸在床吗？玉玉毫不留情地责备他无中生有，责备他小肚鸡肠、心胸狭窄，责备他有了外遇反而要把分手的原因推给她。玉玉几乎是声泪俱下。他仿佛能看见玉玉那张似乎很冤屈的充满愤懑的圆脸扭曲了，变形了。玉玉撂下一句狠话：不要再给我打电话了，到此为止！电话挂断了。第二天，他就想去西水市，把这件事办了。可是，吃毕早饭，他还未动身，玉玉的短信来了：不要再疑心再争吵了，我离不开你。晚饭后，你找个地方，咱俩见个面。他明白，"见面"的内容是什么。他的眼前是玉玉那双妩媚的、深情顾盼的大眼睛，是玉玉红润的嘴唇，是玉玉那白皙的、滑腻的玉体。他给玉玉回了短信：晚上见。那次约会之后，他把抽屉里的"材料"拿出来，撕碎，扔进了垃圾桶。他想，玉玉是爱我的，她对我的感情是真诚的。也许，是我错了。美好的情境，甜蜜的记忆，在他心中没有储藏多久，便如同一堵泡在水中的土墙，坍塌了。他的"内线"——凤山县文化艺术中心的女会计给他发来了几张照片，是玉玉和单有科在一起的照片——他不知道这些照片是怎么来的。玉玉的头十分深情地枕在单有科的肩膀上，单有科的一只手臂揽住玉玉的细腰；玉玉脸色红润，目光淫荡；单有科放浪形骸，一副色相。他将照片丢在一旁，坐在写字台前，重新把撕碎了的"材料"凭记忆捡拾起来，写在纸上。好几天，他不理玉玉，他准备把这件事办了，两个人自然就分手了。当他拿定主意要那样做的时候，他的心告诉他：你是爱玉玉的，你无法舍弃她。又是玉玉主动打来电话，又是新一轮的和好如初。他憎恨自己的犹豫不决，又拿自己没办法——玉玉身上有什么东西紧紧地吸住了他，使他实在难以割舍。他廓不清吸住他的究竟是什么。爱？太宽泛了。性？太低俗了。一个女人使男人着迷的归根结底是什么？因为着迷，男人才说不清。你恨的不是玉玉，而是单有科，是单有科勾引了玉玉。玉玉不止一次地说过，只爱你一个。时间在一天一天地坚定着他对玉玉的爱，也在一天一天地动摇着他对玉玉的爱。

这一次，是因为玉玉的一句话：在某些方面，他比你好。这句话，深深地刺痛了他。从这句话中，他判断，他们的感情已很深。他痛心极了，他和玉玉相处三年了，没想到结果会是这样。我先把这件事做了再说。在作出决定之前，他处在痛苦和不安之中。一旦这件事做了，我这一生将和玉玉无缘了。如果不做，无法解除我对单有科的痛恨。这和他恨玉玉是不一样的感情。

他一只手抓住了前排靠背椅子的上端，不锈钢虽然不是很亮眼，但是，还很光滑，甜丝丝的，通过手心向他心中浸润。他抬起眼，客运车像一棵欢乐树，他可以随手摘取愉快的果子吃。他将看到的景象使他十分解恨——单有科！铐在桌子腿上的单有科双目茫然，想坐无法坐，想蹲无法蹲，他半蹲半坐，那样子，像弯曲的、塞进瓮中准备被拔毛的一头猪。他的痛苦如同汗水一样从脸庞上向下跌落——他铐在县检察院办公室已经大半天。一个年轻人拉过一条凳子，坐在不远处：单有科，还没有想好？想好了就交代。单有科一声不吭，他垂下眼，目光落在锃亮的手铐上，好像所有的答案只能祈求这只手铐了。年轻人把凳子挪了挪：你不交代？那好，你就这样蹲着，我走了。单有科急忙说，叫我再想想。你不是说你和县长称兄道弟吗？你不是说你是县纪委书记的座上宾吗？为什么不叫他们来说情？骗子。所有的骗子都拉大旗作虎皮。你犯了事，谁也救不了你。在文化艺术中心你不就是一个"山大王"吗？你不是把那十几个干事的人都不当人看吗？你能想到你会有这一天吗？这就叫自作自受。单有科龇牙咧嘴，眉头拧在一起，他叫了一声小同志，突然，呜呜地哭了。坐在凳子上的年轻人一看，单有科的一股尿水从裤腿里流出来，流到了地板上。浓烈的尿臊味充斥了整个房间，单有科大概什么也顾不得了——往昔的自尊和尊严被一泡尿冲洗光了。他放开自己，痛痛快快地尿了一泡。年轻人站起来，在他的屁股上踢了一脚：猪！连猪都不如！要尿尿，咋不说呢？单有科啜泣道：我交代，全部交代。

他不觉笑出了声，仿佛从梦境中笑醒了。他抬眼一看，车里的乘客们昏昏欲睡。他满脸得意洋洋的神情，对他的胜利蛮有把握似的。他一厢情愿地相信，这一次，只要我做了，上级纪检、检察机关肯定会按我提供的线索去调查的，单有科被传讯是必然的。他按照自己预设的思路向前走……

单有科被铐走了一整天，文化艺术中心的工作人员谁也不知道他去了哪里。在那一整天里，玉玉不停地给单有科拨电话，尽管，手机已经关机，玉玉还在拨。她相信，即使单有科去到天尽头，谁也不告诉，却非对她说不可。玉玉做梦也不会想到，单有科这时候被铐在县检察院。三天以后，玉玉才知道，单有科被县检察院带走了。她撵到了县检察院，只是想证实一下事情的真假。县检察院的工作人员问她：你是单有科的什么人？玉玉理直气壮地说：朋友。他是被你们带走的吗？这关你什么事？我不能问一问吗？不能！你有什么资格？滚！车子一颠，他抓住前面座位的手一松，差一点滚在地板上。假如是这样，他替玉玉可怜，他的目的不是叫玉玉受伤。他的胜利是对单有科的胜利。然而，玉玉肯定不会这样看待的。从检察院出来，玉玉第一个可能要找的人是我，她将问我：单有科被检察院带走的事你知道不知道？我将怎样回答？不知道。他确实不知道，但是，这是他预料之中的事情，这是事情的必然——假如，他今天把这事做了，结果肯定会是这样的。玉玉双目怒睁,逼视着他:看在我们相爱几年的份上,给我说实话,这件事和你有没有关系? 他支支吾吾,不敢正面回答。玉玉咬了咬牙说:看着我的眼睛。他抬起了低垂的眼帘。眼泪已经汪在了玉玉的眼眶内。他懊悔了。他的本意不是伤害玉玉,其实,玉玉已经受了伤害。不,我不能再欺骗玉玉——她曾经是我的爱,是我的感情支柱。他试图给玉玉揩已经流出来的泪水,他向前走了两步,玉玉又后退了两步。玉玉几乎用恳求的口气说:说实话。他长长地吁了一口气,目光从玉玉的头顶迈过去:是的,是我检举的。玉玉用纸巾揩干了眼泪,冷笑一声:卑鄙! 无耻! 玉玉转过身,半眼也没看他,走了。他悲苦地说:玉玉,你听我说,我是为了我失去的爱情,为了你对我的爱,不得已才这样做的! 他几乎是叫喊着。他的话轻飘如烟,赶不上玉玉的脚步。

你卑鄙吗? 你无耻吗?

坐在前排抱孩子的年轻女人仿佛听见了他内心的声音,回过头来用疑虑的目光扫了他一眼。孩子大概还不会说话,一张笑脸正看着他,一只胖嘟嘟的手朝他挥了挥。孩子向他挥动的是纯真,是无邪。他构想的图景被颠簸的车轮子碾碎了。

朝他挥手的是玉玉。

玉玉老远喊他马哥马哥。他走到了玉玉跟前去,玉玉似乎抑制不住兴奋,又叫了他一声马哥。他笑了:你以后不要叫我马哥了。老远听起来好像叫八哥八哥,我可没有八哥那样会学舌。玉玉说,那你说,我把你叫啥? 他说,就一个字:哥。那时候,他和玉玉还没有相爱。因为他和玉玉的哥是高中时的同班同学,又是朋友。两家的村庄只相距两公里。他常常去玉玉家,和玉玉的哥一同去学校。这样一来,也就和玉玉相熟了。以至大学毕业以后,玉玉依旧把他和亲哥哥一样看待。当他从玉玉的眼神中读出那异样的光,他有点害怕了——那时候,他还没有离婚。再次到玉玉家,玉玉似乎故意躲着他,和他说上三五句话,脸庞上就泛了一层红晕,目光中有了成熟的女孩儿的那种羞赧。他尽量装出一副大哥哥的样子来,强烈地压抑着自己的情感,不让玉玉有丝毫兄妹之外的情感泄露。

他和玉玉的情感升级还是在玉玉去凤山县文化艺术中心上班之后。玉玉从音乐学院毕业之后联系不到适合的工作。他向曾做过他高中班主任的副县长求了情,这位副县长老师便将玉玉安排在县文化艺术中心工作了。他以为玉玉对他很感激才常常找他聊天,散步。他知道,感激是不同于爱情的感情,因此,他并没有任何警惕。他在文化局上班,玉玉在文化艺术中心,两个人在业务上往来自然多了。玉玉一到文化局就说,我找我哥。玉玉见了他一声一声叫哥,局里的人还以为她是他的亲哥哥或表哥。从局长到干事,没有人怀疑他们之间有什么苟且之事。

事情发生在一次开会期间。

那次会议,本该一个副局长参加,副局长因父亲病重就叫他代副局长去湖南参会。恰巧,他离婚不久,心情郁闷,正好想出去散散心。到了火车站,他才知道,文化艺术中心参会的不是主任或副主任,而是玉玉。这正好合了两个人的心意。会议只有两天半。会议结束后,玉玉提出要去湘西看看,他不好拒绝,就和玉玉一同去了湘西的凤凰古城。晚上登记宾馆时,他坚持一人一个房间。玉玉说,房价这么高,两个人住一块儿算了。他说,那不行,我是……他还没说完,玉玉接着说,你是我哥,我还有啥不放心的。当晚睡下,两个人相安无事。当他睡到半夜醒来时才发觉,玉玉一丝不挂,依偎着他。一只手揽住他的腰身,大奶子紧贴住他。他十分惊讶地喊了一声:玉玉!睡眼惺忪的玉玉将紧贴着他脸庞的脸蛋一蹭,柔滑的舌头向他嘴里送去。接下来要做的事就很难分清谁是预谋谁是同谋了。本来,他们只是想玩两天,可是,他们在一起睡了四个晚上,好像都没有解馋,恋恋不舍地离开了湘西。回到凤山县,两个人便不离不弃了。

一旦成了恋人,彼此便成了彼此的理想。他在玉玉身上看不见一丝半点瑕疵。他给玉玉说,连你尿尿的声音都像弹钢琴那么好听——玉玉弹一手好钢琴。玉玉扑哧笑了:那钢琴就太容易学了。两个人像一个人似的相处了两年。当文化艺术中心的女会计把玉玉和单有科在一起的亲密照片给他拿来的时候,他简直不敢相信是真的。这个女会计是他高中时的同桌——几年前,两人差一点结了婚——女会计的父母亲坚决不同意他给他们做女婿。玉玉怎么会这样？他难以置信。于是，女会计主动给他做"内线"，每天监视玉玉和单有科的举动。每当他看见玉玉和单有科在一起的照片就恶心，就鄙视她。他和玉玉约会的次数越来越少。他曾经设计好几种报复单有科的方案：叫几个黑社会的小伙子把单有科暴打一顿；制造一起车祸，使他残疾；把两个人捉奸在床。当他的"内线"给他提供了单有科严重的经济问题的材料之后，他觉得，他设计的那几种方案自己都洗不干净嫌疑。原来，单有科不只是好色之徒，养着几个女人不说，还是个"苍蝇"——贪污受贿。因此，他才决定这样做。他列举的每一条事实都有证据——证言、照片或截取的录像。投鼠忌器，他并不想因此把玉玉扯进去。他觉得，玉玉是一时犯浑，或者是惧怕单有科的权力威慑才掉进了陷阱。为了放倒单有科又保住玉玉，他煞费苦心。材料整理好以后，他到武山县去找了一家打印部，打印出来，复印了四份。然后，在武山县邮局买了四个信封。回来之后，他想来想去，信封上不能留下自己的笔迹——如果"内线"提供的事实不准确，他会落下诬告的罪名。于是，他花钱雇了一个中学生，叫这个中学生在信封上写上了收信人姓名和收信地址。这该万无一失了吧。他没有使用真名，将举报人编造为：凤山县赵田奇。他已经给信封上贴好了邮票，还是没有急于投出去。你怎么会采取这样卑劣的方式呢？这样做不是太下三滥了，太没人格了吗？假如被人知道，凤山县的人怎么看你？你在文化局怎么做人？你的人品就彻底坍塌了。他矛盾、不安，犹豫再三，仿佛失去了决断力，失去了判断力，焦灼得如同热锅上的蚂蚁。你把单有科扳倒，玉玉就会重新爱上你？假如玉玉和单有科之间不是爱情，抑或是单有科胁迫了玉玉，玉玉也是受害者，你这样做，不是给玉玉伤口上撒盐吗？他几次把贴好邮票的举报材料拿出来，准备撕碎，又放回了抽屉。他于无奈之中给玉玉打电话，想把心中的焦虑、郁闷对玉玉掏一掏，玉玉倒是接了他的电话，可是，玉玉的口气冰冷如铁，两个人只说了两句便都觉得尴尬，没有共同的话题。玉玉说，你没有什么事，我就挂了。放下电话，他心里一阵悲凉，看来，是玉玉铁了心要和他分手，玉玉肯定成为单有科的情妇了，不然，她不会对我这么冷漠的。女人一旦变了心，男人为她死在脚下，她一眼也不会看的——冷酷的动物！他把材料取出来，拿在手中，眼泪就下来了。他不再犹豫，拿上材料走上了街道，他老远看见了邮电所那绿色的大门。他站住了，回头看看四周有没有他认识的人。他环顾四周，并没有一个熟人。可是，他没有再向前走一步，又返回来了。他责备自己：你险些铸下大错，这封材料不能在本县寄出去。假如你投进县邮电所，当天就会收到。收件人一看邮戳就会知道，这件事是本县人干的。不能那样做。每一步你都要小心。单有科不是那么容易被你扳倒的。他虽然是一个科级干部，可是，他的人脉很广，能耐很大，谁知道他和县委书记、县长是什么关系？假如他攀上了县委书记，书记一句话：这个案子暂且不查。既然不查单有科，也许，就会查举报人，说不定，他会被查出来的——到处都是摄像头，他走进邮电所投寄材料的行踪会清清楚楚地被办案人员截取——几月几日、几点几分投的材料，难逃办案人员的眼睛。一旦查清，他就完蛋了——尽管，材料中举报的事实没有水分，他也难逃罪责——他很明白官场的潜规则。于是，他有了去异地投寄举报材料的想法。

又踌躇了两天，他踏上了去西水市的客运车。

从西客站下了车，他走上了和平路。他知道，邮局就在和平路上、西水市政府的隔壁。和平路上的繁华、热闹似乎与他毫无关系，他低着头，缩着脖子，生怕碰见凤山县的一个什么熟人——他在心里酝酿假如碰见熟人应付的言语——他和迎面而来的一个女人撞了个满怀——你也到市上来了？他说出口的是对付凤山县某个熟人的话。女人横眉竖眼：神经病。他急忙改了口：对不起。还没等他正眼看那个女人，女人拧着屁股走了。他极力做出一副闲逛的样子，仰起头，甩开手，步子散漫着。你又不是去做贼，心虚什么？既然你这么做了，就该胆气很正。他鼓励着自己向前走。走到市政府门口，只见几十个农民模样的男男女女在那里静坐，他们打出的白布条子上用毛笔写着："惩治腐败！""我们要土地！我们要活命！"他走上前去，问一个精瘦精瘦的中年农民：你们这是为啥？中年农民说，村干部要把我们的土地强行卖给开发商，村里人不答应。他说，你们写材料呀，写材料上告。中年农民说，材料写了几沓子，给县上、市上呈了好多次，没有答复呀。他叹息了一声：是这样？咋会这样呢？他抬头看看天，天空灰蒙蒙的。离开了市政府门前，再向前走一百多米就是邮局，他是来办自己的事情的，不是来听别人诉说屈冤的。他从那几十个农民跟前走过去了。

再走几十步路，就到西水市邮局了，他掏出了那几封信，拿在了手中，紧紧地捏住。突然，他看见了玉玉。玉玉，你咋在这儿？你是跟踪我，还是……玉玉说，我也没有跟踪你，我不过给你提个醒，你一个堂堂正正的男子汉，咋能干这种下作的事？即使他有错，他有罪，与你有什么相干？你是纪检干部吗？况且，你的目的是什么？你明白。你太丑陋了，太龌龊了，太卑鄙了。他急忙分辩：玉玉，我是为了你，为了咱们的爱情。为了……玉玉打断了他：你别说了，你只是为了自己，别人不知道，我还不知道吗？玉玉转身就走。他大喊一声：玉玉！从身边而过的两个人回过头来对他一瞥，目光里的意思是：神经病！他急忙揉了揉眼睛，邮局门口并没有玉玉。他愣怔了一会儿，拔腿就走。他没有进邮局。

他丝毫没有踌躇，断然踏上了返回凤山县的客运车。

晚上，他来到了玉玉租住的房间。刚一进去，他就说，玉玉，咱们分手吧。玉玉淡淡地说，不是已经分手了吗？还谈什么分手不分手。他看了看玉玉那张平静的脸，长叹一声：噢！我不是来给你说分手的。他将那四封贴着邮票的材料全拿了出来。他给玉玉说，你看看。玉玉半眼也没看。她淡淡地说，我不看，我看那干啥？他说，你打开一封看看，和你有关。玉玉拿起一封打开了，那一封检举材料是写给凤山县检察院张明检察长的。材料虽然只有几页，玉玉看了十几分钟，她拿材料的手颤抖着，好像发冷似的。看一页，狠狠地瞪他几眼，脸色由绯红变为灰白，由灰白变为苍白。放下材料，玉玉一句话不说，放声大哭。他说，玉玉，你别哭，这些材料我没有寄出去，也不准备再寄了。他拿起四封材料，当着玉玉的面，撕碎了。

第二天早上，他照常去上班。走到县政府门口，只见七八个人围在门口看一张贴在墙上的公告，他挤到跟前一看，是一份公示材料，公示单上清清楚楚地写着：凤山县文化艺术中心主任单有科（科级）拟任凤山县政协副主席（副县级）。他半张着嘴，双眼圆睁，那几十个汉字在他眼前跳跃：怎么会是这样？他怎么能晋升？他如同木桩似的栽在公示跟前。

作者简介

　　冯积岐，男，当代作家，陕西省作家协会副主席、创作组组长。1983 年开始发表作品，1994 年加入中国作家协会，在《人民文学》《当代》《北京文学》《上海文学》等数十种刊物发表中短篇小说 250 篇（部），作品多次入选各种优秀作品选，曾多次获奖；出版长篇小说《沉默的季节》《村子》《逃离》《敲门》等九部。《沉默的季节》《村子》《逃离》曾获九头鸟长篇小说奖、柳青文学奖、陕西省"五个一"工程奖等奖项。

终南山的雪

陈俊文

　　翠花乡大雪连绵,雪地里有撒翠花秀气的脚印。撒翠花被穷凶极恶的歹徒杀害了,凶手是谁? 背后的秘密是什么? 皑皑白雪记录下了血腥的一切。

　　我是翠花乡的信用社主任,人们都喜欢叫我财神爷。我不让他们这么叫,土了巴唧的,他们偏这么叫,我只得把这个爷权且胡乱当着。

　　翠花乡的乡名来自翠花山。翠花山就坐落在我们乡里。翠花山是终南山里一座神奇的山,外形秀美、挺拔,如亭亭玉立的少女。夏天一身墨绿,冬天一身银白。当云雾缠绕着她的时候,像是裹着柔曼的轻纱,活活动着,要腾空飞起来的样子,让人们生出许许多多美丽的幻想。

　　由于翠花山的旅游开发,我们信用社的效益很好。当然,社里的人员也都很忙。一年三百六十五天,天天都在忙。特别是每年年终决算这天,更是忙得人人脚打后脑勺。年终决算,就是在每年的最后一天,算出全年的总账,是盈了,还是亏了,一算就出来了。

　　这是十几年前的一个年终决算的日子。按上边要求,信用社在中午12点后开始关门决算。一年到头也就关这半天的门。按往年的习惯,中午,大伙都在社里的灶上吃大锅羊肉炖萝卜。吃饱了,不休息,直接忙起来。我怕人手不够,就决定把离信用社最近的撒家堡村的信用站干部撒翠花叫来帮忙。撒翠花业务能力强,我经常让她来帮忙。信用站是农村金融工作中最基层的组织,也是最下边的网点。信用站设在村子里,设在农户家中,一桌、一椅、一把算盘、一个小保险箱,就是全部家当。负责信用站工作的人,一般称为站干。站干在村民中产生,一个村只有一个站干,信用站就在站干的家里。村民们要存款，要办理小额贷款，就直接通过本村信用站解决问题，不用三番五次地往信用社跑。按照规定，信用站的决算提前一天做完，各站的报表已经送到了信用社里。

这天，县信用联社也要派人来督战。信用联社是直接领导我们信用社的上级部门。来我们社指导年终决算的是人事科长老姜。老姜跟我年纪相仿，都不到五十岁，关系处得挺近乎的。县联社这天的车很紧张，我上午就让社里的司机开着社里的运钞车去接老姜。那时一个社也就一辆车。不像现在，每个外勤都有自己的私车，每天放贷收账的，很方便。我让司机顺路把我捎到撒家堡去叫撒翠花。我之所以要亲自去叫撒翠花，是因为有一件相当难开口的事要亲口告诉她。这件事关乎她的前程，关乎她的生存。让她来帮忙是小事，怎么跟她了结这件事倒是大事。我曾经问过她，这件事要是办不成咋办？她用双手拼命搓了半天脸，把一张生动妩媚的脸搓出冰冷来，死死盯着我，斩钉截铁地说：我咬死你！她敢咬死一个财神爷，你想她的胆子有多大吧！

我跟撒翠花打上交道不久，就发现她有一个习惯：喜欢搓脸。她只要把脸一搓，就能变出另外一种表情，很像川剧中的变脸。她不光能变脸，甚至能变成另外一个人。我当信用社主任已多年，撒家堡没设信用站时就去过多次。我很早就见过撒翠花。在我的记忆里，她是一个害羞、腼腆的女子。终日坐在她家门口的小板凳上绣花绣朵。花线在她怀里长长短短地游走，雪样白的布上就开出鲜艳的花朵。她神情专注，偶尔抬眼扫扫村街，或仰脸看看天空。小风吹过，粉红的面上就浮了水莲花似的娇羞。她看见我时，露出一丝浅浅的笑，立即又低了头，她的眼睫毛细长细长。她嘴巴里哼出小曲，我问她唱的什么，她嘻嘻笑了，说不知道，然后更加低垂了粉面，用上牙咬了下唇。

可是有一回，我路经她家门前时，竟听见她家里响声大作，像是有人在打架，乒乒乓乓稀里哗啦。我忍不住闯进去。只见撒翠花披头散发，光着脚丫子，从床上跳到地上，又从地上蹦到椅子上。嘴里哇哇叫着，踢翻了脸盆，打碎了电壶。屋子里就她一个人，她在跟谁拼命？后来我总算弄明白：

她在跟一只蚊子较劲。蚊子狠命咬了她一口。一场恶战，她最终把蚊子打死在墙上。然后也顾不上理睬我，拼命挠抓胳膊，把一条白生生的胳膊抓得鲜血淋淋，惨不忍睹。这个场面让我惊心动魄。她终于看清了我，开始不停地搓脸，一会儿，就又搓回粉红的羞怯样子。

撒翠花走在我前头。雪地里留给我两行秀气的脚印。雪浅的地方能看见她脚印上的花纹。雪深的地方，就是一个一个的脚窝了，就没有了脚印的样子。雪深踩出声音，雪浅处无声。撒翠花回头大声喊：踩我的脚窝走！她是怕我湿鞋。我就一个一个踩她的脚窝，把雪地里的窝一个一个地扩大了。撒翠花上身罩一件大红羽绒衫，在白雪覆盖的世界里，如一面鲜艳的旗帜，迎风招展。下身是牛仔裤。一双红色的旅游鞋，踏在雪里，红白翻卷，踢出美丽的浪花。她头上梳着马尾辫，随着两腿的轮换迈步，马尾向左向右甩得挺欢。终南山落了一夜的雪，上午停了。此时山谷里静悄悄的，满眼皆白。撒家堡离信用社七八里路。撒翠花要走山谷里的小路。小路近，也就二三里。我提议上公路，公路上熟人多，拦个车方便。撒翠花偏要让我跟她在雪里蹚，说好玩，反正又误不了年终决算。说着弯腰团一个雪团扔我。我接着，接了一手冰凉。她就在雪地里前仰后合地笑。笑声很热烈，在山谷里回荡。树上的雪纷纷落下来。

一会儿，撒翠花的脚窝不规则了。时左时右，忽东忽西，深深浅浅，还不时绕一个弯，画一个圈儿。她在捉弄我，让我像老太太扭秧歌似的找她的脚窝。我没她这功夫，不再踩她的脚窝了。我知道撒翠花是在引逗我跟她说话。她的心思我明白，走山谷里的小路方便说悄悄话。可是我一直坚持着不跟她说话，我不知道怎么跟她说那件事情。根据上边的指示精神，对设在各村的信用站逐步进行整顿、合并、健全功能。对偏远的小站，存在安全隐患的站要撤销或并入其他站。信用站在许多年里的确起了很大作用，可是问题也不少。点多、面宽，不好管理。站干素质参差不齐，贪污、挪用时有发生。最要命的是安全问题，一些山区站的财产和站干的人身安全得不到保障。大大小小的案件发生过不少，出了保险箱被盗、信用站干被打伤的事件。上头的精神是先将偏远的，安全得不到保证的站撤销。对撒销的站,每个信用社可以招收一名优秀的站干到信用社当代办员,待遇和正式职工相同。这消息我早就透露给撒翠花了。我告诉她,翠花乡要招收的代办员非她莫属。可材料报上去了,一直没有得到县信用联社的答复。雪地里,撒翠花用纷乱的脚印告诉我:她心里头乱着呢。她在等我告诉她结果,因为已经到了年终最后一天了。

雪后的翠花山,像披着一身婚纱的新娘。天开始放晴。阳光一照,遍山红妆素裹。能隐隐看见山上的翠花庙和庙前的翠花姑娘的塑像。相传很久以前,终南山里有一位名叫翠花的姑娘,生得异常美丽。不光勤劳能干,还天真活泼。不幸的是父母早亡,跟着兄嫂过活。兄嫂贪图钱财,将她许配富人家的二流子。翠花坚决不从,她一下子从一个温柔纯真的女子,变成了一个大胆反抗的女子。她在众人逼婚无路可走的情况下,跑上一座高山,纵身往下一跳。翠花姑娘不见了,却在她跳下去的地方又长出一座秀气、挺拔的山,这就是翠花山。人们都说,这座山是翠花姑娘变的。她将自己化作了美丽的翠花山,两道细细的瀑布从山顶流下来。人们说,那是翠花姑娘在流泪,流到山脚下,聚成了天池。此时,那天池如一枚巨大的圆镜,闪着奇异的亮光。因了翠花姑娘的传说,翠花山方圆百里叫翠花的女子很多。我看见撒翠花一直抬眼望着翠花山,要是我告诉她事情的结果,她会不会跑到山上去往下跳?

我一直坚持着,没跟撒翠花说话。她一计不成又施一计,忽地尖着嗓子怪叫,像踩着了什么要命的东西,又像是发现了什么凶恶的猛兽。我大踏步急赶上去,踢起一串乱琼碎玉。撒翠花看我喘着粗气站在她面前,又不叫了,反倒问我:财神爷,你怎么啦?我说,不是你在叫吗?撒翠花说:我叫了吗?然后痴痴望着我,伸手去揪一棵小树上的枝条。树枝上的雪弹起来,弹进她的眼里。她又尖叫一声,眼里就涌出大颗的晶莹,连着说我坏。撒翠花跟我使起性子来没大没小的。

我非常清楚,撒翠花是一个多么优秀的站干。她的端庄秀气的外表,对工作的一丝不苟,都给我留下深刻的印象。那时我们这里还没有电脑,没有点钞机,一切都靠手工操作。她一把算盘拨起来,声如炒豆。从左拨到右,再从右拨到左。这叫钟摆式打法,久练而成。她点起钞票来,手中生风,纸花翻飞,迷乱人眼,又快又准。她几乎把所有的闲暇时间都用在基本功的操练上了。她是经我推荐,参加考试当了信用站干的。记得她刚当上站干时,还什么业务都不懂,只是听我说有一个难缠的贷户赖账,躲到新疆亲戚家里去了。她就自告奋勇地去找那个贷户。她撵到新疆,在那里待了半个多月,也不跟我们电话联系。一天,忽然就回来了,脸上黑瘦,头发岔着,腰上挎着一把刀,不知是新疆的纪念品,还是防身的武器,她的样子很滑稽。细一看,她竟然变成了个大肚子。我们正惊愕着,她把裤带一抽,一捆捆的钞票跌落一地。她不清楚资金转移方面的常识,只知道要钱,只认得钱。还知道学着别人的样子,装扮孕妇。这是撒翠花的一段精彩传奇。

我嗫嚅半晌,方告诉撒翠花:那件事上边还没有最后决定,眼下要忙着年终决算。决算一完,会有结果的。我其实是在哄骗她。几天前,县联社的人事科长老姜就已经打电话告诉我,他要在我们社另外安排一个人当代办员。我反复强调撒翠花是多么合适的人选。他说他知道,不让撒翠花进信用社是有原因的。什么原因,他电话里没说。但我知道他想说的原因是什么。我利用去县联社办事的机会找了人事科长老姜。老姜被追问无奈,叹了口气,说撒翠花当过小姐。我沉默不语了。果然是这个原因。对于撒翠花做过小姐的事,我曾有过耳闻,但那已经是几年前的事了。她仅仅去南方打过一年多时间的工。当时她父亲生病,家里根本拿不出医药费。她是被逼无奈。自从她考进信用站,我就没有发现她身上有任何当过小姐的痕迹。她纯洁、善良、肯吃苦。记得县联社为考核全县一线职工的业务能力,抽调了一批信用社职工和个别站干,在联社营业厅代班。撒翠花代了一天班,意见簿上写满了对她的夸赞和表扬的话语。我跟老姜说,那毕竟是几年前的事了,说她当过小姐,并无证据,只是道听途说。如今她们村里的人,包括我们社里的人,哪个不说她的好呢?我说,实在不行,让她当外勤,不让她上柜台总可以吧?老姜说,那更不行,人家知道她是个小姐,还会从她手里贷款吗?还会把钱还给她吗?

现在,撒翠花留给我的脚印不那么乱了,她信了我的话。可是我最终怎么跟她说清这件事呢？叫她去帮忙是借口，讲清这件事是真的。我最后想：还是找机会让老姜自己给她解释吧，解铃还需系铃人。我要这会儿直接跟她说了，她没准真能扑上来咬我。

我们赶回信用社时，老姜已经被接来了。他正在营业室给大伙作动员报告。他没等我回来，我不在家时，会计可以主持工作。我悄悄领着撒翠花到灶上吃了大锅里剩的羊肉炖萝卜，回来看见老姜还在那儿讲。我没打扰他，让他讲，我跟撒翠花在窗户外头听。老姜嗓门洪亮，语调抑扬顿挫，每句话都有板有眼，像唱戏的念道白。他的讲话年年都是同一个内容，大伙基本上都能背下来，但仍然愿意听他讲，这是被他的风采吸引着。他目光热烈，伸着长长的食指，一二三四，方方面面，如同指点江山。他有时将食指改为巴掌，向员工们抚去，让大家感受到温暖。老姜给人的印象是工作作风硬朗，工作能力很强，在群众中很有威望。对下边的职工，像宽厚的长者对待自己的孩子一样。

一直等老姜把话讲完，我才领着撒翠花进去。老姜使劲拍打我的肩背，像是要把我打倒，说，你这财神爷躲到哪儿去啦？怕我来抢你饭碗吗？说着又哈哈笑，大伙也跟着笑。我问他吃了没，他说，你躲到外头去，我找谁要吃的？他看一眼撒翠花，那眼中闪出奇特的光亮，也就是像电石火花那么一闪，转瞬即逝。他对撒翠花点点头，微微的，很平淡。那身子却抽动了一下，像是撒翠花身上装着吸铁石，他身上装着钉子一样。撒翠花亲热地叫了声姜科长。老姜丢下撒翠花，将我搂到一边去，细细叮咛关于年终决算工作中应注意的问题。这些问题我自然都清楚，他仍要叮咛，我只好听着，而且听得极为专注。

我领着老姜，房前屋后，室内室外地巡视了一遭。老姜又对员工们婆婆妈妈地絮叨一番，像慈祥的母亲教导儿子。这样的巡视结束之后，老姜就不便在紧张忙碌的场合待下去了。他一直在县信用联社搞政工，搞人事，不大懂得账目。他待在这儿也没用，我还得陪着。要知道，一会儿我就要忙得鬼吹火了。这个时候，他就该去忙他自己的事了。他要写他的年终工作总结，还要解决他的肚子问题。他肯定没有吃饭，他把肚子留着呢，这已经是每年的惯例。他得找个清静的地方。我让撒翠花送老姜去翠花山脚下的一家名叫小翠花的小宾馆。让撒翠花送老姜,是我蓄谋好的,想让老姜亲自给她解释那件事。撒翠花似乎也明白了我的意思,爽爽快快地跟着老姜走了。我听见撒翠花清脆的喊声:姜科长,踩我脚窝走!她的鲜红的上衣被风吹着,像鼓起一盏大红灯笼,渐燃渐远。终南山,包括翠花山是旅游热点,山上山下布满了大大小小的宾馆饭店,规模自然都不很大。那家小翠花宾馆离我们信用社最近,也就二里路。老姜没让开车送他,他要在雪地里走一走,活动活动筋骨,清醒清醒头脑。小翠花宾馆虽小,却很有特色,各种野菜、野鸡、野兔子都有,还有水里野生的奇奇怪怪的东西。不知他们是自己培养繁殖的,还是从山里偷偷打来的。宾馆里自然还有小姐,那时流行这个。仿佛是哪里没有小姐,就没有人光顾似的。恐怕只有我一个人知道:老姜这个人是好色的。不过,他的好色从来不显山不露水,总是在不经意间把事办了。老姜在工作上很出色,连续多年都是省上金融系统的劳模。他的这个弱点似乎是从娘胎里带出来的,他的好色多半来自遗传。

老姜和大家一起吃饭时,从不要这要那,野味更是拒绝,好像他是保护野生动物的大使。只有他单独和我在一起吃饭时,才大饱口福,而且是放松了皮带的。他也不大注意形象,显得有些贪婪。我们互相知根知底,是拴在一根绳子上的蚂蚱。吃完饭唱歌跳舞,给他安排小姐时,他总是反对。如果我顺着他的意思作罢,那才是真的得罪了他。必须想方设法,冠冕堂皇地,非常自然地将小姐妥妥帖帖送入他的怀抱。老姜身体里涌动着激情,面上却相当严肃。记得有一回,我陪同他在一个包间里按摩。他边享受着小姐的十指揉捏,一边还在看一张《参考消息》,用报纸遮住脸。当小姐的手按到他胯间的敏感部位时,他也会发声,那声音和别人不同。他叫着:啊啊,海湾又打起来了!

我每次特殊地接待老姜后,总能得到一些好处。我很清楚,自从他包片负责我们社后,给我们带来的优惠政策有多少。在不失去原则的情况下,老姜对我是有求必应的。只是在撒翠花这件事上,他却毫不通融。

撒翠花送走老姜后，我就开始紧张地忙碌。会计哪笔账不好做，我得跟她一起做。哪个外勤放出去的贷款有问题，我得和他一起研究解决的办法。还有决算中发现的大大小小杂七杂八的问题，都得我亲自参与解决。年终决算可不是光会计在那儿算账，那是一个综合工程。每一个内勤，每一个外勤都得动起来。

我忽然觉得撒翠花送走老姜半天了，还不见回来。我趁喘口气的工夫，走出信用社的大门，信步踱出很短的乡街，往小翠花宾馆的方向看去，只看见眼前秀美的翠华山，别的什么也看不见。天上出了太阳，天地一片明亮。雪山银谷，披上红妆。现在是翠花山旅游的淡季，游人很少，何况昨夜又是一场大雪呢。我很快发现了撒翠花和老姜的脚印。我之所以判断是他们的脚印，是因为我熟悉了撒翠花的脚印。她上午跟我走了一回山谷呢。从脚印上能看出，老姜一开始是踩着撒翠花的脚窝走着的，不久却变成了两行脚印。老姜的大脚窝快速撵上去，并行了一截儿。脚印伸进了一片小树林后，开始相互交织、重叠。再走一截儿，出现更大的纷乱。已经看不见完整的脚窝了，一切都显得混乱，没有了规则。我不知道他们发生了什么事，我的心脏开始怦怦乱跳。眼前又出现一个巨大的雪窝，很深，像是有人倒下去的样子。一段混乱之后，又捋出两行脚印。不久就又乱套了，乱在树林深处，简直是出现了一个雪坑。我呼吸急促，我觉得发生了什么不好的事情。雪地里的凌乱，让我心里也一片混乱。可是我没工夫研究他们留下的雪迹了，我还有许多事要做，我又急急地赶回社里。一路狂奔，踏一长串纷飞的乱雪。

谢天谢地！撒翠花总算回来了。我简直有些失控，有些气急败坏地问她怎么去了这半天？她怔怔地僵在那里，像当头挨了一闷棍。她不回答我的问话，只是拼命地搓脸，上下搓，左右搓，转着圈搓。一会儿，搓去了路上的风寒，搓去了雪地里的隐秘，直搓出一脸粉红的春色来。然后将这一脸春色送给我，就算是回答了我的问话。我仔细用眼光搜罗她的身体，从头到脚，再从下往上，还绕着她的身体转了一个圈儿。撒翠花却平平静静、大大方方地大声问我：主任呀，你找啥呢？一句话，倒问得我不好意思了。

我让她帮忙做事。每一样事她都做得很快。像变戏法似的,麻利得很。后来,她说想回撒家堡去,说村里今天会有几个在外地打工的人回来。他们要带回一些现金,要是不及时收储过来,保不住他们会把钱弄到什么地方去。撒翠花的话很有道理,撒翠花把全村打工的人的动向都了解得一清二楚,把他们连人带钱全装在了自己心里。我不好再留她,让司机开车从公路上把她送回去。她说她一个人回去能行,我当然不会答应,天已经到了后半晌了。我让司机跟着撒翠花,把收的钱带回来。年终决算,多一分是一分。

很快,送撒翠花的司机回来了,带回来一万块钱。年终决算也基本上结束了。全年没有亏损,还有不少盈余,大功告成。我心情放松下来,还剩一点扫尾工作,让会计负责搞。我让司机从公路上送我到小翠花宾馆去,我要把好消息告诉老姜。

我悄悄推开老姜客房的门,看见老姜正埋头用功。那认真劲儿都不忍打扰。我轻轻咳了一声,他并没抬头,仍在那儿写。我只好又敲敲门,他才抬起头,盯着我看了半天,像不认识似的。这是一种废寝忘食的工作状态。他总算认出我来,说,看你气色不错啊!我告诉了他决算结果。老姜连着在我肩上拍打,差点没把我打倒在地。我说,正让会计们填各种报表,咱们在这儿等着。待会儿会计领社里人过来,咱们一起吃顿饭,喝点酒,唱唱歌,热闹热闹。老姜疲惫地摆摆手,说,你们聚一聚吧,都忙了一年了,不容易啊,干到这个程度。我就不掺和了,我在这儿,大伙拘束。我中午在这儿吃得扎实,一点不饿。再吃,胃就爆炸了。我一会儿拿上报表就走,你让司机送我回去吧。我只好答应,让司机先去吃饭,我打电话让会计领着人走过来就是。我从衣袋里夹出会计准备好的一个信封往老姜衣兜里塞,老姜用力挡着。我说,这是惯例。每年年终决算完,信用社会封给领导一个红包,这个不成文的规矩已执行多年。一开始也就一二百元,后来愈给愈多,已经涨到一两千元。给老姜的这个红包是两千元。老姜把硬塞到他口袋里的信封拿出来,随手捏一下,扔在桌上。说,我不能拿,联社也没这个规定,这也算是不正之风。以后,你们也不要再这么搞了,影响不好。我说,账都做过了,你不拿白不拿。其他社也都这么干的,你吓唬我呀!老姜还是不拿,他将外衣脱下来,挂在衣架上,说去趟厕所。他转身去卫生间,我将信封插进他挂着的衣兜。听见哗哗啦啦水响,老姜从卫生间出来,一脸轻松,他没再提红包的事,顺手将外衣拎下来披在身上,似乎不经意间把装钱的衣兜按了按。其实,老姜在我面前已经完全没有必要再这么表演,他这完全是一种习惯哪。

我没问他午饭吃得怎么样,我知道老姜是不会亏待自己的肚子的。我暗地里叮咛过女老板,让她好好招待老姜。不管花多少钱,回头打给我一张发票就成。女老板善解人意,十分暧昧地看我一眼,说,放心吧,又不是头一回侍候你那位老姜,他在我这儿早就顺风顺水了。我也没好意思问老姜跟撒翠花在雪地里的事,就让那个谜团儿烂在肚子里吧。搞清楚了又有什么意思?老姜会说真话吗?可撒翠花的事怎么了结?他跟撒翠花说了这事吗?我正不知如何开口,老姜却忽然说,那个撒翠花,过两天你就让她来社里上班吧。就按你说的先让她当外勤,过两年再上柜台。我原来想给你们社另安排一个人的,后来想了想,还是让翠花上吧。一来,翠花的确是个好苗子,二来,也不能让你为难。我已经给联社主任打了电话,主任同意了。老姜说着,长长舒了口气。接着说,不管她过去做过什么,那是过去,现在是现在。现在她是一棵好苗儿,该施肥就得施肥,该浇水就得浇水,你说是不是?

听老姜这么说,我心中的那块大石头一下落了地。眼前一片光明。抬眼望窗外的翠花山,翠花山在夕阳余晖映照下,更加婀娜秀美,更加神奇。我激动地问老姜:你告诉她没有?老姜说,我还没直接告诉她,我告诉不合适,还是你通知她吧,这样符合程序。我心里却忽然有了痛楚,我眼前又出现了巨大的雪窝。我这时看老姜的那张脸,觉得很可憎。竟然内心产生了一种冲动,想扑上去掐死他。但嘴上却说,我这辈子遇上姜科长,真是幸运。

会计领着大伙来了,吵吵嚷嚷地拥着老姜,要一起喝酒。老姜连连摆着手,说,联社还等着汇总报表,回去还有一大摊子事呢。大家今天辛苦了,你们好好聚一聚,我就不一一给你们敬酒了,让你们的财神爷代我敬酒吧。他拍打着每个人的肩头,像是要把他们通通打倒在地。老姜一脸红光,兴奋地和大伙告别,装好报表。临上车,在我身边问:咋没见翠花?声音有点怪怪的。也不等我回答,上车,招手,走了。

大家喝酒的时候,我悄悄离了席桌。我走到外边,天已经模模糊糊的了。却早又生出半轮明月,隐在浮云里,像裹了薄纱,羞羞怯怯,遮遮掩掩,半露半显。翠花山显得比白天更神秘了,朦朦胧胧,换了晚妆,满世界清辉。一阵风过,所有树木皆动着。这时,遇见乡政府一个朋友,他正要开车去撒家堡找个什么人。我让他把我捎上,等我一会儿。我反身回小翠花宾馆,要了几样菜,用餐盒盛着,拎了,上了乡政府的车。朋友问:你这财神爷拎了什么东西,这么香? 很快到了撒家堡。我叮咛朋友办完事,走时叫上我。

撒翠花看见我,吓了一跳,好一阵搓脸。双手离开时,那脸上早又开出几朵粉红的花儿。我看得呆了,撒翠花叫了好几声主任,我才缓过神来,周身荡了一下。她说正要打电话,让人来取钱呢,她又揽到一点存款。我说,那点钱搁到明年的账上吧,年终决算都搞完了。她有些失望,说,那你走时捎上。我说,今晚社里聚餐,给你带来点菜,你热一热吃吧。撒翠花说,要账你找我,干杂活你找我,吃饭你就用不上我了,是吧? 你是真会当主任呀! 我说,是你自己要跑回来的,怎么怨我? 我巴不得你留在那儿呢! 撒翠花说,我留那儿只会吃,像一头小猪。说了嗦嗦地笑。我说,你会变脸。撒翠花的脸就又红了。她一定想起了上次聚餐时,大伙让她表演节目的事了。她反复扭捏,双手绞着,身子往后退,大伙又将她拖出来。她急了,又搓脸。搓过就变成了另外一个人。突然跳上椅子,扯开喉咙唱:我家住在黄土高坡,大风从坡上刮过。跑调跑到姥姥家,把人笑翻了。

撒翠花把菜一样一样打开看,嘴里发出夸张的俏叫。伸手捏了去尝。尝到辣菜,嘴巴嘶嘶哈哈着。尝到酸菜,又咂嘴咂舌,像是有意在表演。她很快去把菜热了,又拎出一瓶酒,是那种普通的终南大曲。我心下道:怎么忘了带酒? 我说,我喝过酒了,你快吃菜吧! 她说,你喝过了,我没有喝呀。

我往屋里四下瞧了瞧,问:怎么不见二老?她说,爹娘上姐姐家去了。姐家离这二三十里路呢,今晚不回来了。撒翠花喝了一小杯酒,面上早又开出鲜艳的花朵。她捂了脸去搓,那花朵就连成了灿烂的一片。她不再说话,只双眼盯住我,等我开口。

我眼前又出现白天那纷乱的雪窝。我忽然对撒翠花有了别样的看法。我没有马上告诉她去当代办员的事,而是有点恶作剧地问她:你在外省打工那年,是不是让我们这儿的人看见过?她身子明显震动了一下,面上就褪了红。她慌忙用双手捂了脸,慢慢地搓,那手颤着。她像遭了霜打的禾苗,身子萎下去,蹲在地上,手仍捂了脸。过一会儿,那指缝里竟涌出大颗的晶莹。我后悔说了这样的话,我把她敏感的神经撞疼了。我终于过去拍拍她的背,说,你把站上的事清理一下,过两日就来社里上班吧。她仍然蹲在那里不动。我说,是真的,老姜已亲口通知了我,我就是专门来告诉你这件事的。

撒翠花猛地站起来,双眼牢牢地看定我。当确信了这是真的,竟又一次捂了脸哇哇地哭起来,哭得真真切切,哭得透心透肺。哭过,她又抓起酒瓶咕嘟咕嘟灌了几口,一下冲到院子里,朝着翠花山喊,喊的什么听不清,有回声传来,七零八落。那乡上的干部来叫我了,一口一口的财神爷叫着。我辞了翠花,上了乡干部的车,撒翠花还站在雪地里喊着。乡干部用怪异的眼光撩拨我。我解释说,站干,站干。乡干部问,是站着干?那女子喊叫什么?不会让你鼓捣疯了吧?我擂上去一拳。我把撒翠花让我捎钱的事忘了。

我回社里时,会计也把人从宾馆带回来了。我让大伙赶紧休息,回了自己的屋子。正要脱衣上床,听见有人敲门。我把门猛地拽开,一个身肥肉嫩的女人跌了进来。我急扶住,定眼看去,却是小翠花宾馆的老板娘。她慌着双手往后绾头发,三绾两绾就绾好了,挺麻利。叫一声:你想摔死我呀!摔死我你就不用结账了是吧?我说,你怎么紧贴了门站着?一身肥肉撑不住了吗?还撵来要账,怕我要赖吗?我忙一整天,也不说让人喘口气。女老板说,总不到你门上来,来一回,让你这一番数落。是我们的车去乡政府收账,我顺路跟过来,把打的发票送来,会计没来得及拿。我说,这么着急,会计估摸已睡下了。老板娘说,我给你撂这儿,你打个条给我,我明早上来找会计开钱。年底了,我们不是也得结账?老板娘手里果然捏了两张票。我接过来看,一张是三百元,显然是刚刚聚餐花的。还有一张竟是两千元,知是老姜花的。故意问:这么多?都干什么啦?老板娘的脸上透出一丝猥狎,说,我把小费也开进去了。那小费是我替他给的,还有一瓶他最爱喝的酒。我问:你那茅台不会是假的吧?老板娘击我一掌,说,你毁我,我哄得了别人,哄得过你那老姜?我不再问什么,把票都收了,给她写个条儿,让明上午找会计拿钱。老板娘晃着一身肥肉要走,我一把扯住问:不在我这儿暖和暖和?她说,醉鬼!出门去了。

惨案是后半夜发生的,是社里值班的人接到的报案。电话是从撒家堡打来的,撒翠花被穷凶极恶的歹徒杀害了。我听到这个消息,如五雷轰顶,从床上滚落地上,半天爬不起来。我带领会计和外勤乘车慌急赶到撒家堡撒翠花家时,派出所和公安局的人已经在那儿勘察现场。撒翠花倒在门前的雪地里,浑身血迹,已死去多时。照明灯下,她身体周围的雪已被血染成黑色。雪地上凌乱不堪,显露出激烈的搏斗过的痕迹。公安刑警在忙着拍照、取证、验尸,向村人了解案情。乡上领导也来了,正指点着说话。我在来撒家堡前,已将案情报告了县联社。很快联社的一位姓张的副主任率领着保卫部门的人赶来了,老姜也一起跟着来了。人们全都被眼前的情景惊呆了!简直不能相信这是事实。撒家堡村干部说,他们断断续续听到了撒翠花的呼喊声。撒家堡村的住户很分散,撒翠花家离他们很远。他们先有一个人来看过,见是撒翠花独自兴奋地对着翠花山呼喊。问她喊什么,她咯咯地笑,说是瞎喊着玩呢!后半夜再听见喊声,也没当回事。当他们觉得事情不对时,已经晚了,歹徒已逃离,撒翠花已被杀身亡。

在场的所有人,情绪反应最激烈的是老姜。他放声恸哭,哭声撕心裂肺,几次向撒翠花的尸体扑过去,被人拖住,抱住。他无法控制自己的感情,哭号得如丧考妣,像是自己的女儿被杀害了一样。伴随着哭声,他反复吐出一句话:多好的孩子啊,多好的孩子啊!孩子的父母尚不知噩耗,村里已派人去接二老回来。

公安刑侦人员在找保险箱的钥匙。钥匙哪儿去啦？天上虽有月光，地上也有照明灯，却难以找到钥匙，钥匙是金属，埋进雪里是看不见的。因撒翠花家的条件有限，联社领导和我商量了，把撒翠花的遗体运到信用社里，将撒翠花安放在会议室的乒乓球台上。会计亲自领着人给撒翠花装裹换衣裳。经我同意，她们将社里余存的一套工服取出来，给撒翠花穿在身上。这工服曾让撒翠花一直羡慕着，她一直想穿上这一身衣裳坐在信用社的柜台里。她的愿望马上要实现了，却发生了这样的惨祸。撒翠花的二老赶来了。他们抱住女儿放声哭号，双双昏倒在地。老姜原本是帮扶劝慰二老的，这时自己竟也陪同着一块儿昏死过去。会计忽然从屋子里尖叫着跌出来，脸色惨白，嘴巴颤抖着说不出话。她手里攥着保险箱的钥匙，钥匙上沾满了血迹。我终于弄清楚：那钥匙拴在撒翠花的腰上，藏在撒翠花的内裤里。

我心里很清楚，凶手就是拿到钥匙，他不知道密码也是打不开保险箱的。撒翠花用生命保护钥匙是出于她的本能啊！县报的记者来了。他们了解了案发的大致情况，老姜已开始向记者讲述撒翠花的生平事迹。他希望记者多写几篇报道在省报、市报上发表。记者答应着，说省市报的记者也会很快赶来采访。老姜一再表示，他可以协助记者们完成撒翠花事迹的调查和写作。县信用联社的张副主任已向市上、省上报告了这里的情况。

会计颤抖着双手，打开保险箱。保险箱的密码只有会计知道。每个信用站的密码都要上报社会计备案，这个保险箱只有当事人和会计能够打开。保险箱里的现金被取出来了，那是撒翠花收存的最后一笔现金。会计抖着手点清了这沓现金，一共只有两千元。我接过钞票，手抖得比会计还厉害。我一手捏了这沓钞票，一手伸进了衣兜。那里有一张发票，也是两千元。我的心像是被重锤猛地一击，几乎跌倒在地。我脑中出现了撒家堡撒翠花家院内院外那些纷乱的脚印，通过那些雪迹，我知道了撒翠花进行了一场多么残酷和激烈的搏斗。

我已无法入睡，眼前的翠花山发出了声响，像是在召唤着撒翠花。那山顶上的翠花姑娘也在为撒翠花流泪吧,两行细水在冬天的夜里已经流干了。此时,终南山里又开始下雪了。

凶手被抓到后,人们发现,他的一只耳朵被咬掉了,下巴也被咬得不轻。据凶手交代,他已经刺了她十几刀时,她仍在疯狂地撕咬。他说他几乎要被她咬死。这个歹徒果然是附近村的人,他多次到过撒翠花的家里。他很快被审判,被处决了。

老姜在报社记者的协助下,完成了自己的宣讲稿。撒翠花的事迹已经上了省市的报纸,她被评为了省上的金融卫士。老姜带领着宣讲团,四处宣讲。他已被提拔为县信用联社的副主任,分管宣传。每场宣讲,他都亲自登台,声情并茂,每讲到动情处都会泪流满面。在场的人都跟他一起流出滚烫的泪水。无论宣讲多少场,老姜的泪水都会夺眶而出,我也被他的讲述反复打动。

一次,我因在联社办事,临时住在老姜的办公室里,他时常让我睡他的办公室,他自己回他在县城的家里。夜里,我竟失眠了。我无意间在老姜桌上乱翻,又拉开抽屉瞎找,我不知道想找什么。忽然在一只抽屉的最底下翻出了一张画,那画上画着一个裸体女人。我知道这一定是老姜自己画的,我知道他有这个特长,却不知他对女人的身体了解这么清楚。女人的下边写着一个人的名字:撒翠花。我三把两把撕碎了这张画,不等天明,离开了老姜的办公室。

作者简介

陈俊文,男,辽宁沈阳人。现居陕西西安。近年在《北京文学》《延河》《短篇小说》等刊物发表小说多篇。有小说被《小说月报》等刊物转载和收入各类年选。

老地主张磨油

冯俊科

これ这是作家近年来写得最好的一篇小说，偷醋，这故事弥漫着丰富的气息，小中寓大，鲜活、有趣，那种熟悉又陌生的味道，吸引你读下去。

地主张磨油家祖上是开油坊的。听说他爹正在磨油，油垛上的油像泉水一样，咕嘟咕嘟渗涌出来。他娘去油坊送饭，看着高兴，咕嘟一声，在油垛旁边生下了他。

娘问他爹："这孩儿叫啥？"

他爹说："磨油。"

我对张磨油有印象时，他已经四十多岁，村里早已经没有了油坊，也就没有看到张磨油磨油。在我的印象里，张磨油天天卖酱油卖醋。他肩上一根油腻腻的扁担，挑着两只木桶，一桶装酱油一桶装醋。扁担钩上悬挂着大小不一的几个竹提桶，有一钱的、半两的、一两的、二两的，相互间磕磕碰碰哗啦哗啦响。最响的是张磨油手里的木鱼。他走村串街，手里的短木棒，敲着木鱼"梆——梆梆——梆——梆梆——"响，嘴里喊："打酱油打醋，香醋五分，酱油一毛。"

割麦天，我妈在擀面条。听见喊声，吩咐我："去，拿个鸡蛋，换点醋。"

醋在农村是奢侈调味品。不过年过节，农闲期间，家里是从来不吃醋的。

换醋回来，我妈看看说："咋才半瓶？应该多半瓶啊。"

我没吭声，放下瓶跑了。

晚上吃饭，我妈讲故事："恁姥姥村里有个人叫留福，到西安他大伯那里学徒。他大伯开的糕点店。留福去的头一天，看见店里的糕点，黄澄澄香喷喷的，他肚饿嘴馋，偷偷吃了两块。晚上，他大伯给他端了一盘新出炉的糕点，热乎乎暄腾腾的，让他放开了肚子吃。留福哪见过恁好的糕点？三扒两口就吃光了。他大伯说你路上累了，睡吧。第二天醒来，他大伯又让他吃了一盘新出炉的糕点，不让他干活，他吃了又睡。连续吃了睡了三天。留福后来做了一辈子糕点，从来不吃糕点，说看见糕点就直恶心。"

我妈一边喝粥一边讲故事，并不看我，一副漫不经心的样子。我的心里却像抱了只兔子，扑腾扑腾直跳。鸡蛋换醋回来路上，我偷喝了两口醋。

这得怪我奶奶。我奶奶常说："盐筋醋力。"意思是多吃盐长筋骨，多喝醋有力气。实践证明，肚子再饿，几口醋下肚，就神清气爽，浑身轻松，走路脚步轻快，干活不觉得累。因此我经常想偷喝瓶里的醋。我妈讲她娘家留福吃糕点的故事，我知道是敲打我的。农闲时一天喝两顿糊涂，饥饿像一把刀，在我的肚子里刮来刮去，刮得我走路直想摔跟头。我像一只饿极了的耗子，常盯着窗台上的醋瓶看。那醋瓶太小，醋也太少，喝一口下去我妈就会发现。一旦让我妈逮着，我妈就动手不动口了。

我一直想去偷张磨油家的醋。

我注意观察过，村里批斗"五类分子"时，虽说是张磨油也站立其中，除了马鹞眼儿王狗头那几个儿货，很少有人去打他骂他揭发他啥罪行。这不光是张磨油逢人笑眯眯，像个弥勒佛，主要是村里有人说他太冤枉。解放初斗地主搞土改，把他爹和祖上积攒下的丰厚家业分给了贫下中农，他没享过几天当地主的福，却戴上了地主这顶灾难深重的帽子。贫下中农家的闺女都爱憎分明，阶级立场坚定，谁肯嫁给他？张磨油体壮如牛精明似猴，错过了娶妻结婚的机会，孤身一人，住在村东头。

我也想到过万一失手咋办？失手了不怕。因为张磨油是地主，在村里属于被管制对象。我是老贫农家的孩子，偷他这个地主家的醋，就是被他抓住，他又敢把我怎么样？马鹞眼儿常说："哎，好人打好人——误会；好人打坏人——应该；坏人打坏人——随便；坏人打好人——不行。"张磨油就是个坏人，他即使真的抓住我，也不敢打我。老贫农阶级地位的优越感，使我偷醋的心更加坚定。

张磨油的拿手好戏是做醋,卖的酱油据说是从县供销社批发的,搭配着卖(据说当时有规定:不卖公家的东西,就不准卖私人的东西)。我有事没事爱到张磨油家周围溜达,装着无所事事的样子向他的院子里张望。半人多高的一圈土墙,院里一座三间草上房,还有一间草棚是灶火,灶火就是厨房。空闲地方长满了荒草小树。最显眼的是那三棵高大的柿子树。秋天了,三棵柿子树叶已落尽,树上挂满了磨盘柿子,红彤彤的。张磨油就像一条忠于职守的看家狗,天天搬把椅子坐在柿树下,看守着他的柿子树。我发现他用柿子做醋。他做柿子醋时,一个人钻在屋里关门封窗,秘不示人。

司马狗勺媳妇马鹞眼儿他妈几个老女人爬在墙头看,嚼张磨油:

"这个老娟子,一天到晚钻奸窟窿里不出来。"

"关在奸窟窿里,也不怕把他憋死?"

张磨油晒柿子醋时,才把醋缸搬到院里。那醋缸敞开,醋香散发开来,弥漫了大半个村庄。中午,不仅是我,半条街的大人孩子老人都端着碗,或蹲或坐或站的,围在他家大门口吃饭。张磨油有时会用二升盆端半盆醋出来,用小提桶给围在门口的乡亲们碗里点醋,有点像佛主给众信徒们摸顶洒圣水的场景。点到醋的人喜眉笑眼,交口夸赞:"磨油这醋真好,比香油还香。""老磨油,谢谢恁那醋啊。"有两次中午,我好不容易盼到我妈擀的杂面条,我舍不得吃,端着一碗面条,满心希望地跑到张磨油家大门口,眼巴巴地等着张磨油给我点醋。可两次都是快轮到我时,盆里的醋就点光了,好像是张磨油故意整我似的。人要是倒霉,连想点一滴醋都不顺。

我心里的火气油然升起,开始怨恨张磨油,觉得他是故意的,故意轮到我就把醋点光了。偷张磨油醋的念头,像钻在我身体里的一头野兽,整天的上下奔窜四处跳跃,搅闹得我肠胃发痒浑身烧灼十分难受。

我终于按捺不住。一天夜深人静,月高星稀,我一个鲤鱼翻身,跳墙到张磨油家偷醋。

我想,他的酱油桶醋桶一定是放在灶火。灶火的门没有锁,我往门轴上撒了一泡尿,灶火门无声无息就推开了。夜幕下,隐约看见两个桶放在靠门口的地方,我揭开一个桶盖闻闻,是酱油味。另一个不用说就是醋桶。我掂掂桶鋬,桶很沉,看来醋不少。我一阵喜欢,揭开桶盖,一股醋香扑鼻而来。我兴奋不已,提起桶,双手捧着往嘴里倒。噗——半桶稀乎乎黏溜溜酸苦苦的东西,像拉的稀屎一样,劈头盖脸的,倒了我满嘴满脸满脖子,浑身上下都是。

他妈的,原来是半桶醋糟。

我浑身酸臭狼狈不堪,一蹦一跳地跑到村东的大水坑边,脱下腥酸烂臭的衣裤,放在水坑里洗了洗,又跳进水坑里扑腾几下,洗去了浑身的醋糟,赤裸着身子偷偷溜回了家。

我想起了老贼张六指的话:"贼不走空。凡是走空,都是动手前没把情况瞭哨清楚。"

又一个夜晚,我翻墙进了张磨油家的院子,没有丝毫犹豫,就直奔草上房的西房间。西房间里堆着苇席高粱秆箔大钎鏊镰锄头十指耙五指爪等杂七杂八的农具,靠墙根立着两个半人多高的川口缸。川口缸肚大口小,像两个没长脑袋的弥勒佛。揭开一个川口缸盖子,妈呀,醋香迎面扑来,沁入肺腑。我激动万分,双手颤抖,刚要往缸里伸手,忽听门外有响动。我赶紧缩下身子,蹲藏在一个角落的苇箔后面。

张磨油进来了,手里提着一盏纸糊的红灯笼。那红灯笼使我想起了电影《红色娘子军》,南霸天的家丁们在搜寻逃跑的吴琼花时,手里提的灯笼和张磨油的差不多。我家是老贫农,只有两盏煤油灯,还没有灯罩。看着红灯笼我想到了南霸天,由南霸天想到了张磨油是地主,心里自然也就不怎么害怕了,即使我是一个蹲在黑暗角落里偷东西未能得手的贼。

人聪明还是愚笨,反应敏捷还是迟钝,心理素质好与坏,要看他在遇到突然降临的危险面前,能否瞬间找到壮胆的理由,让自己冷静下来,冷静了就会有办法。我很冷静。

我看到张磨油手里拿着一把笊篱。他把笊篱伸进了川口缸,搅和了几下,从里面捞出三四个柿子,放在大碗里端走了。

我心中窃喜,爬在川口缸上,把手伸进了缸里。没想到竟然抓了两把稀粑粑一样的东西,又酸又臭。我明白了,上面一层是腐烂的柿子,好醋柿子肯定在下面,要不张磨油咋会拿一长把子笊篱？我伸开胳膊,使劲往缸下面勾探。川口缸圆鼓鼓的大肚子顶着我的小肚子,我个子小胳膊短,蹦了几次,一直勾探不着稀粑粑下面的醋柿子。

眼看着到手的美食却勾探不着,其间也只是差了那么一点点距离,你想想我是啥心情？

我溜出西草房,在草房的土墙上四处巡视。我想找到一把笊篱。土墙上楔着一些木头橛,橛上挂着一串串晒干的萝卜茄子辣椒大蒜等。窗户上贴着陈旧发黄的报纸,报纸上透出微弱的淡黄色的光。我耳朵贴着窗户,听见张磨油的声音,他和一个女人在屋里说话:"你摸摸,软不软乎？"

"软乎。"

"像不像你那大奶？"

"呸,狗嘴里吐不出象牙来。"

"来,用嘴片摁着,吸,看好吃不好吃？"

一阵吸吸溜溜的声音。

女的说:"好吃,真好吃,酸甜酸甜的。"

"以后常来吃。"

"嗯。"

屋里的灯已经熄灭了,黑黢黢的。夜晚寂静,屋里好像是两个人的吸溜声。吸吸溜溜,喃喃呻吟,清晰入耳,欢快撩人。

我实在忍不住,想吸溜口水……

听说话声音,那女人好像是王狗头媳妇。王狗头媳妇二十八九小三十岁的样子,山东徐州人,细高挑的个儿,屁股肥硕,奶头高耸,皮肤白皙,狐媚溜眼的,秋波荡漾,一天到晚脸上带着笑。前两年徐州发大水遭灾,那女的来要饭,看到王狗头家砖墙瓦房,院落齐整,就嫁给了王狗头。王狗头整年半病,一条腿因小儿麻痹瘫着,面黄肌瘦腻腻歪歪的,一阵风就能刮他仨跟头。刚解放时村里办夜校扫盲班,他识了几个字,学会了加减乘除四则运算,就跟着老搅当了几年队会计。老搅一下台,他也就无事可干了。

不过,张磨油能厮跟上王狗头媳妇,确实令人难以相信。

为了不弄错人,我躲藏在张磨油家的麦秸垛后面,直到看见一个女人从张磨油的房间里出来。那女人像一只夜晚跑出来偷嘴吃的猫,抹拉两下嘴片儿,四处张望一翻,蹑手蹑脚的,溜出了张磨油家的院子。

天上的启明星已经很亮了,我看得清清楚楚,是王狗头媳妇。她手里提着一个瓶子,瓶子里装的醋还是酱油搞不清楚。

后来,我干脆自己带着一把笊篱,潜伏到张磨油家,从川口缸里捞醋柿子吃。那醋柿子表皮细薄柔滑,柔滑得犹如缎子。捧在手里,圆溜溜软塌塌暖乎乎的,像捧着一包细纱软缎裹着的琼浆玉液,胀鼓鼓的,充盈柔软,在手心里微微颤动。那感觉真是美妙无比,令人激动不已。

至于像不像王狗头媳妇的大奶,大概只有张磨油和王狗头能说得清楚。

我把醋柿子轻轻地贴到嘴唇,使劲吸溜着。一股黏稠的液体涌进嘴里,通过嗓子,流入肚子。那味道简直无法用语言表达。我说话本来就木讷,一高兴就更木讷,简单说就是:甜中有酸,酸中有甜,酸甜都有,美味可口,比醋好多了。

白天,我开始关注王狗头媳妇的奶。她的那两个奶确实很大,胀鼓鼓的,像两个灌了八成满的猪尿脬,挂在她的胸前,悠来晃去,不停地颤动。

连续好几天,我像着了魔一样,脑子里不停地浮现出一个画面:胀鼓鼓圆溜溜软腻腻暖乎乎的东西,那东西丝绸般的油滑细腻,充盈柔软,在手心里微微颤动。

那究竟是张磨油的醋柿子,还是王狗头媳妇的大奶? 我没那工夫也没有心思去区分清楚。

有一点是坚定不移挥之不去的,就是我每时每刻都在想着去偷张磨油的醋柿子吃。能坚定这个想法的巨大诱惑是,我经常偷了张磨油的醋柿子,蹲在窗户外面小心翼翼地轻轻吸溜,偷听张磨油和王狗头媳妇在屋里欢快地吸溜,喃喃呻吟。就像是吃着一顿香甜可口的圣餐,同时欣赏着一首美妙无比的音乐。

不知道为啥，每次我只要把笊篱伸进川口缸，立马就想到了我妈讲她娘家的留福吃糕点的故事，知道人不能太贪婪，做事要适度，要细水长流。因此，我每次捞醋柿子不敢太多，一两个为宜，最多一次捞过仨。

我有时也顺手牵羊，偷张磨油做好的醋。他做好的醋放在一个小缸里。我开始用手捧着喝，喝多了肚子里难受，像一团火在烈烈地燃烧。几天不喝又想喝，想得难受。后来我就干脆拿一个瓶子灌，灌满了拿回家藏到柴草垛里，没人时自己偷偷喝两口。

一天，我妈说："你咋整天身上酸溜溜的，从张磨油醋缸里钻出来的？"

我心里一惊，没敢吭声。

我妈难道真是火眼金睛？后来一想，不会，她大概是在诈我，也可能是顺口说说。

一次偷醋，听见张磨油在屋里和王狗头媳妇说话："俺家以前不做醋，开油坊。俺爷弟兄五个，开油坊起家，生意越做越红火，挣了大钱，在溟梁村置办了半条街，叫张半街…"

王狗头媳妇问："后来呢？"

张磨油吸溜吸溜嘴，没再吭声。

张磨油家祖上的事我知道一些，听我奶奶说的。我奶奶说："张磨油的老奶（溟梁村把曾祖母称老奶，曾祖父称老爷）一口气生过五个儿子。两口子啃着窝窝头，喝着清沟里的水，跑黄河渡口背盐，北山拉煤，沁阳城倒缸，温县城卖瓮，吃尽了千般苦，受尽了人间累，省吃俭用，攒些银两让五个儿子读书，硬是把五个儿子供养出来。五个儿子个个都有出息。张磨油的爷爷排号老大，在溟梁村开油坊。二爷在北京大栅栏经营绸布店、中药铺。三爷在上海开纺纱厂。四爷在广州用轮船往外国卖铁棍山药地黄牛膝菊花四大怀药。五爷是国民党师长。他们有钱有势，在溟梁村置地盖房，轰轰烈烈地弄了半条街的家业。"

我奶奶告诉我张磨油家祖上艰苦创业的事，教育我："不要胳肢窝里夹着书本，耳朵上夹着铅笔，一天到晚疯来疯去，从小要好好读书学习。书中自有黄金屋，书中自有颜如玉。将来也像张磨油祖上一样，置地盖房，光宗耀祖。老古语说，受得苦中苦，方为人上人。少壮不努力，老大徒伤悲。"

我奶奶只要教育起我来，话就特别多，听得让人心烦。她的意思很清楚，就是要我好好读书，将来也干出一番事业来。

王狗头媳妇问张磨油"后来呢？"是指他这几个爷爷的结局。

解放前夕，张磨油的五爷跑台湾去了。他爷爷和返乡养老的二爷四爷，被土改工作队乱棍打死，半条街的院落家产和田地被分了，分给了村里的贫下中农。三爷不知所终。土改工作队把张磨油他爹赶到了这个破院里。

这个破院原来的主人叫王飞龙，就是王狗头他爹。

王飞龙家和住校贫宣队的头头黑老癞家一样，解放前几代老贫农，农忙时打短工，农闲时溜墙根。一家人穷得盖不上被子，几个人穿一条裤子。穷人恨死了富人。得红眼病的人世代都有。溟梁村搞土改斗地主时，王飞龙是积极分子，怀着对地主富农的刻骨仇恨，手里掂着一根短头棍，整天围着四分区工作队长老焦转悠，分浮财时明争暗偷，开斗争会时把地主富农往死里打。溟梁村的斗争会是在夜里开的，会场上点着几盏马灯。土改青年突击队员们抡起短头棍，雨点般落在张磨油二爷四爷和几个地主恶霸身上。张磨油的爷爷就是被王飞龙一棍子打得脑浆迸流，当场毙命的。张磨油后来说，他当时正偷偷爬在斗争会场旁边的老槐树上看。老焦为了奖励王飞龙，把张磨油家的老宅院分给了王飞龙。王飞龙夫妇像新婚大喜一样，兴高采烈地带着爹妈和王狗头，住进了张磨油家的砖墙大瓦房里，睡上了张磨油家的雕花大红木床。只可惜，王飞龙夫妇没有福气，三五年间都相继去世了。

村里人说："心比天高命比纸薄，这些财富本来就不该他们夫妇两个享受。"

再后来，王飞龙的爹妈也撒手西去，只留下瘸腿王狗头孤身一人。

张磨油他爹也够惨的。他带着张磨油九十多岁的曾祖母，像一窝惊魂落魄的狗，住进了王狗头家的土院子草上房。据说，张磨油的曾祖母整天在家里长吁短叹，不停地絮叨："俺几辈人省吃俭用，一滴汗一滴血积攒下贼大的家业，咋说没就没了？王飞龙和他爹他爷，几辈人都好吃懒做，偷鸡摸狗，凭啥霸占俺家的祖业？他凭的啥？"

这问题谁能回答？

没多久，这个年近百岁的老太婆魂归西天去了，带走了这个苦思冥想日思夜想也没有弄清楚的疑问。

张王两家的这种结局，奶奶并没有给我说，我也没听见张磨油对王狗头媳妇说。我没有经历过那个年代，我是听村里很多人风言风语说的。

不过，我喜欢思考。张磨油他曾祖母提出的问题，曾引起过我深深地思考。思考的结果，还是觉得我妈说的一句话好像有点道理："每个人都有自己的命。命里无的不能强求，命里有的不用发愁。命由天定。"芸芸众生拼命劳作，谁不是一心想过上好日子？可能不能过上好日子，享受荣华富贵，那要由老天爷来定。

父亲常说："人这一辈子只遇到三件事：老天爷的事，别人的事，自己的事。老天爷的事老天爷说了算，别人的事别人去干，自己只要干好自己的事就行了。"

我自己的事就是偷张磨油的醋柿子吃。

夜幕下的世界，环境密闭，宽松自由，万物尽情地展现出自己的本质和需求。贼偷东西黄鼠狼偷鸡老鼠偷鸡蛋，包括张磨油厮跟王狗头媳妇，不都是选在了夜里？

一天后半夜，下着小雨，我特地选择这个时辰去偷醋柿子。

当危险突然发生时，所有处于这个境地的人都认为自己是最安全的。我绝对没有想到，刚捞出来一个醋柿子，正准备下笊篱捞第二个，张磨油突然闯了进来，把我抓了个正着。

他揪着我的耳朵，拖到他住的屋里，喝令我："跪下！"

给你跪下？真是笑话。你也不想想，自己是啥成分？

我已经很快镇静下来，没搭理他。

我想起了鲁迅先生的话：最大的轻视就是无言，而且一句话也不说。

张磨油说:"快一个月了,你偷了我多少柿子? 偷喝了我多少醋?"

我依然保持沉默。

张磨油声音严厉起来,说:"不老实交代,我剁掉你的爪,你信不信?"

我还是没有搭理他。

张磨油简直是有些暴怒了,他说:"当年张六指偷生产队东西,老靳让他剁掉一根手指头,你也在场,都看见了吧?"

我理直气壮地起来,说:"张六指偷的是生产队的东西,那是挖社会主义墙脚,他的手指头该剁。我不是。"

张磨油大概听出了我的话外音,愣了几秒钟。但他很快就跑去擀面板上抄起了一把切菜刀,对着我的脸忽闪了几下,啪的一声拍在八仙桌上,恶狠狠地喝道:"你要不说,看我敢不敢把你那爪剁下来?"

我说:"你敢剁我手,我就跑出去吆喝你。"

张磨油说:"小兔崽子,你吆喝我啥?"

我说:"吆喝你厮跟王狗头媳妇。"

我有时饿了,猛地吃了一大块红薯,嗓子会被噎住,半天喘不过气来,无法吭声。张磨油听了我这句话,就像我吃红薯被噎住了似的。他绝对没有料到,我的手里有杀手锏。

张磨油扑哧一声,竟然笑了。

这个老地主心理素质真好,遇事不慌,冷静沉着,反倒笑得我一头雾水。

最后,我两个达成一项交易:有醋柿子时,他时常不断地给我醋柿子吃;没有醋柿子时,就给我醋喝。他厮跟王狗头媳妇的事,我要替他永远保密。

他厮跟王狗头媳妇,与我有鸟关系?

我这人没啥追求,有几个醋柿子吃,有几口醋喝就是我最大的心愿。

张磨油每天照常挑着担子敲着木鱼喊着号子,走村串街喊:"打酱油打醋,香醋五分,酱油一毛。"

我时不时地去他家,吃上一两个醋柿子,喝上一小碗醋。不过去的时间变了，都是白天去，光明正大理直气壮去的。

张磨油厮跟王狗头媳妇的事，在他活着的时候，我真的是信守承诺，装在肚子里，让喝下的醋、吃进的醋柿子把它发酵沤烂，消化得无影无踪。

"人做事要有底线，说话要讲信用。"这是我妈对我的谆谆教导。

王狗头媳妇臀肥乳丰，活力无限，真能生养，像生产队的那头英雄的老母猪，接二连三地生孩子，竟然生下了五个儿子二个女儿。

村里人说："这媳妇嫁给二狗头两年，没生出一个屁毛。这些年是咋了，生了五男二女？"

"咋了？王狗头这些年摸对路子了。"

摸对路子的王狗头也没享几天福，"文化大革命"开始第六年还是第七年，反正是在一个冬天，北风呼啸，雪花飘飘，他就一命呜呼了。

王狗头媳妇一人顶着一个家的天，关键是王狗头媳妇也学会了做醋，卖醋成了她家的一笔大的收入。她的儿女们正赶上了改革开放的好时代，个个都有出息。大儿子在村里先开造醋厂，又到县城开榨油厂，后来到濮阳中原油田开公司倒腾石油，当上了省石油集团公司的副董事长。二儿子在郑州广州香港倒腾铁棍山药牛膝菊花地黄，后来在莫斯科开中药铺，买了一栋楼，娶了一堆媳妇，生了一群儿孙。老三搞房地产，在溟梁村修建了半条街的房子院落。大女儿在英国读博士，老四在广州搞进出口贸易，老五在部队当团长。二女儿大学毕业后在深圳工作。

王狗头媳妇住惯了老式的砖墙瓦房，半条街的产业，空荡荡的老宅院，就剩下了王狗头媳妇一个人，孤零零的。她像一只被吸干了营养的老母狗，身架猥琐，皮松肉散，两个猪尿脬一样大的乳房，像晒干的瘪茄子耷拉在胸前。只是那两只狐媚溜眼，依然水波闪动，透露出当年的神采。王狗头媳妇也去儿女们那儿住过，但住的时间都不长，说："不习惯，住哪儿也没有住自己家随势儿，舒坦。"

张磨油地主帽子也摘了，酱油醋早已不卖了。他年近八十，说话声如铜钟，行走脚步带风，身子板依然硬朗。这大概和他年轻时做醋喝醋、走村串街卖酱油卖醋有关吧。

一天，王狗头媳妇对张磨油说："到俺家过吧。"

张磨油真的去了，一句客气话也没说。这个老地主。

村里人说，张磨油躺在那张雕花大红木床上，王狗头媳妇给他洗脸擦背，捶腿捏脚，温顺得像个老丫鬟。

王狗头媳妇说："以后就住俺家吧，我天天伺候你。"

张磨油说："恁家？这原本就是俺家。"

作者简介

冯俊科，男，毕业于北京大学哲学系。曾任中共北京市委研究室副主任、市委副秘书长、北京市新闻出版局局长。现任中国期刊协会副会长，中国图书评论学会副会长，北京出版发行业协会主席，首都出版发行联盟主席。获得过第五届冰心散文奖，第六届《北京文学》奖。出版有《冯俊科中短篇小说集》《江河日月》《写在墙上的思念》《并不遥远的往事》《千山碧透》等文学作品集和《西方幸福论》等哲学专著。多篇中短篇小说发表于《人民文学》《当代》《中国作家》《十月》《北京文学》等刊，被《新华文摘》《小说选刊》《中华文学选刊》《北京文学·中篇小说月报》《小说月报》转载和《作家文摘报》连载。作品被翻译成英、德、法、阿拉伯语等在国外出版发行。

我们都不是坏人

潘绍东

一场因非法六合彩引起的经济纠纷,以另类方式化解,折射出民间智慧和幽默,小说植根于民间文化,色彩丰富,个性鲜明。

一

秋收刚过,残存的稻香被风吹得饱满了整个村子。德顺躺在竹躺椅上,一只脚架在茶几上,另一只脚搭着这只脚,正半举着手机看《诸葛亮训马谡》的视频。人是电视剧里的,音被人配成了本地老子骂打麻将输了钱的儿子。看着看着德顺笑得全身乱抖,两只脚不再搭着,而是分开成两叶桨,龙舟竞赛一样划动。

百姓已是悬崖百丈冰,你倒是梅花一样在丛中笑,你对得起毛主席不?门口忽然响起一个声音,同时还有一根棍子敲打门脚的声音。

我怎么对不起?我天天对着人民币上的"毛主席"磕头作揖。德顺眄了一眼,喉咙里还发着嘎嘎嘎的余音。

门口站的是月满瞎子。

干部干部,先干一步,把自己喂饱,不顾群众死活。

德顺放下手机,直直地看着瞎子一步一步蹭进来。瞎子找到门边一把枞木椅子坐下,将棍子斜靠在右边墙上,手将棍子按了按,才缓缓松开。

你怎么睁眼说瞎话……德顺觉得哪里不对,不禁又笑起来,我都忘了,你睁眼闭眼都说瞎话……政府给你"五保"了,逢年过节送米送油还送慰问金;有病,一个电话就有医院专车将你巡抚老爷一样接走,不但打针吃药不要钱,还有年轻护士一天几轮又是摸手又是摸屁股,你还有什么不满足?

你出了鬼门想皇帝,当了皇帝想神仙啊!

瞎子并不气恼,也大笑了一声,咧出一口整齐的牙齿,这些事政府是小姑娘咳嗽——无谈(痰),我今天这件事,针打不好药吃不好,你是双江湾最大的官,只能一个头磕到你这里来。

你是说你那些码账?德顺起身泡来一杯芝麻茶,看到水有些满,往地上泼了泼,再端给瞎子。

瞎子感应到德顺拢来,早早就将手伸着,接过茶先喝一小口,再将杯子栽树一样放在地上,嘴又咧开笑,我状纸还没摊开你就晓得我的冤情,看来你这书记饭没白吃。

德顺说,你别讨好卖乖笑,你这个事政府已经多次申明,通告你看不见,大喇叭总听得见吧?码的正规说法叫地下六合彩,是政府之打击对象,而且特别地重点地强调之,对买码产生的钱财账目纠纷法律一律不保护,也就是赚了算你白赚,亏了算你黑亏……

瞎子伸手将靠墙的棍子抓住,搓了两搓,发出嗒嗒两声,喉咙也大了一倍,你先别上纲上线甩大帽子,我月满瞎子长到六十八岁也不是吓大的,我只问你一句,你老婆菊嫂买不?

德顺语塞,舌头像被夹子卡住了,半天,蹦出一句,她不会欠你账吧?

瞎子松开棍子,摆了摆手,她最爽快,都是现钱现买,从不买飞单,都像她,我才不来踏脏你门槛。

这个事村上真的不能插手,不能为虎作伥。

不需要你做账,他们笔笔单子都认账。

德顺嘿嘿笑两声,并不指出瞎子狗婆下牛崽似的把话听岔,既然都认账,你找他们要钱就是啊。

他们都无米下锅了。瞎子双手一摊。

他们都是谁?

只说几个大主子:财长子、喜佬、图安、狗伢子,和我侄媳妇细竹。瞎子伸出那只刚拿棍子的手,念一个名字弯一根手指。念完,又将五根手指叉开,像一个晒谷耙。

你的意思是……要村上替他们先垫上这笔钱？

你会给我吗？瞎子明显知道德顺在逗他，马上自己将坑填了，我还没脸要呢，我只要你出个面，把他们聚拢来，商量个解决的法子。

他们不认账我还可以来主持主持公道，他们没钱还，我来能有什么法子？

黄鼠狼还有三个救命屁，你当干部的总比只晓得放屁的东西强些吧？瞎子也拿阴阳话怄他。

你这不是逼我知法犯法吗？上面追究起来我罪责难逃。

只要他们不告你，上面难不成有盏探照灯天天射着你？

你能保证他们不告我？

他们祖宗十三代都在你的地盘上长着，是什么人你还不清白？没一个坏人。

当晚，四个人都被电话打到了瞎子那栋低矮但整洁的屋子里，细竹家和瞎子家只几丈远，不用电话，一个吆喝就来了。晚饭前，瞎子给细竹二十块钱，要她到甫驼子店子买了些花生米和瓜子。花生米放茶喝，瓜子纯磕。瞎子不知道，细竹的肚子已经微微隆起，像扣着小半拉西瓜，行动远不如以前那么轻快。人陆续到齐，细竹已将水烧得烂滚，人一落座花生茶就上来了。一屋子都是炒货的香气。

德顺想速战速决，赶回去看抗战剧——昨晚正看到鬼子在村里到处找花姑娘时就滚字幕了。他要大家报自己的账。细竹指着财长子说，今夜里是开斗争会，长子你罪孽最重，你先说。

财长子摸了摸脑壳，嘴里唧唧两声，腊肉一般的脸上有点难为情，人蠢财路短啊，我都被码害死了，还是月满爹自己说吧，反正我认数。

狗伢子掏出一包芙蓉王拆开，边开边笑，月满爹一起说得了，省得东一句西一句，我等下还要去跑趟车，一趟就是四百的现票票呢。狗伢子有一辆四吨的"福达"农用车拖河沙，白天老遇上拦超载的运管，超不超载都或轻或重的要割一刀，只好时常晚上偷着跑。不过，今晚上狗伢子根本不是去跑车，而是约了一个妹子到镇上"地婆"夜宵店吃炖肠。这个妹子钓了半个月了,直到今天下午她才松口出来见面——她男人在深圳打工。

瞎子也嚼着细竹送来的花生茶,边嚼边说,当着德顺书记的面,那我就把各位的飞单钱公布一下,长子四万,狗伢子三万六,图安二万八,喜佬一万六,细竹八千。他顿了顿,将口里的东西嚼完,说,都没错吧?

喜佬第一个发话,我认账。

厨师图安也附和一句,不错一分。

狗伢子说,谁不认账?我们都不是坏人,日本鬼子才不认账。

细竹还是笑呵呵的,天塌下来反正有你们几个撑着,我是垫底的。

喜佬一下抓住了细竹的"辫子",笑,你们女人本来就是垫底的嘛。

图安也来了兴致,铁坨没在家,狗伢子你可以晚上填填空。细竹的男人铁坨原来做木匠,后来在外专接住房装修业务。

狗伢子指了指细竹的肚子,你们没见她鼓着肚子啊,现在怕是铁坨回来了也不能挨。

图安说,你看看,只有装着贼心的人才这么用心注意人家肚子。

瞎子一脸喜色,呀,我还不晓得快要做叔爷爷了呢,老是喊细竹做这做那的。

那不打紧啊月满伯伯,才四个多月。细竹说,只是你当初学会算八字,没学会算码,害得我们今天来吃你花生磕你瓜子呢。

瞎子苦笑一下,八字也好多年没算了。瞎子最后一次算八字是在五十一岁那年:一个四十二岁来算八字的男人一定要他往直了说,他算到四十二岁就不算了,男人追问为何,他照师父传授的算法说你后面没八字了。三天后,男人一瓶农药喝走了。随后,死者家属洗劫了风车、打谷机、箩筐、锄头、米缸等等几乎瞎子家里所有财物,仅剩下一张床和现在住的这几间老屋——他们认为是瞎子把人吓死的。

德顺说,好了好了,玩笑莫开了话莫扯散了,我刚默了下神,共十二万八,不少哇,既然你们都认账,那就欠账还钱,天经之地义。

财长子将脑壳栽到胯下。其余人也吃了封喉药一般,连嗑瓜子的声音也瞬间消失。

瞎子叹口气，我也晓得你们暂时没钱，但大庄家给我发话了，再有两期不结清账，以后就不接我的单了，也就是我和他门槛上剁萝卜了。

德顺说，那让他剁啊，十二万八你可以不认账了，他敢上门来找麻烦，我帮你报警。

瞎子直摆手，剁了他也只亏四万，八万八我给他们垫上了。摆动的手朝众人划拉了一下。

德顺说，赖四万是四万，他们五个付八万八给你就是……

人不能这么做，瞎子打断德顺，我和他合作三年了，一直顺风顺水掏心掏肺，我赖他四万他不伤半分皮毛，可我这张老脸就丢尽了，我快七十了，一世还算清白，不想在最后留个臭尾巴。

你风格既然这么高，德顺朝众人眨了眨眼睛，那八万八你垫了也就垫了，等于当观音菩萨了，这五个人再凑四万给大庄家，不就一清百清了？

众人都展开一张笑脸，但忍着不笑出声。瞎子则茶呛了一般，喉结动了几下才出声，德顺你干部就这么提天平秤的？我瞎子虽然有你们政府养着，但你们包得了吃住，包不了人情世故。这不，细竹要是生了，我做叔爷爷的总得拿几百千把吧？这钱你们政府能帮我出么？

细竹终于忍不住笑出声来，月满伯伯你别听德顺叔逗，这账我们都认。

德顺鼻子里故意打出一个哼哼，老瞎子怎么说你呢，说差，你是茅厕里的石头又硬又臭；说好，你是财上分明大丈夫。不过今天请我也是白请，这个结神仙也解不开。

一直拿着手机发微信的狗伢子大约那女的在催他，有些急躁地说，办法只有一个——

几双眼睛手电筒一样照向他。瞎子也侧着头将耳朵对准他。

请高人算出一个特码，大家一买全中，万事皆休。

众人像好不容易盼来一个晴天，阳光还没落地又被一瓢雨浇阴了。

德顺说，就晓得你狗嘴里只能长狗牙，神仙都无解的事，高人有屁用。

只有喜佬像醒了神似的，高人倒是有一个。

"手电筒"又一齐照向他。

谁?

兔马冲桂嫂的爹姚先生,他以前是高中语文老师,退了休一直伴长沙的儿子住,这向住到桂嫂家来了,听说蛮会解码。

图安也立马想起来,我在那边办厨也听说过,不过他一般不给人解码,说这是伤风败俗的事。

狗伢子说,救命总比伤风败俗要紧吧。

财长子将头抬起来,自古华山怕只有这一条路了。

德顺掏出手机看了看时间,干咳一声,好了好了,既然你们这么信高人,那么我既来之则表态之,不管高人愿之不愿意,我出面去请他一回——你们既然上了贼船,就只能按贼路走了。

二

第二天,德顺一早就开着摩托驮着瞎子去了兔马冲。瞎子坚持要一起去,说一则他招的事他自己不能躲;二则万一姚先生不肯给德顺面子,也还有瞎子求情,不看僧面看佛面。德顺提出请人劳神要进门礼,瞎子说,这个不往别人身上摊,算我的。于是德顺在甫驼子超市前将摩托停下,让瞎子掏钱买了一条芙蓉王和两瓶"酒鬼"。

听了德顺的来意,桂嫂也不说姚先生愿不愿意解码,只是爽快将礼收下了。可进里屋见了姚先生,姚先生死活不同意算码。姚先生一顶格子鸭舌帽,一副金框眼镜,一看就有满肚子学问。姚先生说,现在世风日下,道德沦丧,买码赌博尤其是鄙陋之风,我虽无力制止,但绝不会助纣为虐,绝不会当逐臭之夫。

德顺满脸堆笑,先生讲这些我这个粗人半个字不懂,我今天是慕名而来之求救的,先生既然给别人算过——

一派胡言!这完全是诬蔑老夫!姚先生刀劈一样截断德顺,气也有些喘了,事情是这样,我从长沙来这里的当天,我女儿就问我"洛阳纸贵"这个成语的意思,说是替别人问,我虽有些诧异,但还是将左思十年写就《三都赋》的来龙去脉跟她作了详解,并引用苏轼诗句"十年且就三都赋"以佐证,没想到这个不成器的竟然是用于自己买码，当晚就单挑10，中了四千，事后尽管我严加斥责，当然也不会再给她解什么诗词成语，但恶名还是被传出去了，老夫教女无方，惭愧啊惭愧。

德顺摆出一副唱戏的"三花"脸，先生也别太作古正经了，桂嫂一个农村人，老幼齐全，天天忙里忙外不就图多赚几个钱？你一句话就让她哗哗哗进来四千块，这既不是从你荷包里抠的，也不是从我裤兜里掏的，是"六合公司"白白送来的，这是天大之好事啊！先生快莫生气之，要天天笑成个弥勒佛才配得上你之功德呢。

瞎子也笑着附和，这四千块换二十年前我得算一百多个人的"八字"，就是现在这个工价，一个正劳力也得舍死舍命干一个多月呢。

姚先生气息缓和不少，你们说的也不无道理，但这个所谓的"解码"纯是缘木求鱼刻舟求剑不得要领啊。

什么要领不要领，嘴巴一开能换到钱就是真神仙。瞎子举出一个大拇指。

姚先生摇摇头，只此一回，只此一回。

好事不能只做一回！德顺马上接过来话茬，其实呢，我作为一名村干部和先生一样，也不应该和政府唱反调，也要净化社会风气，但毛主席说具体情况具体分析，对于复杂事物要作反复之深入之分析研究。现在之问题是，我如果跟着政府一个调子一套锣鼓，说不定明天就会出几条人命。如果先生愿意出山，不费你灯芯不费你油，就凭你肚子里的书，包不准就能解开一个大结，天下太平，万事大吉，这看似是与政府唱了反调，实则帮了政府一个大忙。

瞎子也打了一个拱手，请先生看在老瞎子份上，帮我一把吧。

姚先生被说得意志有些不坚定了，看着德顺和瞎子说，你们到底是什么大结？

瞎子就一五一十将情况说了。

姚先生连忙摇头，这个不成，数额如此巨大，一旦失手，就是犯愚民之罪。

先生千万莫往多里想，只认"解码"就行，准了皆大欢喜，没准我们也绝不会放半个屁，可以立字为据。德顺眼睛往窗户下摆放的一张桌子上睃，一副要寻纸笔的样子。

姚先生轻轻摆了摆手，这样吧，为避免"一失人身万劫不复"，事情分两步走，我先给你们试解一期，你们要那几个人先下总数一半的单，换而言之，准了，便可以还一半的账。那么我还会再解一期，没准，也只增加二分之一的账，不至于翻倍。你们答应我，我就解；否则，你们即刻出门，另请高明。

德顺说，还是先生想得周到，我百分之百同意。又转向瞎子，月满爹你呢？

瞎子又打出一个拱手，我万分之万答应。

接下来，姚先生为两人解码。德顺报出今晚的"码语"是"轻烟散入五侯家"，德顺说有人解成"5"，有人解成属"猴"的四个数字"12、24、36、48"。

姚先生摇摇头说，远非如此简单浅薄。然后沉吟半晌，才说出他的解语：此句出自唐朝诗人韩翃的七绝《寒食》，而寒食节又起源于春秋战国之晋国，晋国臣子介子推忠诚护驾公子重耳在外流亡十九年，割股奉君，功勋卓著；重耳返国继位成晋文王后，封赏众臣，唯忘介子推，经人提醒才差人请之出山，介子推不允，文王只好亲自前往；介子推闻讯背母避于绵山，文王遣御林军搜山未果，后又听人主意三面烧山，唯留一面逼介子推自行走出，然直至三昼夜后大火熄灭，仍不见介子推出来，上山一看，只见其母子抱柳而死；文王大哭，将母子厚葬于柳下，并下令将放火之日定为寒食节，晓谕全国，每年这天禁忌烟火，只吃寒食，久而久之，相沿成俗。老夫以为，介子推侍君十九年才是津要所在，故解数字为"19"。

德顺和瞎子虽然听得云山雾罩的，但当姚先生报出"特码"时还是喜不自禁。姚先生再三交代要信守承诺，且不得告知外人，以免贻害无辜。两人连连答应，千恩万谢后赶紧回家。

出码时间在晚上九点半。瞎子忍着憋了一天都没向任何人讲，直到约好的那五个人九点十分到他家里集合。德顺却像凉了肚子蹿稀一样没能忍住，老觉得眼前有一扎扎红票子在晃，吃晚饭时，将风透露给了老婆菊嫂,并往死里交代再不能告诉别人,也不能到瞎子那儿报单。菊嫂甚是欢喜,但心里还是没谱,没敢多买,只买了一百块,委托自己亲弟弟报单时顺便也给弟弟透风了,她弟弟历来是个聋子不怕雷的主儿,一下报了一千。

瞎子将姚先生解码的情况说了,问五个债主信不信。哪有不信的,都说赶紧报单。瞎子说只能按姚先生交代的来。狗伢子和喜佬提出要多报点,说要死卵朝天,再赌一把,姚先生好不容易牵扯出那么多古文,一定能中。瞎子死活不肯,说做人不能欺心,姚先生看不到,天老爷能看到;再说,姚先生还有第二次呢。两人只好作罢,但狗伢子用微信将"特码"偷偷发给了"最怕有情人"——昨天晚上和他吃夜宵的女网友。

单子报给大庄家时,大庄家却不肯接单,说是数额挺大,再不中他也背不起了。瞎子硬着喉咙说,如果不中,明天一早就打钱过去,旧账新账一次性结清。那边犹豫一阵总算肯了。瞎子放下电话,手不停地在额头上揩汗。

接下来几个人边嗑瓜子边等出码。都没怎么说话,每个人心里都装了一面鼓,咚咚咚地直敲,似乎整个屋都在轻轻震动。

九点半出码。

19!

电话一来,引爆了一屋子夹杂着埋怨和叹息的欢呼——要不是你瞎子太较真,这账今天晚上就全清了。瞎子说,莫人心不足啊,一个电话十几分钟十二万八就变成了六万四,哪里有这么好的孝子贤孙?凡事留一线,日后好相见,后天你们又带个光身子来就是。只有狗伢子暗自欢喜——"最怕有情人"买了五十中了两千。

码隔天出一次。第三天德顺和瞎子又去了桂嫂家。这次德顺主动备了礼物,也是一条芙蓉王和一对"酒鬼",只是"黄芙"换成了"蓝芙",贵了一百四。瞎子要给德顺钱,德顺打架似的推辞。这两天德顺心里像关了一房鸽子,咯咯咯地直乐呵着——他虽然怪老婆买少了点,但小舅子从赚的四万中分了六千"信息费"给他,加起来也算是赚了一万。小舅子都这么讲义气,自己买点烟酒送姚先生也是应该的。瞎子不明就里,说,这个村上也能报销?德顺支支吾吾,这个哪能报销,是我见你瞎子老自己贴钱会裤子都没得穿,我的家底子毕竟比你好些。再说,也不是给别人,给姚先生说明我们干部之尊重知识尊重人才。瞎子感觉德顺话里有话,也不盘问挑明,只是皱着满脸褶子笑,笑得德顺心里像腊月天塞了根冰棍。

姚先生似乎气色不错,但对礼物坚辞不受,说此乃庸俗之举,何况他本来就不抽烟。德顺只好偷偷给了桂嫂。桂嫂说礼可以不送了,老头子的特码你可要告诉我。德顺笑着说,你亲爹的特码要我这个外人来告诉,这真是老木匠跑到邻居家借斧头用。

姚先生这次解的是"密云不雨"。他说此四字不能看作一个简单成语,而与清代著名学者纪昀纪晓岚有关。某天纪晓岚陪乾隆皇帝夜读,乾隆忽问京城附近有哪些县?纪晓岚不语,挥笔写出一副对联:"密云不雨旱三河,虽玉田亦难丰润;怀柔有道皆遵化,知顺义便是良乡。"联中巧妙嵌入当时京城附近的八个县名,每边四个,于是乎老夫解今晚特码为"44"。

听到德顺的摩托响,桂嫂忙从厨房跑出来,又怕老头子看见,便绕过屋侧的菜园抄近到大路的拐弯处,拦着德顺要特码。德顺说,你爹真不让告诉。桂嫂说,这不是背着他么。德顺说,那也不行。桂嫂说,那条烟我退你,你告诉好不。德顺说,你先拿烟来再说。桂嫂又立马跑回去拿烟。瞎子说,你真要烟啊,还不趁机快走。德顺说,反正天上的月亮一个人是看,百个人也是看,不亏什么。瞎子说你亏欠姚先生。德顺说他们父女一亏一补,两抵了。

很快,桂嫂吭哧吭哧抓着条烟跑来,德顺接过烟要瞎子帮他拿好,然后才说出特码。桂嫂喜笑颜开。德顺说,你千万不能再告诉别人。桂嫂说,我出大价钱买来的,我会乱说么?德顺觉得哪儿不对劲,心想,这烟本来就是我的好么。

因一条烟的失而复得,这次德顺更是兴奋难耐,回家一进门就和菊嫂商量买多少。德顺要买五千,菊嫂却只肯买三千,说万一不中,与前天的一万相抵也还能赚三千,好去换部电视机,这部电视机都被你天天看打仗片子给打烂了。德顺说,你这账是请二百五算的?一万块钱用三千来买码,送姚先生的礼物只合七百,也还有六千三啊,怎么还只有三千?菊嫂打出一个歉意的哈哈,还有三千还码账了。德顺脸一垮,牙齿也似乎陡然硬了三分,你个败家婆,背着老子还不晓得干了多少邋遢事。两人你一句我一句,差点打起来。

这边瞎子家里也闹成一锅粥,这回不但狗伢子和喜佬提出要多报,其他三个也要多报。瞎子坚持按姚先生交代的来,说姚先生还用孔夫子的一句什么"无度则失,纵欲则败"告诫了我和德顺。狗伢子也不知哪里学来的一句"尽信书不如无书"来反驳瞎子,说书生的话也不能全听。瞎子说,你们硬要多报往别处报去,我这里只能按姚先生交代的,今晚中了,所有账目一笔勾销;没中,旧病还原,还是十二万八,姚先生也没欠你们的。

这么一说,大伙才自在许多。狗伢子偷偷发微信要"最怕有情人"帮他报五百。那边回复说你来钱我就报。狗伢子心里立即跑进来一条乱窜的狗,半油半水地回复说,你在家里待着,别开灯,我连人带钱一起送来。那边说你不晓得打红包过来啊。狗伢子说红包里只有两百。那边说有两百就打两百。

仍然是九点半出码。

瞎子举着电话半天不吭声。

狗伢子说,没中你也要给个信啊。

……出了"7"。

三

德顺和瞎子第三次去桂嫂家,想请姚先生无论如何再解一次码,被姚先生差点赶了出来。姚先生说,这码语纯粹是虚言妄语胡言乱语,邪说诬民,昧于大道,溺于流俗,如此世风长久盛行,必将礼崩乐坏,法罔律弛,人心不古,我等也会斯文扫地,想想此等情状,令老夫怆然而涕下也。

姚先生说归说,不会真哭。桂嫂倒好像真哭过,一脸的眼泪湿巴,见了德顺也不说话,光眼睛横了一下。德顺本来也心情不好,回了句,横我什么,有本事横你爹去。

德顺和瞎子一路上几乎无话。前两次又说又笑的,德顺老逗瞎子,时而说那一树芙蓉开得几多爱人,时而说那一树橘子个个长得跟西瓜似的,甚至说刚才路边那个姑娘素净得像个影视明星,专挑瞎子的短处说。瞎子也不示弱,说村里好姑娘都被你们村干部糟蹋尽了,哪轮得上我这个"五保户"。瞎子年轻时被人说过一次媒,妹子是八里冲的,也是一个瞎子,两边爹娘还见了面,但最终那个妹子嫁给了一个聋子。妹子爹娘说,两人都瞎,有谷在田里也进不了屋,有米在缸里也进不了肚,这日子会过得黑不见边。此后,再没有媒人进过瞎子家门。

德顺直到将瞎子送到家,才说了句,这下好了,有坛归坛,无坛归庙,我们各奔前程吧。

瞎子将手搭在摩托的后座上,你好人做到底,今晚还得招集他们作个了结。

要了你们了,我和尚剃头尽了法(发)。

和尚也是人做成的。

瞎子,你得了吧,村里人都像你,这日子会回到走日本鬼子那时候去,鸡犬之都不得安宁。德顺说着,反头看了看瞎子的手仅仅是搭在摩托上,便一脚油门飙出老远。

半下午,瞎子接到一个电话,报出的号码陌生,声音是个女的。她说她是大庄家的老婆。

这个细声细气的女人告诉瞎子,大庄家被抓了,家也被抄了,瞎子欠的四万现在成了她家唯一的"度命钱"了——她有一个上高中的儿子和一个八岁的女儿。瞎子听得出她时不时地哽咽,想都没想说我这就把钱打过来——尽管他根本不知道这钱在哪儿。那边却说,千万别现在打过来,现在查得紧,待风声过后她告知新卡号再打。还有,她不会再坐庄了。

挂掉电话,瞎子立即打给德顺。

大庄家被政府抓进去了,这账就成了死账,今晚上你还得来一趟。

德顺半天没说话,最后叹一口气,说了两个字:我来。

仲秋了,夜已经不再燥热,空气中飘忽着丝丝带着凉意的水汽,路边的樟叶和桑叶上悄然凝结着一层细细的水珠。远处偶尔响起的一声狗吠,让一只夜行的猫忽然警觉,嗖的一声蹿上瞎子屋旁的一根晒衣篙,再嗖的一声蹿上比夜色更深的青瓦屋顶。

德顺将变故讲了后,说,那边人也被抓了,瞎子以后也不接单了,四万可以缓一步再给,其余八万八你们看怎么办?

一片嗑瓜子的声音。他们还能怎么说呢,账都认,钱没有,再表态也是这句话。

只能分期还。有人说。

分五年还是十年?月满爹都是吃七十岁饭的人了。德顺替瞎子辩驳。

要不去贷款。

贷款还赌债,哪个银行有这么蠢?

突然,屋顶上嗞嗞响动,然后是猫呼呼的唬声。唬声未歇,一小片青瓦啪的一声掉在财长子的脑壳上。财长子哎哟一声,手摸过去抓住瓦片,脑壳仰成一个面朝天,骂了句,死野猫!

我有个主意——又是狗伢子最先来主意。

但这次大家都兴趣不大,看都懒得看他一眼。

帮月满爹做屋!沙和卵石归我负责拖来,账长子你不是办砖厂么?砖不也有了?

所有人一脸愕然。昏黄的灯光也似乎瞬间固化成满屋黄油,将除狗伢子外的六张脸冻住。

一阵静默过后,瞎子一个硕大的苦笑将黄油重新溶化,狗伢子你发梦吧?我都是黄土埋颈的人,今天脱鞋上床,明天还不晓得能不能穿上,还做屋?

财长子脑壳里似乎突然开了一道锁,嘿嘿的笑两声,这是个办法,我钱没有,砖倒是尽量拖,喜佬你崽不是在镇上开塑钢门窗店么?门窗也有了。

我还是正式拜师做了三年学徒的砌匠呢。喜佬也好像开了窍,将多年未操的手艺又唤得心痒起来。

那你"秋分种麦正当时"啊,图安也兴奋了,大厦落成了我来办厨。

狗伢子说,你莫想占便宜,单单办个厨能抵掉多少账?

图安说,我做屋还剩了一些钢筋瓷片,都可以拿来。

瞎子竭力要睁开眼睛的样子,整个眼眶的肌肉都在扯动,双手朝空中乱舞,你们还是谈正事吧,别再开瞎子玩笑了。

一直没发话的德顺语气中也隐含激动,瞎子你还别说,这真是个办法——欠账还钱天经地义,有钱钱打发,无钱物打发,无物话打发。现在他们都愿意用物来抵账,你还有什么不同意的?

干部你也跟着起哄,我这把年纪……

钱反正他们暂时还不上,屋呢,做起来住一天算一天啊,整个双江湾就数你的屋最旧,少说也有三十多年了吧?

三十八年了。瞎子想了一下说。

都成烂古董了,墙脚也润了,檩子也朽了,哪天下雨要是垮塌把你埋了,我这村干部也难辞其咎啊。

细竹也开始帮腔,做屋那阵子月满伯伯你可以住到我家里,做事的师傅就在我家里吃,我来做饭。

瞎子说,细竹你就别凑热闹了,你现在是千金之躯了,哪里能奔三劳四。

细竹说,网上说怀孕期间要有一定的运动量呢。

德顺马上接着说,这是没错的,你菊婶生奋军那天还在插田呢,奋军不也考上名牌大学留在上海了么?不扯远了,屋吧,不需要做得太大,五六十个平方,一厨一厕一厅一卧就行。也不要两层三层,有一层就够了,反正预算伴着你的账来,加装修也就七八万块钱到顶。

瞎子一直摇头,起屋造船星夜不眠……

不要你操半寸心! 德顺站了起来,弹棉花一样挥舞着双手,也不需要像别人承包什么的,平时你为人好,现在也是农闲,只要一声喊,帮忙的会像鸭子下秧田一样一群群来。

图安笑道,到时你只需一个光人住新屋就是。

喜佬竖出一根手指,还有,说句巴皮巴肉的话,你瞎子爹这一二十年来没办过任何一件大事,平时都是拿着钱往外随礼的,趁着这次做屋,不也就把人情收回来了？

狗伢子袖子都勒了起来，没说的了，做！

德顺说，瞎子你就莫再吞吐了，这是大家再三思之的决定，明天你就住到细竹家去，大家各就其位各负其责，一门心思帮月满爹做屋。散会！

那一晚，瞎子一整夜脑壳里都在放电影。这栋老屋是他和爹娘一砖一瓦建起来的。砖是三六九寸的土砖，娘担泥，爹掌模，他就提着个包壶送茶水，一天从早到晚可以放七百块砖。瓦也是爹自己烧的，用黏性好的观音土办泥，然后做瓦坯，架一个内空一丈五高五尺的窑，烧窑了三天三夜，他就拿着个蒲扇坐在窑口往里扇风。那时候做屋乡亲邻里都兴送物送工，有送桁条脊条檐条的，有送圆钉马钉的，还有送冬瓜南瓜皮粉挂面黄豆"猫鱼"的。"连三间"的屋，从九月初四开挖地基，九月二十二做砖行墙，十月二十全部完工，花工 352 个，总工值四百九十二块八，其中光送工就有 117 个。做屋共花了六百七十八块八，有二百四十块是从亲朋戚友那儿借的。那一年，瞎子一根棍一个袋蹚山蹚水给人家算八字，一个八字两毛钱，一年下来替爹娘还了三十六块钱的账。快四十年了，爹娘一个个死了，这屋也旧了朽了，本以为这辈子哪怕双江河变成洞庭湖他也不会换地了，没想到出了这么个意外，真是不到人进棺材，莫定人家寿和财。

月满瞎子要做屋的稀奇事塘里砸石头一样很快传遍了整个双江湾。放基立柱那天，村民纷纷涌来，像来参加一个久违的大会。之前，图安已叫他的连襟开着挖掘机三下五除二将老屋推平了，瞎子的东西也都被众人搬到了细竹家。本来瞎子还想留下那张爹娘遗存下来的"鹤鹿双寿"花板床的，有人说新式屋配老式床，那是烂棉袄上罩西装不伦不类。恰好四猴子平时喜欢捣腾点古玩，说可以用一张席梦思换那张床。众人都说瞧瞎子爹这运气，想成仙的时候有人送蟠桃来了。还有的说住新屋睡新床还得讨个嫩新娘。说笑一阵，瞎子听劝，答应了四猴子换床。

从财长子那儿拖来的三万红砖也齐齐整整码在屋基四周，沙卵石也堆了两大堆，都是狗伢子拖来的。喜佬也请了狗伢子拖塑钢门窗，但迟迟不见动静，直到这边逼急了，才要狗伢子到镇上去拖。狗伢子将货拖来，眉飞色舞说，今天差点就看上了哪吒大战李天王的戏了。众人忙问怎么回事。狗伢子说，喜佬的崽称不管是谁都得现钱买现货，喜佬气急了就说，那我养你这么大你也得出钱，我帮你带崽也得月月出保姆钱。父子俩你来我去大战三百回合，只差没赤膊上阵了。众人笑着说，喜佬年轻时怕老婆，年老了又怕崽，五行啥也不缺，就缺不怕。

将门框立正立准，贴上两绺写有"上梁欣逢好时日，立柱喜靠众乡亲"的红纸条，放了挂鞭炮，德顺请来的溪桥爹开始喊奠基礼：唯神乘震东方，甲乙呈祥，月满业主，兴建住房，祈神显应，大放神光，驱凶降吉，阀阅无疆，蒙恩沐德，曷感毋忘。

礼毕，德顺站在大门前，拉高声音发表讲话：双江湾的全体各位同志们，今天月满爹老树发新芽，要起华厦，我们表示最大的祝福和最崇高的敬礼！这次大业，不采取承包之方式，以财长子、狗伢子、图安、喜佬、细竹为主要之责任，本人担任整个之领导工作，其余各位乡亲父老有钱帮钱，有力帮力。吃呢就在细竹家，大锅饭大锅菜，像过去大集体那样，大家共同努力，众手浇开月满爹的幸福花。待乔迁大喜之日，大家都来喝酒呷肉，喝它一个坛响罐响，呷它一个嗝香屁香。

四

十月十五是瞎子的乔迁喜日。

这个日子是瞎子自己挑的，溪桥爹算了也是明堂吉日。其实还有一个谁也不知道的秘密——这天也是瞎子六十九岁的生日，按"男进女满"的习俗，这天就是瞎子的七十寿诞之日了。

一个多月来，细竹家路上不断人、灶里不断火，每天人欢马叫的，让瞎子过得暖心暖肺，甚至产生了某种依恋感——除了自己坚持要坐在灶门口放几把柴火当当伙头军外，细竹什么事都不要他做，晚上甚至洗脚水还端到脚前。细竹的肚子渐天隆起，她的声音也越发变得轻柔，将饭端上来，嘴里便照着孩子口吻说，叔爷爷吃饭啦，洗脚水来了。嘴里也叫着叔爷爷洗脚啦，此时瞎子心里便开出一菜园的花，冬瓜花、南瓜花、黄瓜花、茄子花、豆荚花,每一朵花都嘟着一张小嘴儿,亲热地叫着叔爷爷,叔爷爷。

德顺还分配细竹一个任务,要她记账管账,财长子、狗伢子、喜佬和图安他们送来多少材料,出几趟车,帮多少工,都按时价折算成钱。乡亲们送的工请的工也都要写清楚,请的到时按价给钱,送的记着也是一个人情。昨晚上细竹送洗脚水的时候还说,我的账我算好了,八十块一天的工钱加上饭菜钱,一共是六千七,还差你一千三。瞎子说,快莫算了,真要算,我只怕还得倒找你许多。细竹说,我笔笔都记了的,一包味精都记着,不会错。瞎子说,每天饭来张口的,你把我当皇帝服侍,再要说你欠我钱,我就赖在你家不走了。细竹扶着肚子笑,不走就不走呗,反正铁坨家爹娘都不在了,家里正缺一个老的。瞎子也笑着说,你倒是嘴快,铁坨回来看不揪你耳朵。细竹说,他这么久不回来,我还要他跪搓衣板呢。

喜宴共办了三十八桌。附近几个屋场几乎每家都有人来,连姚先生听说了,也打发桂嫂送来一副他亲自作亲自写的对联。德顺边贴对联边念给瞎子听,说,姚先生水平就是高,对联里还安嵌了瞎子的名字,他德顺也有一个字在里面。宴席当然是图安办的,都说现在办席洋不洋土不土的都吃腻了,不如来个正宗的土八道。菜一上桌,果然是正宗土八道:八宝松肉坨、白切肉、鸡汤煨笋、肉泥茴皮粉、腌菜扣肥肉、猪肝云耳汤、香辣豆豉鱼、虎皮扣肉、时令青菜。整个双江湾都蒸腾着一股酒香,像盛夏突然而至的暴雨带来的泥腥味那样漫山遍野。酒席上所有人脸上都袒露着笑意和醉意,像那个饿肚子年代正过着一个丰饶富足的大年三十。德顺特意将瞎子那几个"账主子"拢在一桌,说是今天既是瞎子办喜事,也是你们办喜事,一定要喝个痛快。其实那几个早就商量好了,德顺经常牛逼烘烘说,村里乡里县里早已将他的酒量练成了一个无底洞,这次一定要联合起来探探他的底。一个寻锅补,一帮要补锅,于是一上桌就"三结义、四季财"的喝开了。

席散后,管礼簿的细竹告诉瞎子,礼钱竟收了四万六。这个数字吓了瞎子一跳,手脚都伸不直了。细竹说,都说你这么多年没办过事,这次都往重里送。细竹还说,本来德顺交代饭后要召集"账主子"开会算账的,现在他们个个喝得六亲不认三四不分,只好明天再说了。瞎子笑着说,我要不瞎,也会跟他们大干一场。又交代细竹,这账别算太死,该我倒出的我一分不少,他们还欠我几百千把的,一概抹掉。细竹说,到时还是听德顺叔的吧。瞎子说,这次听我的。瞎子又忽然记起一件事——忙要细竹从礼钱中拿出两万,给大庄家老婆汇过去。前两天大庄家的老婆打电话来说,现在她急要钱用,但两万就够了,剩下两万以后再打。当时瞎子要细竹记了她的新账号,说是办客这天拢了钱后就汇给她。瞎子以前汇钱都是要细竹从电脑上汇过去的。

夜深了,所有的人都已散去。

瞎子却无法入睡——新鲜的气味和突然的空阒让他一时无法适应。他悄悄打开大门,一股寒气扑面而来,而他感觉是满天的月光向他扑来。他抬头望天,朝着月亮的方向,做出一个拥抱的姿势,嘴里喃喃自语,爹、娘,月满今天七十岁,月满今天住新屋。他顿时感到两个眼窝微微发热,嘴角也不由自主地抽动起来。

伫立良久,瞎子转过身来,双手小心翼翼地抚摸着门框上的对联,像抚摸即将出世的侄孙子的脸蛋。对联的十个字他记得清清楚楚,他将双手举起,像举起一双明亮的眼睛,从右至左,由上至下,一个字一个字地"看",每"看"一个字,嘴里就念出它的读音来:

明月一轮满,

德门四邻和。

作者简介

潘绍东,男,湖南汨罗人。中国作家协会会员。小说散见《北京文学》《天涯》《芙蓉》《清明》《长江文艺》《湖南文学》《创作与评论》等刊,多部作品被《小说月报》《长江文艺·好小说》《北京文学·中篇小说月报》等转载。曾获第六届《北京文学》奖、湖南省第五届毛泽东文学奖。

秘密报告

李敬宇

　　"女上司"是中国官场中的独特人群，这一篇以报告形式描写的"女上司"，意料之外，情理之中……

　　这个报告的全称应该是：《关于对女上司贾主任个人行为研究的秘密报告》。

　　首先谈一下我写这个报告的动机。要说我对女上司贾主任有什么非分之想，那是不存在的。她比我大了十几岁，虽然是异性，但没有任何特别吸引人的地方，犯不着呀！可不知为什么，我就是有一种冲动，忍不住就想写一点关于她的东西。练笔头的人大家都知道，闲着也是闲着，不如利用闲着的时间，胡乱写几笔，等于是总结自己的想法，也算是对自己的写作冲动有个交代。

　　再来谈一下为什么这个报告叫"秘密"？有两层意思：其一，我是利用上班时间干私活，所以"秘密"一点为好；其二，也是最主要的，我写了我的顶头上司贾主任，并且总觉得有点搞笑，多少含着点"大不敬"的意味，所以必须"秘密"。

　　最后我还要说一说这篇文章的布局。我是模仿了我手头上正在撰写的《关于对我区教育事业发展状况的分析报告》的写法；既然是"关于某某的报告"，分量有点重了，不正规也要正规了，所以，以下内容，我采取了按部就班的写法。我承认，我的这个秘密报告其实就是胡扯淡，然而在形式上，我仍然要正规一点。这不免使我想到各单位年底或年初时，普遍流行的那些分析报告，当然也包括我手头上正在撰写的分析报告，它们看起来中规中矩，有模有样，其实大多都是胡扯淡。

好了,言归正传,还是回到我的这份报告上来。

第一部分:女上司的基本情况

这一段我是从女上司填写的个人履历材料中摘录下来的。我是办公室副主任,是她的副手,主要从事文字工作,所以抄录单位某个人的履历材料,可谓小菜一碟。

姓名:贾君。性别:女。出生年月:1968 年 4 月。学历:本科。政治面貌:中共党员。现任职务:办公室主任。职级:正科。

个人简历:1986 年 9 月 – 1989 年 7 月,省粮食职业专科学院学生;1990 年 12 月 – 1993 年 8 月,临江镇政府办事员;1993 年 8 月 – 1997 年 1 月,区农业局科员;1997 年 1 月 – 2000 年 11 月,区教育局科员;2000 年 11 月 – 2006 年 3 月,区教育局办公室副主任;2006 年 3 月至今,区教育局办公室主任。

家庭成员——丈夫赵某,工作单位:铁路局机车车辆厂工具车间,职务:主任;女儿赵某某,工作单位:市工业大学三年级,职务:学生。

社会关系——父亲贾某某,工作单位:港务局第二公司,职务:退休;母亲钱某,工作单位:无;哥哥贾某,工作单位:区塑料厂,职务:工人;舅舅钱某某,工作单位:市劳动局教育培训处,职务:处长。

我之所以要列出贾主任长长的一段个人履历,并不是刻意地想说明,她本人并没有什么特别的学历和资历,也不是想表明她的家庭状况非常一般,无任何特殊背景;恰恰相反,我想表达的,或许正是她的"社会关系"。我猜想,她的舅舅,很可能对她的仕途发展起到了决定性作用。

需要解释的是,为了遮人耳目,我不能使用我的顶头上司的真实姓名。我想套用当年西安事变之前,红军与东北军秘密联络时,中共在内部所发电文中对东北军的称呼——甲军。称她甲人吧,读起来像假人,有不真的感觉;其实她是真人,她的事情就发生在我的跟前。所以不如就让她姓"贾"吧,名字也不叫人或仁了,叫个"君"吧。

第二部分:女上司的行为特点

鉴于贾主任的故事较多、较杂、较琐碎,其行为特点,我只能以罗列的方式,来举例说明。

其一,大酒量。

男人的酒量是练出来的,女人的酒量是天生的。这一点毋庸置疑,从贾主任身上就能透彻地反映出来。

逢着酒局,办公室主任是必须要出面的,那属于必要的应酬,主任们都大同小异。贾主任的不同在于,她常常会逗着一把手孙局长喝酒吃饭。这没办法,我们孙局长别的爱好没有,就好这一口。

踩着下午下班的钟点,贾主任推门进了孙局长的办公室,大大咧咧地说:"大老板今天有没有时间? 要是有时间,我来约人。"孙局长估计有两天没喝酒了,像是正处于半等待状态,但却矜持,问:"什么题目?"贾主任说:"没有题目,我嘴馋了,打打牙祭。"孙局长立刻说:"这话要说清楚,是你嘴馋,可不是我嘴馋啊。"贾主任接话也飞快:"当然,嘴一馋,浑身都难受!"

随后她就掏手机,开始打电话邀人。在打电话的时候,她已经踱出局长办公室,走到我跟前,见缝插针地对我说:"你,也去。"

其实被邀的几个人都是科长,都在同一栋楼里。当我们相约着下楼去酒店的时候,贾主任会对其中一位科长说:"你们科钱多,也该花一花了。今天,你买单!"

说贾主任酒量大,是因为她白酒喝个半斤,几乎显不出酒态来;喝上八九两,虽然酒态已现,但也不至于醉酒,摇摇晃晃地也能摸上回家的路。要不是有两次我亲眼见到她酒后失态,我真会把她的酒量当成是一个永久的神话。

那次是我们教育局中层干部外出考察。考察是离不开酒的,否则还叫什么考察? 汽车的后备厢里,别的东西没有,酒是备得足足的。然后,就一路喝。那一回贾主任确实是喝多了,失态了。没办法,一把手耍赖,不讲理,逼着她在最后的冲刺阶段打通关,搞车轮战。这谁能吃得消? 已经喝了那么多酒,再一大圈下来,不又得灌进肚子里半斤啊! 要是换上我,不喝得当场吐血才怪呢!

贾主任不但没有喝吐血,连呕吐的意思都没有。不过,她还是失态了。

热得把毛衣外裤都脱了,穿着内衣内裤,躺在一把手孙局长的床上,起不来;可能是还嫌热,把内衣也掀了起来,肚皮露在外面。孙局长和我们不同,我们住标间,两人一间;他住单人间,且是个套间。那一刻我们都挤在孙局长的房间里。酒喝多了,趁着喝多的机会,都挤过来,瞎聊天,嚷嚷着要打扑克,其实是酒后添乱,趁乱和领导套近乎。贾主任也是随大流,跟着一起过来的,来了便支撑不住,上了床。

孙局长看两眼床上的肚皮,说:"你睡这儿,我怎么办?"贾主任喝多了,翻了一个身,好像不理解这话的意思,反复咀嚼:"你怎么办……你怎么办……"像是突然醒悟过来了,猛地说:"你也上床来吧。"一大屋子的人不禁都笑起来。

孙局长仿佛受了鼓舞,即刻又说:"是你睡我,还是我睡你?"

满屋子的人更是大笑。

但这样的笑话出的不是太多,或者说,我见到的不多。倒是有一次,喝了酒后,贾主任情不自禁地哭起来了。因为在座的人多,她的哭就显得与当时的情境很不协调,既突兀,又显得特别滑稽。

也不知道当时是怎么引起的,就是酒喝多了,话赶着话,孙局长借着酒劲向大家表白,以"我这个人哪"起头,开始掏心窝子。孙局长常常会这样。每到这时候,我们这些下级,也是因为喝多了酒,就开始向他表决心,无论是真心还是假心,一概都是忠诚的口吻。但是那天,贾主任突然不合时宜地说:"大老板这种话说得没意思,说了让人生气!"别人都不解,问她因何生气。贾主任说:"要说你孙局长对人关心,那要看怎么关心了。就拿我来打比方吧,你当我们大老板也这么多年了,在政治上,对我还有过真正关心?"大家都没料到她会说出"政治"两个字,大家也都知道这两个字的内涵。孙局长说:"喝酒不谈政治,喝酒不谈政治。"贾主任像是受了委屈,说:"怎么不谈?今天不是因为喝了酒,不喝酒我也要谈!我早就要谈了!"于是开始谈她的过去,谈她这几年的辛苦,谈她为单位做出的贡献,谈别人上去了,可她没有上去,领导明显偏心了。

这么谈着,诉着苦,禁不住,就开始哭诉了。当着一大桌子人的面,哭得很投入。因为很当真，酒便喝不下去，只好中途散场。散了场人也不能走，因为哭得厉害，一把鼻涕一把泪，大家都没法走。一位科长实在看不过，对我说："小李你是副主任，你们俩是正副手，只有你来劝了。"我本来是不善劝人的，被人点了名，只好硬着头皮上去劝。但效果极差，或者说，适得其反，反而使她哭得更凶了。

这让我想到了远在老家的母亲，她没有什么文化，但民间语言很丰富，说到别人哭得很伤心，她会说，"哭得跟刘备似的。"这事以后，只要一想起贾主任那天的哭相，我就会想到母亲说的这句话，特别生动，也显得特别"有文化"。

这是其一，再来说其二。其二，是对台账情有独钟。

我始终不知道贾主任是怎么回事，对面上的事情极为热衷，已热衷到让你目瞪口呆的程度。上级领导热衷于面上的事情还情有可原，人家毕竟是在上面，对下情掌握不多，只能通过台账之类来了解下情；但贾主任也喜欢做表面文章，就叫人觉得不可思议了。对于面上的工作，她做得最出色的，就是台账。

举一个例子。那天上面来通知，说省厅的厅长要来我们局，检查中小学基础建设方面的情况。这消息来得既突然，也不算突然。就在几天前，报纸上登出，外省的一所中学，一座在建的教学楼倒塌了，不仅当场死了两名工人，还砸死了五个放学路过的学生。此事经由网上传播，影响更大。领导下来，可能与此事有关。但更多的传言，是说再过几个月就要换届了，这厅长已经明确撂出话，要在近期到全省120个基层教育局都去跑一遭，作个视察，于是大家背地里笑称，这是他"最后的挣扎"。

但是，提到检查，情况又有所不同。孙局长当时头就大了，不知道该怎么办，急忙召集局里中层以上领导开会。

大家都不发言，多数人觉得这事太无趣。

就在尴尬之时，贾主任开口说话了。贾主任说："这事其实好办，说到底，来检查就是看台账。我们把局里的台账做好，再安排一家学校，叫他们把台账也好好做做。做好了，就不怕检查。"孙局长像抓住了一根救命稻草,旋即说:"那这事,你来,行不行?"贾主任也不含糊,说:"行啊,领导尽管放心,不要烦神。"

但是台账怎么做呢?会议一结束,贾主任就跑来找我。我苦思冥想,终于想到前两年上面发过一个文件,检查基建方面的,采取打分制,条条杠杠,分得很细。我说文件可能还在我的电脑里,找一找,估计能找到。贾主任说:"赶快找,时间不等人!"我在电脑里搜索,居然把那文件找出来了。

贾主任雷厉风行,当即支派我,将文件里的内容一项一项分解到各科室,并打印出分解总表和分表,由她交给各科室负责人。然后,要求各部门派一名内勤,双休日加班;办公室则全体人员加班。接下来,这拨人订计划的订计划,制表格的制表格,写总结的写总结,采买文件盒等物件的去采买各种物件。在两天时间的闭门造车里,全单位的电脑键盘啪啪地响,打印机唰唰地印,复印机哗哗地转。贾主任坐在办公室里,运筹帷幄;而中午和晚上的用餐,则由她亲自安排,到单位就近的酒店,好菜加热饮,当然不能喝酒,否则会耽误加班。贾主任还跟孙局长申请了每个人的加班费。大家忙得不亦乐乎,但大家都情愿,并且一致说,贾主任行,有能力。

这还没完,到了周日下午,看着材料一摞一摞,准备得差不多了,贾主任抓起电话,跟教育局门口的电脑彩印部联系,把店老板招过来,布置印刷事宜。贾主任说:"还是正规印刷一下比较好,像样子;钱多钱少不算个事,你只要快,而且印出来要保持整齐、一致。"老板说:"三天交货,行不行?"贾主任说:"不行,最迟明天! 你哪怕是连夜加班,也要帮我弄出来!"老板面有难色。贾主任跟上一句:"我不是说了嘛,钱多钱少,不是问题。"

结果可想而知,当几十本印刷精美的"基建迎查台账"于礼拜一下午呈放在孙局长面前时,孙局长简直都要惊呆了。在他眼里,这简直是奇谈啊,他首先就要越俎代庖,代上级领导对本局的工作表示满意了。

其三,有点小嫉妒。

试举一例。孙局长喝酒喝多了,还有一个喜好,去舞厅跳舞;其实孙局长的舞跳得真不行,是一成不变的"两步舞"。但跳舞,就要找舞伴。单位最漂亮的一位,也是比较风骚的,是小周;可人家才结婚,刚刚出了蜜月。

那天酒后去舞厅,贾主任对孙局长说,把小周叫来吧,她舞跳得好。孙局长肯定也有这意思,但即便酒喝多了,也不好意思主动提出。听贾主任直接说出口,他不说行,也不说不行,其实心里是相当受用的。不大一会儿,小周被局长的专车接来了,接来便陪孙局长下舞池跳舞。

孙局长醉眼蒙眬,舞跳得跌跌撞撞,但缠着小周身体的一双手,怎么也不愿意松。贾主任试图插一杠子,和孙局长跳一曲,但没能得逞。贾主任觉得扫兴,可能也觉得难堪;幸亏是在乱哄哄的舞厅,大家都没在意。贾主任踅身到我跟前,说:"小李,都十一点多了,我在外面坐坐。你要是不想在这儿,也到外面去坐坐。"我对跳舞没一点兴趣,贾主任出去后不多时,我也出得门来。

我们在大厅里枯坐,直坐到近一点钟,孙局长那边仍没有散场的意思。大厅里的空气太沉滞,不新鲜。贾主任说:"我们去外边吧,外边空气好。"临近深夜一点钟,外边已经没有什么人了。我们索性坐在舞厅门口的水泥台阶上,像黑夜里的两个民工。

看得出,贾主任是一副无可奈何的样子。贾主任的舞其实跳得也不好,平常好像对此也没有多大兴趣。但她还是不服气地说:"跳舞,不就这么回事嘛!"想想又说:"唉,年轻就是资本啊。"想一想,似乎很不甘心,又说:"我们是没办法,工作需要;这小周,也真有意思,才结婚没几天,就这样在外面疯,也不怕闹家庭矛盾啊!"

她讲一句,我就打一次哈欠,以表明我和她一样,也是无可奈何。但我忽然感觉到,平日里大大咧咧的贾主任,其实也还是有一点女人心的。

其四,还有点傻。

喜欢发号施令,表现自己的魄力,以示自己聪明,只是贾主任傻的一个方面;有些时候,她是真的不聪明。

也举一例。午餐,本来局领导是和我们在一起吃饭的,经贾主任提议,搞了个小餐桌,安排了单独一间小餐厅。局长副局长调研员副调研们被一网打尽,虽然嘴上不说,但心里是受用的。操作一段时间后,有一天,孙局长突然不高兴了,说:"你们看这汤,这叫什么汤呀?要么全是仔排,要么全是鱼,要么全是鸡块,几乎见不着汤。"本来也是随便发的一句牢骚,批评中似乎还透出表扬的气味,但一位姓吴的副局长忍不住,说话了,说:"《晋书》里有个故事,讲的是晋惠帝时期,天下饥荒,惠帝见百姓饿死道旁,便问左右,怎么会这样?手下人说,没有吃的。惠帝就说,何不食肉糜?"

常务副局长老郑说话了,说:"贾主任你知道吴局长讲这故事的意图吗?吴局长是说,我们这边汤不像汤,可外面,大家喝的,又太像汤了,早来的几个人一动手,后面的人就连喝的是什么汤都不知道了;落在后面的那拨人,每天就开玩笑,对着稀汤寡水,猜今天到底喝的是什么汤。"

这话从小餐厅迅速传出去,传到外面。后来中层干部们只要一提到办公室,一提到贾主任,都会不约而同地说一句——何不食肉糜?

第三部分:女上司之所以能成为女上司的原因分析

通过对贾主任上述行为特点的列举,我觉得,贾主任之所以能够成为我的女上司,其原因主要有以下几方面:

一、从主观上讲,性格开朗大方,使得贾主任在场面上回旋自如,游刃有余。

这是当下混迹于官场所必须具备的性格特点之一,尤其是在我们这种比较低级的小官场。比如说喝酒,别人都喝得东倒西歪,开始倚疯作邪了,你偏偏不喝,坐在一边摆清高,那你肯定是"死虾子",混不下去。

为了说清这个道理,我试着再举一例,不谈喝酒,只谈黄段子。

政府机关,近十多年来,兴起了说黄段子。如果在公众场合说得不彻底、不敞亮,就好像显不出水平似的。当然,也不是不分时间和地点,逢人乱说,场合还是要考虑的;主要场合,仍旧是在酒桌上。比如一桌围坐的,大小领导,前提当然是大伙儿都比较熟识,起码也是在一起吃过一两回饭的。如果是男女搭配,自然更好,女的少一点也无妨,哪怕只有一个,也足以尽兴发挥。

孙局长坐在主位上,几杯酒下肚,便从刚端上桌的一盘"活珠子"(也就是旺鸡蛋)里拿出两个来,往桌上显眼的地方一放,然后顺手拿过一大截生黄瓜,朝两只鸡蛋的上面一架,说:"刚才大家不是要找喝酒的题目吗?今天就这个题目,有了吧!"

此话一出,男士们便有了发挥的欲望。一位科长一马当先,率先讲了个段子。几个女人害臊,或装着听不懂,或装着没听清,抿住嘴,不言声;只有贾主任,男人们笑,她也哈哈哈地笑,笑得知己知彼,颇为豪放。又一位科长跳出来,讲了个色味更浓的段子。那几个女的终于坐不住了,纷纷起立,有了暂避的意思;而贾主任,与开怀大笑的男人们一道,笑得更是花枝乱颤,边笑边说:"这个讲得好,有味! 比刚才王科长讲得好多了!"又点着几个欲走的女人说:"你们这些人,装什么嫩呀! 你们一走,他们这帮臭男人,就找不到倾诉对象了!"说完又夸张地大笑,不止。

几位女士还是离开了坐席。贾主任稳坐在自己的位子上,反而对先前讲段子的那位科长怂恿道:"冯科长,你刚才讲的那个不成功,很失败;你就讲一讲那次你在汽车上讲的那一个,虾酱的故事。"

一帮男人顿时大眼瞪小眼;显见得,不少人已经听过那个段子,而那是一个超黄的段子。

二、从客观上讲,其行为特征与社会发展合拍。

做台账、能喝酒,其实只是表面现象。通过贾主任这些特点,反映出的,是当今官场和社会浮躁、游戏人生的普遍特质。为了说明这种特质,我不妨再举一例。

贾主任作为不上不下的领导,偶尔也会在一些公众场合发言、表态。有一阵子,她喜欢作"五抓一靠"或"三抓一靠两避免"或"四抓五靠两落实"之类的总结;让我为她写稿,也规定了这种模式。开始的时候,我很纳闷,觉着贾主任的水平怎么突然提高了。后来去市里开会,听市教育局常务副局长讲话,才知道,贾主任是学了人家讲话的套路,把人家的模式全盘照搬过来的。

再后来,也是巧了,市局的那位二把手副局长来我们单位指导工作,安排在一个山庄里,我和贾主任等人去作陪,晚上还安排我和二把手副局长的秘书住一个房间。这样,很自然地,我们就聊起了写作方面的轶事。

我说:"我们贾主任如今发言有个套路,几抓几靠几落实。"那秘书马上就笑了,说:"抄的,抄我们领导的,我们领导就喜欢这一口;但严格地说,是抄我的。"我不解,问他原因。他说:"领导以前讲话,以谈问题、讲原因、说道理为主,当然都是我写的稿子,总之还是比较实际的,但领导总是不满意。有一次,会程紧张,连准备的时间都没有,没办法,我只能抱着糊弄的态度,应付一下。就把老一套的工作罗列在一起,来了个'五抓一靠'。领导上台讲话,感觉很好;吃饭的时候,别人也极力奉承,说局长你总结的'五抓一靠'真是好啊,简明扼要。这一下,我们回去就有方向了。大家这么一说,领导顿时信心大增,从那以后,即使不用我来写稿,他自己发表即兴讲话,也喜欢来个几抓几靠,赢得满堂喝彩。这倒是方便我了,后来写稿,再也不用费什么大心思,胡乱编个几条,就能很圆满地交差。"

我们哈哈一笑。我暗想,我的顶头上司贾主任,她学的可都是精华呀!

三、与主客观紧密配合的,是其独具的强势。

贾主任对个人强势的展露,或者说是表现,从以上罗列的行为特点及原因分析中,已经基本反映出来了,这里不必赘述。我要说的,是她另外一个特质,即不懂也要装懂,或可称为假聪明的强势。

虽然前面已经举过类似的例子,但为了说明假聪明往往也会给她带来好处,我不妨故伎重演,再举一例。

局长办公会,是每周都要召开的,有事没事,领导们总要坐在一起,扯一通。但我们局的局长办公会,目前已扩大到了不是局长的一些人,包括贾主任。本来贾主任参加这个会,也就是听听而已,顺带着记录;但她节外生枝,把我拽进去了。我在里面,充当记录员的角色。

那天的一个题目,是讨论单位班车停靠站点的问题。本来这是一个小题目,不值得多谈;但孙局长抓住这个话题,老是不放,似有顾左右而言他的意味。

其实他的想法在座的人都明白。孙局长目前的坐骑是一辆本田,他老是嫌它性能低了,总想换一辆;只是,这话实在不好讲出口,只能迂回,打包抄。比如偶尔在一些非正式场合提到某一款别克的轿车。我们都知道,前者价值十多万元,后者二十多万元,这话由孙局长主动提起,也确实不妥。

见孙局长抓住单位班车问题不放，贾主任就说话了：

"讲到车子，我想起一件事来。我们郑局长，干常务副局长也有好几年了，"她指一指坐在对面的郑常务，"可到现在，他还是和其他几位合用一辆车子。要说我们单位能不能买得起一辆车，我看买三辆也不成问题。但目前这种情况，几个领导合用一辆，麻烦就大。为什么不能专门考虑一下，给郑局长单配一辆呢？"

大家其实一下子就听懂了她的意思，醉翁之意不在酒，这是明摆着的；可大家偏偏不点出来，你看我，我看你，作面面相觑状。无奈何，一把手孙局长只好说话了："这倒是个思路，大家不妨随便谈一谈。"

郑副局长假模假式地摆手，也不出声。贾主任见有人动了动嘴，似要发言，仿佛生怕抢了头功似的，急忙接话说："要我看，孙局长干脆把车子让出来，给郑局长，这样大家都方便了。孙局长嘛，再买一辆，又怎么样？"

此言一出，大家顿时交口接耳，议论开了。

声口当然是高度一致的，对谁也没有坏处呀！如此，一件事情就这么定了。

事后贾主任炫耀般地对我说："要不是我带头，谁会讲？谁敢讲？"

我只能抱以一笑。要我说，这种投领导所好的事情，不是别人不敢讲，正好相反，是大家不愿意讲。其实事情说过也就说过了，既然已经讲出了口，现在再拿出来炫耀，可就是画蛇添足了。

——综上，我觉得，像贾主任这样的小领导，不见得水平一定要有多高，但必须敢说敢讲，并且什么都不在乎。有了这一点做基础，事情大略都可以迎刃而解。

第四部分：下一步与女上司的关系预测

这一部分纯属多余，是仿照"下一步工作打算"或"明年工作计划"之类的文字。为了不浪费纸张，不耗费读者的眼球，我决定简略一点，蜻蜓点水，点到而止。

首先，以尊重贾主任为第一要务。

她不是常常要表现强势，希望别人尊重她吗？作为她的下级，我没有理由不尊重她;否则的话,很可能她会跟我闹个没完。虽然她对她自己未必尊重,但那是她自己的事,与我无关。

其次,保持自己的作风和行为准则。

凡事应当想在先,干在先,尽量为贾主任分忧解难。须要表明一点,我这样做并不代表我是一个阿谀奉承的人,事实正好相反,因为我有自己的行为准则。

再次,业余时间,努力发展自己的小空间。

上面所说的行为准则,其实还包含着一个内容,就是我的业余生活。我喜欢写点东西,小说散文随笔之类,偶尔也能发表几篇。发展自己的空间,或许对自己更为有益。不能说举世皆醉我独醒吧,起码,在机关里,相当一部分人是醉着的,其中应该也包括贾主任。虽然她自我感觉极好,以为自己相当清醒。

如能做好以上三点,我和贾主任的关系将会保持良好发展的态势,而我本人,也能在工作之余,制造出一些属于自己的惊喜。事实上,这个《秘密报告》如能发表,我的惊喜已经提前到来了。

作者简介

- -

李敬宇,男,1963年12月生,供职于南京市浦口区人民法院。业余创作多年,在《钟山》发表长篇小说《沉沙》,在《中国作家》《花城》《清明》《长城》《北京文学》《十月》等刊发表中短篇小说100余部(篇),有作品被《小说选刊》等转载,有作品收入《2009中国年度短篇小说》,另发表并出版长篇散文《老浦口》。中国作协会员,江苏省作协重点扶持项目签约作者,南京市文联签约作家。

- -

跑山鸡

雪静

农村妇女养起了跑山鸡,希望靠自己的勤劳和坚韧走出致富之路,而当下社会远非她想象的那样单纯。一篇直面现实、生动鲜活又极富讽刺意味的小说。

一

老鹰山连绵起伏,有人说它长约百里,也有人说比百里长,它的形状像一条龙是没有争议的,龙肚子的地方叫"冲",龙尾巴的地方叫"埂"。埂的地理位置比冲偏远,村人进城不方便,眼下虽有公交车进城了,但跑动太慢,半小时才开一班,天黑和早起都没有,如果进城办事回来晚了就要靠脚板跑路。因此埂里的人比冲里的人能吃苦,脚能跑路,手能干活,庄稼都是自己种,很少雇人。

进入六月,李锦茹每天要干的事情几乎都是一样的,晒麦子、伺弄菜地、喂鸡喂鸭、做饭烧菜……就像她必须要履行的劳动义务一样,少了哪一样,心里都会像揣了只蹦蹦跳跳乱跳的小兔子似的不踏实。

自从儿子考进了城里的大学,李锦茹感到家里空落得如未耕的荒地,看到哪里都是凄凉和寂寞。好在老实巴交的丈夫老安总是不离自己左右,他不会打牌,也不喜欢喝酒,更不会跟别的女人眉来眼去。每天除了干农活和家务,就是陪李锦茹在床上唠嗑睡觉,村里谁家的鱼塘又转包了,谁家的苗木多卖了钱……这些埂里新闻都是老安午饭后在村里溜达一圈听来的,老安吃过午饭总喜欢到村里东转西看,这样每晚上床前才好对李锦茹进行"新闻联播",而李锦茹也就习惯成自然,百听不厌了。日子久了,他们唠嗑聊天的时间倒比看电视的时间多了,老安甚至不喜欢看电视,说那都是瞎编的,没有村子里的事情真实有趣。

这天晌午时分,太阳一下子就从半山坡上的树林里跃了出来,红红火火地挂在了天上。李锦茹急忙和老安在马路边晒麦子,难得赶上这样的好天气,晒麦子就是要跟太阳争分夺秒。如今在村里,真正种粮食的农户已经寥寥无几了,种粮食不赚钱,弄不好还要赔钱,一亩地能赚400元钱都算是很会种地的了。种子、农药、化肥哪一样不是钱买来的,有的农户把地包给了别人,有的改种苗木,可李锦茹家的几亩地仍在种粮食,他们种稻子也种麦子,打下的粮食从来不去卖,只留着自家吃。李锦茹和丈夫老安都有同样的观点,买回来的粮食吃着不放心,打农药不说,还有什么高科技转基因。有次李锦茹看电视发现一个农民用脏棉花制作大米,掺进大米里充斤两,如果不是火眼金睛根本发现不了。李锦茹就和老安决定自家那几亩地不干别的,也不图赚钱种苗木,只种粮食,每天吃进嘴里的东西总要心安吧。除了种粮食,他们还养鸡,如今菜市场卖的鸡鸭只长两三个月就上餐桌了,全靠激素催生。猪也是激素催大的,村里有个小兽医,专门给老安介绍过那些养殖专业户如何给猪和鸡鸭打各种药水的事情。还有豆腐,电视上介绍某些不法分子去医院捡病人用过的石膏点豆腐……这不是毒又是什么呢?李锦茹家里的农事都是为自家人嘴里的干净,病从口入,只有嘴里吃下的食物干净,肚子里才能不生病。

李锦茹和老安正翻麦子,一辆小车突然出现在马路上,小车鸣笛几声,李锦茹抬眼看看,继续低头翻麦子。一旁的老安挥挥手,示意小车可以开过去。小车却停了下来,车门推开了,从里面下来一个四方大脸的干部,大眼睛阔嘴巴,脖颈后边坠着一堆槽头肉。老安好像在哪里见过这个干部,他脖子上的槽头肉很是显眼,电视上吗?老安记不清了。

四方大脸的干部大摇大摆走到李锦茹和老安跟前说:"你们怎么还在马路上晒麦子呀?烧秸秆和在马路上晒麦子都被明令禁止了,难道你们还不晓得吗?"

未等老安开口,李锦茹抢先说:"我家门口这条路,不常跑车的,一年到头,也跑不了几趟车。"

四方大脸的干部笑道:"我今天不就跑来了吗? 我就喜欢跑没人愿意跑的地方,深入群众嘛,哪里偏僻我就到哪里深入群众。"

这时,办公室秘书跳下车走过来说:"许主任,我们中午要赶到机关食堂吃饭呢。"

李锦茹看看日头说:"哟,这会儿都过晌午了,机关食堂踩点,你们怕是赶不上吃饭了。要不就在我家吃饭吧,正好我们也要做晌午饭了。"

办公室秘书立刻问:"你家有啥好吃的?"

李锦茹的丈夫老安说"粗茶淡饭呗。"

四方大脸的干部趁机说:"那我们就在你家吃午饭了,算是吃派饭吧,我和司机每人交上20元的伙食费。我是镇扶贫办的许主任。"

李锦茹笑说:"交啥钱呢,你们镇干部吃上一顿农家饭,也算是看得起我们了。"

李锦茹和老安放下麦子就回了家,许主任和办公室秘书说再到别处转转,一会儿赶过来吃饭。

李锦茹进了家门就吩咐老安逮鸡杀鸡,她在菜园里拔了几棵青菜、一把蒜苗、一把菠菜,两口子在厨房三鼓捣两鼓捣,不一会儿就摆了一桌子香喷喷的饭菜。刚摆好,许主任和办公室秘书就进屋了,他们好像掐算着时间赶回来的。

许主任拿起筷子就开吃,他的一双筷子在毛豆烧鸡块的盘子里左扒拉右扒拉,好像在攻占每一个鸡肉的高地一样,一会儿就把鸡腿鸡翅一扫而光了。许主任吃得津津有味,一边吃一边问:"你们为什么不炖上一锅猪肉呢? 农村的黑毛猪好吃,炖上一锅肉,里面再放点粉丝,放点老豆腐,香得流油。"

李锦茹始终在一旁站着伺候,一会儿递烟一会儿端茶,只让丈夫老安陪着许主任和办公室秘书吃饭。许主任一双筷子霸气得横扫菜盘,好肉好菜转眼都进了他的嘴里,李锦茹就看着不爽,但心里又敢怒不敢言。吃着鸡肉又想着猪肉,许主任的一番话倒让李锦茹有了搭言的机会,便接过他的话说："如今我们家里人一年到头都不吃猪肉，猪肉有毒，养猪户总给猪打药水。鸡鸭也不敢买，都是吃激素长大的，从蛋壳里拱出来到端上餐桌只有两三个月的时间，那肉谁敢吃呀？"

许主任一愣，当即放下筷子问："那你给我端上来的鸡肉也是激素催大的？"

李锦茹笑说："这是我们自家养的鸡，一共养了8只，在院子里吃虫子吃粮食吃菜。孩子放假回来，我才给他杀鸡吃，今天这鸡是我们当家的专门给您杀的，您没觉得跟食堂吃的鸡肉味道不同吗？"

许主任点头说："嗯，味道的确不同，一个字——'香'！"说着又搛了一块鸡肉放进嘴里嚼着说："村里多少人养鸡呀？"

"家家都养鸡，公鸡吃肉，母鸡下蛋。要说这乡村，虽说没城里热闹，吃东西还是乡村的味道正。"李锦茹如实回答。

办公室秘书在一旁插话："就是太脏，村路上到处是鸡屎，你们家院子里也到处是鸡屎，走几步路就要抬起皮鞋看看，脚底下是不是踩了鸡屎。"

始终未语的老安尴尬地笑笑说："我们家院子算是干净的了，鸡屎都让我用铲子铲到菜园子里当肥料了，这叫有机菜，你看盘子里的菠菜多绿呀。"

许主任这才搛了一筷子菠菜塞进嘴里，边嚼边说："有机菜，营养价值高，你也尝尝吧。"顺手又给办公室秘书搛了一筷子。

办公室秘书皱皱眉头，但还是把许主任搛到自己碗里的菠菜吃进了嘴里，虽然心里犯膈应，感觉把许主任的口水吞了。

许主任这会儿真是吃饱了，他不停地打着饱嗝，用一只筷子戳着左边的牙床，那牙缝里塞了一块鸡肉，他半晌才把肉戳下来，又咽进肚里说："今天这顿饭吃得真舒服，家里散养的鸡就是香，到底不是大路货。"说着吧唧吧唧嘴，从口袋里摸出20元钱在半空中晃着，问办公室秘书："我帮你一块儿付了吧？"办公室秘书急忙说："我有我有。"也从衣袋里摸出20元钱，两人一起放在桌子上。

李锦茹笑说："免了吧，不就一顿饭嘛，吃不着咋的？过门槛吃一碗。"

老安便拾起钱往许主任和办公室秘书的口袋里塞,许主任和办公室秘书跟他推搡着跑出门。

李锦茹追出来喊:"吃着可口,下次想吃就再来吧。"

许主任挥挥手说:"你家开个农家乐不错,正宗地道的农家菜。"

老安指指大门上的对联说:"太偏僻了,没人来。"

许主任立刻往回退了几步,定睛打量大门上的对联,只见上面写道:"地僻路远客来少,清风明月我自多。"横批"乐在农家"。

许主任不禁赞道:"哟,好文采呀,谁写的?"

李锦茹笑说:"我们村有个土画家,你没见家家都贴春联吗?都是过年时他免费给写的。"

许主任由衷赞道:"高手在民间呀。"说罢又打了一个饱嗝,转身与司机上了车,车渐渐远去。

李锦茹望着小车的背影跟丈夫老安说:"这个许主任吃相真是难看,一双筷子翻遍了盘子里的鸡肉,还让不让别人下筷子了?"

老安笑道:"这说明咱家的鸡肉香,对他胃口。"

李锦茹仍碎嘴嘀咕:"脖子上的槽头肉都那么厚了,再贪吃就变成大肥猪了。"

老安忍不住推了她一把说:"真是老娘儿们见识,不就吃了一只鸡吗?又不是没给钱。"

李锦茹不服气地说:"20块钱,还不够个手工钱,鸡等于白吃了。"

老安冲她说:"咱家的鸡有人欣赏,有人喊香,这是求之不得的好事情呀。"

李锦茹这才住了嘴,匆匆扒了口残汤剩饭,下午继续与老安晒麦子,直到看见每户人家的炊烟蹿到天上,才收了麦子回家。

二

早晨,天色有点阴,太阳显得柔弱无力,脸上的光辉被厚厚的云层罩了起来,怎么挣扎也摆脱不了云的纠缠。李锦茹和老安刚把麦子铺在地上,天上竟有几滴雨点落下来了,她又慌忙与老安一道收起麦子。两人正忙活着,村主任突然跑来了,他气喘吁吁地说:"赶紧把你们家的鸡鸭鹅狗都圈起来,门口和路边的鸡屎也都铲一铲,明天镇干部来村里检查卫生,县里的领导说不定也来呢,要是踩了人家一脚屎,咱们村的文明指数就下降了啊。"

李锦茹不情愿地说:"有鸡就有屎,屎虽臭,肉却香。"

村主任突然板起脸说:"这可不是小事情,你不要稀里马虎不当回事好不好?"

李锦茹回嘴说:"我说的也是正事,昨天镇里扶贫办的许主任还在我家吃饭来呢,我丈夫老安给他杀的鸡,一盘鸡烧毛豆他都吃了,临走还直喊香呢。"

村主任一愣问:"你说啥?镇扶贫办的许主任昨天在你家吃的饭?"

李锦茹说:"对呀。"

老安急忙在一边补充说:"人家吃饭给钱了,可别小题大做拿人家当腐败的典型啊。"

村主任笑道:"你想到哪儿去了,吃顿饭算什么腐败呀,农家饭又不值钱。可惜呀,许主任是镇扶贫办的,要是文明办的就好了,就能给咱村里加分了。"

李锦茹惊讶地问:"吃顿饭就能加分?那要加多少分呀?"

村主任忽然意识到了什么,急忙说:"你别理解错了,我是说干部在老百姓家吃饭可以唠唠家常,联络一下感情嘛。"

李锦茹笑道:"要是能给咱村加分,我情愿让老安再杀一只鸡,招待文明办的领导。"

村主任嘴一撇说:"得了吧你,把门前院里还有道上的鸡屎铲干净,你就算是给咱们村加分了。"

村主任走后,李锦茹与丈夫老安收起麦子,就动手打扫鸡屎。鸡屎真是不好打扫,铲了干屎还有稀屎,铲了稀屎又有新屎,鸡屁股就像受了什么鼓动,不停地屙,东一摊西一摊,铲也铲不净。

老安就建议这几天把鸡圈起来,等镇领导检查完了村庄卫生,再把鸡放出来。

李锦茹觉得有道理,就跟老安一道重新把鸡笼钉了钉,将七只鸡都装进了笼里。

可鸡有腿有爪子还有翅膀,被圈起来的鸡只要把鸡舍抓出个窟窿,就扑棱着翅膀飞到村里广阔的地盘上了,鸡低头啄食,撅屁股屙屎,鸡们自由自在地溜达。李锦茹和老安并未发现鸡舍已成了空巢,等她和老安发现了马路上的鸡屎时,数辆小车已经开进了村子。

从车上下来的干部都穿着锃亮的皮鞋,走在最前边的是县领导,镇里和村里的干部走在他的两侧,正比比画画跟他说着什么。

李锦茹一眼就看到了县领导脚上穿的锃亮的皮鞋,深棕色,鞋头发尖,像火箭头,这双鞋子比其他人穿的鞋子都锃亮,也不知擦了多少鞋油。李锦茹不由得想起儿子放假回来时跟她说过的话:妈,看一个人有没有档次,就看他穿什么样的鞋子,档次越高的人,穿的鞋子越贵,尤其是男人。李锦茹当时还为儿子网购高档鞋子跟他吵了一架,她觉得儿子对鞋子的过分讲究就是忘本的奢侈。虽说如今早已不是"新三年旧三年缝缝补补又三年"的时代了,可一双鞋子要花千把块钱,庄稼人种一亩地的利润都买不起一双鞋子,这让李锦茹心里很不平衡。她和丈夫老安脚上的鞋子,都没有超过100元的,鞋子不在贵贱,穿上合脚就行了。李锦茹偏偏在这个时候想起了儿子的话,她的心猛地一抖,望着那满地的鸡屎,有的还冒着热气。于是她两眼直勾勾盯着县领导的鞋子,生怕那双上档次的鞋子一不留神踩上"屎雷"。

县领导正全神贯注地跟镇村两级干部指导着工作,他说:"你们这个村吧,虽然偏僻,没有区位优势,可你们这里是个传统文化村庄,太平天国时期这里驻扎过太平军,做美丽乡村还是有基础的。又在老鹰山北麓,山上的植被茂盛,村里还有池塘……刚刚转了一圈,感觉卫生搞得也不错,垃圾入池,农户的化粪池也都做了沼气池,从环保方面来说还是不错的。如今城里人就喜欢到这山清水秀的地方踏青游玩,这回我就投你们村一票了。"

县领导正说到兴头上,他的脚向左迈了一步,试图换个姿势,这时一摊冒热气的"屎雷"突然在他油光锃亮的皮鞋底端爆炸了,他身体情不自禁地晃动了一下,险些倒地,立刻被身边机灵的村主任扶住了。县领导站直了身子,第一时间就是抬起脚上的皮鞋,这一刻,他的两只眼睛全部聚焦在皮鞋底上,他发现皮鞋底与往日的不同了,那上面被涂了一层糖稀似的鸡屎,就像化妆膜,只是这样的化妆膜太让他恶心了,他的皮鞋岂可被如此恶心的化妆膜玷污,那是意大利原装皮鞋,两万元一双啊!县领导尴尬地看着皮鞋底,手足无措。

机灵的村主任左右搜索了一下,一眼看到李锦茹正朝这里张望,便大声喊道:"县领导踩到你们家的鸡屎了,你还不快想办法把鸡屎揩干净。"

李锦茹顺手抄起一把扫帚疙瘩奔了过来,从村主任手里接过皮鞋,拎到门前的池塘边,用扫帚疙瘩沾水揩了起来。刚揩几下,村主任慌慌张张跑过来说:"你手下留点情,只揩皮鞋底就行了,皮鞋帮千万不能沾上水,这可是意大利原装皮鞋,大价钱买的。"

李锦茹闻听这话,手上越发不敢使劲了,不知皮鞋底上的鸡屎擦到何种程度才算干净,也不知滚落到皮鞋帮上的几滴水是擦掉还是不擦,她就这样拎着皮鞋出神发愣。直到村主任来取皮鞋,李锦茹才歉疚地把皮鞋还给他,嘴上不停地说着道歉的话。村主任横眉立目道:"你现在说啥都晚了,昨天我特意跑到你家让你把鸡圈好,结果还是让县里的领导踩了一脚屎,这回咱村卫生达标是没指望了,损失了一大笔奖励费呀。"

李锦茹听罢,心里越发慌张了,说:"我们两口子昨晚上把鸡窝钉得牢牢的,门上还多加了两个钉子呢,这该死的鸡,杀了吃肉算了。"

村主任忽然灵机一动说:"哎,李锦茹,你真说对了,今天你就把往路上屙屎的那只鸡杀了,炖一锅肉,招待县里来的领导,这样既让他解了馋又让他解了气,就算在你家吃派饭了。上次镇扶贫办许主任在你家吃完派饭,到处说你家的鸡香。"

李锦茹松了一口气说:"不就是一只鸡嘛,只要领导欢喜,能给咱村加分添彩,别说是杀一只鸡,就是把我家的鸡全杀了,我都心甘情愿。"

村主任听了李锦茹的一番话,又满心欢喜地将这话传给了县里的领导,领导闻听李锦茹家的鸡香,便欣然接受了她杀鸡的道歉方式。

随后,村主任就带着一行人到村里察看卫生死角去了,临行前叮嘱李锦茹说吃晌午饭时回来。

李锦茹立刻吩咐老安逮鸡,她今天要亲自动手杀了这只鸡,她挥着刀子,捏着毛茸茸的鸡头,边下刀子嘴上边嘀咕:"小鸡小鸡你别怪,谁让你厕屎让人踩。"

她嘴上要反复说上三遍,才能把刀子按下去,她只要把刀子按下去了,鸡的小命也就没了。李锦茹把挨了刀的鸡扔到菜园里,看着鸡带着脖子上的血满地挣扎打扑棱,心里忽然一阵难过,她是为了一双皮鞋要了鸡的命呢,这鸡本应该再活上几个月,她今天竟用刀子把鸡的寿命剥夺了。想想这世间的动物,都是斗不过人的,人想杀鸡鸡就被杀了,要是鸡也长得像人一样高,爪子也像人的手一样,当它想吃人肉的时候,是不是也会操着刀子要了人的命呢?

李锦茹的难过很快就被县领导及镇村干部吃鸡的喜悦冲淡了,他们在桌上议论着她烧菜的手法,议论着用料、食材,最后的着眼点还是归在了农家散养的土鸡上。吃虫子吃菜吃粮食长大的土鸡,怎么能跟吃饲料的鸡相提并论呢? 如今吃饲料的鸡属大众消费,而农家散养的土鸡属小众消费。

这天晌午的饭菜因为土鸡的美味,让县领导极有兴致,似乎把踩鸡屎的皮鞋忘了,桌上说的都是夸奖村庄的话,诸如化粪池沼气的规范呀、垃圾入池呀。当然还有附加条件空气,得天独厚的老鹰山植被给了村庄清新的空气。

李锦茹心里喜悦着,心想,添彩也是鸡,惹祸也是鸡,以后真不能小看这几只鸡呢。

县领导白天的许诺,回到城里的家中又变成了怨气,原因还是他踩了鸡屎的皮鞋,脱在门厅时,总有一股隐隐的臭味。偏偏赶上老婆是个对气味过于敏感的女人,两口子就因这外来的鸡屎味而吵了起来,最终是老婆占了上风,将他踩了鸡屎的皮鞋从阳台上扔了下去,恰好砸了楼下人家宝马车的玻璃,人家立刻跑到他家吵闹索赔。弄得两口子一夜未睡好觉。

第二天,办公室平衡文明乡村时,领导就把票投给了别的村庄。消息传到村里,村主任疑惑不解,立刻给相关部门领导打电话询问,电话里回答说:"都是鸡屎惹的祸。"

村主任于是命令全村人杀鸡,不论公鸡母鸡一律格杀勿论。

李锦茹不情愿地杀着自家的鸡,边杀边跟老安嘀咕:"村里如今连一只狗也没有了,说是年初县里有个女领导来村里视察,一条黑狗扑了她一下,吓得她把脚崴了,村里从此再不允许养狗了。现在又不允许养鸡了,不养鸡不养狗,还叫乡村么?"

老安不耐烦地说:"你怎么这么多的话呀,快杀你的鸡吧,我等着给鸡拔毛呢。"

李锦茹将血淋淋的鸡扔到菜园里,看着它们扑棱着翅膀,说:"都杀了也好,免得我每次杀鸡心里都难过,长痛不如短痛。只是,镇扶贫办许主任再来时,再想吃咱家的鸡,那咱可是死活都没办法了?"

老安将血淋淋的鸡扔进装开水的桶里,上下翻搅着说:"那就去菜市场买一只鸡,活人还能让尿憋死咋的。"

李锦茹和老安杀了一晚上的鸡,待给鸡煺过毛,将白嫩的鸡肉撒上盐腌进缸里,李锦茹叹道:"儿子放假回来,再也吃不上鲜嫩的鸡肉了。"

老安累得喘着粗气说:"你就不能少说句话吗?生怕嘴巴落到地上。"

三

镇扶贫办的许主任又来了,上次是来村里调研贫困的情况,这次是考察村里究竟适合哪些扶贫项目。

许主任和办公室秘书在村里走着,村主任在后边陪着,许主任的眼睛四处张望了一会儿,突然说:"感觉村子比从前干净多了,马路上的鸡屎狗屎没有了嘛。"

村主任笑说:"自从县领导来村里检查卫生,村里的环境大变样,我们把公共死角都整治干净了。"

许主任叹道:"有了干净美丽的环境,就不愁没有好项目落户了。"

村主任随口附和说:"那是。"

许主任在村里转了一大圈,也未发现村里适合哪些项目落户。快到中午时,村主任要留许主任在村食堂吃饭,许主任推说要回镇里,与办公室秘书开车出了村子。车行不远,许主任的肚子忽然咕咕响了几声,他这才想起未吃早饭,赶到镇里吃饭又要过晌午了。于是便跟办公室秘书提起上次吃过饭的李锦茹家,她炒的毛豆烧鸡至今余香缭绕。机灵的秘书闻听毛豆烧鸡,一下子就明白许主任的心思了,立刻将车拐了个弯,七拐八绕就奔了一个农家小院,李锦茹正在院子里择菜,抬头望见一辆小车停在了门口,随后从车里跳下来两个人,一前一后走到了院门口,李锦茹一眼认出了扶贫办主任,便急忙放下手中的菜,笑呵呵迎了出来。

许主任说:"今天我们又来点菜了,还是想吃您做的毛豆烧鸡,这回我和秘书每人多加 10 块饭钱,60 块钱吃顿农家饭怎么样?"

李锦茹挓挲着两只脏兮兮沾着泥巴的手说:"许主任啊,您爱吃我做的毛豆烧鸡,那是我的荣幸。可如今我们家已经没有鸡了,鸡在前些日子都被杀光了。"

许主任莫名地问:"为什么呀? 怕我再来吃吗? 我吃鸡都是给钱的呀。"

老安这时从屋里走出来说:"我们欢迎主任还来不及呢,怎么可能怕主任吃鸡呢。是这样,前些日子县领导来我们村视察,一不留神脚踩了鸡屎,听说他脚上的皮鞋是意大利进口的,2 万多块钱呢。因为这事村里没评上先进,村主任一怒之下就不让村民养鸡养鸭了。您听听村里还有鸡鸣狗叫吗?"

许主任听罢皱了皱眉头说:"哪有这样的道理呀,县里领导的脚底踩了鸡屎,村主任就不让村里人养鸡了,真是霸王条款。"

许主任转身欲走,李锦茹急忙招呼说:"要不让我们当家的去菜场抓只鸡,我给你们做就是了。"

办公室秘书趁机说:"主任,那咱就在这儿等一会儿吧,反正到了吃饭的时间了。"

李锦茹推推老安说:"你还不赶紧去菜场买鸡,愣着干什么呀?"

老安匆匆奔了菜场,不一会儿就拎回来一只宰杀好的肉鸡。李锦茹手脚麻利,三下五除二就把买来的鸡收拾干净了,又三下五除二将鸡切块下锅,不一会儿一盘鸡烧毛豆就端上了餐桌。

许主任边吃边吧唧嘴,吧唧了一会儿,许主任说:"这鸡怎么吃都不如上回那只鸡的味道好,跟我在城里吃的鸡没什么两样。"

李锦茹说:"食材不同啊,虽说都是鸡,可上回那只鸡是我家散养的土鸡,吃的是园子里的菜、地里的虫子、家里的粮食。春天拱出蛋壳,要过年时才宰杀,鸡要长十来个月呢,鸡肉自然是又香又有营养了。今天你们吃的鸡是吃饲料的鸡,两三个月就端上餐桌了,能香到哪儿去呢?"

许主任忽然放下筷子说:"那我就扶助你们一个项目怎么样?"

李锦茹急忙问:"什么项目啊?"

许主任说:"养鸡的项目。"

老安插话道:"如今村里明文规定不许养鸡了,我家怎能破例养鸡呢?"

许主任说:"如果把养鸡当成扶贫项目,还是养得起来的。你看你们家门前就是老鹰山的半坡荒地,回头跟村里申请一下,将这半坡荒地圈起来,买上两百只鸡苗子撒进去散养。我可以在农行为你们担保低息贷款,这散养的土鸡营养价值高,到了市场上一定会卖个高价。"

李锦茹欢喜地说:"这主意倒不错,只是要给鸡取个好听的名字。"

办公室秘书脱口而出道:"名字都是现成的,就叫老鹰山土鸡。"

许主任赞赏地说:"这名字好是好,就是太绕口了,不如叫跑山鸡,一听就生态环保,在市场叫得响。"

李锦茹和老安立刻说这名字好,办公室秘书也随声附和。

许主任回到镇里,就抓紧落实跑山鸡的扶贫项目,先是落实了低息贷款,随后又落实项目的实施。

村主任本来是不同意将老鹰山的半坡荒地包给李锦茹两口子的,觉得如此轻易包给了他们,是让这两口子捡了个大便宜。可扶贫项目只在村里落实了这一项,他如果不积极配合,"跑山鸡"项目就有可能在老鹰山的南坡落地,那就不是他分管的一亩三分地了,荣誉也就没有他的份儿了。于是,村主任大笔一挥,爽快地在村里的承包合同上签了"同意"两字。

镇扶贫办总算落实了一个扶贫项目,村里也有了一个经济实体。"跑山鸡"正式挂牌那天,村主任从县里请来了相关媒体,媒体从生态环保的角度报道了"跑山鸡"的诸多营养价值。李锦茹的照片还上了报纸,照片上的她紧握着扶贫办许主任的双手,一副感激涕零的表情。

不管李锦茹是什么表情,她此时都成了远近闻名的"跑山鸡"明星,报纸上电视上网络上,她与扶贫办许主任握手的照片已经成为了一种标志。

老安有点吃醋了,老婆成了明星,自己似乎比老婆矮了一截,他的心里压力山大。

李锦茹心里却清醒得很,自然明白丈夫老安的小心眼儿,于是早早把棉被、锅灶等生活用品拖到荒山坡上,又跟老安一道搭了个窝棚,简陋的跑山鸡场就这样建起来了。老安见老婆如此卖力气地干活,小心眼儿渐渐又扩展成大心眼儿了,两人私下里发誓一定把"跑山鸡"养好,不辜负许主任的扶持。

跑山鸡的鸡苗都是从偏远的乡下买来的,鸡苗也都是草鸡蛋孵化出来的。李锦茹与老安跑了好几个地方才买到正宗的草鸡苗,鸡苗撒到荒山上的鸡场里,鸡苗是迎着风长,没几日就出脱成了鸡娃娃。老安还特地买了一把猎枪,专门对付狐狸和黄鼠狼。

四

跑山鸡春天拱破蛋壳,趟着两只小爪子在半山坡上奔跑,它们满山遍野地吃虫子、吃野菜、吃粮食,它们的地盘被限制在一个硕大的铁丝网里。即便这样,李锦茹的丈夫老安仍是手持猎枪巡逻,他要盯着黄鼠狼和狐狸。老鹰山上的动物最有名的是獐子,黄鼠狼和狐狸不如獐子有名,可它吃鸡,这让李锦茹的丈夫老安万分警惕。他几乎天天夜里巡逻,白天钻进窝棚睡觉。

李锦茹的活计主要在白天,跑山鸡共有 200 只,她要打理它们的饮食,李锦茹与村里签约时就注明了跑山鸡的性质:散养、野生、营养价值高,每斤 30 元,一只鸡可卖到 150 元左右,200 只鸡就是两三万元,头一年就可还银行四分之一的扶贫贷款了。如果顺利的话,明年规模再扩大一倍……李锦茹这辈子都没想过自己还会做养鸡生意,更没想过因为养鸡自己还上了报纸,成了众人瞩目的明星人物。她越发精心伺候着跑山鸡,鸡什么时候想喝水,什么时候想吃野菜,雨后鸡窝里是否干爽,通风时要对着火辣辣的太阳驱霉……她就像精育儿女一样精育着跑山鸡,有时候她会忘了自己和丈夫老安什么时候吃饭,总要喂饱了鸡才想起自己和老安的肚子。

老安有天抱怨道:"你都快成老母鸡了。"

李锦茹回嘴说:"那你就是大公鸡了。"

老安打趣道:"鸡皇后。"

李锦茹笑说:"鸡皇帝"。

两人随后又呵呵笑起来,望着半山坡的跑山鸡,盘算着年底的收入。跑山鸡让他们的日子有了算计和奔头,到了年底,跑山鸡经过春夏秋冬四季近三百天的生长,原来的鸡娃娃都长成漂漂亮亮的跑山鸡,鸡冠艳丽、羽毛华美,识货的人一看就知道是散养的土鸡。当然它们还有更好听的名字——"跑山鸡"。

李锦茹与老安盘算的结果是,跑山鸡的价格每斤不少于 30 元,价格过高恐怕卖不出去,先试试市场的行情,销售渠道由老安去找,先去镇上问,再到县上问。这样高价格的跑山鸡只能往城里的高档酒店卖,乡下的路边小酒馆是消费不起的。

这天一早,老安起来收拾了一下,就搭头趟班车进城了,凡是高档的酒店他就往里边闯,进门就问你们老板在哪儿? 他一身乡里人打扮,没有老板肯听他白话。老安不甘罢休,索性就在酒店里介绍自家的跑山鸡,说这鸡长了近 300 天,吃虫子、吃野菜、吃粮食,鸡的营养价值绝对超值。说你们酒店如果能用上这样的食材,顾客准会络绎不绝、蜂拥而至。老安的唇舌果然说动了一位老板,老板只好说,你带只鸡来,先让我看看再说。这天,老安在城里跑了十几家酒店,得到的答案几乎是一样的:你把鸡带来看看再说。

老安只好返回家,把白天的所见所闻告诉了李锦茹,李锦茹听罢说:"城里人见多识广,人家这是不见棺材不落泪,你把咱家的鸡说得天花乱坠,人家没见到真鸡,也不能信呀。明天你就带两只鸡进城,让他们看看咱家的跑山鸡是不是真货。"

两口子又左右盘算了一会儿,就早早睡下了。

村子离天浦县城有 50 多里路,公交车半小时一班,公鸡打头遍鸣的时候,李锦茹就把老安推醒了,她让他把鸡从窝里放出来,看看抓哪两只鸡合适,这两只鸡就是 200 只鸡的模特,要在第一时间抢眼,让买家和食客认可。

李锦茹点燃炉灶,天气太冷了,不能让老安空着肚子出门。给老安煮面条时,老安就把两只跑山鸡抓好了,一公一母,捆上鸡腿装进篮子里,两只漂亮的跑山鸡,羽毛艳丽光滑,就像花儿在篮子里盛开。

老安边吃面条边打量着篮子里的鸡说:"就凭这身羽毛,也能卖个好价。"

李锦茹笑道:"城里人吃的是鸡肉,又不吃鸡毛。你吃完饭,把鸡也喂喂,今天就看这两只跑山鸡的运气了,运气好,咱也就捉到金子了。"说着,拎起军大衣披在老安的身上。

老安搭头趟班车进了天浦县城,县城似刚刚苏醒,街头公园里有的人在打拳,有的人在舞扇,还有的人在唱京剧,大街小巷的早点摊子围了许多人,人们都在吃早点填肚子。老安拎着两只跑山鸡寻找酒店,他记得昨天去的第一家酒店是在一个巷口,他的记忆力不错,老远就看见了那家酒店的门匾和对联,门匾上写着"好再来"三个字,也就是酒店的名字。对联挺特别,老安一下子就记住了,上联是"第一次不尝是你的错",下联是"第二次不吃是我的错",横批是"尝尝看"。老安昨天见到这副对联时,就笑了一下,原打算回家跟李锦茹说的,结果给忘了。村里有人会写对联,家家大门上也都贴对联,但这副对联还是让老安感到城里人文采的厉害。

老安走到这家酒店门口,往里边看了看,发现酒店里没有动静,尚未开门营业,他在门口站了一会儿,用手使劲拍门,里面无人应。老安索性蹲在了地上,用手摸着两只跑山鸡的羽毛,这家酒店离公交站最近,如果能把跑山鸡卖掉,他也省得继续跑路了。早晨的生意总是吉祥的,开门生意顺,哪一桩都会顺。跑山鸡大概是被主人的大手摸得舒服了,鸡屁股一翘,一摊屎就蹿出来了。母鸡受了公鸡的影响,也翘起了屁股,老安忽然发现母鸡屁股里屙出来的不是屎,而是鸡蛋,老安急忙伸出双手接住了鸡蛋,不,还有屎,他连鸡蛋和屎一块儿接住了。老安不知是喜悦还是丧气,喜悦的是他接到了鸡蛋,跟酒店有了讨价还价的筹码;丧气的是他手上的鸡屎要找个地方冲洗干净。城里哪儿有冲洗的地方呢? 那就是厕所,可厕所太难找了。老安正发愁,忽然看到了篮子底下有一张破报纸,他急忙扯下一角使劲擦着手上的鸡屎。这时,酒店的门开了,他顾不得多想,拎着两只跑山鸡就闯了进去。开门的是老板娘,一把拦住他说:"你想干什么呀? 我们这是酒店,不是菜市场。"

老安说:"我就是找酒店,我昨天来过,见过你们主厨,我今天是来送跑山鸡的,你看,这是鸡刚下的蛋。"

老板娘忽然闻到一股鸡屎味,立刻扭转脸说:"我们酒店都是买杀好的鸡,从不买活鸡。"

老安进一步解释说:"我昨天跟你们老板说好的,我这是跑山鸡,老板让我带鸡来看看。今天我就把跑山鸡带来了,一公一母,你看这是母鸡刚下的蛋,正宗的跑山鸡蛋,不信你摸摸,鸡蛋还热乎着呢。"

老板娘皱着鼻子说:"脏、脏,太脏了。"

老板走了出来,边走边打哈欠,见到老安,忽然想起昨天的许诺,便说:"你还真把鸡带来了,我不过是说着玩玩的。"

老安笑说:"老板一诺千金,您嘴上随便说说的事情,我可是拿着当真事做的。您看看,我这跑山鸡,是老鹰山上的虫子、野菜,还有我自家的粮食喂出来的,营养价值绝对是一等一的。您看这鸡毛多漂亮呀,喂饲料的鸡哪有这么漂亮的鸡毛啊。"

老板不耐烦地打断他的话说:"说吧,你这跑山鸡多少钱一斤啊?"

老安脱口而出道:"卖 30 元一斤都亏本,这跑山鸡从春天孵出来长到冬天,长了十来个月,在山坡上散养,成本高呀。"

老板一笑,拉着长腔说:"鸡是好鸡,如今人也都喜欢吃个野味,可我买你一只跑山鸡就得 100 多块钱,再加上人工费、配料费,烧一只跑山鸡卖不到 1000 元都赔本。这么高档的菜要放在前两年还有市场,如今都是大众消费,有权的人不敢吃,有钱的人不肯吃,你说我卖给谁去呀?小家小户的老百姓,谁家办酒席会点一盘 1000 元的跑山鸡呀?我们这里一桌子菜也就 1000 元。"

老安争执说:"老板,菜市场的鸡都是激素催大的,两三个月就端上饭桌了,肉里有激素,人吃多了激素会生病,我这跑山鸡是真正的营养鸡。"

老板不以为然地挥挥手说:"如今谁还在乎营养不营养、有毒没毒啊,到饭店吃饭就是图个乐呵,什么样的食材到了厨师手里都能做个花样翻新、色香味俱全……好了,你走吧,我店里中午还有酒席呢。"

老安被老板推出了酒店,他拎着篮子里的跑山鸡,不知下一个酒店在哪里,他还该不该去。他犹豫了一会儿,还是奔了下一个酒店。显然跑山鸡的遭遇是一样的,下一个酒店仍没有接纳它,且老板还有一个更堂皇的理由:我就是把正宗的跑山鸡端上餐桌,老百姓也不见得识货,如今都认大路货,我如果在食材上增加成本,酒店就要关门了。

老安只好悻悻地再次离开酒店,这天他在县里一共跑了十家酒店,十家酒店的老板都没收下跑山鸡,不是他们不识货,而是他们都拒绝增加食材成本,这样高成本的跑山鸡,如今谁家的酒席肯点这样的菜呢?

日头偏西了,太阳蔫了,老安蔫了,跑山鸡更蔫了。老安拎着两只跑山鸡站在大街上,一时不知怎么办才好,猛抬头看到了菜市场,便拎着跑山鸡奔了菜市场。此时夕阳已挂在楼顶上,天色渐晚,正是市民下班买菜的最佳时间。天气出奇的冷,江北更冷于江南,入了冬,白天温度零上,晚上就在零下了。老安在菜市场入口处寻了个地方,看看四周没有城管就悄声蹲下了,随后他就向来来往往的人推销篮子里的跑山鸡。天色越来越暗,一会儿就漆黑一片了,老安冻得直打哆嗦,不光是他打哆嗦,跑山鸡也打哆嗦。天完全黑下来了,马路上的路灯突然亮了起来。挨着老安身边卖菜的老头儿站起身说:"时候不早了,末班车都没有了。"老头儿一走,老安心里忽然没了底,跳起来嚷道:"我的跑山鸡还没卖掉呢!"

老头儿转身看了他一眼,笑说:"你别急,慢慢卖,总有识货的主儿。"

老安今天真是走背字,偏偏就没有识货的主儿。于是他就和跑山鸡一起狠狠拥抱了黑夜,老安拎着两只跑山鸡在没有路灯没有行人没有公交车的山路上走着,他的脚步又急又乱,30 里路啊,这可不是年轻的时候,大脚板一天跑个来回不算个啥。他现在没有年轻时的体力了,可没有了末班车,他只能靠脚板,他要回家,鸡要回窝。好在一路上有老鹰山的风声,风声让夜路不那么寂寞恐怖,老安把风声听成了山曲,老安平时就喜欢听曲,他特别爱听地方戏——淮剧扬剧越剧……老安忽然哼唱起来,其实他是在为自己壮胆,出门时如果知道今天这么晚才回家,就把那支猎枪带在身上了。好在天上有星星,星星算是给走夜路的人点灯了。

走着走着,老安的身上热起来,他掂了掂手里的篮子,心想要是两只跑山鸡也跟着打鸣就好了,就算是为他伴奏了。可跑山鸡没有任何动静,它们蜷缩在一起,被寒风吹蔫了。

老安走到家时,已是后半夜了,李锦茹盼丈夫平安归来的心情,压住了她内心焦虑的怒火,见到老安的喜出望外让她没有对他出言不逊。可老安却感到自己有生以来的窝囊,篮子里的跑山鸡死了一只,还是那只下蛋的母鸡,不是病死的也不是瘟死的,是被他生生给折腾死的。老安边跟李锦茹述说跑山鸡一天的遭遇,边把死掉的母鸡从篮子里提了出来,他想把这冻死的母鸡扔到山上喂狗,却被李锦茹拦下了,李锦茹说,煮汤下面条吧。

两口子动手烧水烫鸡毛,又给鸡开膛破肚,母鸡肚子里存了十几个小蛋茬子,死掉真是可惜了。

鸡汤面条好香,香得非同寻常。李锦茹陪着丈夫吃了两大碗,两人边吃边琢磨,这么好的跑山鸡为何卖不出去?李锦茹准备亲自去一趟城里,把事情的来龙去脉弄弄清楚。

五

李锦茹搭头一趟班车进城，她先到镇扶贫办找许主任，许主任不在，又下乡扶贫去了。李锦茹站在镇政府门口不知往哪里走，这时又过来一辆公交车，车里坐着的都是学生，学生伸出头往窗外东张西望。李锦茹忽然想到儿子，大学城离县里不远，儿子就在大学城念书，学的是农业，为何不找儿子咨询一下呢？

李锦茹记得有趟公交车是直通大学城的，她立刻找到公交车站，搭乘公交车到了儿子的学校。儿子正在校园的操场打球，见母亲来找自己，颇感惊讶地扔下球跑过来，问母亲有何事？李锦茹便将跑山鸡销路受阻的情况前前后后都跟儿子讲了，儿子听罢说："我有什么办法呀？我本来就不希望你和我爸折腾这事，在家本本分分干点农活多好。"

李锦茹一下子就把脸沉下来了，她说："你上学的费用、将来在城里买房的费用，都要你爸和我来攒，我们现在不攒钱，将来拿什么在城里给你买房？你倒说得轻松，真是不当家不知柴米贵。"

儿子见母亲动真气了，便说："现在时兴上网销售，你和我爸上网销售怎么样？"

李锦茹说："我们都是科盲，懂什么网啊？"

儿子忽然认真地说："妈您今天就别回去了，我要教您学电脑，在网上卖跑山鸡。"

儿子说罢就带李锦茹回了自己宿舍，打开笔记本电脑，将上网流程教给母亲。李锦茹真不算笨，学了一两个小时大体就摸到门路了，于是起身准备回家。儿子说："老妈莫急，咱先上网试一把。"他将销售跑山鸡的字样刚刚在网上打出来，立刻就有人跟帖询问哪里有卖？儿子于是介绍了跑山鸡散养吃虫子、吃野菜、吃粮食的特性。忽然出现一个老干部购物团一下子要300只跑山鸡，李锦茹慌忙说："只有200只，不，199只，你爸爸来城里推销时折腾死了一只。你告诉他们30元一斤，少一分不卖。"

儿子把李锦茹的话在电脑上打出来，对方立刻说有多少要多少，并要求马上送货,还说要打订金过来。儿子就问李锦茹银行账号,李锦茹疑惑说:"这买方怎么也应该到养鸡场看看吧,连货都不看就打款,这么轻易就撒钱,妈真不敢要呢。来路不明的财,妈真不敢发呢。"儿子说:"妈您供的是货,人家买的是跑山鸡,有什么不敢要的,再说有钱人就是任性。要不我马上跟您回去一趟,拍些照片发到网上,再用手机录段视频。"

儿子不容分说,带上电脑就跟李锦茹回了乡下,天色还不算晚,恰好赶上了末班车,一个多小时母子俩就赶回了家,又匆匆赶到了跑山鸡场。

天完全黑下来了,光线太暗儿子拍不了照片,就躲在草窝棚里教老安电脑。老安也算脑子灵光之人,一会儿就明白了个大概,接着父子俩就聊起了未来的生活。儿子肯定说不会回乡下了,想在城里买房找工作。老安说,那我跟你妈就扩大跑山鸡的养殖规模,帮你买房付首付款。儿子越听越兴奋,一夜都未睡觉,天刚亮就起来为跑山鸡拍照片,他拍得认真仔细,跑山鸡吃什么虫子、什么野菜、什么粮食……儿子发誓,我要让网购的人相信,30元一斤的跑山鸡绝对是山珍野味。儿子拍完照片,立刻在网上发布,网上要购买跑山鸡的人一路跟帖,要鸡场马上送货,并在网上支付了订金。

李锦茹先把儿子打发到学校,不让他耽误太多的课程。然后他就和老安雇车送货,199只跑山鸡进了鸡笼子,又装进了四轮小翻斗车,一路狂奔到了要货人的指定地点。

这是一家干休所,院里院外宽大敞亮,一位秃顶的胖子正候在门口,见了李锦茹和老安送来的跑山鸡就欢喜地收下了。然后就带他们去会计室结账,李锦茹得知此人是干休所管后勤的主任。

主任将最后的余款交给李锦茹和老安说:"我为什么要这么快就全部买下你们的跑山鸡呢?一是我们这里的用量大,二是想跟你们联营养殖跑山鸡。我们还有敬老院呢,一年两三百只跑山鸡显然达不到供应量。"

李锦茹急忙说:"跑山鸡长得慢,从出生到长大要十来个月的时间呢,两三个月就长大的鸡是喂饲料的鸡,不是跑山鸡。"

主任说:"那你们不会变通一下嘛,把喂饲料的鸡挂上跑山鸡的牌子,经济效益就来了。"

李锦茹打断他的话说:"那我们的跑山鸡不就是假冒伪劣产品了吗?我们可不赚昧良心的钱。"

主任哈哈笑道:"没有假冒伪劣产品,怎么可能有经济的繁荣啊?那我问你一句话,是赚钱重要还是养鸡重要啊?"

老安说:"两者都重要,养不好跑山鸡也就赚不到好钱。"

主任暧昧地笑笑说:"回去好好想想吧,想好了给我个电话,咱们要是联了营,跑山鸡可就赚大发了。"说着递给老安一张名片。

李锦茹想说什么,瞟了一眼主任,又把话咽进了肚子里。她和老安走出干休所,脚步突然变得沉重,心里也像压了一块石头,李锦茹突然发现其实赚钱并不是轻松的事情,有时候赚钱反倒累心。她把心里的想法说给老安听,老安安慰她说,反正咱不赚亏心钱,不做亏心事也就不怕鬼叫门了。

他们边走边设想着扩大跑山鸡的规模,跑山鸡的销路打开了,那就再扩大一倍规模,养400只跑山鸡,把跑山鸡做成品牌。如果顺利,收入又能提高一倍了。他们说着走着打算着,上了公交车,仍然不停地说,不停地打算,不停地设想……

春天,400只跑山鸡刚刚夢开翅膀,村主任带着一群人来了,他们又测量又比画,随后嘻嘻哈哈地走了。

李锦茹预感到要发生什么,便让老安去村里打听。老安去了大半天,回来的时候神情沮丧,李锦茹便刨根问底,老安说出的话让李锦茹大吃一惊,老安说咱这跑山鸡场要改建美丽乡村了,叫"烘里人家"。半山坡上的鸡场要建两个亭子,一个长廊,村里还准备请老人编神话故事和传说。

"那咱们的跑山鸡咋办呀?"李锦茹急得嚷了起来。

老安说:"村里已经规划新的养鸡场了,此次投资上规模,年产5000~10000只鸡。"

"那是吃饲料的鸡,不是跑山鸡。"李锦茹睁大眼睛说。

老安又说:"鸡还叫跑山鸡,你还是鸡场的负责人呢。"

"天哪——!"李锦茹倒抽了一口冷气。

这时,400只跑山鸡就像接到了什么刺激信号,忽然鸣叫起来,叫声响遍老鹰山。

作者简介

　　雪静,本名高晶,女,满族,一级文学创作职称,中国作家协会会员,江苏省作家协会理事。曾出版长篇小说《旗袍》《夫人们》《天墨》等十六部,并在《当代》《北京文学》《大家》《江南》等杂志发表中短长篇小说若干,有多篇作品被《小说选刊》《作品与争鸣》等杂志转载,多次荣获中国当代女性文学奖、省市"五个一"工程奖及南京市政府文学艺术奖、金陵文学奖等。南京市"五个一"人才。曾先后研修于鲁迅文学院、上海浦东干部管理学院。曾任文化馆创作员、宣传部干事、编辑、记者、杂志社副主编及执行主编。现居南京。

俄罗斯纽扣式手风琴

杨方

上世纪初，伊宁市东城的羊毛胡同里有幢白房子，名为"冬宫之夜"，里面住着一群神秘的俄国女人。作为外来者，她们引起当地人的恐惧和好奇。久而久之，"白房子"成了人们谈其色变的符号。如今，白房子早已不在，但房子里的那群女人却成为让人追忆的历史剪影。

有一天我突然心血来潮想学手风琴，去琴店看了一下，价钱贵得吓人，不是我这样一个靠种植啤酒花为生的农民的老婆买得起的。为此我失落了好长时间，锡林知道后，告诉我邻居家有一架式样又老又笨的俄罗斯纽扣式手风琴，他小时候听他们弹奏过，但后来手风琴坏了，一直摆放在客厅的火墙边，落满了厚厚的灰。我央求锡林用家里那只怀孕的奶羊去换手风琴，锡林笑我是个傻子，谁都知道那是一架坏琴，而且式样老旧，几乎不可能找到修理的零件，更找不到会修理这种手风琴的人，许多人甚至连见都没有见过这种老式的手风琴。

"这手风琴比祖母的年纪还要大。据说是十月革命后逃亡到中国的白俄罗斯贵族们带过来的。想要让它发出声音，比要一个哑巴开口说话更困难。"锡林说。

但我不管这些，我把奶羊牵到邻居家，抱回了这架祖母一样苍老的手风琴。手风琴可真够沉的，我几乎抱不动。真不知道那些曾经灵巧地滑动手指弹奏它的人是怎样把它抱在怀里的。

我用一块紫色天鹅绒擦拭手风琴的琴键，那些金属的纽扣和黑色琴身也被我擦得发亮。我把它摆放在客厅洒满阳光的窗前，那里一棵玻璃海棠一年四季开着淡红的花朵。有时候花瓣落在琴身上，看上去很美。看久了，我渐渐看出了手风琴的忧伤，那就像一只长颈鹿的声带，隐忍地静默着。我确信它的声音，不是藏在心里，就是被琴键夹住了。晚上刮大风的时候，我能听见手风琴发出的震颤的回音。我跟锡林说，我要回一趟娘家，去伊犁河对岸的伊宁市，找一找看有没有人能修好这架手风琴。

我的娘家在伊宁市东城的羊毛胡同里，那是一条具有俄罗斯风情的胡同，许多老房子保留着俄式建筑的风格。听年长的人说，一百年前，这条胡同里住的几乎全是俄国人，那时俄国发生了十月革命，大批逃亡的俄罗斯贵族赶着马车，带着财宝，一连数月行走在石头、湖泊和山脉中。当他们越过边境进入伊宁，立刻被这座果树掩映的城市吸引住了。不知道什么原因，他们看中了这个叫羊毛胡同的不起眼的巷子，陆续有人买下当地人的住宅，或者干脆在空地上盖起城堡一样的房子，一度还盖起了一座东正教尖顶的教堂。这些流亡的俄国人极力保持着遗世贵族的风范，男人们穿着彬彬有礼的黑色礼服，手里拿着手杖；女人满身网纱、丝带和花边。后来沙俄溃军也从边境涌入，再后来是逃避苏联农业集体化的人。最多的时候，这个小小的伊宁市里，容纳了三万多俄罗斯人，他们几乎把羊毛胡同变成了圣彼得堡。当时的本地人极其不欢迎他们的到来，轻蔑地称他们为归化族。唯一受本地人喜欢的是他们带来的手风琴，那种笨重的俄罗斯纽扣式手风琴，一度成为这个城市流行的乐器。那时候不论是白杨树笔直的巷子，还是宽阔的乡村打麦场，果实悬挂的苹果园，都流淌着手风琴流水般的声音。这种声音流淌了很多年，直到新疆解放，这些俄罗斯人中的一部分再次逃亡别的国家，一部分回到了早已不再称作俄国的苏联，余下的一部分则留在了伊宁。1950 年代的时候，一批苏联专家来到伊宁，他们被安排住在羊毛胡同那些俄式建筑的房子里，那时候我的父亲和母亲还没有结婚，两个人时常保持着一米远的距离在黄昏的斯大林街散步。他们看见苏联专家和逃亡的俄罗斯贵族在另一个国家的街头狭路相逢，但他们很快在手风琴流水般的旋律中忘记了仇恨。他们聚集在青年广场，大声唱《红莓花儿开》或《莫斯科郊外的晚上》。休息日的时候他们也喝伏特加，邀请路过的人一起跳交谊舞。1960 年代初期,中苏关系恶化,苏联专家撤离。伊宁的俄罗斯人少了下去。直到到了 90 年代初,苏联解体,大批俄罗斯人再次涌入边境的这座小城,他们几乎把这个小小的城市挤爆,这些人中的一部分靠做边境贸易为生,而那些身材修长的姑娘们,则在酒吧里谋生,她们大多租住在羊毛胡同里。我出嫁后,母亲把我住的那间屋子租给了两个俄罗斯姑娘,她们经常在深夜醉醺醺地回到羊毛胡同,一边做梦一样摇晃着身子,一边大声唱歌。直到独联体各国经济有所好转,这些姑娘们才陆续回了自己的国家,现在羊毛胡同已经没有一个俄罗斯人了。

母亲看我抱回来这么一架古怪的手风琴,表情夸张地叫起来,就像当初看见我带着锡林回家一样。她曾极力反对我嫁给一个种啤酒花的锡伯族人,但后来又急速转变了态度。母亲就是这样一个比天气变脸还快的人。她帮我四处打听哪里有修理手风琴的铺子。打听了几天,终于打听到本城唯一一个会修理手风琴的人,他叫亚历山大,早些年在英阿亚提街他自己的房子里开过二十几年的手风琴修理铺,后来生意越来越少,几乎没有人来修理手风琴,修理铺也就关门大吉了。现在亚历山大在门口摆着一个小摊,卖莫合烟,也卖一些干果。

英阿亚提街曾经是酒吧一条街,有好几家酒吧都叫冬宫之夜:蓝色冬宫之夜,红色冬宫之夜,白色冬宫之夜。自那些俄罗斯姑娘离开后,酒吧就陆续关闭,整条街冷清得像废弃的古城。当我费尽周折,找到亚历山大位于斜坡顶端的房子时,他正守着一堆薄皮核桃等着人来买。这些核桃的壳很薄,只消用拇指和食指一捏就能捏碎。那感觉就像是捏碎一个人的脑袋。

亚历山大大概六十多岁,微胖,戴着黑色呢帽,廉价西装里穿着白衬衣,领口打着黑色领带。这样规整的穿法在这座城市的人中不多见。他看见我怀里的手风琴,整张脸像月亮一样亮起来。

"这琴应该是当年俄罗斯贵族带过来的。"亚历山大说。他用放大镜仔细察看手风琴上的几个俄文字母,看清楚后,激动得说话打结巴,"是冬宫之夜的那把手风琴也说不定呢。"他说。

"冬宫之夜？那是一家酒吧的名字吗？"我问。

"不是现在这些冬宫之夜，是上世纪 20 年代的冬宫之夜。"亚历山大说。他指着街对面的一座二层红砖小楼，说那里曾经是一座白房子所在的位置，俄罗斯贵族们当年时常在斜坡上的这座白房子里聚会，有一个弹奏手风琴的姑娘，传说是沙皇最小的女儿。她也的确叫安娜斯塔西亚，与公主同名不说，而且年龄也与公主相仿。大家都知道沙皇一家在叶卡捷琳堡被灭门，但尸体中没有发现安娜斯塔西亚公主。于是人们猜测她有可能被白军所救，最后流落此地也说不定。白房子里的人曾经借此大肆渲染，以引起大家的好奇心。至于是不是真的公主，一直以来没有一个人能够证实。

说起来那座白房子的出现，多少有些突然。那时伊犁河边的这座小城尚被称作固图扎，每天狭窄的街道上拥挤着车马和人流，春天融化的雪水掺合着发黄的马尿，在路中央流成一道道肮脏的小水沟，行走的人得穿着笨重的黑色套鞋以免弄脏了靴子。到了晚上，那些人变魔法似的不知去向，如果不是几盏昏暗的风灯挂在大巴扎附近的通道上，会让人以为整个小城都黑到黑夜里去了。就在那样一个残雪化尽的春天，前一天杏树上的花苞还怕冷似的紧缩着身子，一夜之间，它们就像爆米花那样爆炸开来，蓬松地缀满了枝头。紧接着，一群穿着漂亮裙子的俄国女人，像另一些开放的花朵，占据了东城斜坡上一座墙体厚实的土坯房子，那是一座孤零零的大房子，女人们把它粉刷成白色，并命名为"冬宫之夜"，以纪念她们那永远失去了的国家。她们在白房子里通宵达旦地喝酒、唱歌，拉响手风琴，哪怕是半夜时分，也会发出足以惊醒全城人睡眠的声音。

本地人猜测那是一所妓院。它比战争或瘟疫的到来更让人们恐慌。要知道，在这座城市，从来没有过这样的场所。那时候狭窄的大街上只有中世纪时代响着铃铛的六根棍马车扬着尘土一路喧哗着跑过，马车上坐着的女人必须戴面纱穿深色的罩袍。有钱的贵族老爷则骑着毛皮闪亮的高头大马，他们的马后小跑着两个或四个年轻的随从。街路上最多的是骑毛驴的人，整个城市于是无处不在地充斥着浓郁的动物的骚臭味。

亚历山大告诉我，最初的日子，通向白房子的路是没有人走的，仿佛那里住着一群麻风病人，谁也不敢靠近，人们连朝那个方向看上一眼都深怕会传染上不洁和罪恶。那条路在一段时间里成了全城最扭曲、最丑陋也是最孤寂的路。直到半个多月后，那条路上才出现了第一个身挂土耳其式腰刀的年轻人，他蓬乱纠结的头发被风不停地吹动着，看上去像穆斯林的缠头巾。带有马刺的皮靴，有力地踩踏着发白的路面，大片尘土花朵般自他脚下升腾而起。当他来到白房子前，回头看了看身后，这时候全城所有的眼睛，像一个个黑洞洞的枪口，瞄准着年轻人。但他毫不在乎，他像一匹马那样仰起头大笑起来。进入白房子后，年轻人立刻受到了王子驾临般的隆重欢迎。俄国女人们欢呼着，提起蓬大的裙摆带着窒息的香风包围了他。

这个第一个来到白房子的年轻人是个锡伯族人，名叫松林巴尔，住在羊毛胡同。他行踪诡秘，忽而出现在这个城市，忽而不知所终。

接下来的日子，人们经常看见他出现在那条路上，有时候是他自己一个人，有时候带着一帮和他一样蓬乱着头发的弟兄和随从。当他们响雷般的马蹄声还在城市边缘滚动的时候，全城的人就已经被惊动了，大家伸出脑袋面无表情地看着这群人挥着马鞭奔驰而过，众多钉有马蹄铁的蹄子踩踏在石子路上，迸溅出愤怒的小火星。

没人敢议论什么，谁都知道这些奉大清皇帝之命从东北西迁此地的锡伯族人英勇无比，他们曾经没完没了地和沙俄的军队打仗，要不是他们，伊犁河谷这片肥沃的土地早被野心勃勃的沙皇帝国占领了。虽然现在那里被一帮布尔什维克分子所统治，边境上的危险看似已经不复存在，但这些从不低头的英雄们却意想不到地被一群敌人的女人所打败。大家普遍认为，这些女人一定施了什么魔法，她们用一种叫格瓦斯的甜蜜的魔鬼饮料灌晕了锡伯族人的脑袋，然后用吸盘一样的身体吸空他们鼓鼓囊囊的钱袋和牛一样的力气。

"太可怕了。"穿着罩袍的女人们躲在家里唉声叹气，她们希望能有一颗魔鬼炸弹落在那所白房子上。男人们则被互相告诫和提醒，绝不可向那里迈进一步。这个城市的大毛拉甚至一次次愤怒地用手里的拐杖敲打着当地官员的大门,请求立刻下令驱赶这群女人离开此地。

"她们早晚会把这座城市变成一个大妓院。"大毛拉说。

那时候这座城市有很多人得了一些奇怪的病:脖子上坠着一个巨大的肉瘤,或者眼睛像死鱼一样鼓了出来,那情形让人怀疑只要用两根手指头轻轻一挤,眼珠子就会逃离眼眶掉落在地上。还有一种病藏在男人的裤裆里,那非同寻常的疝气即便是穿着宽大的裤子也无法掩盖,它像个钟摆一样悬挂在两腿之间晃荡个不停。本地人对这些病束手无策,他们到圣人的陵墓去朝圣,喝圣泉,吃圣土,用圣水洗浴。更多的时候,他们跪在清真寺一遍遍请求安拉能够帮帮自己。

自白房子出现后,在人们的祈祷中又多了一样请求,他们请求安拉用一块大抹布像抹脏东西那样抹去白房子,他们有理由认为,白房子就是挂在这座城市脖子上的一个大肿瘤,它不仅让城市生病,接下来还会让城市里所有的人都生病,尤其是那些年轻人,他们的眼珠子会鼓出来,变得日益浑浊。他们的裤裆里会吊坠着一个巨大疝气般的生殖器,让他们时刻都焦躁不安。

亚历山大说,他的祖父是在白房子出现之后才来到这座城市的,祖父在羊毛胡同买下了一所旧房子,邻居是一户叫阿卜杜拉的维吾尔人和经常去白房子的松林巴尔。祖父搬来的时候邻居曾热心地帮忙搬箱子,那箱子里除了整套的银餐具,还有一台唱机,唱机发出的声音让邻居大吃一惊,他们认为那是魔鬼音乐,就跟那座白房子一样,是一座魔鬼房子。一直以来这座城市的人习惯把无法理解的东西与魔鬼联系在一起,他们把自行车叫魔鬼车,把墨镜叫魔鬼眼镜,把打火机叫魔鬼火焰。

"怪不得箱子那么重,原来里面装着一个唱歌的魔鬼。"邻居一致这样认为。

阿卜杜拉是个宰羊的人,爱跟人吵架,每一次吵架的原因都是他杀的羊没有长羊腰子或者只长了一个羊腰子。这怎么可能呢?当羊的主人这样质问他时,他无赖地回答说:"你的羊就是这样长的嘛,我能有什么办法。"他也爱喝酒,喝醉酒的时候看什么都是羊,他看凳子是羊,看毛驴是羊,看一只虫子也是羊。有一次他在亚历山大祖父家喝伏特加,醉得差点把亚历山大的祖父当羊给宰了。

亚历山大跟我说这些的时候,眼睛一刻也没有离开手风琴,他细细地把手风琴检查了一遍,最后告诉我修理这样一架手风琴得需要时间,而且不一定能修理好,手风琴的音管坏了,现在已经不太可能买到纽扣式手风琴的任何配件,他只能试试看能不能自己做一个。

我对修好这样一架手风琴本来就不抱多大希望,现在,我对这架手风琴的来历倒是产生了极大的兴趣,我想知道它是否真的就是冬宫之夜里的那一台。对于这一点,亚历山大说,他也只是凭手风琴上的俄文字母猜测而已,似乎那应该是冬宫这个词的缩写。他之所以这样猜测,是因为小时候听祖父不止一次说起过冬宫之夜那优美的手风琴声,以及弹奏手风琴的安娜斯塔西亚。亚历山大祖父希望公主是真的,这样他们的俄国就可以在别人的国家微弱地延续。那时候在这个到处都是土坯房子的城市里,白房子就像天山山脉终年积雪的峰顶,又醒目又孤单地矗立在大坡上,人们怕冷似的远远地绕着它走。但另一方面,人们又被白房子里流水般的琴声所吸引,仿佛白房子里装着一个亮闪闪的发光的梦。时常,那个拉手风琴的安娜斯塔西亚的侧影投射在透明的玻璃窗上,那魔幻般的琴声,让听见的人被施了咒语般无法动弹。有的人甚至会中邪般朝白房子走去,然后长时间地呆立窗外,直到琴声停止,他们才醒过来般惊讶双腿怎么把自己带到了这里。

这座城市的年轻人,尤其对白房子产生了极大的兴趣,刚开始这些年轻人只是躲在远远的地方,隐蔽在大树后面,或者是街道的拐角处观望。后来他们慢慢移动着靠近,猫着身子躲在白房子的围墙下,小心地伸出脑袋,近距离地观察着宽大玻璃窗里的一举一动。不用说,那些暴露着胳膊和大片胸脯的白种女人,让唇上刚长出茸毛的年轻人既兴奋又惊慌,他们感觉自己的内脏都要掉出来了。可以肯定,在那之前,他们中的大多数连女人光光的胳膊都没有见过,从某种程度上说,只有等结了婚,他们才有那样的机会。

这些年轻人一边忏悔自己不是一个好的穆斯林，一边待在那里不舍得挪动脚步离开。终于有一天，他们不再藏头缩脑，大胆地蹲到了墙头上。

年轻人突然出现，让白房子里的女人们感到惊讶又好玩，土墙上整整齐齐蹲着的那一排穿黑色袷袢缩着脖子的人，看上去就像是一群不出声的乌鸦。那个总是站在窗前的安娜斯塔西亚推开窗子，俏皮地用一根手指头一个一个地点着数。这个俄国女人的出现让墙头上的年轻人慌乱起来，以至于掉下去一个，弄得墙头的土沙沙地往下落。不过，掉下去的年轻人很快又爬了上来，先是露出两只乌黑的眼睛，然后是一张削瘦苍白的脸，他像个落水者爬上岸那样，紧紧抓住墙头，重新蹲好颤抖不已的身体，仿佛刚才遭受了巨大的惊吓。而他的插入引起紧密挨着的其他人一阵骚乱，就像一只乌鸦强行插入一排乌鸦之中那样地挤来挤去。滑稽的场面引得安娜斯塔西亚大笑起来，笑声惊得整齐排列在墙头的年轻人像叠好的阿米诺骨牌般一个接一个地掉落下去。最后墙头上只剩下最初掉下去的那个年轻人，他好似冻僵在了那里，用一种快要死去的眼神看着窗口的安娜斯塔西亚。

留在墙头上的那个年轻人，是阿卜杜拉十七岁的弟弟，他看见安娜斯塔西亚的脖子像优美的天鹅颈般无限伸长着。而探出窗口的身子，似乎只要扇动一下胳膊，就可以飞走。一度刺眼的阳光在玻璃上一闪，一道金光之后，他以为她已经飞走了。后来她缩回身子，由于怕冷而关上窗子，回到火光熊熊的壁炉旁取暖，直到这时可怜的阿卜杜拉的弟弟才又恢复了呼吸。如果她在窗口再多停留一会儿，他一定会窒息而死。

阿卜杜拉的弟弟在那之前每天在一个铁匠铺帮着师傅给马打上弯月形的马蹄铁。在冬天则是赶着毛驴车去伊犁河边，拉回一车车的冰块，在巴扎上卖掉。在那之后，除了去清真寺做主麻日的礼拜，他把整个世界都丢在了脑后，即便是大毛拉用手里的拐杖，把其他年轻人一个一个地打回了家，他也每天蹲在墙头上，冻僵的身子瑟缩成一团，一副天底下最孤单的模样。

阿卜杜拉的弟弟会在墙头上一直待到深夜，那时候灯光从窗口透出，明亮的屋子就像一个梦幻的宫殿，穿着束胸紧身衣的女人们沉浸在其中，她们用纯银的刀叉优雅地吃着盘子里的红肠,用晶亮的高脚玻璃杯饮格瓦斯酒,有时她们低下头齐声唱着忧伤而动人心魄的歌曲。不用费力,阿卜杜拉的弟弟能准确地找到怀抱手风琴的安娜斯塔西亚,她拉琴的时候一头蓬松的金发也跟着一起晃动,就像奔跑的马车上堆得高高的新麦草那样。当她放下手风琴,倚靠着窗子,侧影清晰地投映在玻璃上,她那博格达峰一样挺立的胸部,被灯光放大,并且带着金边的轮廓。这时候阿卜杜拉的弟弟不是在用眼睛看,而是用肋骨,用满嘴的牙齿,耳朵,睫毛,十根手指头,所有的头发,上下滑动个不停的喉结,甚至是用五脏和六腑在看着她。他无法想象,如果有谁看见了这对形状完美的双乳之后,还能够活着离开。

"小心,真主会让你的眼睛长出水泡。"阿卜杜拉怒气冲冲地骂他这个丢人现眼的弟弟,把他关在牲口棚里,为了不让他有机会溜出去甚至用粗绳子捆绑住他的双脚。

"他中魔了。"阿卜杜拉对羊毛胡同的人说。

当时紧挨亚历山大祖父家的另一个邻居就是松林巴尔。那时候伊犁河对面大片的农田里,不再是锡伯族人种植的亚麻和胡麻,而是俄国人种植的啤酒花,那些爬在架子上的淡绿色的啤酒花,风铃一样一串串悬挂下来,散发着淡淡的苦涩的芬芳。到了啤酒花成熟的时候,整个河谷的空气中都弥漫着啤酒花的花粉,让人和牲畜忍不住接连地打喷嚏。俄国人把这些啤酒花摘下来运到作坊里发酵,再加上蜂蜜酿制成格瓦斯酒,装在木桶里拿到巴扎上卖。这座城市里的人除了爱上手风琴,同时也爱上了俄罗斯贵族带来的这种甜蜜的液体,它不再是俄国贵族们所独享的东西,也不再被人们称作魔鬼饮料。大家在巴扎上吃烤羊排的时候,喜欢来上一大杯,胃口大的人甚至能像松林巴尔那样一口气喝下半桶。松林巴尔不光饭量大得出奇,他还有着一副吓人的铜嗓门,他发出的声音像五十个人发出的那么大,只要他一开口,就会把这座城市的乌鸦全吓跑。

"羊毛胡同没有不知道松林巴尔的人,他是这座城市的英雄。"亚历山大说。对他的这个说法我表示怀疑,因为我就是羊毛胡同的人,我就不知道松林巴尔。而且我也从来没有听年长的人说起过这个人。

"他是在家吃饭时被抓走的。"亚历山大说,当时他的祖父看着松林巴尔被三匹马拖着跑过羊毛胡同。换了别人,早被马在地上拖成肉饼了,可是松林巴尔不,他几乎跑到那几匹马的前头去。说起松林巴尔被抓的原因,当局找了个堂皇的借口,说他偷看了一个巴依的小老婆。那时候这座城市的有钱人都住在有围墙的房子里,那围墙高到即便是一个人踩在另一个人的肩头上,也不能看见那些在玫瑰花丛里晒太阳的美貌的小老婆们。但人们确信松林巴尔能够做到,松林巴尔早年经常率领商队沿丝绸之路去中亚经商,许多人都死在了路上,成为后来人的路标,只有松林巴尔每次都奇迹般地活着回来。人们认为如果他仅仅是为了看一个女人的脸而去掀那神秘的面纱,就实在是太愚蠢了,也是活得不耐烦了。但事实并非当局所说。松林巴尔实则是被当作共党分子给抓起来的。那几年统治新疆的人换来换去,最后一个亲苏分子掌握了大权,紧接着迪化也就是现在的乌鲁木齐有了苏联领事馆,边境上的这座小城也有了苏联的办事处。办事处在老城区一栋带有花园的房子里,院子里一根旗杆上飘荡着他们的国旗。

那一时期松林巴尔频繁而大胆地进出苏联领事馆的办事处,就像他频繁地去白房子那样。他和两边的关系都挺好。有时他也带着办事处年轻的医官同志一起去白房子。医官同志是个腼腆的年轻人,松林巴尔带他去白房子不是给那里的女人看病,而是去修理手风琴。医官同志的听力格外灵敏,他能从一首演奏的曲子里听出手风琴的毛病,然后把它治好。医官同志修理了几次手风琴之后,爱上了那个安娜斯塔西亚,他看她的眼神悲伤而完美,仿佛穿越了荒凉的西伯利亚。

医官同志后来被押解回了苏联,那是预料中的事。他最后一次去白房子,他坐在那里,脸色苍白而消沉。他对安娜斯塔西亚说,他想和她登上一辆烈火马车,去往一个既没有俄国人也没有苏联人的国家。

医官同志说出的话甜蜜而又可怕,他没有想到松林巴尔出卖了他。松林巴尔是个坚定的共产主义者,他不允许他的国际战友背叛革命。医官同志在回到领事馆后即被看管起来,随后被送往西伯利亚。而当松林巴尔沮丧地把这个消息带给安娜斯塔西娅时,这个金发姑娘怀抱手风琴茫然地、长久地、不出声地坐在窗口。松林巴尔离开白房子的时候，听见身后响起忧伤的琴声和歌声：

> 一条小路被风吹得飘忽不定
> 是谁走在去西伯利亚的路上

　　之后在松林巴尔的葬礼上也同样响起过这首歌，只是那时松林巴尔的头已经不在他的脖子上，他的耳朵不可能听到这天堂般透明的歌声。他也不再能感受到秋风在大地上悄无声息的行动。其实，在他死去之前这座城市就已经在暗地里发生了一些可怕的变化，每个黎明，乌鸦像是黑夜无法消化的碎片，一边啊啊叫着，一边扇动着一双双黑色不祥的翅膀从城市尖尖的树梢上飞起，它们的声音里带着黑色的凶兆，预示着厄运将和这些乌鸦的影子一起，降临这个城市的每一座屋顶。先是苏联共产党人突然离开伊宁撤回到自己的国家。接下来，无所畏惧的松林巴尔在羊毛胡同被抓走，被押送到大巴扎，在阿卜杜拉平时宰羊的台子上行刑。那是个污血横流的地方，地上杂乱地堆着牛羊割下来的头，动物肚子里掏出来的内脏，裸露着扔在地上，肠子里的粪便散发着恶心的臭气，乌鸦时而飞落，在其间翻找可吃的东西。

　　松林巴尔的头被砍下来后用快马送往迪化邀功请赏，尸体则被丢在刚剥下的牛皮和羊皮中。

　　这时候白房子里的女人们表现得让这座城市所有的人都惊讶。她们在松林巴尔行刑的那一天，穿上了自己最漂亮的举行舞会时才穿的华丽裙子，胸前隆重地别着红宝石胸针，脖子上戴着闪闪发光的项链，就连长手套上的银纽扣也一个不少地都扣着，帽子上的网纱和裙子上层层叠叠的花边，让她们看上去像是春天的杏花那样蓬松。怀抱手风琴的安娜斯塔西亚也在其中，在她手风琴的伴奏下，女人们一边穿过城市一边唱歌：

> 一条小路被风吹得飘忽不定
> 是谁走在去西伯利亚的路上

她们来到大巴扎，在人们惊异的目光下优雅地踮起脚尖提起裙子轻飘飘地走着，最后她们在血腥的屠宰场停下，许多双手一起把松林巴尔的身体从污血中抬出来，歌声一直没有停。

白房子里的女人们带着松林巴尔穿过整座城市，来到伊犁河对岸，她们把他埋葬在一片种着啤酒花的田地里。接下来的一场大雪厚厚地覆盖了田野，直到第二年五月，在融化的潮湿的泥土里，那颗停止跳动的心上，啤酒花的藤蔓开始发芽，抽出新的叶片，好像一个人从他所爱的泥土中长出来。六月一过它们就浓密地覆盖了木架，风铃一样悬挂在那里的啤酒花也被河谷里的夏季风一遍遍地吹拂，那些淡绿色的伤心花朵越开越多，多到可以把地球藏起来。

松林巴尔被行刑之后又有一些人在屠宰场被牛羊一样地宰杀掉。他们的罪名不再像松林巴尔那样遮遮掩掩，而是直接冠以共党。只是他们的头没有被快马送往迪化，而是悬挂在大巴扎的通道上。这一切都是因为统治新疆的那个人突然变了脸，开始极力讨好南京政府。

"他们早晚会把这座城市变成一个屠宰场。"那时候这座城市的每一个人都忧心忡忡，一些老人因为隐约的恐惧而哆嗦着身子。松林巴尔一家怕受到牵连，离开羊毛胡同，回到了伊犁河那边的锡伯族领地生活。

屠杀发生之后的第二年春天，杏花迟迟不开，接下来的斋月里整座城市的白天都陷入了一片沉默之中，只有到了晚上，戒斋者们才开始进食，那时候大巴扎通道上曾经悬挂头颅的地方，悬挂着微弱的油灯，灯光飘忽不定，照着空荡荡的街巷，其间再看不见一个穿黑色罩袍的身影在移动。再晚些时候，某座房子里会传出低沉缓慢的音乐声，那是两根弦的都它尔演奏出的琴声，歌者声音粗哑老迈，仿佛在倾诉着人世无尽的悲凉。这样的歌声与琴声交织在一起，与斋月的气氛很相配。

我无法看见百年前这座城市的真实场景，亚历山大也不曾看见过，一切都只是他的道听途说和我的想象。我问起亚历山大的家人，得知他一直和他的姐姐一起生活，他不曾结婚，他的姐姐也不曾结婚，他的姐姐在汉人街租了个小小的店面以烤面包为生，而亚历山大的手风琴修理铺关闭之后，每月靠政府的低保和在门口摆小摊为生。

我奇怪亚历山大和他姐姐为什么不结婚，但亚历山大不愿意回答我这个冒失而不礼貌的问题。他要了我的电话号码，说手风琴如果修理好了，他会打我电话。如果修理不好，希望我能把手风琴卖给他作收藏。他虽然很穷，但他愿意出两只怀孕奶羊的钱换我的手风琴。

回到羊毛胡同，正是孩子们放学的时间，看着他们在羊毛胡同里疯跑，我想起小时候跟玩伴们一起玩的情景。冬天的时候我们爱去伊犁河滑冰。到了夏天，男孩子们跳进河水里洗澡，他们光着屁股扑腾到筋疲力尽才爬上岸。大太阳把他们晒得红红的，到处都在脱皮，看上去和蛇差不多。我们这些女孩子只能留在岸上玩抓石子。大地几乎被太阳烤熟，空气中隐隐约约能闻到一股烤馕的味道，就连风，都热得好像是从刚烤过馕的馕坑里吹出来的一样。这些一起玩的孩子中有一个特别斯文，总是很绅士地站在那里看我们玩。哪怕是很热的天，他也穿戴得整整齐齐。他长得和我们没有什么两样，只是头发有点卷曲，并且有着一个很长的俄罗斯名字。据说他的曾祖父还是曾祖母是个俄罗斯人，现在他们一家已经不住在羊毛胡同里了，否则，他们也许应该知道一些白房子的事情。

吃晚饭的时候，我向母亲说起亚历山大。母亲说亚历山大不结婚没有什么好奇怪的，这些俄罗斯贵族的后裔，为了保持他们正宗的贵族血统，不愿意随便地找个人结婚。而这个城市的俄罗斯人越来越少，十年前这座城市尚有一千多名俄罗斯人，前年人口普查，只有不到三百人，而且其中大部分是二转子甚或三转子。他们除了头发微卷，鼻梁略挺，基本上没有了俄罗斯人的遗传基因。

"所以，亚历山大和他姐姐很难找到合适的人结婚，他们只能用独身的方式来保持他们的贵族血统。"母亲说。

可是，这座城市曾经有三万多名俄罗斯人，这是一个多么庞大的数字。想到曾经的贵族后代，现在以烤面包和低保生活，我心里很是感叹。我向母亲问起羊毛胡同可曾有过教堂，母亲说好像听胡同口的曹大娘说起过教堂，那教堂其实简陋得不像个教堂，土坯的房子，除了它的尖顶，并没有什么让人们感到稀奇。倒是那个木头的十字架上经常停落着一群白鸽子,它们被阳光照耀得又白又安静。每到星期天,羊毛胡同里俄国人接连不断地走过,他们穿着自己最体面的礼服,垂着双臂,脸上是 1917 年之后的疲惫和茫然。他们曾经的身份也许是显赫的男爵公爵或子爵,但在这里的身份是钟表匠、养蜂人、酿酒师、面包师,或者是伊犁河上的打鱼人。为了生活下去,他们不得不低下高贵的头,但他们的骨子里,还努力保持着什么,就像亚历山大和他的姐姐。

教堂后来在一次本地人排斥俄罗斯人的骚乱中被拆掉了,人们把教堂墙壁的土坯扒下来垒羊圈、修厕所,十字架则成了木栅栏的一部分。这些也是曹大娘说的。曹大娘死的时候我刚出生,她一定知道羊毛胡同的很多故事,但母亲说她从没有听曹大娘说起过松林巴尔,更不用说屠夫阿卜杜拉。那时候住在羊毛胡同的俄国人倒是很多,有没有亚历山大的祖父,不得而知。

父亲对我们的谈话不感兴趣,他只顾着吃东西,他吃东西的时候基本不用脑子,母亲往他盘里添多少,他都能很快吃得干干净净。父亲独对格瓦斯酒格外讲究,他每天晚饭后要喝上一大杯,如果买不到斯大林街那一家俄罗斯人做的格瓦斯,胜利巷回族人马忠义家的也可以。父亲从来不屑喝锡林酿的格瓦斯,他批评锡林酿的格瓦斯蜂蜜太多,喝起来太甜蜜。母亲则批评父亲在喝格瓦斯上挑剔得简直像个真正的贵族。

吃过晚饭,我出门去散步,羊毛胡同两边的白杨树又高又直,整条巷子像梦境里的隧道一样幽深。我想象着那些白房子里的俄国女人,她们一定曾走过这条胡同去教堂做祈祷,人们看见她们走来,一定会向两边闪开。白胡子老人们则坐在墙下的阴凉里,一脸的不高兴。"一群迷人的魔鬼。"有人会这样说。更多的人则是把头转向一边,不去看她们。而那架现在属于我的手风琴,抱在安娜斯塔西亚的怀里,手风琴太重,她一定像我一样抱得很吃力。当时这座城市的本地人保守而持旧,在他们眼里白房子里的女人是些不知道羞耻的人。他们不知道这些女人其实是些可怜的人,她们失去了祖国,失去了贵族身份和财产,同时她们的出身、家庭、教育和修养使她们不能像其他人那样去谋求粗鄙的生计，为了保持纯正的贵族血统，她们也无法随意嫁给一个什么人做妻子。命运让她们几乎无路可走。不过这些可爱的女人对自己的处境并没有抱怨和颓丧，她们整天喝酒唱歌拉响手风琴，让生命的欢乐在白房子里持久地延续。

我这样走一路想一路，黑暗中不知道谁在胡同深处突然大声地咳嗽起来，一只夜莺受到惊吓，从低处的花丛飞向高高的白杨树枝，并在那里悲鸣起来。那声音在夜幕中自有一种美妙而凄凉的感觉。

我在娘家等了几天，一直没有等到亚历山大的电话，就先回了伊犁河那边自己的家。邻居见我回来，问我手风琴修理好了没有，看来他们也很关心手风琴的命运。毕竟，那架手风琴在他家待了几十年。我向邻居打听手风琴的来历，他们说手风琴是粮食紧张那几年用一袋麦子换来的。手风琴原来的主人是一位俄罗斯老太太，衣服破旧但极其整洁，肩上披着当时不多见的灰色大披巾。我问起老太太的名字是否叫安娜斯塔西亚，邻居说这个他们怎么知道呢，或许叫雅娜，或许叫别的什么，反正不是安娜斯塔西亚，没有那么长。

一个多月后，我等不及亚历山大的电话，跑去伊宁市找他。那时候刚好是杏花开的时节，我惊讶这座城市原来有如此多的杏树，它们的花朵几乎包围了所有的房子，那些粉色的花朵又蓬松又轻盈，如果刮一阵风，它们似乎就可以带着这座城市轻飘飘地离开地面。不过，这些杏花总是不能长久，它们开得短暂，凋零得也匆忙。之后，夏季风就开始从早到晚地吹拂着广袤的河谷，天空中一天到晚低悬着花椰菜状的云朵。

我不知道一百年前的伊宁是否也是这样。

我这一次看见亚历山大的时候，他依旧是坐在门口守着他小小的生计。沉重的手风琴则抱在他的怀里。看见我来，他得意地拉动手风琴让我听，手风琴居然发出了声音，但遗憾的是声音残缺不全，像一个缺牙的人漏着风。

亚历山大告诉我，他打算去一趟乌鲁木齐，看看能不能找到同样的俄罗斯纽扣式手风琴，也许他可以从那些同样的坏琴上拆下一些零件来修理出一架好琴。

　　这几天锡林搭完啤酒花的架子后，利用农活空闲时间去纳达旗牛录小镇，交费开通了家里的无线网，这样我就可以在电脑上查找资料了。从百度里我知道曾有十几万的俄罗斯贵族在十月革命后流亡乌鲁木齐，他们带着金银财宝和军队武器，聚居在城的东边。当年孖司令马仲英率领骑兵来袭，迪化政府军全靠了俄罗斯人的武器和军队才守住了城。亚历山大的想法是对的，十几万的俄罗斯贵族，总有人在逃亡中国的时候马车上是带着一架纽扣式手风琴的。运气好的话，真能找到一架同样的纽扣式手风琴也不说定。

　　我看见不远处的那座红砖小楼，一只乌鸦蹲在墙头半天不动一下。我想到那个蹲在白房子围墙上的年轻人，现在这只乌鸦似乎代替了他蹲在那里。我穿过马路走过去扔面包给它，扔杏仁给它，乌鸦像个智者无动于衷。树上的杏花正纷纷扬扬往下落，后来一阵风把那些粉红的花瓣零零碎碎地带向了远处。

　　我向亚历山大感叹白房子在时间中变成了红房子，亚历山大说，白房子没有变成红房子，白房子是自己飞走的，像一只巨大的白鸟那样扑腾着翅膀，然后一使劲从红玫瑰般烫人的火焰里飞走了。引燃那场大火的导火索，是一个年轻人的死。这个年轻人就是阿卜杜拉的弟弟。他曾经被阿卜杜拉捆绑在马圈里，后来，由于天气越来越冷，西伯利亚寒流经过河谷时，冷就像一匹闪亮的缎子抖开来。到了晚上，铁水般清澈的天空上，月亮冷得白里泛蓝，散发出冰柱一样的光芒。白杨树高大的枯枝上栖落着亮晶晶的冻僵了的星星，也栖落着缩着脖子的乌鸦，摇一摇，它们会像死亡的果子一样哗啦啦掉落一地。

　　在大毛拉的干涉下阿卜杜拉解开了弟弟腿上的绳子。可是，他的弟弟并没有乖乖地待在被窝里睡觉。清晨人们发现他的时候，他保持着张望的姿势，蹲在白房子的那堵土墙上，成了一尊又硬又脆的冰雕。

　　本地人把年轻人的死归罪于白房子，他们向白房子投掷石块，投掷燃烧的树枝。当时全城的人都从自己的房子里跑出来看热闹，连那些戴着头巾的老女人也跑了出来,他们满以为可以看见一群被火焰包裹的魔鬼,光着脚披着发,疯子一样尖叫奔跑。可是人们惊讶地发现一切并不是他们想象的那样,白房子里的女人们即便是在逃命的时候,也不忘穿上外套,戴上帽子,扣好胸针,就像当初离开自己的国家那样从容,她们一个接一个,优雅地爬上窗台,尽量不弄脏裙子和手套。她们的手里,不是抓着钱袋和珠宝,而是一本普希金诗集,一束干花,一个可爱的套娃,或者一架沉重的手风琴。为了带出手风琴,抱手风琴的女人几乎丧生大火,她费力地把手风琴放在窗台上,因为怕磕坏了琴键,她解下羊毛披肩小心地包裹住它。

白房子烧毁后,没有人知道那些女人们去了哪里。

> 一条小路被风吹得飘忽不定
> 是谁走在去往西伯利亚的路上

亚历山大晃动着身子唱起歌的时候,他的手同时也按响了手风琴的琴键,琴键发出残缺的悲鸣般的呜咽。我默默转身离去,抬头之际,看见远处的天山山脉像一架巨大的手风琴横亘在那里,黄昏正用它黄金的手指弹奏着那流水般起伏的琴键。

作者简介

杨方,女,1975 年出生于新疆,自由写作者。出版诗集《像白云一样生活》《骆驼羔一样的眼睛》,小说集《打马跑过乌孙山》。首都师范大学 2013～2014 年驻校诗人。曾获《诗刊》中国青年诗人奖等多个诗歌奖项。近两年在《当代》《上海文学》《青年文学》等刊物发表中篇小说。有小说入选《中篇小说选刊》《北京文学·中篇小说月报》《中国中篇小说精选》。

瑞香狼毒

周建新

中学教师韩沫儒是中医世家,退休后苦心钻研医术,亲自上山采药,惠及村民与乡邻。他如何放下仇恨,给差点整死自己、妻子因此而丧命的仇人治病?他又如何将被仇人之子毒打至重伤的女儿起死回生?

一

熬药的壶"咕嘟嘟"地响,满屋弥散着五味杂陈的中药。韩沫儒守着小炉子,旁边的短柴,如同一叠叠方便筷,齐整整地摞着。他捡起一枝,谨慎地添到壶下,火苗在他的控制下,烧得不急不躁不愠不火。

药是煎给村西头肖文戈的,他得了胃癌,韩家的这把药壶,把他在鬼门关外挡了三年。大医院都放弃了,韩沫儒却锲而不舍。在他的潜意识中,天下没有治不了的病,只有不会治病的大夫。

公鸡突然叫了,干脆而又嘹亮,打破了村子的寂静。韩沫儒推开屋门,天还一片漆黑。闺女韩瑞香家的公鸡,总是这么急,不等天光显亮,就扯起喉咙,没完没了地宣誓主权,非要告诉龙栖村的人,没它不行。

韩沫儒嘀咕一句,这瘟鸡,和主人一样,矫情。

闺女四十大几了,还常拗着他,他嘴上看不惯,心里却惦记,站在院里,踮起脚,望向闺女家。闺女爱熬夜,常睡懒觉,他曾无数次规劝闺女,"阴气盛则寐,阳气盛则寤",闺女不听,只好任其辰时补亏。见到闺女家的窗还留在夜里,他才安心。公鸡白吵了,闺女没醒。

回到堂屋,继续熬药。家里的药壶上百把,每个壶熬啥药,都有讲究,不能乱了。还有熬药的柴，不同的药，火候不同，柴火也不同，果枝、槐枝、荆枝、稻草、茅草，各烧各的药。药性、药理，药与药的相辅相成、相生相克，都在火中融为一体。每一剂药，都是独特的世界，都有自己的熬法，其中的道理，韩沫儒说上一天也说不完。

西边的那间大屋子，是韩家药房，"嚓嚓"的碾药声，不绝于耳。孙子赵飞，比鸡还勤快，灯光下，正襟危坐，双脚有板有眼地搓碾棍。碌子在药船里钟摆般滚动，碾开了酸枣核，碾碎了酸枣仁儿，碾出了白白的药末儿。

韩沫儒戴上老花镜，眼珠子瞪得快要掉到镜片上了，一动不动地盯着碾碎的酸枣仁。忽然，他的脸阴沉下来，厉声说，走心了。

孙子吓了一跳，碾药是机械动作，自己的心思跑了，爷爷咋会知道？韩沫儒用拇指蘸出药末儿，指点着孙子，药是有心的，你三心二意，它就心猿意马，粉末粗细不匀，药效就不会天人合一。

孙子瞅了眼爷爷，提醒一句，药店有破碎机，只需几秒。

韩沫儒的脸沉得像何首乌，打断了孙子的话：想偷懒儿？

孙子的脸吓白了，连忙摇头。

爷爷的脸又恢复成慈祥的老人参，接着说，人有人格，药有药性，机器不通灵，粉碎了药魂儿，烫坏了药性，药劲儿不够了。孙子哦了声，如同每一次犯错，不等爷爷发话，背起了"十八反"，半蒌贝蔹芨攻乌……

爷爷并没原谅孙子，让他接着背《金匮要略》。孙子早已倒背如流，仍不失耐心，问曰：上工治未病，何也？师曰：夫治未病者，见肝之病，知肝传脾，当先实脾……

韩沫儒侧耳倾听，孙子虽然背得流畅，却像念经一般，显然只知其表，不知其里。他嗅了嗅药味儿，又揭开壶盖看了眼，便撤了煎药的火，让药汤自然凉下去。随后，他又找出荆条篓，把小钢镐丢进去，准备背上药篓，上山采药，顺路把药汤送给肖文戈。

孙子背完了，抬眼瞅爷爷。韩沫儒眉头微微蹙起，张仲景的药理，需要用一辈子领会，光是会背，远远不够，毕竟是孩子，没有学会走心。于是，他板着脸说，背《庄子》。

孙子碾药的脚顿了下,困惑地瞅着爷爷,似乎在问:《庄子》和药有啥关系?爷爷的眼睛瞪在孙子的身上不动了,虽说没责备,却比责备更严厉,那意思在说,碾药是童子功,停一下就会少一分药性。孙子不敢怠慢,脚的力度和速度重新均匀起来。

爷爷说,人还有一种病,叫心病,庄子会治。

孙子不是亲孙子,十八年前,赵飞未出满月,就被韩沫儒抱进怀里,从此,没再分开。

那年,韩沫儒告别黑板,舍下语文书,退休赋闲。有了阔绰的时间,他开始从容地整理祖传的药方,重新验证各种中草药的药性,打算下半辈子活出个第二春。谁想到晴天落霹雳,遥远的哈尔滨传来噩耗,当包工头的闺女婿,被坠物砸死,女儿韩瑞香瞬间成了寡妇。

千里迢迢奔丧,遇到的事,比死了人还糟糕,除了工人追屁股讨薪,更难缠的是闺女婿养了个小的,抱着刚出生的孩子,追到了殡仪馆,要生活费、抚养费、青春损失费,还要分家产,否则,甭想火化。闺女婿有几个闲钱烧的,趁闺女不在身边,生出花心。出了事儿,就露馅了。

工程不大,油水不多,靠大伙的辛苦钱滋润了小三儿,工钱没给,工头却死了,工人们红着眼睛找家属。闺女婿的烂事儿,亲家不认账,闺女不认可,工人们不依不饶,打成了一锅粥。闺女的眼里只有怒火,没有悲伤,反正人死了,向死人要去,携尸要挟,随便!反正我恨死他了,暴尸荒野,死无葬身之地,活该。

韩瑞香想,人死账烂,工人们丢了血汗钱,岂能认可。好在韩瑞香还有个垫背的,顺势一推,指尖顶向了小三儿,大吼一声,钱都在狐狸精手里呢!小三儿不仅无利可图,马上就要引火烧身,丢下孩子,扭头就跑。

整个殡仪馆,只有这个弃婴,完全彻底地为自己号哭。

这番乱象,韩沫儒既心酸又尴尬。小三儿跑了,赵家和闺女谁也不想养丢下的孩子,吵得一塌糊涂。趁着亲戚争论孩子往哪儿送,他抱起小赵飞,头也不回,径直奔向火车站,赶回了辽西走廊的山村。

一晃,十八年过去,赵飞长大成人,韩沫儒也快耄耋之年了。

祖孙俩前后脚出了院子。

孙子锁上大门，推着自行车，跟在爷爷身后。孙子在念高中，每周回来一次，给爷爷打下手，周一早晨赶回二十里外的县城。

韩沫儒抬头望向天空，天色由墨黑转向幽蓝，启明星愈加明亮。孙子说，饭焖在锅里，菜也洗净了，早点回。

每次回家，孙子总是做好早饭，再去上学。真是懂事的孩子，一丝微笑漾在脸上，藏在夜色里。韩沫儒觉得，这辈子最值的事儿，就是收养赵飞。开始那些年，乡邻们不断劝他，给孙子改姓，或者干脆叫他姥爷。他始终不同意，孩子本来就是赵家的血脉，何必隐瞒，让孩子从小就知道自己是谁，来到这个世界不容易。他不能把韩家祖传的医术带进棺材里，早就把孩子的人生坐标立好了，就是张仲景。

孙子真争气，十七岁时，中医药的基本功，不亚于坐堂七年。

韩沫儒催孙子快上学，孙子不走，看到爷爷抱着药罐子背着药篓子辛苦，执意为爷爷分担。他迟疑一下，把药罐子交给孙子，接过了自行车。孩子腿脚灵便，自己老了，磕磕绊绊的，晃洒点儿药汤，药性就不准了。

微曦的天色里，一老一少的剪影，瞄着远方剪影状的山，行走在龙栖村的街巷。

正是霜繁露重的深秋，顶霜挂露，阴阳交替，药性恰好收纳于根茎中，正是采药极佳时。错过今天，便是一年，况且明年阳光雨露是否得体，春发夏长秋贮，能否恰到好处，尚未知晓，采药之事，不可懈怠。

韩沫儒几乎不从药店购置草药，不管多远多难，都到野地亲自采，顶多在自家的房前屋后和院里模拟野生状态，播下各种药材的种粒，让它们自由生长。这样下来，给别人的感觉，他们家杂草丛生，荆棘满院，如同多年无人居住的空壳房。

他讨厌种庄稼那样种药，药性本该天成，人工种植，施肥打药，除草灌溉，难免急功近利，催苗速成，黄连不苦，五味乏味，人参大如胡萝卜。长此以往，中医早晚亡于中药。

韩瑞香的家，在村子的中间。公鸡识得韩沫儒的脚步声，叫得更响亮，执着地呼唤太阳,像是喊他进院,也像命令阳光照亮他脚下的路。闺女家的公鸡,大概是村里唯一的公鸡了,村里的人越来越稀,自然,公鸡也会越来越少。即使还有那么几只,也成了伪娘,半哑不哑叫两声,一旦被闺女家的公鸡找到,准会啄个半死,那意思是,不会当公鸡就别叫。

闺女常带着公鸡,骄傲地结伴而行,一块儿花枝招展地张扬。

韩沫儒一生最大的憾事,是自己的两子一女,未能承袭祖业,木棍打折了好几根。十八岁了,十八反都背不准,更别说诊脉三字经了。真的把祖传的方子交给他们,还不得误人性命。好在赵飞天赋极佳,五岁能读古汉语,八岁能诵《本草纲目》,望闻问切,点点即通;各等草药,过目不忘。

两个儿子虽然学业未成,却不乏生意脑瓜,买进卖出,做出了名声,在城里住着大楼房,活得有模有样。唯一让他操心的是老闺女,对他抚养赵飞耿耿于怀,不断地索要钱物,想把他挤干拿净,没钱抚养小孽障。好在他有一技在手,求医者慕名而来,不至于山穷水尽。

宽容闺女,是看外孙女的面子,外孙女比赵飞大五岁,有个小大姐的样儿,对弟弟呵护有加。何况闺女也不是一无是处,为了外孙女,宁可守寡。可自打外孙女上了大学,闺女对他的责备变本加厉,还把手伸向了他的两个哥哥,让他们出资,在村里盖门市,开超市。两个哥倒也慷慨,老妹子留在村里照顾父亲呢,要啥给啥。

韩沫儒听得不顺耳,他腿脚硬实着呢,不需要别人照顾。劝说老闺女,人要有志气,不该向别人伸手。

女儿赌气地说,你若有本事,我就不向别人伸手了。

韩沫儒面沉似水,全县找不出比他还高明的中医了,还不算有本事?

女儿满脸的不屑,这么有本事,治好我妈了吗?

韩沫儒只得闭上眼睛,长叹一声,这是他一生的痛。孩子妈去世四十多年了,那时妻子临盆,他被扭送到公社的主席台,挂大牌子陪走资派。批斗会结束,刚赶回家,妻子产后大流血,银针用上了,中药也熬了,没管用,送到医院途中,气绝身亡。

挨批斗的委屈立刻全散了,总认为韩家世代名医,自己的医道也不悖祖先,不算高深,也够得上高明。可面对妻子的产后大崩漏,却脑子空空,束手无策,眼看着妻子撒手人寰。从此,他不肯原谅自己,宁愿鳏居,决不续弦,用一生赎罪、研医。

村子的西头,紧挨着京沈高速公路,一道涵洞横在肖文戈的家门外,这是村里上山的唯一通道。肖家高大的门楼,像守着涵洞的门神,让每一个上山的人感到心里发紧。

高速公路上的车辆昼夜不息,肖家的吵闹声也昼夜不分。肖文戈的儿子肖山林,几乎每天都借酒劲儿,炒爆豆般骂老爹和老婆。好在车辆的噪音大,掩盖了些吵骂摔打声,不至于让全村鸡犬不宁。

孙子把药罐放在肖家的大门石上,显然,他不想进院。孙子是有教养的孩子,这样的草包人家,即使再有钱,也诱惑不了他。

别看肖山林在村里凶得像藏獒,可一见到赵飞,立刻变得温顺了。赵飞在襁褓时,他是这样;长成大小伙子了,他还是这样。如此这般依然如故,还真不大符合肖山林的脾气。孩子刚到龙栖村时,肖山林亲眼睛,亲腮帮,亲屁股,喜欢得不得了,不断地和韩沫儒商量,孩子没爹没妈,送他当儿子。每一次,韩沫儒都烦得不得了。

每逢遇到赵飞在街上单独走,肖山林总是蹲下来说,叫爸爸,要啥给你啥。

韩沫儒非常生气,追上来,把孩子抱走。他要把孩子教成医圣,不是占山为王。

肖山林的媳妇不能生养,他特别渴望有个赵飞这样聪明英俊的儿子。

公鸡还在呼唤韩沫儒,声音远了些,声嘶力竭中,有了那么一点哀怨。韩沫儒对着孙子说,去吧,上学去。

孙子依然没动,目送着爷爷端着药罐子进肖家。没多久,爷爷出来了,显然,这个早晨肖家出现了奇迹,没再吵架,爷爷给肖文戈喂药很顺畅。赵飞跟着爷爷钻过了涵洞,向着山上走去。开始的时候,韩沫儒以为涵洞太黑,孙子怕自己走摔了送他呢。后来,孙子还往山上送,边走,眼睛边往上瞭望。他突然顿悟,孩子的父亲埋在了山坡上,爷爷再好,也代替不了父母,便说,去吧,去给你爸磕个头。

孙子像得到了大赦,推着自行车,撒野般向山上跑。

前不久,村里来了辆越野车,下来个穿着白风衣、风姿绰约的女人,到处打听赵飞爹的墓在哪儿。吉普车走的时候,墓旁堆满了菊花、祭品和香烛。

韩沫儒这才明白,孙子这次回家,肯定听到了风声,否则,碾药时,不可能那么心不在焉。

孙子大了,心思多了。他背着药篓子,独自向山上走,扎进一道沟壑,便坐下来,不去瞅孙子的背影。

风传来了远处一声凄厉的呼喊,妈——

二

地平线上的鱼肚白在不断地扩张,天的颜色渐渐变淡。高速公路上奔跑的车辆,灯光不再炫目。村子的轮廓完全显现出来,有限的几缕炊烟,虚无缥缈地飘扬。村外边,孙子追逐太阳出升的地方,奋力骑着自行车,身影越来越小。

韩沫儒的眼睛潮湿了,哪个孩子不想妈?

天越来越亮,萎缩与衰败的村落,无遮无拦地暴露出来。村里的街巷歪歪扭扭,各家门墙院落破破烂烂。虽说村里不失几座好房子,比如,肖山林的家,笔挺高耸;女儿的家,规矩工整。但矗立在破烂的村里,却很扎眼,与整个村子的凋敝极不协调。高速公路宽敞笔直,小轿车比着豪华,大货车比着速度,广告牌宏伟阔绰,电子屏色彩斑斓。把一旁的村子比得更破落、更寒酸,像都市里的乞丐。同样,韩沫儒也是寒碜的家,只不过他是心甘情愿。

这些年,留在村里的,不是老弱病残,就是痴茶呆傻,有点儿能耐的,都游荡进城市,拾破烂都比种庄稼强。闺女的超市,生意寡淡得很,一天也卖不出几个钱。听说父亲一剂草药、一根银针把谁治好了,韩瑞香就旁敲侧击,提醒人家,学会感恩。于是,店里的一瓶酱油,卖到了八十块。

医者本该悬壶济世,自己有退休金,韩沫儒不想要任何人的钱,女儿却打他的脸,谁的钱都想赚。

两个月前,还有更打脸的事儿,想一想,他就唉声叹气,女儿给肖山林生了个儿子,还张罗着办满月酒。你是寡妇,肖山林有家有口,名声又不太好,就不能检点一点儿?村子几百年不曾出的丑事儿,居然摊到自己头上。更让人懊恼的是,女儿和肖山林,不以为耻,反以为荣。

他亲眼看见,肖山林拎着镰刀,从山上下来,韩瑞香喜滋滋地迎上去,又是拍尘土,又是挎胳膊,腻得发黏,像是八百年没见过男人。而肖山林呢,见到韩瑞香脸上的凶煞恶神就跑了,变得猪八戒一样馋,臊得他这个当父亲的脑袋没钻进裤裆里。后来,他责备过几句,女儿居然心烦地说,死鬼能和别的女人生孩子,我就不能找个汉子生孩子?

韩沫儒哑口无言。

他想不明白,无人不骂的肖山林,闺女从来不骂;无人不烦的肖山林,闺女从来不烦。

多年以前,肖文戈对抱不上孙子,也很着急,曾求医上门。韩沫儒给肖山林的媳妇号过脉,开过方子,也捻过针灸,每一次都摇摇头,不是没找到症结,而是没看出有毛病。从前,肖山林穷时,骂几句骡骡子,踢几下屁股,也就算了。后来,他发了,媳妇的肚子不鼓,除了咒骂,拳打脚踢是必修课,嘴巴也扇成了爆竹。

谁人脸上长茧子?有村以来,只有她一人,肖山林扇的。

在龙栖沟,肖山林骂人,比村里的鸡鸣狗叫都频繁,骂老爹,打媳妇,更是家常便饭。怨他爹空有野心,没有本事,不能让肖家门庭显赫,日进斗金。骂他媳妇,灌进她肚里的精虫能喂肥一头猪了,一个崽儿都生不出来。

他摇摇头,中草药里,没有一味药能治好暴戾之症。

韩沫儒的眼光从村落里收回,向山上瞭去,山虽然清冷,却不凋敝,坟头密密麻麻地挤在山坡上,像一列列队伍,也像城市里叠起来的楼。此时,龙栖沟给人一种完全的错觉,人住的村里,有一种鬼气;鬼住的山上,却有了一股人气。乌鸦在坟头上站着,呱呱地叫,仿佛讲述每座坟里的故事。

十几年前，龙栖沟的山，没人承包，也没有人迹，杂草繁茂，荆棘丛生，千种植物，自由竞争。在别人眼里，土瘠石露，树木干虬枝曲，不能成材。杂草尖刺蒺藜，百畜不食，就算当柴烧，火软得炕都烧不热，无法和煤炭相比。可在韩沫儒眼里，山上就是百草堂，啥时缺中草药，上山便采。

自打肖山林承包了山，渐渐地变成了另个样子，草木荒疏，黄土暴露，到处是坟的森林。

村里放出话，把山承包出去时，村人嗤之以鼻，山上羊不许入，牛不让养，林木不成材，果禾不成器，又不是没柴烧，包山有啥用？交出七八万块，一百年也回不来，让钱烧的？

那时，最想包山的是韩沫儒，他要吃个定心丸，让中草药在阳光雨露中自由生长。可是，那点退休金，他还要养孙子和外孙女，根本攒不下钱，况且他是非农户，不具备村民的身份，不能名正言顺地承包。

村里能拿得出钱的人，都在外边，不屑于荒山野岭。肖山林原本手无分文，只是抱着戏弄姐姐的心态，去了趟县城，偷了姐姐家的房照，抵押贷款，交了承包费。

事后，姐姐知晓，带着夫家的人，催要房照，动起了棍子和菜刀，打得肖家满院桃花开，是韩沫儒给他们一家三口敷药化淤，才没留下后遗症。一场架，肖家的儿女关系伤筋动骨，姐姐一家代价不菲，拿自己钱赎回房照，否则，法院将要拍卖他们的房产。

开始那几年，山一如从前，寂寥无比，除了鸟鸣，只剩下韩沫儒的刨药声。肖山林看到了，也懒得去管，只提出一个条件，你不能让我媳妇怀上，就让你闺女代替。韩沫儒只当是个恶劣的玩笑，没想到若干年过后，会是真的。

肖山林攫取的第一桶金，打的是政策的擦边球，听说县里搞退耕还林还草，他雇辆拖拉机，把山脚下还算平坦的荒地全豁开了，说是一片花生地。村主任也替他打掩护，认定是耕地，承包山的钱，一下就弄了回来。

后来，高速公路和高速铁路都从山下走过，他又狮子大开口，咬下了两大块肥肉。再后来，他又打起了村里各家各户祖坟的主意，山是他花钱买的,死人不能白占了他的地盘,看在本是同村生的面子上,每个坟头象征性地收一千块,否则锉骨扬灰。

这时的肖山林,已经雇得起护山队了,谁敢不从,谁家就没了祖宗。村干部们也是顺水推舟,不言是非,反正他们家的坟头用不着花钱,这是他们之间的默契。有些人走房空的人家,不肯交钱,又害怕肖山林真的挖了他们的祖坟,干脆把自家的空院子当坟场,把祖宗接回来看家,锁上大门,远走高飞。

院子里埋亲人,成了龙栖沟独特的景观。

若不是肖山林勾引了自己的女儿,韩沫儒还不至于憎恶肖山林,他一向认为,世间万物,本无善恶,只是相生相克,善与恶不过是人的主观判断,比如肖山林,人人皆言其恶,只不过没人看到他善良的本源。大恶之人,怎会对无嗣耿耿于怀?怎能念念不忘收养赵飞为子。就像这次上山要找的瑞香狼毒,本是大毒之物,牛羊鼠兔避之不及,然用其清热解毒,消肿泻炎,祛腐生肌,止疡疖痈,却无以替代。

山坡上,横看成岭侧成峰的坟丘,埋的大多是城市里的人。城市旁的公墓,贵若楼房,很多城里人活得起,死不起,埋在龙栖沟,便是另一种选择。肖山林每座坟收上万八千,对城里人来说,简直是一种恩惠。

龙栖沟风水好,几百年前就被证实过,这里面向阳光,形若椅背,前有罩,后有靠,典型的龙脉。皇帝怕有人和他争江山,在山腰上建了一座塔,把龙脉镇住了。所以,几百年来,村里出商人出匠人出文人,就是不出官人。

把山上变坟场,是肖山林蓄谋已久的事情,他先是用铁钉给树干打个窟窿,塞进盐粒,再把树皮封好,让杂木林大片死亡,却看不出原因。村主任替他圆谎,说山里发生了病虫害,不仅过了砍伐林木需省里批准这道高门槛儿,还弄来了林木病虫害防治的补贴。就这样,坟场的空地腾了出来。

不知从哪天起,网上暴炒,龙栖沟那座残破的古塔,每块砖都是几百年的灵通宝物,盖房子装修,砌在屋里,镇宅祛邪,保全家几百年平安,胜过泰山石。于是,人们蜂拥而至,整个龙栖沟人头攒动,不消几日,这座被列为市级文物的老塔,被拆得片瓦无存。

虽说派出所动用了警力,可越拦人们就越起劲儿,越认为是真的,就越想得到塔砖。法不责众,拦也拦不住了。

没有古塔的镇压,龙栖沟这块龙脉,被彻底打开。城里人闻听此讯,捧着骨灰盒,争先恐后地把逝者送来安葬,借此荫及子孙,期盼后代统揽天下,或主政一方。于是,龙栖沟的山坡和闹市一样拥挤,年复一年,山上的黄土都被掀至坟头上,莫说是中草药了,就是山草荆棘,也荡然无存。每逢阴雨连绵,黄泥汤子从山上滚滚而下,部分淤积在高速公路与铁路的路基旁,大多数黄泥汤冲过桥涵,游荡进村里的街巷。年复一年,村里家家户户路高屋低,潮湿无比。

村里唯一受益者就是肖山林,几乎一夜之间,成了百万富翁。村干部们呢,乐此不疲地随其身后,宁可挨骂,也要喝上小酒。

三

山上的植被光了,没人在乎,反正山也不是他们的,只要祖坟没动,就相安无事了。肖山林对天起誓,一座坟一千块钱封顶,为全村人守墓,这辈子不够,儿孙接着守,这叫商业信用。村人哂然一笑,你他娘的是个绝户,承诺还不如放屁。肖山林眼睛瞪成了张飞,老子要娶三妻四妾。

韩沫儒没有想到,肖山林的第一个妾居然是自己的闺女。他很痛心,不过更痛心的是植根在山上的中草药,几近绝迹。有些药,他看护多年,只等吸足日月精华,养足药性再去采。可人们只图填高死人一冢,却无视活人性命,瞅都不瞅,挥锹扬镐,连根铲除。

没办法,韩沫儒只能走出龙栖沟,再翻过几道岭,进更远的山里采药。好在药喜欢生在哪儿,长在哪儿,他悉数在心,方圆百里,遇不到第二个懂药的人,他不担心有人抢在前边把药挖走,更何况药不分贵贱,只需对症。有些草药,对于他来说是宝;对别人来说,还不如烂柴火。

这次上山,他只想挖到一种药,其他的药,顺手为之。

药叫瑞香狼毒,是狼毒中的一种,俗称山萝卜。

瑞香狼毒为多年生草本植物,喜欢干旱贫瘠的沙壤,环境越恶劣,长得越起劲儿,根茎也就越粗壮。两年前,韩沫儒翻山越岭,蓦然回首,突然发现了它。那是一片沙地,盛开着好多狼毒花,而瑞香狼毒却独此一株,两瓣枝,九片叶,黄花朵,貌似瘦弱,力量全聚在根系,把其他狼毒欺得远远的。养至今秋,该是药性大成了,太阳初升,霜露叠加,正是起药最佳时。

赶到那片沙地,韩沫儒已是汗涔涔的了,毕竟年岁不饶人,八旬老翁了,不似壮年时健步如飞,同龄者,有不少人睡在山岭间了,感谢上苍,还能让他翻山越岭,苦研药理。

众多的狼毒草均已枯萎,沙丘顿然显露,瑞香狼毒却悄然无迹。他不慌不忙地蹲下,拂去眼前的沙子,一缕枯枝败叶渐渐显露出来。掐一掐枝,枯而不失坚韧;捏一捏叶,败而不乏柔软。

从药篓里拿出小钢镐,动作如同当年抱起赵飞,轻柔而又坚决。没多久,一条如人参般的根茎,须发无损地被韩沫儒请出来。放置进药篓,他心里默默地说了句,孩子,跟我回家。

这株药,是特意为肖文戈采的。三年前,肖文戈绝望地从大城市回来,天天挺着挂霜的脸,捂着肚子,疼得死去活来。肖山林不想让钱打水漂,买来一些杜冷丁,疼了就给打一支。肖文戈的女儿早和他们父子成仇,弟弟发达了,还不肯还她房子钱,更不想管她爹了。

本来是回家等死的,没想到,经韩沫儒一番调理,肖文戈赚回了许多气血,不但没死,还养出了精神头儿,专门和儿子打架。

给村里村外的人治病,两个儿子没反对过,也没资格反对,唯独给肖文戈治病,两个儿子同声讨伐。也难怪,父亲年轻时,是地主阶级的狗崽子,推到台上批斗,脊梁骨没少挨肖文戈的皮鞭子,驼背的毛病就是那时落下的。韩家世代行医,县城里还开着大药房,尤其是治痈疗疮,排毒解恶,更是韩家独门绝技,因此,没少积攒土地。可老辈人相继离世,韩沫儒便代父受过,劳其筋骨,饿其体肤,鞭挞其身。

韩沫儒苦尽甘来时,已年届不惑,本想当乡村医生,却不被允许,只好做了民办教师,好在古文功夫极厚,没几年,就转正了,教语文一直到退休。课余之时,他总有行医的冲动,莫让余生辜负韩家的祖传医术,治好了多例疑难杂症。

不料，肖文戈一纸诉状将韩沫儒告进卫生局，幸好没有不良后果，也没收人家的钱财，加上校长哀求，教育局长力保，才没丢了教书的饭碗。却被警告，没上过医科大学，也没有医师资格证，属非法行医，不许行医治病。医政科长训他时，像训犯人，好像他犯了弥天大罪，毒害了千家万户。

韩沫儒心里不服，扁鹊、华佗、孙思邈、张仲景谁人读过医科大学？谁不受世人敬仰？这么多年了，中医世家折戟，祖传秘方断崖，家庭秘制失传，古老文化与中医施治分裂，诊断看病与修身悟道相隔。谁还管那阴阳五行，谁有工夫分辨五脏间的因果，谁能意识到中医内牵国运，外连国脉？人们只重技术，忽略学问。

也罢，逆来顺受惯了，猪羊也食五谷，器脏与人大体相同，给牲畜看病，照例不误对药性的验证，不失对药理的辩证分析，就当拿动物做实验了。

从此，他进深山，尝百草，研古书，探药理，不是亲朋好友再三恳求，不再抛头露面。心思不是在悟道上，就是在孙子身上，盼孙子能考上医科大学，弄个执业医师证，回来好继承韩家的医道。让世人明白，道法自然，凡物相生相克，人体的小气候是和大宇宙浑然一体。上医治未病，一把手术刀除掉的只是病灶，不是病根。

虽说不收治病人，但凡见到村人面有饥黄、晦暗或潮红，他便不由自主地搭讪几句，对方若感兴趣，便看看舌苔的黄白黑腻，搭搭脉搏的浮沉迟数，然后慢声慢语地教人如何调整饮食，改善起居，保养心情，或叮嘱喝黄芪水、吃婆婆丁、嚼五味子，或劝人烀地瓜、啃萝卜、食白菜，人吃苦太少，毛病就会多。确实病入肌体，却无大碍者，道出几味中成药，劝进城买几盒，并反复强调，同仁堂的。

村里老而不死的渐渐多了，没人觉得是韩沫儒指点了迷津，他也从不与人言，他最怕门庭若市。这世界监狱和医院人满为患，都不是好事儿。修去病因，自然不会得病果。人生境界，天人归一，顺应自然。

事情过了20年，卫生局的禁锢已被时间蚀透，人们早已淡忘，韩沫儒依旧坚守，除非救急救命，平常不肯出诊。煮出的那些药汤子，大多喂了哑巴牲口。有人说韩沫儒被告怕了,感冒发烧求医上门,他一味地说喝水喝水,却不给开药,逼急了,顶多说熬点儿生姜,煮点儿双花,泡泡热水澡,或拿白酒搓搓前胸后背。所以,每每有人抱着病儿回家,半路上遇到肖文戈,就狠狠地唾上一口。

其实,人们误会了韩沫儒,不去坐堂,不开诊所,并不是被谁吓怕了,只是世人不晓得白水与五谷杂粮皆为良药,蔬果杂食均可调剂身体,自古食药同源,饮食有序便是平衡五脏与六腑,防患于未然的隐形方剂。他的忠告,已渗透在村人每一天的饮食起居里,得病的人少,自然清净,他可以有大把的时间,飞翔进药的世界里,体会什么叫天人合一。

韩沫儒不愿意治伤热或风寒类的感冒,那是因为高烧是人体的自我调剂,有些病无须医治,自会痊愈,不应过多地干预,要相信人体自身的免疫力。

肖文戈遭路人唾骂,原因不问自明,以为韩沫儒还记恨他呢,并不晓得韩沫儒的心思。每逢街上遇到,他都远远地躲开。就连儿媳妇多年未孕,跑遍省内外各大医院,求医无果,也不让儿媳妇去找韩沫儒。倒是儿媳妇不计两家嫌隙,悄悄来过,韩沫儒只是让她煮点儿女贞子,用以补肾滋阴、养肝明目。

直到有人街谈巷议,韩沫儒不是不敢开药方,而是村人无大疾,无须开方子。肖文戈的心结才打开。眼见得肖家断后,被逼无奈,肖文戈让儿子绑了自己,押进韩沫儒的家,学着古人负荆请罪,恳请韩沫儒宽宏大量,原谅当年的皮鞭子和后来的上告信,只求治好儿媳妇的病,给肖家留下一男半女。

韩沫儒搭着肖山林媳妇的脉,闭目养神,良久,手从脉上拿下,摇了摇头。肖山林投来渴望的目光,询问结果。韩沫儒提笔写下,大枣 20 枚、益母草 10 克、红糖 10 克,加水炖汤,早晚各饮一次,用以温经养血。

肖山林问,就这么简单?

韩沫儒道,你媳妇只是寒邪侵身,月经不调,别无他病。

肖山林暴怒,没病为啥不生孩子?

韩沫儒又写了个条子,人中黄 6 克、金银花 4.5 克、丹皮 4.5 克、生山栀 6 克,水煎服下。递给了肖山林,说道,这是给你开的方子,治治你的大热烦渴、热毒斑疹。

肖山林到城里的药店，听明白了人中黄是人的粪便提取物，狂暴地撕了药方，砸裂了柜台，奔回村子，拎着韩沫儒的脖领子，拖到厕所，要往粪坑里浸，嘴里骂骂咧咧，你不是让我吃屎么，这回我让你一次吃个够。幸好韩瑞香疯疯癫癫地追上来，噼噼啪啪打肖山林的嘴巴，一直到打得嘴角流血，肖山林居然没敢还手。

真是一物降一物。

肖文戈虽然没有和韩沫儒直接冲突，却以为韩沫儒根本没有原谅他，变着法子咒骂和戏弄他们父子呢，对韩沫儒世间万物皆可入药的解释不屑一顾。从此，真的和韩家形同陌路。

大概在四年前，韩沫儒与肖文戈街头相遇，肖文戈扭头就走。韩沫儒看到肖文戈面色枯槁，形容憔悴，追了过去，平和地说，你儿媳妇没病，你已病得不轻，脾胃虚寒、肝胃失和，怕是要有恶疾袭扰，让我切切脉，开几服汤药。

肖文戈一甩袖子，大声嚷着，我们家不吃屎！负气而走。

如此再三，韩沫儒换来的依然是辱骂。热脸贴到了冷屁股，好心被当了驴肝肺，弄得韩沫儒自己都骂自己贱。他痛心疾首，看来讳疾忌医，扁鹊与蔡桓公的故事又要上演了。直到疼得入了院，确诊为胃癌，肖文戈才突然明白，韩沫儒一生不打诳语，怎能偏偏欺骗他们父子？

求医上门，求求救我一条狗命的话都说出来了，韩沫儒只是摇头，重复着扁鹊的话，病入膏肓。不过，他没有像对待蔡桓公那样，选择逃离，也没有将他拒之门外。肖文戈突然把生命的支柱都撂给了他，他若不接，肖文戈便会顷刻坍塌、油干灯尽。只要有一线希望，他便不断地扶正祛邪、不言放弃。

这不，上山采瑞香狼毒，就是专门为肖文戈配制一剂药。大毒之症，须大毒之药，方能克之。

四

太阳高悬，天晴如洗，四周起伏的山，红黄褐绿，色彩斑斓。韩沫儒游走在茂盛的树丛和枯草之下,寻找深藏其中的药材,尽管药的株叶与枯黄的蒿草难以区分,可他还是一眼就给叼出来。就像自己的孩子和他藏猫猫,他对它们了如指掌,哪儿有找不到的道理?

阳光不愠不燥,照得身上暖暖的,他迈开步子,开始向龙栖沟返还。瑞香狼毒还需经过炮制,纠正药性之中的过偏之处,方可与其他药剂相辅相成。

翻过山梁,便回到龙栖沟的地盘了,满山坡的坟墓赫然入目,洒进心里的阳光,顿时被挤出身体。他闭上眼睛,努力让内心平静下来。哪户人家不想让亲人入土为安?他不该责备世人,求道者该是不怨不嗔,遇事还要往好处想。有机会劝劝肖山林,舍些钱财,栽松植柏,把坟山变成墓园。

下山的路,走得轻快些,韩沫儒不觉得已过喜寿之年,不知不觉间,就钻过了高速公路的桥涵,到了肖文戈的家门口。上山时,药罐子留下了,回来了,就该捎走。罐子早被各种中药浸透,下一次熬什么药,不能与从前熬过的药相克,药罐子不能丢在别人家。

推开门,瘦骨嶙峋的肖文戈正蹲在炕沿下,捂着胃,吵嚷着要打杜冷丁。韩沫儒怔了下,清早喂过的药,防逆止呃,补中益气,固本正源,又兼顾止痛防痉挛,怎么会疼成这个样子?

他将肖文戈扶到炕上,躺下,抽出随身带的银针,扎向几个穴位。肖文戈的眉头不再紧蹙了,却还不断地打嗝儿,嘴里"唉唉"地叫着。虽说两人同龄,一个精神矍铄,一个却行将就木了。

又有几银针扎下,肖文戈的嗝声也止住了。韩沫儒说,那株瑞香狼毒我请来了,对症下药,你会好起来的。

肖文戈有了力气,吼道,孽障,我生了个孽障,好个屁!

韩沫儒说,不是挺好的么,也不打媳妇了。

肖文戈说,不打?没给打死了,刚打完,不知啥原因,又疯狗似的跑出去了。

听到韩沫儒的说话声,肖山林的媳妇一瘸一拐地追过来,一只手捂着满脸的血迹,另一只手里攥着一沓纸,歇斯底里地抖搂着,怨我吗?医生说,我的子宫能生几十个孩子,我拿着他的精子化验过,没一个活的。我偷了韩瑞香孩子的胎毛,做了 DNA,和肖山林屁毛关系都没有,还以为他这辈子能当爹呢。这个畜牲,他毁了我一辈子!

韩沫儒没戴老花镜,看不清楚,可封面的那几个大字,却是历历在目:亲子鉴定书。他总算弄明白了,肖山林的媳妇背着丈夫,查明了他们不生孩子的原因。他想象得出,当肖山林的媳妇拿出证据时,肖山林会怎样的暴跳如雷,大打出手。

这个结果,韩沫儒不是没想到,是肖山林从不认可,拒绝诊断。他的脑袋突然间"嗡"的一下子,疼痛难忍,眼前一片漆黑,冥冥中,无数的小鬼在他脑子里"叽叽喳喳"地叫着。他突然意识到,自己又犯下个错误,丢下采来的药,绊倒了身旁的药罐子,拔腿往女儿家跑。他知道,凭着肖山林的秉性,决不会容忍闺女和别人生了孩子,却安在他的名下。

女儿在劫难逃啊!

韩沫儒跑得很慢,慢得每迈一步像经过了一个世纪,整个村落都静止了般。太阳很寂寞。

肖山林的媳妇骑着电动摩托追了上来,驮上了韩沫儒,时间突然又快了,快得飞逝而去。

一只公鸡突然飞在村落的房顶上,响亮的打鸣声变成了凄厉的惊叫,翅膀激烈地扑扇着,色彩缤纷的羽毛,四散飞扬。阳光托起了羽毛,飘到了韩沫儒的眼前。

那只一路向西惊惶失措飞翔的公鸡,就是闺女韩瑞香家的。韩沫儒忽然觉得,公鸡载着闺女的魂儿呢,他害怕公鸡飞远。

转过一个街巷,迎面遇到慌慌张张跑过来的肖山林。肖山林顿了下脚步,迟疑片刻,突然朝两个人的身上喷了口唾沫,转过身,径直穿过涵洞,奔向山里。韩沫儒的眼光窄窄的,忽视了肖山林的存在,只剩房顶上飞翔的鸡,还有女儿家的烟囱。

不出韩沫儒所料,肖山林果然向女儿韩瑞香下了黑手。女儿躺在炕上,脖子黑紫,眼睛突凸,气息与脉搏全无,瞳孔逐渐放大,已无生命体征。

仿佛上天给了韩沫儒勇气，平时发颤的手突然不抖了，走累的身体也不乏了。他灵巧地抽出剩下的银针，扎住女儿身上几个要害穴位。然后，双手压在女儿的胸前，一下一下，有力有节。捏开女儿的嘴，堵住女儿的鼻子，贴着女儿发凉的嘴唇，接连不断往嘴里吹气。

肖山林的媳妇摸着韩瑞香的颈动脉，哭着说，韩伯，别费力气了，瑞香妹子去了，您节哀吧。

韩沫儒的耳朵里什么也听不到，只剩下一个念头在他头脑中膨胀，丫头，你不是怨我没本事，让你生下来就没妈吗？我要让你看看，你爹我要把你从鬼门关里拉回来。

做过一阵心肺复苏，他突然发力，一拳砸向女儿的胸口窝。

一丝气息从女儿的喉咙漾出，他又一次口对口地做人工呼吸。直至女儿的嗓子里发出了"哐哐"的声音，他才一屁股坐在地上，再也爬不起来了，脸上老泪纵横。

女儿起死回生了。

那一天，是世界上最漫长的一天，长得像人类历史的长河。个体的生命没了，长河再长，跟她有何关系？

韩瑞香苏醒时，眼角含着豆粒大的泪珠，眨了几下，便泪如泉涌了。她还不能说话，吃力地抬了下手，指着被垛。

从被垛的缝隙里，韩沫儒找到了孩子。孩子没有意识到刚刚躲过一场劫难，脸色红扑扑的，还在香喷喷地睡。或许是母性天生直觉，或许是公鸡惶恐惊叫的提醒，大门被肖山林砸响时，韩瑞香下意识地将熟睡的孩子藏在了被垛里。直到父亲救醒她，把孩子送到她身旁，她才哭出了声。

喝过父亲喂过的汤药，女儿的头倚在父亲的肩上，泪流满面，悔不该不听父亲的劝告。她本以为在劫难逃，和母亲相会于黄泉，是父亲的妙手，让她重见阳光。这世界，恐怕没有第二个人，能把死人救活了，她不该用母亲的死，责备父亲。

惊悸过后是从容，韩沫儒轻声问女儿，孩子的父亲是谁？

女儿说，爹，能不能不问？

韩沫儒说，不能，谁人没有爹妈，等孩子大了，问你呢？

女儿说，只是一次偶遇，路过店里买东西，我就喜欢上了，也只有一夜情，是我一生最像女人的一次，我真的忘了问他是谁。

韩沫儒沉思片刻，缓缓道来，孩子的名字叫天赐吧，姓韩。

女儿的脸终于浮上了笑容。

第二天一早，一辆卡车停在韩沫儒的家门口，装载着屋里全部的药材和器具，还有韩家的三口人，驶向遥远的地方。一只笼子绑在卡车的顶上，风一阵猛过一阵，不断地揪出公鸡所剩无几的羽毛，秃尾巴的公鸡缩成一团，忘记了打鸣，也忘记了惊叫。

后视镜里，家乡的模样越来越小，越来越模糊。快八十年了，他的脚在这里长出了老树根，只等终老一生，入土为安，却不承想，一夜之间，连根拔掉，倏然离开。

一路上，韩沫儒眼泪飞扬，浇灌着这片土地。

家乡消失时，韩沫儒用毛巾捂住了脸，他不想让眼泪滴在异乡的土地上。走就走吧，龙栖沟，这个冠以龙字的村落，真的快成了安息之地。他唯一担心的是孙子赵飞，这个傻孩子会不会偷偷回来，站在他爹的坟头等他妈。

作者简介

周建新，男，满族，1963年冬月生于辽宁兴城。著有长篇小说《老滩》《大户人家》，小说集《分裂的村庄》《平安稻谷》等，在《当代》《十月》《北京文学》《小说月报·原创版》等文学期刊发表中短篇小说百余篇，作品多次被《小说月报》《小说选刊》《中篇小说选刊》《北京文学·中篇小说月报》《新华文摘》《中华文学选刊》等选载，曾获过"骏马奖"、入围过第三届"鲁迅文学奖"。现为辽宁省作家协会副主席、创联部主任。

母亲在乡下

曾瓶

父亲去世,母亲一个人住在乡下,还种了稻谷。儿子不忍心,想接母亲到城里生活,母亲死活不肯,还说她在乡下有父亲陪着,祖父祖母陪着,庄稼陪着,院子里的鸡鸭鹅陪着,日子好得很,身子骨好得很。儿子很不客气:那你老人家为什么天天打我电话?为什么每周都要我回来?母亲哭了:以后,我不打你的电话行了吧?你星期六星期天不回来行了吧?

一

父亲查出来已是肺癌晚期。

我拿到结果,看不懂。

我找医院朋友看。医院朋友说,你要节哀啊!要挺住啊!朋友进一步把结果告诉我。我说,怎么可能?我父亲就是咳嗽厉害一些啊!朋友是医院的科主任,父亲去检查就是托他张罗的。我焦急地抓住朋友,问他还有什么办法没有?

朋友摇着头,说,迟了!实在是太迟了!

朋友说,为什么不早一点送过来查查啊!

我说,我父亲才咳嗽得厉害啊!他从来没说过啊!

我天天都在给父母亲打电话。父母亲一直在老家乡下,我多次要他们到酒城来居住。我大学毕业分配到酒城,三十年的摸爬滚打,已经完全有能力有条件赡养二老。我住的房子足足两百平米,儿子上大学了,家里还有三间卧室空在那里。父母亲异口同声地对我说,等以后吧!等以后我们动不了啦,就到你那里住啊! 我能做的,就是晚上和早上给父母亲打个电话,问一下他们的身体状况。他们都在电话里说,好得很! 没有事! 第二天早上打的那个电话,倒不是请安问好,我是怕他们有什么三长两短,怕他们发生什么意外。父母亲在电话那头,像看穿了我的担心似的,说,好得很! 死不了! 母亲常常在电话里对我说,你老爹扛着锄头下地去了。父亲常常在电话里对我说,你母亲背着背篓子到菜园子里摘菜去了。

医院朋友很沉重地对我说,老人家想吃些什么就抓紧吃些什么吧!

问题是父亲一味地咳嗽,我问他想吃些什么? 他很艰难地告诉我,连说话的力气都没有了,吃什么哟?

三天后,我把母亲请到医院住院部一个僻静角落,那里离父亲的病床远,是一片小树林。我把父亲的体检结果告诉了母亲。我母亲当即瘫倒在椅子上。我有意选择了这片小树林,我实在怕母亲发生什么意外,我留心了小树林里有两张长条椅子,并且椅子上一个人也没有。母亲好一阵子才醒过神来。

母亲望着我,问,你父亲的病,医不好了?

我如实告诉母亲,现在医学,还没有那个能力。

母亲呼天唤地地哭:这以后,我怎么办啊?

我告诉母亲,她还有儿子,还有儿媳,还有孙子啊! 父亲走了,她就搬到酒城我家来住,住一辈子。我也不愿如此残酷地谈论这些事情,但我时时刻刻都听到癌细胞在大口大口地吞噬着父亲的生命,父亲很快就会从这个世界消失。我告诉母亲,万一父亲不行了,她就从乡下搬到酒城来住,我和她的儿媳、她的孙子陪她一辈子。我留了一个心眼,在替父亲治疗的同时,我让医院替母亲做了一次全面检查,谢天谢地,母亲的体检结果正常。医院朋友看着母亲那些体检结果,对我说,你说,这老天爷怎那么不公平啊! 把你母亲的那些指标,分一些给你父亲,多好啊! 我怒不可遏地对医院朋友说,什么意思? 你要让我妈也得癌症吗?

过几天,母亲对我说,儿子,我们回去。

我吃惊得很,我对母亲说,回哪里去? 不住院了?

母亲说，回乡下家里去，不住院了。

二

父亲和母亲一起回乡下老家去了。

我坚决不同意父亲离开医院，有病得治啊！

母亲说，治得好吗？

我有些情绪失控。我说，治不好也得治！我告诉母亲，不要担心钱，这几十年，儿子在酒城打拼奋斗，积蓄了一些钱，老父亲治病的钱，我有。母亲说，不是钱的问题，父亲想回家。她和父亲，也还有好几万元的积蓄。我说，病治好了再回家。母亲说，回家，是父亲的决定。我非常恼怒地责问母亲，她凭什么把结果告诉父亲？母亲很委屈地说，她没有告诉父亲，但她掩饰不住，父亲从她的气息中感觉到了。我更加气愤，从气息中能感觉到？开什么玩笑？就像革命先烈，死不开口，父亲能知道什么呢？难道父亲会逼着母亲要检查结果？我早已作了准备，已经让医院朋友替我伪造了一份父亲的检查结果，一旦父亲催要，我就把那个伪造结果交给父亲。那个伪造结果搞得有些玄乎，说父亲得的是一种新型感冒，名称是一串英文字母的缩写，该感冒治疗起来相当费劲，没有三五个月，根本见不到疗效。不过，是要不了命的病，是能治好的病。直到离开医院，父亲都没有要他的检查结果。

父亲回家不到三个月，就去世了。

我们和母亲一道，把父亲葬在老家房屋左边的山坡上。山坡上有好几棵大香樟树，其中有两棵是父亲母亲结婚时栽种的，已经长成一人合抱大了。有一棵是埋葬祖母时，祖父栽种的。有一棵是埋葬祖父时，父亲栽种的。母亲告诉我，有几家替城里寻找大树的公司多次找到老家，要把那几棵香樟树买到城里去。父母亲坚决不同意。父母亲说他们死了，就由香樟树陪着。一棵香樟树要活好几百年。香樟树老了，死了，它们还会长出小香樟树，小香樟树又会长成大香樟树。父亲母亲就睡在香樟树下静静地守着老家，陪伴着祖父祖母。祖父祖母也葬在大香樟树下。埋葬父亲的当天,母亲非常郑重地告诉我,如果她死了,也葬在大香樟树下。母亲把地方都指给我看了,就在父亲的旁边,她说她和父亲说好了。我正沉浸在悲伤里,没好气地告诉母亲,不要说那些扫兴的话。我把她的体检结果拿出来,我把母亲的体检结果随时带在身上,我说,你身体好得很,健康得很,想那些干什么?

我也在父亲的坟前栽下一棵香樟树。

办完父亲的丧事,我没有急着回酒城。我找了一辆小货车,准备把母亲的东西拉到我那里去。父母亲有两份田土,我已经跟堂叔说好,田土交给他种,不要他的租金,有一个条件,就是请他照看父亲的坟墓,和我们老家那五间瓦屋。堂叔对照看瓦屋和父亲的坟墓没有半点推托。倒是那两份田土交由他种很迟疑。我很纳闷,父母亲那两份田土,水源足、日照好,地很肥实,一年收三四千斤黄谷,两三千斤红薯,实在没什么问题。堂叔说出他的苦衷,你到四处走走看看,哪来人种地啊?都出去打工去了。堂叔说的确是这样,父亲出殡那天,抬棺材的人中,竟没有一个五十岁以下的。本来堂叔也要走,他舍不得他那几块地,他那几块地比父母亲的还好。堂弟在深圳打工,已是一个小包工头,挣了一些钱,在老家修了一幢楼房,四五年没回来了,楼房由堂叔照看。堂叔无可奈何地指着堂弟的楼房,说,这房子修来有啥子用哟?我只好每年另外给堂叔一千元,外加由堂叔免费收获我老家的那片荔枝林,堂叔才勉勉强强答应了我的请求。老家那片荔枝林是我读高中时候父母亲带着我一起栽种的,四十余株,早成林了,一年能收获上千斤荔枝。我本来要堂叔帮我看管好那片荔枝林,我们五五分成。看堂叔那个样子,我只好不提分成,通通由他拿去吧!

我正张罗着往小货车上搬母亲的东西,母亲拦住了我。

母亲说,你要干啥子?放下!

我很吃惊,说,我替您老人家搬东西啊!父亲不在了,你搬到我家去住啊!

母亲说,我说过要搬到你那里去住?

我说,您不搬到我家去住您到哪里去住啊?

母亲说，我就住这里。我住五十年了还住不下去？

我急了：您一个人在这里怎行啊？

母亲说，怎不行？你父亲在这里，你祖父祖母在这里。

我担心这段时间父亲去世母亲伤心得糊涂了。我说，妈，走吧！父亲去世了，人死不能复生。祖父祖母已经死了好几十年了。

母亲说她能听得见父亲说话，听得见祖父祖母说话。昨天晚上，父亲和她说话了，要她不要走，他一个人待在这里，孤零零的。祖父祖母也和她说话了，要她不要走，他们在这里，也孤零零的。

我说，现在你一个人在老家，才孤零零的。父亲，还有祖父祖母，他们几个在一起，闹热得很，怎会孤零零呢？孤零零的应该是母亲您。

母亲好久才醒过神来，说，到了晚上，她见到父亲，见到祖父祖母，她再问问他们。

三

母亲最终没有随我搬到酒城居住。

我也没有多少时间在乡下老家陪同她老人家。我要上班，我得挣钱养家糊口。我在老家待了几天，就回酒城上班了。

走的那个晚上，我语重心长掏心掏肺地给母亲作了一次长谈。我的意思很明确，母亲已经七十岁了，如果我再把她留在乡下老家，老家乡下的人会怎么看我？我单位的人会怎么看我？那些熟悉我认识我的人会怎么看我，会怎么看她的儿媳？至少会说我不孝，说他们婆媳关系不和谐，一个不孝的人，一个处理不好家庭关系的人，谁会和他交朋友呢？谁会提拔重用他呢？我的意思很明确，就算为我考虑，为她的儿媳考虑，母亲都应该搬到酒城我的家中颐养天年。如果她老人家想老家了，周末，我开车送她回去看看，酒城到我老家，开车也就是两个小时的车程。

母亲说，不是她不想到我家中住，是父亲要她留下来。

我火了。我如实告诉母亲，在拿到父亲检查结果后，有一天，父亲的精气神比较好，我喂了他小半碗稀粥，父亲给我谈起了老家，谈起了他和母亲,还有我,我们一起栽种的那片荔枝林,父亲的脸上满怀光彩,是回光返照的光彩。父亲还谈到他和母亲栽种的那两棵香樟树,祖父在祖母坟前栽种的那棵香樟树,他在祖父坟前栽种的那棵香樟树,父亲很得意,说,那几棵香樟树,肯定是我们村最大的树了,很远很远都看得见,要我,别人出再多的钱,都不能卖!父亲说,他死了,他就埋在香樟树下,以后母亲死了,也埋在香樟树下,一人一棵,他和母亲已经说好了。父亲告诉我,母亲脚常常喊痛,腰也直不起,城里条件好,万一他有个三长两短,一定要把母亲接到城里住,享几天福。

母亲也很生气,说父亲做人做事就爱当面一套背后一套,昨天晚上他还可怜兮兮地央求她,要她不要丢下他一个人走,他一个人躺在那里,孤零得很。

我大发雷霆,父亲亲口给我说的母亲不信,她老人家居然要去相信那些做梦时候的鬼话。

倒是堂叔一再提醒我,像母亲神神道道那个样子,极像鬼魂附体,如果不及早请了巫师来捉鬼魂,后果非常严重。堂叔讲了我老家不远处张家坝的张家大娘,也像母亲这种情况,丈夫死了,儿子儿媳在北京工作,女儿女婿在天津工作,被鬼魂附了体,没有及时请巫师捉拿,一年不到,竟然投了村边的玉带河,说是老伴在那边叫她过去。堂叔向我推荐了老家童连山北坡的刘巫师。堂叔给了我刘巫师的电话。堂叔说,刘巫师法力大,一个附体的鬼魂,肯定能捉拿来压在童连山脚下,让他一千年一万年翻不了身。堂叔长长地叹着气,还流了泪。我实在没闹懂,找一个巫师捉拿一个鬼魂,堂叔流什么泪?堂叔解释说,我在城里工作,很多事情不懂,据他观察,那个在母亲身上附体的鬼魂,多半是我父亲。堂叔进一步解释说,只能保我母亲了。我更加疑惑,父亲已经去世,他老人家在人世间还有什么瓜葛牵扯呢?堂叔见我不懂,解释说,死去的人,过不了三年,就得找地方投胎转世,一旦巫师把你父亲的魂魄,压在了童连山脚下,他如何投胎转世哟!堂叔说,现在只能委屈你父亲了,等你母亲过世了,再找巫师,把你父亲从童连山脚下放出来,到时,让你母亲和你父亲一起投胎转世。堂叔说得我云里雾里。我把堂叔给我的刘巫师的电话号码输存进了手机。但我一想到要将我父亲的魂魄压在童连山脚下若干年,我竟无论如何也拨不通刘巫师的手机号码。

<h1 style="text-align:center">四</h1>

母亲说她要种稻谷。

我正在参加一个重要会议,领导正在发表重要讲话,我正襟危坐一丝不苟地作着记录。母亲一个劲地打我的电话。我只好无可奈何地走出会场到走廊外接电话。

我劈头盖脸地对母亲说,地你还没种够?我也觉得自己过头了,很快缓下口气,说,哪来秧苗哟?

我对母亲不搬到酒城我家居住很有意见。但我很快就让步了,不来就不来吧,早上晚上,我多一些时间打打电话问候,星期六星期天,我多回几趟老家。偏偏母亲还要种地,管理那片荔枝林。我是费了好多工夫才和堂叔说好,我实在不知道如何和堂叔讲。倒是母亲很不以为然,说她去和堂叔说。母亲是如何去和堂叔说的,我不知道,我也懒得管。我一直以为母亲说她要种地要管那片荔枝林是说一说,她哪来那个精力?七十岁的人了。我问母亲哪来的秧苗,我们一直在忙父亲的病、忙父亲的后事,根本没有育秧苗,我压根儿就没有想到还要让母亲在老家种地,一个七十岁的老太太,她如何种地?

母亲说,堂叔有秧苗,就用堂叔秧田里的秧苗,她已经和堂叔说好了。母亲是希望我周末能回老家帮她张罗张罗插秧的事情。

我坚决不同意母亲再种庄稼,父亲在时,他们拉拉扯扯,照应着,种上一片稻谷,我还可以睁一只眼闭一只眼。父亲不在了,我无论如何不能让母亲种庄稼了,那要花多少劳力多少工夫啊,种稻谷是老太太干的吗?我告诉母亲,周末我要到北京出差,回不去了。到北京出差是我胡编的,我要断母亲种庄稼的念头。我对母亲说,稻谷就不要种了,到了收稻谷的时候,我花钱,在老家买上千把斤,够母亲吃上一年半载就行了。

母亲坚决要种。她说我要去北京出差就去吧,回来不了就不回来了,种稻谷的事情她想办法。

母亲一个七十岁的老太太，能想出什么办法？

星期六，我早早开车回老家。老家房门紧闭，我使劲地敲打，没人应。我惊慌起来，以为母亲出什么意外了。我差一点就砸了老家的门。砸门之前，我打了母亲的电话。母亲的电话通了，她说她在老家的水田里，她正在那里插秧。

我急忙忙往老家的水田里跑。白发苍苍的母亲，她正赤着脚，弓着腰，在水田里一丝不苟地插着秧苗。正是三月时节，我身上还穿着大衣。我赶紧脱下皮鞋冲下水田，把母亲往田埂上拉。母亲常常喊脚痛，腰常常直不起。站在水田里，我的脚刺骨地疼痛。母亲见我突然出现很高兴。母亲说，你怎没去北京出差啊？我非常气恼，母亲这个样子我能去北京吗？母亲非常有成就的样子，要我看她插的秧苗还行不？母亲说，父亲在时，都是父亲插，她打下手，真正插秧，她今年还是第一次。

我把母亲抱回家。母亲老了，太瘦、太轻。母亲死活不离开水田，她坚持要把秧苗插完了才回家。按母亲那个速度，没有三五天，我老家那块大水田，哪里插得完？

我强制着把母亲抱回家，给她烧上热水，替她洗脚，找鞋，找袜子，穿上。我正告母亲，她这样干，感冒了，生病了，要花多少钱？万一有个意外，如何得了？我要母亲算一笔账，生病住院吃药花的钱，可以买多少稻谷？我要母亲，稻谷不种了，把田交给堂叔他们种算了。

母亲坚决不同意。母亲说，父亲不高兴，在骂她呢！

父亲已经去世好几个月了，他不高兴什么呢？他骂母亲什么呢？

母亲一脸神秘的样子，说近些天，她每晚上都见到父亲，父亲告诉她该下地了，该插秧种谷了，布谷鸟都叫得不耐烦了。父亲责怪母亲，他一走，母亲就变懒了，什么庄稼活都不干了。

母亲说，你父亲的眼睛，天天都在看着我啊！

看着母亲那个神神道道的样子，第二天，我只好请了几个人，替母亲把秧苗插上。我本来当天就想找人来插秧，哪里好找人？山前山后跑了大半天,第二天,才勉勉强强凑了几个五六十岁的老人。其实,他们也忙不过来。我出的工钱,只好多了一倍。我算了一笔账,像这样栽种下去,到稻谷收获进仓,花费的钱款,可以买两倍的稻谷了。

五

母亲给我打电话,她说她看到我祖母了。一个三十多岁的女子,穿一身白衣服,长头发,额头和眉毛和我像得很。那女子喊她的名字。母亲说,你怎么认识我?那女子说,我怎么不认识你?你一跨进曾家门槛做曾家媳妇我就认识你了,我天天都在看着你啊!那女子说,曾平你认识吧?母亲说,认识啊,我儿子啊!那女子说,这就对了,曾平是我孙子啊!母亲说,你说,那个女子不是你祖母是哪个?

我今年已经四十六岁。母亲告诉我,这些天,晚上总去找她的那个三十多岁的女子是我的祖母。

我的祖母死于1959年。她死的时候三十七岁,那年,我父亲十三岁。就是父亲的印象中,祖母是些什么形象,也很模糊。祖母的坟墓在我老家房屋旁边的香樟林里。很小的时候,春节、清明,祖父就带着我去给祖母上坟,烧纸钱。祖母死后,祖父一直单身。现在,祖父已经葬在祖母旁边,父亲已经葬在祖母旁边。他们一家三口,静静地躺在香樟树林下面。母亲老家离我们老家有三十多公里的路程,我可以断定,母亲从未见过也不可能见过祖母。母亲和祖母的见面,就是每年的春节、清明,替祖母上香烛,烧纸钱,隔着一堆黄土,祖母在黄土里面,母亲在黄土外面。祖母模模糊糊的一些形象,源于祖父,源于父亲的片言只语。

母亲要我回老家,去看看祖母的坟墓,祖母的坟墓塌陷得厉害,得培培土了。

我看了看日历,过几天,是清明了。

六

我几乎每个周末都回老家。老婆已向我抗议。我单位的同事开始怀疑我出了什么问题。以前，星期六星期天，我是参加了单位的一些活动，比如，钓鱼啊、打牌啊、吃喝啊，现在通通不行了，我要回老家。母亲总会在星期三，最迟在星期四给我打电话，说一些让我不得不回老家的事情。我长时间不参加单位的活动，我就可能被边缘化，就会掉队，就会被淘汰。我以前在单位颇有人缘，每年年终考核，我的优秀得票，在中层干部中，一向遥遥领先。单位主要领导已数次暗示我，要我好好干，单位某某副职领导很快到点，单位重点推荐人选，就是我。可惜，今年年终测评，我的优秀票数，呈直线下跌。老婆要我务必高度重视，没有耕耘哪有收获？没有付出哪来成果？

偏偏这时母亲电话不断事情不少。

母亲一时来电话说父亲提醒她，该给水田里的稻谷除草施肥了。我很不想回老家，但我闭上眼睛，就是母亲白发苍苍、弓着腰在稻田里除草施肥的样子。我只好回老家，掏一些钱款，找一些人，替母亲把稻田里的杂草除了，把肥施了。母亲一时又给我打电话，说父亲在催促她，说，稻田里的黄谷，该收割了，要不然，来一场大暴雨，损失就大了。我自然赶紧回老家，掏一些钱款，找一些人，替母亲把稻田里的稻谷收回家。我告诉母亲，有什么想法就直接说，何必把父亲扯在一起呢？母亲一本正经地告诉我，真的是父亲在提醒她呢，在催促她呢，真的怪得很，一有事情，父亲就会来找母亲，怕母亲忘了似的。母亲对我说，父亲其实根本没有死，他只是换了一个睡觉的地方，以前，他睡在家里，现在，他睡在了祖父祖母的旁边。以前，父亲大白天忙事情，现在，父亲晚上来来回回地在家里、在自家田地里走动。家里的春种秋收、吃喝拉撒、油盐酱醋，父亲清楚得很。

我正告母亲的第二天早上，还不到五点，母亲就给我打电话，我一看她老人家的电话就紧张。母亲说，昨晚，父亲回家来了，他告诉母亲，幸喜昨天我回老家把稻谷收进了屋，不然，就迟了，今天晚上，有大暴雨。母亲告诉我，说父亲直夸我，说我没有忘记老家，没有忘记父母，把家里的事情弄整得井井有条。

我的好睡眠就这样被母亲中断了。我被中断了不要紧，我老婆也被中断了。我老婆正告我，母亲那个神神道道的样子，肯定是精神方面出问题了，要我早重视早想办法。我肚子里窝着一团火，竟不知道该向谁发泄。

接到母亲的电话也有不必马上回老家的时候。我正在开会，母亲数次给我打电话，说，我在父亲坟前栽种的那株香樟树，发新芽了！长好几寸长了！高过她的人头了！我没好气地说，知道了。

过一段时间，接到堂叔的电话。堂叔要我赶快回老家，我母亲被鬼魂缠身了。我问堂叔到底怎么了？堂叔说你回来就知道了。我只好向单位领导请了一个假，说母亲重病，不去不行。

到老家。母亲在父亲的坟前唠唠叨叨。听了很久，才明白。原来，按母亲的说法是，前天晚上，父亲又回老家了，母亲给他泡了一杯他爱喝的菊花茶。喝着菊花茶，他们一起说一些很久很久的事情。不知道这么说着说着，他们就谈到了我们生产队哪一家最先买上电视。时间是上个世纪90年代，母亲说是九五年，父亲说是九四年。母亲说是我们家早两天，父亲说是南坡的王笔才家比我们家早两天。究竟是我们家先买电视，当然是黑白电视，还是王笔才家先买电视，二十多年了，谁记得这些鸡毛蒜皮的琐事呢？争来争去有什么意义呢？王笔才已经死了好几年，王笔才的儿子很出息，在成都当老板，早把母亲接到成都去了。母亲说，父亲给她说得很清楚，他要去找王笔才问清楚，昨天晚上就回家来把问询王笔才的结果告诉她，偏偏昨天晚上母亲等了一晚上，父亲竟然没来。母亲说，你父亲这人怎能说话不算数呢？因此天一亮，母亲就到父亲的坟前来找父亲，她要找父亲理论清楚，她要等着父亲从坟墓里出来把事情给她说清楚。

堂叔要我快找童连山北坡的刘巫师，我母亲肯定是被父亲的鬼魂附体了。

我没找刘巫师。我找了酒城精神病医院的王院长，我要他赶快派一辆救护车来送我母亲去医院治疗。

王院长的救护车很快拉着警报开到我老家。

我把我母亲往救护车上送。

母亲坚决不上救护车。

母亲很气愤,问我要干什么?

我如实说,要送她老人家去酒城治病。

母亲更加生气,母亲说,我才有病,她一点病都没有,她在乡下老家,父亲陪着、祖父祖母陪着、庄稼陪着、院子里的鸡鸭鹅陪着,日子好得很、身子骨好得很。

我很不客气,说,那你老人家为什么天天打我电话?为什么每周都要我回来?

母亲就是不上医院的救护车。母亲哭了,像一个做错事情的小女孩。母亲说,以后,我不打你的电话行了吧?你星期六星期天不回来行了吧?

那天,我没能把母亲请上酒城精神病医院的救护车。我也糊涂了,我也不知道母亲是不是病了。

过后,母亲再没给我打电话,也没要我周末回老家。倒是我,心中愈发恐慌起来。我一闭上眼,就看见白发苍苍的母亲,弓着腰,赤着脚,在老家的水田里,插秧、除草、施肥、收割。

忍不住,我就开始给母亲打电话,说,妈,您老还好吗?

星期六星期天,我又开始开着车往老家乡下跑。

作者简介

曾瓶,本名曾平,男,中国作协会员,巴金文学院签约作家。已在《四川文学》《北京文学》《红岩》《星火》《天津文学》等杂志发表中短篇小说、小小说80余万字300余篇,100余篇(次)作品被《小说选刊》《小说月报》《北京文学·中篇小说月报》《中华文学选刊》《小小说选刊》《微型小说选刊》《人民文摘》《读者》《青年文摘》《作家文摘》等选载。有小说集《公示期》《城市上空没有鸟》《厂子》《奸细》出版。

舅舅死了

汪肯堂

孤寂贫穷的舅舅之死，引发几路人马争舅舅少得可怜的一点
遗产，伦理道德与人性欲望的激烈冲突，活画出人间几副活生生
的不同嘴脸，令人唏嘘。

一

舅舅是百分之两百的亲舅舅，可妹妹打电话来说"舅舅死了"时，我一
点也不吃惊，更谈不上有多少悲伤。相反，有一点一块石头终于落地的轻
松感。如果不是夜晚，如果在大庭广众之中，人家会觉得我喜形于色。有
如此想法似乎有点不敬，有点大逆不道。对舅舅虽然谈不上有多么深厚的
感情，但也不至于希望他早点死。

我们家乡有一句俗话，叫作"娘亲舅大"。之所以还把舅舅的生死记挂
在心上，与母亲还是有很大的关系。母亲死得早。母亲死的时候，我当然
已成家立业，但弟妹们还小。母亲知道自己的大限已至，临走前对我们没
有什么特别的交代，唯有对她那唯一的单身弟弟放心不下。

母亲与父亲的一段对话我至今还记得很清楚，我当时在场，母亲是有
意说给我听的，我也插了话，只是我的意见并不重要。

母亲说："还是把小宝过继给他舅舅吧？"小宝是我唯一的弟弟，当时只
有三岁，但这个话题也讨论了三年。弟弟一出生，母亲就有这个意思。当
时奶奶还在世，奶奶是天牌，奶奶不同意，事情就没办成。如今奶奶已过世
了，母亲也知道自己不行了，于是这个话题再次提起。

父亲回答说："他舅舅还年轻，遇到合适的还可以结婚成家，生儿育女。

这么早抱养个儿子，明摆着就是准备打一辈子光棍，不好吧？"舅舅当时才四十出头，父亲说得还是很有理的。可母亲不这么认为，坚定地说：

"结婚？他这辈子不可能了。两只煮熟了的鸭子都飞了，还有哪个背时的来上门？"

舅舅有过两次婚姻，时间都不长，但都是明媒正娶到家里来的。只是当时物资贫乏，彩礼、仪式相对简单些。但当时都是如此呀，舅舅的结婚也不会比别人家的差到哪儿去。因为舅舅的条件在当时还算好的。第一个"舅妈"娶进来的时候我还只有几岁，"舅妈"还没叫顺口就走了，回娘家了，不回来了，没有音信了。娶第二个"舅妈"时我已是十几岁的人了，我还参与了迎亲，新娘子的马桶都是我挑来的。旁边的人都说挑马桶是有红包的，都要我向舅舅要红包，但我没有要到红包。这个"舅妈"就是本村人，彼此都认识，比我大不了几岁，要改口叫舅妈真的好别扭，我不记得喊没喊过舅妈就走了，回娘家了，不回来了，没音信了。

两个"舅妈"为什么都要走？我当时不解，现在仍然不解，这个谜只能让它永远"谜"下去。舅舅虽然算不上高大威猛、英俊潇洒，但在当时的乡下还是过得去的。一米六几的个头，不瘸不驼，不聋不瞎，不傻不呆，还识得字，算得数，他还当过生产队的保管员、记工员。不仅不好吃赖做，还特勤劳。样样农活都拿得下，他自称十三岁就开始耕田。最明显的缺点是脾气急躁，容易与人吵架。体现在面相上，舅舅的两撇眉毛是长期紧锁的，以至两撇眉毛形成八字形倒挂着，眉宇间形成川字形三道深沟。

有一件事，当时我不敢问母亲，现在还有些后悔。舅舅当时是生产队的保管员，长年有一挂钥匙随身带，这不难理解。可当舅妈娶进来之后，舅舅就有了两挂钥匙。显然这增加的一挂就是家里锁仓、锁柜、锁箱、锁米桶的。两挂钥匙挂在身上出工，做农活还是不方便，舅舅每天出工前就丢一挂钥匙在我们家里，收工时再来拿。现在我也只能根据我的理解来猜测，防自己的妻子像防贼一样，这样的婚姻要维持长久那是很难的。

母亲是很了解她的弟弟的，母亲的判断是准确的，后来得到了应验。母亲理解父亲的担心，更理解他的不舍。换了一种方案与父亲商量：

"只安一个名,小宝还是由你来抚养。"

母亲这么一说让我有点云里雾里,不由得也插进话来:"有这个必要吗?"

"有!"母亲肯定地说,并且一反往日的严厉,很耐心地解释说:"你舅舅那性格难得有人与他合得来,小宝给他我也不放心。但没有个儿子,香火就断了,死了也没得人戴孝,没得人举引路幡。"

"我们做外甥的不可以戴孝举引路幡么?"

我惊诧于母亲这么早就考虑起舅舅的后事,难道人一辈子就只是为了死? 不由得大胆地回了一句,但母亲未置可否。

父亲应允了母亲,把小宝过继给了舅舅,并且不只是一个名分,而是实实在在的,名副其实的,改姓田,跟舅舅一起生活。母亲似乎很放心地走了。

可后来的事情并不遂人意。首先是弟弟调皮,不读书,长大后又随大流南下到处游荡,亲父亲死了都找不到他的人。后来回来了,与舅舅又搞不到一块儿,首先是吵架,后来发展到动手,舅舅还一柴刀把弟弟的手砍伤,一个电话把我叫回去。我能说什么呢? 一方是长辈舅舅,一方是亲弟弟。我只好作主,要他们分开过。父亲留下的那两间破屋反正没人住。但我心底里还是怨恨舅舅。把个儿给你也不珍惜,再有不是也不至于动刀? 天生是个单身命。我也埋怨母亲当时的决定。弟弟要是跟我们兄妹在一起生活也许会成器些。

果然,弟弟回来后开始懂事,修屋、成家,日子过得像模像样。弟弟也不记恨舅舅,再三表示一定好好孝顺他,给他养老送终。可弟弟的身体又不争气,年纪轻轻不幸罹患绝症,不治身亡。我虽然没有说出来,但我知道舅舅的养老送终的事自然而然地落到了我的身上。不知别人怎么看,至少我个人是这么认为的。舅舅就我们兄妹几个亲人,我不管谁来管? 我们不管旁人会怎么骂我们,这给我增加了很大的心理负担。

舅舅一天天老了,我的心理负担也一天天重了起来。去年春节的时候,舅舅对我说不能种田了。我说,那就不种了,要多少粮食我出钱买。我当场就把钱给了他。说真的,用点小钱不是问题。死后按乡下的风俗请几个道士,做一个晚上的法事,第二天请几个人抬上山,这些都不难。难在人死之前总会病一段时间,十天半个月还奈得何,时间长了就受不了。久病床前无孝子,何况我还只是外甥。

去年春上,妹妹打来电话,说是舅舅有些咳嗽,要我回家带点城里的止咳药回来。舅舅对周围的一切都不相信,都怀疑,他说乡里的东西都是假的。但他相信远离他的,对他来说很陌生的城市,我们每次带回家的东西他都说是真货,是好东西。我说,药不可以随便吃,先去查查是什么毛病。这一查就查出大事来了,晚期肺癌。应该不意外,舅舅有近七十年的烟龄,几岁开始抽烟,外婆也不管他,惯着他。医生也建议不做手术,离心脏太近,危险太大。我们商量也是不做手术,瞒着舅舅,也由着舅舅。他想住院就住院,他想回家就回家。他有什么要求尽量满足。因为我还有公职在身,妹妹主动承担起了护理舅舅的重任。前后将近一年,舅舅三进三出医院。他大概也猜到了自己的病,我几次到医院去看他,他显得很没有信心,跟我说,只怕过不了年。好在最后一次住院,昏迷不醒只有十来天,妹妹、妹夫两人坚持挺过来了。接到妹妹的电话,说舅舅死了,我的第一反应是:"你们辛苦了,我马上赶回来。"

没想到妹妹回我一句:"不急,让他们扯清白了再回来。"

二

人都死了还有什么好扯的呢?死了都不肯放他一马么?妹妹越这么说,我越想早点回去找人评评理。可找谁去评理呢?理又在哪里呢?我虽然生长在乡下,但离开乡下几十年了,乡下的政策不熟,乡下的人情世故也不懂了。明规则与潜规则都不懂,你又能说出什么理来呢?我很茫然。我知道舅舅一辈子没有跟他们说过理,而是吵架、拼命。

妹妹说的"他们",我知道就是舅舅的那几个堂侄。舅舅可以说与他们和他们的父辈斗争了一辈子。这罪恶之源还是因为我那外公,只怪我那外公死得太早。

外公两兄弟，他是老幺。分家时分得了田家一半的家产。外公不争气，三十多岁就得病死了。死时仅留下一儿一女。那女儿就是我娘，那儿子就是我舅舅。外公死的时候我娘只有七岁，我舅舅只有三岁。而外公的哥哥却生了一群儿女，仅兄弟就有五六个。家庭与社会一样，人均拥有资产的不均衡，也就是我们今天说的贫富差距大了，矛盾就来了。舅舅孤儿寡母，另一方人强马壮。舅舅要守住外公留给他的这份家产真还不容易。

舅舅的那些堂兄弟一个个大了，要成家了，老屋不够住，要修新屋。他们相中了一棵大梓树，这棵树长在舅舅的山与他们的山中间的土堤上。说是堤上，但明显是偏舅舅这一边，小孩都能看得出来。当他们几兄弟手拿斧头、身背大锯去砍树的时候，年仅八岁的舅舅已把自己用棕绳子捆绑在树上，手举柴刀，谁靠近就砍向谁。

舅舅就是用这种不怕死的精神守护着他的家产。直到解放，舅舅落得一个小土地出租者，而他那些堂兄都是贫农。田土虽然归公了，但宅基地还是私有，菜园地还是私有，屋前屋后的防护林还是私有。为了一根楠竹、一只鸡、一棵白菜都可以吵架。舅舅的原则是寸步不让。舅舅与那些堂兄关系就没好过。堂兄们一个个作古之后，与这些个堂侄儿、堂侄媳妇也没好起来，三五天一小吵，十来天一大吵。

人都死了，他们还要找舅舅吵架么？再吵舅舅也不会回应他们，那又有什么意思呢？我百思不得其解。正在这时，村里的干部，我小时候在乡下玩得很好的一位兄长强哥打电话来了。他告诉我舅舅死了，村里与田家正在商量丧事，他问我想不想要舅舅的宅基地？我回答说不想要，国家也不允许要。他说那就好办了。我问为什么？舅舅一个孤老，死了以后一切不是归公么？这还有疑问？他回答说：

"田家那些兄弟想过继一个给你舅舅当儿子。"

我不敢相信自己的耳朵，我以为听错了，我再问了一次。强哥肯定清楚地回答我：

"田家那些兄弟想过继一个给你舅舅当儿子。"

"这有意义吗？"

"有。谁过继过来,谁就必须为主办这场丧事。他也可以得到你舅舅的遗产。"这么一说我还是明白了几分。

"那我舅舅同意么?人虽然死了,我们更要尊重死者的意愿。"

"你舅舅生前有这个意思,跟我们都说过。"

我只有无语。

三

有一点可以肯定,舅舅的丧事不需要以我为主操办,我只需要回家去吊孝、做客,甚至不回去也不要紧。我突然觉得我真的可以不回去,我的回去对舅舅没有了任何实际意义。我是自作多情,我是自作自受。

尽管觉得有点被别人玩了,被人莫名其妙地剥夺了我应有的权利,好像一只苍蝇稀里糊涂吞下了肚,事后才发现一样有些恶心。但想想舅舅的丧事毕竟不要我操心,落得轻松,并且本来就没想要得点什么,捞点什么,也就无所谓了。我还是在舅舅出葬前一天下午回到了老家,准备守舅舅最后一个晚上,第二天送他上山。

乡下的丧事很程序化,程序对了也很简单。首先得选好都管,那是当家的,是总指挥。当然,这都管先生必须是精明能干、能说会道、识礼俗、有威望的乡绅级的人物。否则的话他就调不动兵,遣不动将。然后是请好一个总管。总管是管钱的。都管、总管,一个外当家、一个内当家。他们会商量着请好丧夫,抬棺材的,俗称八大金刚。也会请好道士、厨师及其他各类人,然后张榜公示,各行其是。孝家只认出钱和到灵堂里叩头。

舅舅丧事的都管是给我打电话的强哥。他是村干部,又姓田,从哪个方面都说得上话。如果不是田家兄弟想法太多、设计太多的话,舅舅的丧事应该很好办。棺材是早就准备好了的,漆都漆了好几遍。舅舅还存了两万块钱,那是他省吃俭用存下来的,是从牙缝里挤出来的。其中也包括过年过节我们给他的。他交给我妹妹替他保管。舅舅死后我妹妹全部取出来交给了村上。办这么一个简单的丧事有两万块钱差不多了。舅舅仓里还有粮食,还有腊肉,烧的柴火都有上千斤。更让我惊讶的是,舅舅他把死后自己要带走的东西一样不少准备得很齐全,寿衣、布鞋、方巾帽、手帕、袜子、被子等一样不少。那寿衣和方巾帽是个怪样子,看了都挺吓人的。我曾经问道士,为什么人死了要穿这么怪的衣服?道士回答说:"这是真正的汉服,表示生降死不降。"我这才知道,这是民间抗争清朝剃发易服留下来的文化遗产。舅舅也许是穷怕了,或者是担心死了以后再没人给他烧纸钱,他准备了特别多的冥钱,有好几箩筐。我想他可以到地下开银行去了。我也不知道舅舅是什么时候准备好这些的,更难以想象他准备这些东西时候是怎样凄凉的心境。按常理除了棺材,我们那里称之为千年屋可以早准备,其他东西都是子女悄悄来准备,怕老人知道了、看见了不高兴。

强哥告诉我,不要送人情。送了白送,没人还。要送就送点鞭炮,送个乐队,送条龙之类的。我与妹妹商量,权当舅舅多活几年,多尽几年孝道,我们把丧事办热闹点。我们请了一条龙,请了一支乐队,还买了两千块钱鞭炮。整个下午,灵堂前的地坪里很热闹。舞龙队、乐队你方唱罢我登场,鼓乐喧天,引来周围的人来观看。有人评价说,一群儿女的死了也不过如此。听到这我心里似乎有了些许安慰。

可是到了晚上,特别是深夜之后灵堂就出奇地冷清起来。舞龙的走了,唱歌的走了,看热闹的走了,帮忙的走了。都管先生跟我说一声,说是一切安排好了,他明早天亮以前会来,现在回家休息一会儿。我妹妹这些天也辛苦了,我要她去休息。灵堂里除了几个道士,就我一人在陪舅舅。

田家的兄弟一个也没有来灵堂,他们也没有闲着,还聚在一间房里热烈地讨论,谁过继给舅舅当儿子?这件事划不划算?他们最理想的方案,不过继,但东西要全得。但这个方案村里不答应。强哥代表村里最后明确表态,必须在出殡之前作出决定。谁过继给我舅舅,谁就来负责这丧事,并且全部继承舅舅的房屋、田土、山林,其他人都没有份。并且,还要道士先生写好告文,在灵前烧了,卜卦问我舅舅同不同意。

如果仅从经济的角度来考虑,明摆着这是一件很划算的买卖,他们之所以迟迟下不了决断,是因为他们认为我舅舅是个单身命,命硬,给了这个名分怕给自己带来厄运。当然这是不好意思说的。强哥看透了他们的心思,执意要过继者到灵前叩头认父,否则,一切归公。看得见的好处与看不见的风险,在考验着田家兄弟。强哥在村上是说到做到的,给他们的时间也只有几个小时了,这场灵魂的考验也是挺残酷的。

四

乡下的夜漆黑一团。没有星星,没有月亮,散落在山边农家屋里的那点点昏暗的光亮都闭上了眼睛。一切人类的噪音也都歇息。乡村的夜静谧得瘆人。今夜,偌大一个村子,唯一有点光亮和声响的是舅舅的灵堂。

我数了一下,灵堂里一共有八个人。四个道士,一个唢呐手,一个香客师,我,当然还得算上躺在棺材里的舅舅。唢呐手坐在西北角的墙角里,他是可以坐着不动的。眼睛是长时间闭着的,脸是灰色的,看那情形像是睡着了,或者说与舅舅一样睡着了。可是,在该他表现的时候,他总能准点地吹响那凄凉悲怆的唢呐,那一声声唢呐可以代替孝家的哭泣。

香客师是最忙的,他是道士的助手,打杂的。他不是法师,不懂法术。不过他对道士做道场的程序烂熟于心,一道道程序要准备什么东西,从不需要道士吩咐。香客师是我的本家,与我父亲年纪相差不大,我叫他才叔,应该是八十多岁的人了,还能这么整晚不睡觉地忙不停,让我佩服。我父亲已在土坑里睡了十多年了。

四个道士恰好一套锣鼓。一人打鼓,两人拍钹,一人敲锣。打鼓者领头走在前面,其他人紧跟其后。从北边的神位上请神,然后绕棺材一周,又到西边的神位上请灯,又绕棺材一周。一边走,一边唱。不知是他们有意地不唱清楚,让旁人听不明白,还是太劳累了,只能这般有气无力地哼哼。我认真地听,似乎还是一些好话,大意是安慰亡魂,劝导亡魂,不要走错路之类。要送九九八十一盏灯,为亡魂引路。有儿有女的人家,必有子女举着引路幡跟在道士后面转圈。道士在请灯的时候必唱一句:"明灯一盏,孝人拜谢。"舅舅这里没有人举引路幡,他们在请灯的时候就只唱前半句"明灯一盏",后面就哼过去了。

我坐在大门口,看里面的道士们做法事。看累了,或看厌了就看看外面漆黑的夜。我是准备了守一整晚的，一个亲人都不在场太不像话。

"大宝，你来转几圈，舅舅会保佑你的。"

是才叔叫我，叫我的小名，我很惊奇，真的好多年没有人叫我的小名了，我习惯了人家叫我什么总、什么长、什么主席之类的。在才叔的眼里我永远是那个小时候的大宝，很好，我也很想回到那个时代。我应声起来，举起了引路幡，跟在道士的后面转了起来。我明显地感觉到道士们长精神了，声音大些了，也唱得清楚些了。在请灯的时候也唱完整了："明灯一盏，孝人拜谢。"

舅舅的这场法事无论是规格和规模，与一般儿女成群的人死后的法事没有什么区别，请的道士不少，法事的程序也不少。道士们也不敢减少程序，舅舅生前对他们说过："我的法事你们如果偷工减料，我会找你们算账的。"道士们深知舅舅的性格，一辈子不占别人的便宜，别人也别想占他的便宜。所以，尽管没有孝家监督他们也不敢懈怠。舅舅也许预计到了这一点，所以生前就把狠话说了。

舅舅的法事唯一少的就是没有儿子举引路幡跟着道士后面走，缺一点亲人送别的氛围。整场法事就是模拟送亡人到另一个世界，到一个遥远的地方。道士们念的唱的都是谆谆劝导亡人要放下人世间的一切，放心地走，安心地走。同时要选择好去远方的路，要走正道，莫停留。

我想舅舅应该没有什么放心不下的。一个孤老无牵无挂的，有什么放心不下的呢？有什么割舍不下的呢？两间破房子不值得你留念，山里的几根楠竹、几根树木也值不了几个钱。孤身一人在这人世间也没有什么意思，到另一个世界也许还好些。那个与你相依为命的、你的母亲我的外婆还在等着你，还有你的姐姐我的母亲也在那边等着你。在那边也许你还舒心些。你唯一的遗憾不就是没有儿子来为你送行么？有儿有女又怎样呢？送君千里终有一别，舅舅你就安心地走吧！一路好走，我的舅舅！

五

做法事的主要内容是请灯送灯。到神那里请来一盏灯，然后送到亡者西去的路上，照亮亡者的前程。一请一送九盏灯为一位，送完一位就休息一会儿。午夜过后，特别是转钟两点以后，人就特别犯困。道士们一停下来就鼾声四起，我也不知道自己是睡着还是醒着。我想此时最清醒的当是躺在棺材里的舅舅，因为他已经脱离了凡世，没有了凡人的困与不困。柏拉图不是说，肉体是灵魂的监狱？舅舅已经脱离了监狱，脱离一切的束缚，他是最自由的，也是最清醒的。

好像有一个人走了进来，他走到门口，朝灵堂四周扫视了一下，然后注视着我。那不是舅舅么？那高又亮的额头，那紧锁的眉头，眉宇间那三道深深的川字沟，还有那张永远阴郁的脸，那是舅舅无疑。舅舅怎么又回来了？怎么又活转来了？我不由得大声地"嗨——"了一声。我是站不起来了，背上冒冷汗。我的声音有多大，有多突然，有多不正常，我不知道，我只知道灵堂里所有的人都被我"嗨"醒了，一齐站了起来，都睁开了眼睛，包括长期闭着眼睛的唢呐手。当他们看清了灵堂里站着的"舅舅"时又像泄了气的皮球瘫软了下来。为主的道士以为自己失了手，急忙跪在神位前，全身颤抖着，口中念念有词，不知在说些什么。

大家都醒来了，我也被自己吓醒了，明白了眼前的一切不是梦，是现实，唯物主义的理性又占了一点上风，我开口问道：

"你是谁？"

"我是他的儿子。"来者指着棺材回答说。

舅舅有儿子？舅舅怎么会有儿子？舅舅知不知道自己有儿子？一连串的问题来了。听他说话的声音都跟舅舅很像，加上那酷似的外表和神态，我想一切医学检测都是多余的。但我还想问：

"你怎么会是我舅舅的儿子呢？我从来没听说过。"

"你是大宝哥吧？"来者并不直接回答我的问题，并且把话题牵扯到我的身上，我有些不耐烦地回答说：

"我小名叫大宝，你怎么知道的？这个不重要。你说你是我舅舅的儿子，是怎么来的？有什么根据？你既然是他的儿子，为什么不早点来认这个父亲？"

我放连珠炮一样问了一连串的问题，火气也不小。

"我听我娘说的。我也是前几天才知道我是他的儿子。娘死之前才告诉我。我娘是在他这里怀了我后改嫁的。我娘还记得你，记得你的名字，她说你比我大七八岁，是我的表哥，她要我来找你。我今天早上才，啊，不，昨天早上才把我娘送上山……"

"别说了！"我不知哪来的火气，打断了他的话。"你说你是他的儿子，这很好。你到灵前跪下，狠狠地叩头，叩响头，把棺材里这个人给我叩醒来！"

我知道我已失去了平时的斯文，说起话来毫无理性。对方似乎不计较，老老实实地站到舅舅的灵位前，先规规矩矩地作了三个揖，然后跪下三叩头。我虽然没有听到他头叩水泥地面的声音，但当他抬起头来时，我看到了他额头上鲜红的血迹。我把引路幡交给他：

"好好送你父亲一程，多送一程。"

我干脆把椅子搬到了屋外，面对乡村漆黑的夜坐着发呆。

六

舅舅突然冒出来的儿子举着引路幡，跟在道士后面，态度很虔诚。道士唱"明灯一盏，孝人拜谢"时，他都是双膝跪地头也着地。平时一般孝家只是单膝着地，点头致意。又一位灯送完了，一切响器都停了下来，他来到我面前，一屁股坐到地上，他想和我说话：

"大宝哥，我知道我来迟了，别怪我，我真的是才知道自己这个身份的。我娘死之前才跟我说。她说，她恨了他一辈子。"他指了指棺材，接着说："可是，死之前我娘突然不恨他了，并把真相告诉了我，要我来认这个父亲。我娘说，他也很可怜的。"

听他这么一说，这表弟还真是亲表弟。那形象是舅舅脱的壳，没得说，但说起话来慢条斯理一点也不像舅舅。从年龄上看还是第一个舅妈生的表弟。我努力寻找关于舅妈的记忆、印象，因为当时人小，又因为年月太久，实在没有太多的印象了。只记得好像是瘦长的身材，尖脸，牙齿很白，在当时的农村里难得见到这么白的牙齿,所以印象深刻。还记得我母亲说过一句话:"你这舅妈也是娇生惯养的,是家里的满女(最小的女儿)。"

表弟接着说,他娘是与我舅舅吵架了以后赌气回到了娘家,至于为什么吵架她也不记得了,我想这不重要。小两口吵架也很正常。她本想等舅舅去认个错,再接她回来,可舅舅就是不去。这应该是合理的,舅舅一辈子没有认过错,服过软。他也从来没有认为自己有过错、他是一贯正确。男的不认错,不去主动接,不给台阶,女的就没面子,就不好意思回来。当时乡下的结婚不要结婚证,离婚也不要办手续。我对舅舅婚姻的失败有了些新的理解。

我回归了理性,从心里开始接受这位表弟。我为舅舅高兴,也为舅舅惋惜。尽管我平时不信命、不信鬼神之类的,可此时我宁愿相信有命,宁愿相信舅舅地下有知,他要知道他有这么一个儿子他该有多高兴,也许他那紧锁的眉头会打开。

表弟尽职尽责地举着引路幡跟着道士做完了后半场法事。天还没有放亮。道士们只等天亮前八大金刚来把棺材抬出屋,那叫出殡。然后吃了早饭再抬上山。难得有这么一个空当,道士们东倒西歪地就地打瞌睡,鼾声此起彼伏。表弟的出现似乎给我打了一针吗啡,一点睡意也没有,头脑好像特别清醒,思维特别活跃。表弟好像也没有睡意,很想和我说话。我尽管很兴奋,但我主要听他说。

他说:"娘怀了我在娘家等他去接,可一个星期过了,没人来;一个月过去了,没人来;两个月过去了,还是人影都没有。一家人开会,几兄弟把妹妹送回田家,一是没有面子,二是怕我娘受委屈。外婆问娘怎么办?娘说,打死也不回田家了。一家人都知道我娘性格刚烈,怕闹出大事来,只好由着我娘。三个月的时候,我娘就嫁给了刘家。小时候与村里的小朋友闹翻了,他们骂我野杂种,我以为只是恶毒的咒骂而已,因为我也骂他们狗娘养的。后来长大了,我发现自己一点也不像刘家人,我自己都怀疑起自己来。我又不好意思问别人,包括我娘,直到……"

表弟是在倾诉,此时此刻我是他最好的听众。我相信他是第一次这么倾诉,这些话他不好跟别人说,也来不及跟别人说。

正在我认真倾听表弟诉说的时候,强哥来了。强哥老远就跟我打招呼。当他走近我们,与表弟对视时,强哥不由得后退了两步,眼珠子瞪得快要掉下来了,张开的大口久久不得闭拢来。我急忙起身把强哥拉扯到一边,把事情的来龙去脉告诉他。当强哥明了其中的缘由,惊魂稍定,他又急着问我:

"那几个家伙昨晚一直没来?"

"没来。我一直在这里。"

"那他们没有搞过继的仪式?"

"没有。"

"那就好。"

七

说曹操,曹操到。田家兄弟男男女女大大小小十几号人叽叽喳喳朝灵堂走来。田家老大还未进灵堂,见了强哥就大声打起招呼来:

"强哥,我们商量好了,把老四过继给满叔,告文都写好了。"说完就走进来了,把一张纸递给强哥。强哥一惊,疑惑地问:

"你们家老四不是死了几年了吗?"田家有五兄弟,老四五年前在一次矿难中深埋在井底下,尸骨都没有收回。我也没想到他们会想出如此阴招,强哥是火冒三丈,坚决反对:

"不行!"

"怎么不行呢? 他们到那边还有个伴,多好。"老大狡辩。

"不行就是不行! 再说,你们满叔不需要过继儿子了,他有儿子了。"

强哥朝表弟一指,田家兄弟这才注意到表弟的存在。表弟漠然地看着他们,活脱脱一个"满叔"站在他们面前。田家兄弟这下惊傻了,不作声了,那几个堂客都吓得往男的背后躲。强哥补充说:

"他是你们满叔第一个妻子生的,今天专门来认父亲的。"

场面一度静默,田家兄弟被这一重磅炸弹炸晕了。田家老大挥了挥手,田家十几号人又回自己屋里去了。我猜想他们是去研究对策去了。这时八大金刚陆陆续续地来了,他们在作出殡的准备。

这一回田家兄弟的对策来得比较快,因为他们也知道时间不等人,出殡前这个事情必须有一个了断。这一次田家派最小的老五出面与强哥谈判。老五虽然读书也不多,但这几年在外面打工,见识可能多一点。老五带点商量的口气对强哥说:

"强哥,这样好不好？我们老大过继给满叔,总该满意了吧？"

"现在不是谁过继的事。你们满叔有了儿子不要过继了。"强哥坚持。

"不能他说是我们满叔的儿子就是满叔的儿子,长得像的人多了去了。要有证据,要验血才知道。"老五提出了一个难题。

"验血？怎么个验法？你满叔人都死了,还能抽得出血来？不行。"强哥还是坚持不让步。

"不验血怎么能证明是我满叔的儿子呢？"

"谁知道他是哪里来的？"

"突然冒出个儿子来,谁晓得是哪里的种？"

"杂种！"

"野杂种！"

"要验血！"

"一定要验血！"

田家帮腔的越来越多,话是越来越难听。强哥打断他们的话:"说话文明点。人家可一句话也没说。"这时八大金刚已作好了出殡前的一切准备,只等都管发号令。可田家兄弟十几号人围着棺材不让出殡。事情就这么僵持着,田家兄弟吵来吵去最后归总两句话:要么承认老大过继;要么开棺验血。强哥望着我,我是强压着心里的火气,尽量保持着自己的身份,平静地说:

"死者为大,入土为安。先把舅舅送上山,其他的事再商量。"我的话还没说完,田家又开始起哄了:"不行,现在就要说明白。"如果我还是一乡下农民,我一定会上前扫他们几耳光。

表弟一直是一言不发。强哥又望着表弟,征求着问:"你说呢?"一屋人的目光都转移到表弟身上,充满了好奇,大家好像都想听他说说话,包括田家兄弟。表弟没有急着回应,而是环顾四周之后,慢条斯理、轻言细语地说:

"亲子鉴定不是一般的验血。现在科学的方法是遗传基因 DNA 检测。检测 DNA 不一定要血,一根头发就可以了。当然血也可以,唾液也行⋯⋯"

表弟的科普教育还很奏效,全场的人都在认真听他说,包括我。别看他长得跟我舅舅一样,一个地地道道的挑大粪的,开口说话还有几点墨水。我们虽然很说了一会儿话,但还没聊到他是干啥的。在大家听得入神并认同了他的观点之后,他曝出了一条惊人消息:

"我来之前已经在医院里做了 DNA 比对,结果要一周之后才有。"

全场哑然。强哥大喊一声:"八大金刚各就各位,发起——"众人一声吆喝,棺材抬了起来,天亮之前还是完成了出殡。

吃完早饭把棺材抬到埋葬的地方,这一路上是有讲究的。一般说来,儿子,儿子多的是大儿子举引路幡的,走在送葬队伍的最前面;大儿媳或大女儿则手捧遗像紧随其后;其他戴孝的则随意跟在后面。孝家的后面是八大金刚抬的棺材,再后面则是送葬的锣鼓、乐队、亲友等等。这送葬的队伍越长越热闹就越风光。披麻戴孝的人多,说明死者家族人丁兴旺;锣鼓乐队多,一路上爆竹不断,说明死者的家族经济实力雄厚;送葬的亲朋多,说明死者在生时的人缘广。

田家兄弟这下是倾巢出动,并且披麻戴孝一片素静。表弟显然也是很懂规矩的,早早地举着引路幡跪在前面。棺材起,放,或遇到不好走的地方,孝家要在前面跪着。可是,正要出发的时候,田家老大趁人不备一把把表弟手里的引路幡抢了过去,表弟不知怎么办,眼望着强哥。强哥也不知道他们会来这一手,只好把舅舅的遗像拿过来给了表弟,表弟什么也没说,服从了这一安排。

以后的一路上还很顺利,也很热闹,单看这阵仗还是很风光的。原以为一个孤老头死了应该是比较寂寞冷清的,没想到还有人争着来当儿子,争着来举引路幡。我心里不知是笑还是哭。

送上山之后,大家都当即返回了。我和表弟稍微在舅舅的坟地多待了一会儿才返回。表弟是手捧着遗像返回的。不过,他再没有进舅舅的屋,而是直接走到停在路边的一辆高级小轿车旁边。司机早已发动了车,打开了门,待他坐进去,一溜烟就开走了。我想,我也没有必要再进舅舅的屋了,舅舅死了,走了,到了很远的地方,这里的一切都与我无关了。

作者简介

汪肯堂,男,湖南人。1977 年考入湖南师大中文系。大学毕业后从事教育工作 10 年,新闻工作 25 年。高级记者。现居北京。有中短篇小说、报告文学、散文等文学作品在《芙蓉》《人民日报》刊发。散文《我读桃花源》、报告文学《人民代表陈建教》被《新华文摘》转载。

福鸟

杜弋鹏

> 他已经万念俱灰,未来似乎已无任何期待,然而,窗外忽然来
> 了一只鸟,仿佛命运送来的福音,在一只鸟的叫声中,他慢慢振
> 作,人与人,人与自然,演绎着一段温暖的缘分。那是一只什么样
> 的神鸟?

"咕咕——咕""咕咕——咕""咕咕——咕"……就这么没完没了咕了
一中午。都眼看三点了,还在反反复复把人往死里烦。岂止一中午,已经
足足两个多月,天天早晨中午咕咕咕闹腾两回。

算上厨房、阳台,全家共有五个窗户。铁蛋是这家十六岁的独子,却不
交往不出门,天天在家宅着,休学已经一年多了。心情恶劣,失望得有点儿
厌世,没心情和任何人发生任何交道。删除了通讯录,有同学打手机打家
里电话一概不接,街上碰着熟悉的人绝不夹一眼,愣是低头擦肩闯过去,自
己把自己从这个世界上给一脚踢飞了,连爸爸妈妈也不想多瞧一眼多说一
句话。也有最幸福的时候,就是宅在自己屋里什么也不做什么也不想,呆
呆地坐着躺着歪着爬着,感觉最好。可是,有不得不做的事情,比如这"咕
咕——咕",尤其搅扰一个宅在家里,把安静看得比阳光空气还重要的人。
恨不能宰了这声音,就再到自己窗台上,再到爸爸的窗台上,再到妈妈的窗
台上,再到厨房的窗台上,再到客厅阳台上,每一处都仔细得有点儿紧张,
他下决心今天必须搞清楚什么在叫在哪儿叫为什么叫。

从爸爸妈妈卧室窗户往下看是小区美丽的院子,有花有草有树,还有
一圈朱砂红橡胶步行道,镶嵌进满眼翠绿中。自己这面窗户有点儿憋屈,
被一道铁锈红墙壁挡得出不上气。这道墙其实也是楼房,和这边一样二十

二层。墙和墙用桥梁才用得着的又粗又重的钢筋水泥梁连接。每回"咕咕——咕",铁蛋儿就找一圈儿。已经至少找了一百多圈儿了,始终没搞明白什么在叫在哪儿叫。天麻麻亮就"咕咕——咕",比鸡司晨准,从春到夏,叫得单调乏味没任何变化。好不容易到了周末上班族们需要睡个懒觉,中午享受享受午睡,"咕咕——咕"就来了。妈妈没了耐心也叫:"天呐天呐天——呐!"爸爸说:"你叫得和那声音一样节奏。确实该给物业反映反映了。"这话爸爸已经说了不下二十遍。妈妈一听就气急败坏,抓电话的手哆嗦,声音也哆嗦:"忍无可忍忍无可忍!"可是,物业那边没人接。爸爸照旧心平气和:"急不得。我一会儿亲自去找。"其实,他靠安定才能睡着觉,当然比娘儿俩更烦更躁。铁蛋闭紧自己的门,没心情掺和大人的嚷嚷。他们两个嚷嚷一阵儿准刷牙洗脸,妈妈喊:"宝贝,爸爸妈妈得上街一趟,回来给你买好吃的。想吃什么?""我减肥。""别说傻话!小孩子家家又不超重,有肥可减吗?"

"咔嚓",爸爸妈妈随手把安全门关上。

"咕咕——咕"害得最苦的人又不是你们。宅家几个月不出门,每一声"咕咕——咕"都不放过他。靠转椅上懒洋洋伸长腿,一支铅笔在五根手指间转过来转过去耍杂技。只要脑子思考,铅笔就得在手指间转,宅在家养成的毛病有助于动脑筋:肯定是糊里糊涂一老奶奶或一老爷子两个月前买了只闹钟,声音设置为"咕咕——咕"。老年人操作不了电子设备,胡乱下指令,闹的声音太大、闹的时间不讲理。但还是有规律,每天早晨闹一回,中午闹一回。这么有规律闹只有电子设备办得到。铁蛋准备写一张启事贴电梯口,"敬请有此'咕咕——咕'叫设备的先生女士重新设置闹钟时间,若有困难,请打电话XXXXXXXX,将免费上门服务……"双手搁键盘托上,手指即将雨点般落下。"咕咕——咕"……这一次听得真真切切,天哪!竟然在自己窗外!他慢慢往起站,终于看到了,两只灰色鸟落在铁锈红横梁上,脖子上长一圈儿彩色斑纹,这一只歪斜着脑袋深情地望着那一只,望一眼"咕咕——咕"一声,在表达关爱或者问候。谁都看得出,这是对儿情侣。"咕咕——咕",那一只回应。一只叫的时候,另一只绝对不开口。不像我们人类，爱插嘴打断别人的话。爱你说我说他说谁也不听谁，吵吵嚷嚷乱七八糟打嘴仗。它们懂礼貌知忍让。铁蛋津津有味欣赏了一会儿，差点儿忘了自己几十天来积攒的仇恨，就扬了扬手轰它们滚蛋。隔着厚厚的真空玻璃，它们听不见也没看着，依旧卿卿我我"咕咕——咕"。铁蛋随手拉起条白枕巾，开窗冲鸟们上下乱挥，两只鸟忽地扇起翅膀翙翙飞去，消失在对过楼群后。

安静了，没谁再吵了。铁蛋儿耷拉下眼皮俯视院子里阳光下的树影，安静得连影子移动都能磨出声音，安静得人心悸。人家一对儿鸟好好谈恋爱玩儿，又不懂得打扰了谁，就被无辜地惊吓、野蛮地驱赶，着急忙慌飞起，慌慌张张说不定就碰了钢筋水泥墙，很可能被电线挂一下翅膀倒栽葱跌一跤……铁蛋双手捂了大半张脸，两只鸟可人的模样儿不时在紧闭的眼里眨巴。即使飞起没出事，可怜它们那么弱小到哪儿去寻安身？这个角落，可能是它们千辛万苦才寻得的，虽然不遮风挡雨，没有茅草铺位，还不能算一个窝，能够拖儿带女小宝宝们可以躺可以卧才算窝。这里不是窝但有乐趣，刚才它们就乐了好一阵儿。说这个窝不安全似乎也不妥，这角落还是比较安全的，因为，只对着一组窗户，窗户里就一个宅在家的大男孩儿，绝对不杀生，应该非常安全。至于刚才驱赶，"我也没弄明白呀！你们藏起身两个多月，好吃好喝铆足劲儿'咕咕——咕'，闹心别人两个多月，别人糊里糊涂任你们'咕'，都快被你们咕疯了，终于发现了你们俩，不打你们骂你们，还不许吓唬吓唬？你们总不能不讲理吧！如果你们有良心还讲道理，天黑前乖乖回来。不要吓唬人好不好？"

一年来，男孩儿没说这多话。可惜，这些话，是对窗户说的。他觉得心里窝住一股无法流转开的怨气，他从来就没想对谁说。对着玻璃说不丢人，不会有谁非要同情开导谈心教诲讲大道理，没谁为谁落泪伤心痛苦。窗户什么也不知道，连傻都不会。男孩儿说着说着，揪张抽纸抹泪，展开在眼前看了好一会儿，说："奇怪不？我居然流了泪。其实才不是为那双鸟，是为自己。完全是为自己。"

眼泪再一次汩汩流。是"汩汩"，只有他自己能够听见流淌声。他接连揪好几张抽纸捏手里，说："你们两个傻瓜！告诉你们，这是一座世界级超大城市，人口就有两千多万，在这里比你们各种鸟加一起还多得多。我们人像鸟一样住在各自的小小的窝里，就像他们两个大人出去，回来给孩子们提点儿吃的。你们不是回来也衔根虫子、叼颗什么豆豆吗？你们不也是要经常哄一哄小鸟们吗？我们和你们不一样，我们谁都不需要理会谁。我就不知道同一层住着的人的名字。我也不想知道。他们也不想知道我的名字。我们一群陌生人就这么黏黏糊糊好多年，一点儿意思也没有。说哪儿了？现在是说你们。两千多万知道吗？即使像你们那么小不点儿，飞起来黑压压能遮盖整个蓝天。而且人挨人人挤人，从地铁钻出来，一个个挤成相片。你们两个傻瓜也不知道什么是相片。这么多人，你们上哪儿找安身处？你们飞着飞着肯定会累，累了肯定要落墙头上、电线上、树梢上歇歇翅，我们没有翅膀，我们叫歇歇脚。你歇着也不能闲着，记住要来回走，没规律地走，千万不能一动不动。我们人发明了一种打鸟的坏东西叫弹弓，所有男孩子都爱玩儿，听听，打落你们，我们叫玩儿。打落了还手舞足蹈庆祝欢呼。你一动不动停下，说不定谁家小子就学独眼龙闭起一只眼瞄你。危险不危险！"

男孩儿絮絮叨叨絮絮叨叨，直到开门声响才顿住，眼睛仍然像猫那样睁得大大的，盯着窗外喊："妈——妈——"男孩儿一般不习惯喊爸。男孩儿黏糊妈。大概，妈妈已经有一年多没听儿子这么急切地叫妈找妈了，手一松包呀袋儿呀掉了一地。"妈——妈——"那道宅闭的门冲着他们俩呼一声推开。"是鸟！是鸟！"妈妈迎上去抓住儿子的大手问："慢慢说慢慢说，什么鸟？""扰人烦的声音，是鸟叫，就在我的窗户外那根横梁上。"妈妈冲进儿子屋里想看个究竟，却被儿子一把拽住胳膊，说："它们也许回来了，别惊扰了它们。"儿子说着话，眼睛瞅着窗外，这种激动和期盼他们认识。这是儿子的神情，小时候直到休学前的神情。爸爸愣住了，一年来压在心上的石头动弹了，泪水噎得抽抽搭搭双肩乱抖。儿子每隔一分钟就小心翼翼去看一次，爸爸压低声音问："回来了吗？"儿子一下子又回到原来，痴痴呆呆说："还没有。本来人家两个好好说话，我开窗用枕巾赶。它们吓坏了，谁还敢回来？"门"咔嚓"关闭上。还是原来的家，原来的气氛。妈妈轻轻叩门，叫："儿子，儿子……"

门开了，儿子泪流满面絮絮叨叨："真后悔！为什么就要赶？它们那么乖，也不懂得碍着谁，多大的委屈呀。妈妈，你说，他们今儿晚上能找个睡觉的地儿吗？那么小，那么弱……"眼睛直勾勾往窗外看。妈妈爸爸目光直勾勾落在儿子关心的地方。心里在祷告："阿弥陀佛！神鸟呀，回来吧！您就回来吧……"两个人的心冲上嗓子眼儿跳，如果那鸟万一不回来可怎么办？

两个人坐进沙发里不换衣服、不换拖鞋、不洗手、不吃不喝闭起眼，惊心动魄地等着。

门悄悄开开，脚步声压抑得不注意就听不见。儿子压低声音："回来了！"父亲忽地站起，儿子手放嘴唇上："嘘——不要惊着它们。"三个人抱成一团，互相轻轻拍背热烈庆祝。六只掌不出声击了三次，爸爸要击第四次，妈妈躲开自己的手赶紧制止："神三鬼四！"爸爸一连串点头如鸡啄米："正确。正确。正确。该避讳！要讲究！"三个人贼似的踮脚尖儿挪步。如果从鸟们的角度看，儿子的窗户下沿不时露出三颗脑袋六只眼睛。妈妈按住爸爸的头，爸爸按住妈妈的头，都说："还敢往上呢？"生怕头升高分分厘厘把鸟惊着。不看的时候，就坐窗台下商量，约定偷看鸟们、留住鸟们、保护鸟们的办法。"咕咕——咕。"鸟们说话了，声音轻轻像喃喃耳语，不似白天滔滔朗朗粗声粗气，而是缠缠绵绵柔声细气，好像说："瞌睡——吗？"另一个说："那就——睡。"

儿子问："我想拍照，又怕吓着它们。"爸爸想了想说："第一千万不能闪光。第二千万不能'咔嚓'。"儿子爬到写字台取了手机又爬回来，在爸爸妈妈的监督下取消闪光关闭声音，再审查三次，不放心再试拍两张，然后偷偷举起，"高点儿，再高点儿，再高点儿。"两个家伙正挨一起歪着头互相欣赏呢，儿子连按三次快门。爸爸大拇指举在妈妈鼻尖上："绝对精彩。"妈妈推开爸爸的手："捅眼睛了！二百五。"三个人挤窗台下，打开手机屏幕，放大——歪头的那只在使劲儿讨好，浑身的甜蜜，酸极了。儿子举起大拇指骄傲地瞧瞧爸爸再瞧瞧妈妈:"怎么样?"两个人异口同声:"棒!"儿子话中有话问:"摄影者谁?""当然是铁蛋。""不——不不。应该是狗仔队。"爸爸首肯:"鬼眉溜眼背着人家咔嚓,不是狗仔队是谁?"

那天晚上,这家人大人孩子热血澎湃得闹不停睡不着。他们聚集在客厅几乎是同步发声说:"得百度百度是什么鸟。"有事没事总招惹爸爸是妈妈的老毛病,何况这次还有了事,怨声怨气嘟囔:"我就纳了闷,一个内蒙古长大的半城里人,竟然不认识是什么鸟。"爸爸也不吃素,说:"蹊跷——!三分之一童年在农村土旮旯混大,连鸟都不认识。"儿子就有点儿急,说:"不认识不要紧,我们可以百度。百度'咕咕——咕'叫、灰色脖子有一圈美丽花斑的鸟。"爸爸说:"我百度'咕咕——咕'叫、灰色鸽子大小。"妈妈说:"我百度'咕咕——咕'叫的鸟。"于是,儿子把手机拍的片子发给爸爸妈妈,拜托他们附上照片。百度了,他们又不约而同要给微信朋友圈发照片,问:"请教高人指点这是什么鸟?"铁蛋上"QQ同步助手"下载存在那里的通讯录,再整理恢复微信朋友圈。爸爸妈妈就等着,他们俩要和儿子同步把信息发出去。好在机器在铁蛋手里简直就是玩具,整个过程行云流水,仅仅不到三分钟,铁蛋问:"准备好了吗?现在,三二一!"结果,妈妈忙中出错,在手机屏上怎么也点击不出微信朋友圈,急得乱嚷嚷:"不公平!重来。重来。"儿子、父亲扒住沙发笑,儿子说:"太笨了!"父亲说了三遍:"笨的!"妈妈假装生气把手机丢沙发上:"不玩儿了!"为了体现公平公正,爸爸建议"狗仔队"成员第二天早晨八点整核对朋友圈的回复,比一比谁的朋友圈有能人认识"咕咕——咕"。爸爸命令:"今儿晚上谁也不能作弊。谁作弊谁是小狗。"妈妈就笑:"狗仔队里还有猫?"

那一夜,爸爸吃三颗安定却未合一眼。他感觉到,压顶的石头被一只小小的鸟撼动了。他几乎整夜盘腿坐床上,双手合十"阿弥陀佛阿弥陀佛……"内蒙古西部人遇要紧事就爱这样祷告。爸爸的爸爸一祷告就忘了祷告的目的,连自我都忘记了,就只剩下祷告本身。

那件事发生在冬天,铁蛋的物理老师冤枉了六个男生,用绝对权威就范他们,五个男生认下自己是最早笑了的一群中的一个。那天,几个女生把两根跳绳接起来,拴两棵树上搭外套。老师扭头欣赏几个女生毛毽踢得神,脑门儿剐绳子上脚来不及收,自己把自己整了个倒栽葱,挣扎爬起摇摇晃晃站不稳。如果没有师长的权威镇着,现场的人都憋不住笑。可是回到班里,笑声山洪似的暴发了好长时间,有的差点儿没笑死,笑得忘了上课时间,物理老师来了,又铁青了脸走了。老师记住有六个人笑得最狂,其中一定有个挑头笑的,这一个肯定是铁蛋,他笑得捂住肚子趴桌子上。谈话的时候就他一个嘴硬不认账。老师问:"谁带的头?"铁蛋答:"不知道。""谁泪奔了?"铁蛋答:"不知道。"那几天还发生了一件寸极了的事件,老师的奥迪Q3轱辘下被安放了古代打仗用的铁蒺藜,车一开"噗噗"两声放了气。老师又气又心疼,跑校长办公室告状哭了一场,说:"应该是铁蛋。"是谁放了铁蒺藜?铁蛋真的不知道,当然不能认。其他五个也不认。校长训导了大家两回,仍然搞不清这个恶作剧是谁干的。校长说:"不应该像是我们学生干的。"物理老师死心眼儿还小心眼儿,真心实意认定是铁蛋干的,真心实意要帮助铁蛋,三次家访,十多次找铁蛋谈心。他不发脾气不训人,说话细声慢气却不依不饶。"其实吧,你这么好个孩子,老师真不忍心认为是你。""能认识自己的错误,对今后的进步可是大有帮助的。""字写得比老师的还好!这么好的手,可惜了。"还隔三岔五打电话关心铁蛋。一个十五岁的男孩子哪消化得下这份儿窝囊,有生以来第一次失眠了,又感冒了一场,开始害怕学校、害怕谈话、害怕电话铃。想到一句老话"惹不起还躲不起"?一跺脚,休学了。

仍然习惯早晨六点醒,第一个动作仍然是伸手抓床头柜上的闹钟,第一个意识仍然是"闹钟怎么不闹"?才记起自己在休学,一动不动抓着闹钟犯愣。拉开窗帘,看上学孩子的自行车无声无息滑过。看到第十六天,坚决地从通讯录删除了大部分同学、老师。第二十天,再删除十个好朋友。第两个月的早晨,最铁杆儿的几个朋友也删了。非常心疼,一起看电影打篮球踢足球远足辩论……一幕幕在脑子里过。舍不得看不见他们,舍不得看见他们。最舍不得一个叫何路路的女生,坐自己前两排,不是自己的好朋友,好像也不注意自己,不多和自己说话,对每一个男生都不理不睬,每堂课落座总瞥人家一眼，上课常常用书打掩护瞥了又瞥。有时候梦见她，昨天就梦了，在重度阴霾中裹一方红头巾溜达。最后，咬咬牙把她也删了。留着也没实际意思，和她就从来没通过话。在她的通讯录里，可能根本没自己的姓名。删除这个号码，心疼得不想吃不想喝不想睡也睡不着。其实，如此重量级号码，存放在心灵深处没法删。三个月头上，连微信朋友圈子的信息也删了个干干净净。干干净净好，干干净净是无，无是无烦恼无苦痛。经常不知道怎么进的浴室，开足水量冲了多久不知道。

　　爸爸就是那时候落下失眠症的。有一天西瓜吃多了起夜，见爸爸门缝有光，蹑手蹑脚从门缝瞅见爸爸抽两口烟抹一把泪。他知道，在为自己苦恼。他还知道，爸爸最近上医院频繁得很，备忘录里尽是精神科医生，和妈妈不争不吵比较和谐。两人三天两头互相推荐医生，三天两头筹备送礼，羊绒衫、苹果平板、沉香手串儿、丝巾、紫砂壶、金骏眉茶……妈妈舍不得摊开双手抖："这么漂亮的东西自己都没舍得用。"爸爸句句铁石心肠："没办法，大家都送，我们也得送。要好的就得好价钱。要舍得！"妈妈就"唉——唉——"叹气。爸爸拍拍妈妈肩膀："十个人九个小偷，谁不是小偷？"铁蛋不知道他们这是在干什么，爸爸病了？妈妈病了？铁蛋没了想象力，日子过得纯净，关紧自己那道门，不笑不哭不疼不痒不生气不追求不关心不思考不说话，仅仅上网浏览浏览无聊的人世间。对了，出过一次门。爸爸妈妈上班走后，倒三趟公交车去拜雍和宫，没烧香没磕头没找喇嘛。心中什么也不需要，当然就什么也不求。他来，只是为了来。来了，找一个角落干干净净坐了一上午一中午又一下午。一对夫妇牵着刚刚会跑的小姑娘来朝拜，忙烧香磕头忘了女儿。小姑娘举着一支红玫瑰来找铁蛋，说："花儿不是给你的。"掏出一块大白兔糖说："给你的。"铁蛋正需要吃一块糖，就接住那块糖。小姑娘说："谢谢我。"他没说谢谢，但当小姑娘想要到另一个院子的时候，他说："不能离开我。"小姑娘拿一根木棍儿蹲地上划砖缝，铁蛋目光一直落在她身上，直到有人牵了她的小手，铁蛋问小姑娘："认识他们吗？"小姑娘指住男的："爸爸。"再指住女的："妈妈。"铁蛋点点头认可。他放心这个陌生小姑娘了。

　　回到家,爸爸妈妈正惊慌失措焦急万分等儿子。妈妈说:"最少发条短信告诉我们一声呀!"爸爸不责怪,忙把拖鞋放儿子脚下,端一杯柠檬水递儿子手里,心平气和地问:"遛弯儿?"儿子:"不是。雍和宫。"妈妈也缓和下来了,问:"祈福了?"儿子说:"就是走走,真的。"爸爸妈妈疑心了,如果是假的呢? 如果去参拜大德高僧呢? 很可能是遁入空门的先兆。爸爸说:"爸爸认识雍和宫大住持呢,是咱内蒙古鄂尔多斯鄂托克蒙古族,真正的大德高僧,我们可以走后门拜访一下。"儿子丢下三个字:"我没想。"宅进自己屋里。

　　"唉——唉——听说雍和宫香火可灵啦。"

　　爸爸压低声音说:"最灵的药,应该是他暗恋的那个同学。"

　　"我也这么想过几十回。要不,我去找她妈妈爸爸求求?"

　　"我也这么想过,还征求过医生的意见。医生说,有可能是良药,也有可能是毒药。"

　　"怎么讲?"妈妈急得摇头。

　　"如果儿子认定自己目前状况不配见那姑娘,把见那姑娘看作丢了人,就是毒药。"

　　"良药呢?"

　　"医生说,良药的几率极低极少。这服药,谁敢用?"

　　"咕咕——咕……"第二天,鸟第一个醒来闹出动静。父亲轻轻地轻轻地叩儿子的门,儿子一根手指头竖嘴中间,"嘘——"母亲立刻加入进来。两只鸟正说在热闹处,这只说,那只听,盯住窗户。那只说,这只听,也盯住窗户。应该是警惕的眼神,害怕着昨天那白色恐怖条子。但是,白色恐怖没扰乱它们客客气气礼礼让让。儿子说:"真是对儿好鸟!"

　　8点,谁也没招呼,一家人分秒不差聚集客厅。母亲习惯了抢先:"我的朋友中百分之六十认为是鸽子,你们内蒙古人叫噜噜。他们还发来古巴名曲《鸽子》,可好听了,听吗?"父子俩头摇成拨郎鼓,鼓得从来没这么一致过。父亲让儿子先说,儿子执意让父亲占先。父亲说:"我朋友们百分之十一认为是石鸡。百分之五十认为是鹧鸪。百分之六认为是斑鸠。绝对少数派……"

　　"真理有时候掌握在少数人手里。这就是斑鸠!"儿子已经成竹在胸。

"我一同学爸爸是有名气的花鸟画家,扫了一眼就说是斑鸠。我百度了,就是斑鸠。国家保护动物。有火斑鸠、珠颈斑鸠、白斑鸠、山斑鸠、灰斑鸠,我们家这俩,应该是珠颈斑鸠,最漂亮的一种斑鸠!同意不同意?"

六只掌对击三次。

儿子宣布:"我给它们起了名……"

"停——!"父亲像篮球裁判那样右手食指放左手掌心下。"爸爸最知道它们为什么来。名字得爸爸起。"父亲可怜兮兮能撼动铁石心肠。

儿子望着母亲,母亲撇撇嘴:"我们得保留修改的权利。"

父亲一字一板说:"它们俩共同的名字叫福鸟。好不好?公的叫大福,母的叫小福。好不好?"

母亲立刻举起双手:"好名字!但是怎么就公的母的,太不尊重!要说男的女的。小福有点儿那个,叫二福行不?"

"二福也有点儿那个。大福挺好,是爷们儿的名字,女的改洪福。大福我们叫大福。洪福我们叫红红,红色的红,女的名字。靓不?"

"靓!"六只掌再击。

"你们别打扰我。我要和大福红红套近乎。"儿子的门关上了,爸爸妈妈互相庆贺击掌。儿子今天要做的事,将引导他迈开第一步。这一步,关系到正常。他们俩苦苦挣扎奋强的,就这么简单——正常。

"阿弥陀佛——"夫妻俩双手合十。

儿子门"咯噔"一声。"我去理个发。"儿子打招呼,无可奈何地笑了笑。"头发长成刺猬了,别吓着福鸟。"父亲照照镜子,说:"我们一起走。我染头发,瞧我这两鬓白茬茬怪吓鸟的。"铁蛋一手抓住爸爸的胳膊,一手伸爸爸脸上,摸摸左鬓再摸摸右鬓,迟迟疑疑顿了一下,再拍拍爸爸后脑勺——爸爸就经常这么拍儿子的后脑勺。爸爸竟然热泪涔涔,笑着说:"没事,没事,人老了都这样。"妈妈也哭了,抱住父子俩说:"你爸爸才四十出头,就这一年劳、劳的……"她泣不成声没法往下说。

在鸟们眼里,现在出现的这头直立动物有点儿可以亲近,不操练白色恐怖条子,头长得好,像"我们"的头那么服帖顺溜。操练白色恐怖条子那一头长得就恐怖,像谁呢?想起来了,像豪猪。豪猪那么点个子就凶得要死,连猫呀老鼠呀兔子呀什么的都惹不起。个头是豪猪的十多倍,谁惹得起!好在"我们"有翅膀,张开就躲得起。事实上,铁蛋认为把长发剪短,得到了鸟们的一定信任。剪短发之前,哪怕铁蛋的影子落玻璃上,鸟们立刻张翅。理了发的铁蛋就远远站屋子中间,不让手和头有突然动作。每两分钟前挪两厘米,一个小时后,终于靠住了窗台。鸟们现在像在树林里看到迎风摇曳的小树那么放松,"咕咕——咕"……铁蛋慢慢举起手挠挠头,鸟们紧张了一刹那,判明是这一头无害动物,就放心大胆地跳来跳去做游戏。铁蛋双手举过头顶,鸟们只是看看毫无反应。铁蛋想起父亲的一句口头禅:"冰冻三尺非一日之寒。"自言自语说:"慢慢来,莫要急。"

鸟们出去玩耍浪漫,铁蛋抽空画了鸟窝图纸,买了木板钉子铁丝钢锯榔头,地板上衬切菜板,钉子榔头之类在切菜板上干不心疼。实话实说,鸟窝造得七扭八歪丑得很,没一根线条是直的,摸了一遍,还好,没有露尖儿的钉子,不会伤着鸟。趁着鸟们没回来,打开窗户,把鸟窝和有两个格子的塑料餐具固定在阳台护栏上,这边添食物,那边注清水。窝里垫了一块带毛的羊皮,福鸟卧上去会舒服得立马做美梦。

如果是人,白白逮着一座房子和一套餐具,还不手舞足蹈?鸟们可不会这么兴奋。它们跳来跳去没完没了"咕咕——咕"商量。大福先把头伸窝里看个究竟,红红学大福看了看,退出来。鸟们不认识,不知道可以派什么用场。但它们认识食物和水,立刻挤上去又啄又饮又叫。

夜幕一分分一寸寸一毫毫咬紧。从前的十六年,铁蛋没观察过白天黑夜如何交替。鸟们天生对日出日落敏感。鸟们听太阳的话,日落而歇,它们就歇了。铁蛋打算明天起个大早看黑夜和白天交替的全过程。几点起床?他打开手机,想查找明天日出时间,他知道需要在日出前一个小时起,才有可能观察白天和黑夜交替的全过程。微信上趴了大堆红点儿。点击……几乎所有同学都不问人们好,只问鸟们好,表情用得棒极了,微笑的,龇牙的,羞报的,惊奇的,打酒的,献花的,舞蹈的……有一个表情最酷:一条女汉子怒气冲冲猛踢大门,一行字是:"你个铁蛋!敢金屋藏鸟,不邀本小姐解眼馋!"落款是路路。心慌得横冲直闯,击键指头打 A 戳 Z 上。乱了方寸没了远近。铁蛋的回复是:"熊铁蛋恭候路路何小姐大驾光临寒舍观鸟(注意:不准羞着最美丽的小鸟小姐)。"表情是一只浣熊两手捏两朵花儿得意洋洋一步一举起,括号内的字写了三遍删了三遍。

路路选在一个星期三中午,不是看铁蛋,微信上说是"专程看望尊敬的斑鸠夫妇。"铁蛋心思:这丫头智商扔我五条街。星期三,任何人都上班不在家;中午,下了最后一节课二十分钟就能到。和谁也不用请假打招呼。铁蛋明白路路的良苦,当然就不告诉爸爸妈妈。

路路要来,尽管只看鸟不看人,铁蛋还是紧张得有点儿不对劲儿。瞒着爸爸妈妈,在爸爸妈妈面前就心虚。铁蛋做了理亏事一贯如此。尽量避免单独和他俩在一起,没事给自己找事躲他们俩。比如,上蹿下跳调整墙上的画框,结果是歪的调正了,正的调歪了。不辞辛苦再上蹿下跳调。真正要做的事得等爸爸妈妈不在的时候。列了张清单:打扫屋子(要一尘不染)。书桌上搁书(托尔斯泰《穷人》,课本)。小吃(西瓜,樱桃 50 块 1 斤以上的,草莓 30 块以上的)。饮料(柠檬,摩卡咖啡……)。乖乖,太多了。

那天没有霾,天上蓝是蓝白是白。福鸟们已经在阳台上跳来跳去。父亲卧室阳台对着院门,可以观察每一个进出的人……"应该到大门口迎接呀!"他对自己说。可是,路路来了!着运动衣系红丝巾,丝巾头发搅一起风风火火飘,怀里抱一只憨得不行的泰迪熊。有一次铁蛋没招惹她就挑衅:"熊孩子。"铁蛋姓熊。那是一次温柔的挑衅,和这次一样。

"咕咕——咕","咕咕——咕","咕咕——咕"……福鸟说话了,低音部分穿透力很强,可以隔两三百米听到,路路停下脚步侧耳倾听。肯定听着了,向着这个方向举起泰迪熊使劲儿摇晃,还咧开嘴笑呢。

作者简介

杜弋鹏,男,《光明日报》高级记者。文学爱好者。

正常人

常小琥

　　什么是正常人，什么又是"正常"的爱情，一对在"我"眼中并不相配的情侣，他们会按照我们的预想，生活在失败中，还是能够过上幸福的生活？被现实生活挤压的"爱情"又能够正常吗？

　　老章不愿意见我已经很长时间了，所以在谈他的时候，我只能靠对他在学校，以及工作后一些零星的碰面，所产生的回忆和印象，来还原这个人。这样的话有些部分也就谈不上真实了，而且也仅限于我们俩之间的事，似乎对他不是那么公平。可是那又有什么问题呢？他变成今天这副样子，怪不着任何人，我这样和他说过很多次。

　　那天我们一起吃饭，是在湾子大街南面的红莲烤鸭店里，紧挨华联超市，筒瓦檐楣下挂着一串红灯笼的那家。没有办法，这样可以确保他不会离家太远，住后面简易楼的他们家老太太，也可以随时盯着自己儿子，提醒他注意时间，或者少喝一点。然后我知道我们该走了，我会拍一拍他的肩膀，很多话就此搁下。

　　西晒透过身旁竹雕的斜斗四方窗，硬生生地洒在我们肩上，当街的人和建筑以及路牙上熠熠发亮的白蜡树叶，被隔成一小联一小联的画片。看起来每个人都活在自己感觉不到的框里，走出这个格子，再进入下一个格子，就这样形成了一条和缓流动的河流。

　　老章一言不发地对着窗子外面看了很久，眼珠子不带动换。直到天边的太阳慢慢下沉，我们的眼前开始蒙上一层浅淡的黄色。

　　"你带的是什么？"我点着一根烟，随手将火甩灭。我都不用抬头，就知道他在看什么。我"哐"一声，把空酒瓶搁在桌子上。

"是我和摄友从绍兴玩回来带的,特别养人。"

他终于回过神来,用一副无比同情的面孔正对着我。他的头发像仙人掌的刺一样,尖利而稀薄,露出球形的脑壳和头皮。面部和鼻子头上满是亮鼓鼓的脓包,其他地方则是脓包胀破后留下的坑,自打我们认识的时候起,他就是这副样子。

"趁着那栋楼还在,你应该过去看看人家。"等服务员把菜上齐后,他悄悄从一个蓝布兜子里取出两瓶绍兴黄酒。"现在只是隔着一条马路而已,不要等她搬家了,不再回来了,你才知道难过。将来那里会盖一座剧院,非常大的剧院。"

"你不懂女人,没有资格讲她。我来是谈你工作的事情,怎么变成你教育我了。"

我把烟头一个接一个地塞进啤酒瓶,看着他为我倒好黄酒。

瓶子里充满了白烟,甚至溢出了瓶口,像是散着凉气的冰锥子杵在桌子上。

"我没有资格?为了接近她,当年谁把我当猴儿一样溜来溜去传话的。你们俩的事我都记着,你现在人五人六的倒全忘了,你这不是玩儿人家么。"

他讲话的口气很轻,但是又义正词严的,这会让你觉得老有人在你面前念经。

我把脸扭向窗外,望见了立在黄昏里的,那栋血红色的五层小楼。

这个点儿,也许她真的会出现在回家的路上。

"我也有脸的,闹成那个样子。"

"那你就有理由撒手不管了?让我怎么说你。"他也不管我,先把自己茶杯里的黄酒喝个干净。

"还是先说说你吧,现在的单位每月给你开多少钱?"

他用那双黑色的牛眼仔细打量起我,他从不知道那样看人会把自己暴露出来。

"四千多。"他小声说。

"你在一个给你四千块的地方,干了十年?"

我想起他是班里唯一一个至今没有换过工作的人,班主任常会这样夸奖自己的班长,我们都听到过。

"去年给提了五百,公司每月还有通讯和餐补,组织一次羽毛球赛……"

"不是我在跟你相亲,除了你妈,没有人想听你说这些。你可是咱们班唯一有注册会计师证的人,就凭你这个,哪家公司也不止给这点钱吧。"

"现在去相亲,也没人听你说这些。"

其实他已经想开很多了,放在从前,我们之间是不会谈这些事情的。为了不让他感到难以接受,我甚至把自己的二手奥迪车停在了手帕口桥边,走一站地才来见他。我这次也是这么做的。

他又开始望向窗外的那条长街,和之前不同,他这次的眼神非常确切。外面被风吹起一层一层的浮土,他下意识地吸了吸鼻子,然后开始找餐巾纸。

"那边就是新建的地铁七号线站口——湾子,你平常不坐地铁吧,进去后你就知道有我们家这一站。"他用手指给我点了点玻璃窗,指出前方的某一处,我喝了一口他倒的黄酒,没去理会。"我算过了,早上坐地铁到国贸那边,加上换乘,我要花八块五,坐公交车可以直达,但是下车要多走一站地,可这样我就能省下五块钱。所以我必须早上六点前准备好午饭,从家里出来。我的饭盒在车上被挤开过很多次,我中午喝流在塑料袋里的菜汤,喝了很多次。我讲这些话,你觉得有没有人愿意听?"

"你要学着改变自己。"我又给自己倒满了一杯黄酒,然后我们碰了碰杯,一起喝下。"真的,不能总是这种状态,你至少可以去别的地方试试。"

他摇了摇头,然后继续倒酒。

"我这次从绍兴回来,进家门的时候,看见我妈,我几乎没认出来她。"他尽量平静地望着我,我说过,他那双眼睛经常会暴露自己。不知道是不是那点黄酒的作用,他的语速越发快起来。"因为用了伪劣的染发膏,她整个脸肿了两圈,头发几乎全部掉光,她有过敏体质。"

他用指尖蹭了蹭眼角,我知道今天没有机会说些有用的话了,应该是一直喝下去才对。

"她岁数越来越大了,如果还能耗下去,我不会在这个时候跟你喝酒。"他忽然笑了,然后我们发现酒已经喝光了。"当时有谁想得到,你可以在银行做主管,班上哪有人理你,你连上厕所都要拽上我。那时候我一站厕所门口,他们就知道我在等你。"

"聘任的事情,我在我们部门说了不算,但是我会把你引荐到几家外资公司,甚至可能是四大的一家,你回去把简历准备好。"我觉得这是今晚唯一一次能说句正经话的机会了。"还有,我求你下次相亲不要上来就说你没车没房,婚后必须和你妈住在一起,本来没跑的也要被你吓跑了。"

"我只问你一句话,如果你有女儿,愿意让她嫁我这样的么?"

我突然被问蒙了,我完全不知道该怎么回答他。

"你还喝不喝了?"

"没有酒了。"

"我出去买。"

后来他真的从家乐福里又买了四瓶黄酒回来,我起瓶盖的时候告诉他,这是炒菜用的酒,他说不耽误喝。那一晚我们说过的话、喝过的酒,令自己看上去像是漂浮不定的水草。我记得我们哭了,我不知道我有什么好哭的,总之我的双眼浸满了泪水,看谁都是曲里拐弯的。他好像在旁边一直教育我来着,对我很看不上,很失望的态度。随后他在我面前不停地吧唧嘴,口水和嘴里的酒甩在桌子和我手上,到处都是。我忘了他怎么又说到自己身上,说起过去的日子,他伸起双手趴在饭桌上的样子,连服务员都看不下去了。我当时瞄了那些空瓶子好几眼,都不敢相信我们喝的是黄酒。

我把他扶到外面,我们走在马连道茶叶城的路上,快到卖摄影器材的大楼时,他终于蹲在一棵槐树根下吐出来了。

"有进步,老章,有进步。"我一边拍着他的肩,一边这样说。

之后老章打电话给我,说再也不和我喝酒了,我也没有问他为什么。

同时我能感觉到,他对换工作的那种淡漠的态度,我也就懒得再管。不过我仍然介绍了几位单身姐们儿给他认识,我清楚这种事不能牵扯到同事,所以她们其实跟我也并不太熟。当然在每次之后,我要像个真正的媒婆那样,去问他的意思,哪怕我很讨厌这样做。

"她是回民。"严重的鼻窦炎令他在电话里的声音很难辨清。

"是什么?"我有点急,我不知道这叫什么答案。

"回民。"

"我之前跟你提过的,人家不介意,你只要不当着她的面吃猪肉就行。"

"两口子互相躲着吃饭,你觉得正常吗?而且她喜欢吃辣的,我这个鼻子根本碰不得辣。"

"讲话不用那么难听,最要紧的是人好。"我感觉没有再说下去的必要了。

"人好?吃都吃不到一起去,人再好有什么用?我可以躲着她吃猪肉,难道我妈也要躲着吃?这都是很现实的问题。"

打电话的好处在于,这种时候我们用沉默来替代没有想清楚的话。如果是面对面,保不准我甚至会动手。

"关键是她属虎。"他终于讲出了实情,最重要的实情,"我妈说属虎的女人可不行。"

"老章,我就问你一句话。"我希望他明白,我已经尽最大的努力和他通话到现在了,"这是你自己的意思,还是你妈的意思?"

"你问这个干什么?"他的语气里恢复了警惕的成分。

"我早应该想到的,我是在帮你妈挑媳妇,而不是帮你。"

"这有什么区别吗?"他这话问得倒挺实在。

"区别在于——"我犹豫了一下,决定把话说完,"那样的话我根本就不该管你。"

从入学前在门头沟军训算起,我们就用一只凉水杯打水喝,用一卷手纸蹲茅坑,甚至睡在同一张木板床上。那时他会建议我不要和哪个班的人走得太近,或者注意把钱收好,我觉得我们已经算是很好的朋友了。之后的十几年里,大部分时间都是我在说,说些他听不进去的话,而他往往都是默不作声的,等待着我能说完。比如我曾无数次地劝过他,和女生见面前好赖把自己收拾一下,不要永远是那件土黄色的横条汗衫和卡其裤,不要永远把人家约到马连道茶叶城,"你家附近什么也没有,就和你一样。"他从没有为此作过任何辩解,他似乎觉得每个初次见面的女孩,都应该明白他的用意。

曾经有一天,老章毫无征兆地讲起了他的家事,母亲是如何照顾心智失常的四姨,父亲如何在大众浴池里中风倒下,一家三口又是如何举债度日。"有一整年,每天的晚饭就是吃手擀面,我吃了有一整年。"我不知道怎样才能帮到他,我只是告诉他,谁家里都有一堆的烦心事,以及数不清的坎儿要迈,你不比任何人特殊。

我想全世界也只有我,会站在那片芜杂的简易楼群里,等他拎着篮筐,从菜市场里走出来,然后听他分析这批茄子为什么便宜,那袋扁豆为什么不能买。傍晚时,暗淡从路两侧的树林中逐渐向眼前聚拢,我们沿着发酵着蒜蓉味的莲花河,穿过一架又一架光秃秃的高压变电站,在太平桥和红莲东里之间,兜来兜去。我很难想象会有哪个姑娘,毫无怨言地跟他这样走完整条路,那占据的可是人家难得的下班空闲或者周末时光。他慢悠悠地推着一辆墨绿色自行车,挂在车把的菜筐像风铃一样晃着。过往的情侣走近我们身边时,他会利索地瞄上一眼,我能感觉得到,他的眼光可一点也不低。

走到一个弧形的街心公园空场时,他把车支子放下,很认真地告诉我,两天前见了一位在友谊医院上班的女孩子。

"是放射科的大夫,在 CT 室拍片子,大我一岁。"他的手一直扶在车把上,好像那筐菜随时会掉下来。"她挺着急的,否则也不会见我。条件真不错,你看见刚才路边穿真丝连衣裙的女学生么,她比她还漂亮。"

"她什么意思?"我不知道他想说什么,但我知道应该问什么,其实无非就是那两个结果,我不直接问,天知道他会磨叨多久。

"一点机会也没有。"他显得很沮丧,即使是在昏黄的路灯下,我依然可以看清他有多沮丧。每隔一段时期,这种失控的情绪就会在河沿的某个角落里,倔强地闪动着。

我是一个识趣的人,明白此刻无论再说什么,对他都是一种打击。事情发生前,再难听的话都有帮助,在一切全部结束以后,讲什么都于事无补了。我想他只是需要有个人能和他站在一起,在薄雾般的橘色烟尘下,听一听旁边闹心的露天卡拉 OK,以及对面施工工地上发出的敲凿声,是他告诉我,那里在建地铁,在建一座很大的话剧院。

老章的鼻子对花粉和冷空气极其敏感,更别提碰上刺激性气味,一点点辣都会涕泪横飞。为此他特意在毕业前的那个暑假,去宣武医院动过刀,切除了不好的鼻息肉。这使得他的声音低沉并且模糊,滔滔汩汩地流进我耳朵里,他那两只突起的大眼睛,折射着细碎的光棱,对周围的一切毫无察觉。他就像一头目标明确的猫科动物,安静地把我往前方带。特别是你很容易从那双睁大的眼睛中看到光亮,你不知道那是不是泪水。当夜幕在缓缓降临的时候,我们本该是要面对黑暗的,哪怕是我们的眼睛,也该一起暗下去才对。

"如果你有女儿,你会同意她嫁给一个乞丐吗?"和上次一样,他忽然又冒出了这么个问题。

"会的吧,只要她自己愿意。"我当然清楚这个时候应该回答什么,我又不是傻子。"她如果把一个乞丐领到我面前,说要嫁给这个人,我一定会同意的,这不是问题。"

"你丫一点也不正常,我问错人了。"他没有半点为我的回答感到高兴的意思。"你丫一点也不正常。"

"我知道你指的是什么,可我还是那句话,存款、房子和车,不应该和我女儿结婚的意愿联系起来。"其实我也确实这样想的,但我并不奢望他能理解。"如果我女儿眼里只有这些,那应该是我的教育出了问题。"

他摇头了,这在我们这些年的对话中,并不常见。

"你丫可千万别有女儿。"他的口气我可不喜欢,这他妈叫什么话?"你知道上学的时候他们管你叫什么?'怪物',你是咱班四大怪物之首。"

我捂着嘴，不知道该说什么。这种话从不会从他嘴里说出来的，我想他应该憋很久了吧，这时候我才开始有些同情起他。

"总之呢，没有房子，别聊感情，别聊结婚。"他用脚把车支子一蹬，有要走的意思。"你说是不是？"

"你又问我？"我想了想，觉得说什么都不合适。"你对那姑娘动心了？"

"姑娘真是好姑娘。"他的话听上去是在评价一杯茶、一盘菜。"可惜人家对我没感觉。"

"她是这样说的？"

"短信里是这么说的。"

"那跟你没房子有什么关系？"

"操。"他叹了一口气后，看都不看我一眼就继续往家的方向走。"我不爱听你丫说话。"

"你又要跟人家强调你没房，还要人家和你父母吃到一起，住到一起，你还挑长相，挑气质。"不知道哪来的勇气，我也决定把憋了很久的话扣到他脑袋上。"没人会因为你没房不和你好，而良心上过不去的你知道么，长点志气。"

"我不是没有努力过。"他停下来了，这令我可以重新走到他面前，只是我不再看得见那双闪光的眼睛，他随着周围夜色早已沉了下来。"过段时间我想出去走走，上次去绍兴就挺好的，能让我把这些烦心事忘了。"

我本来想告诉他，逃避不是办法，我想让他看看眼前的一切都在发生着变化。但是他当时的样子我真的无法多说什么，他历来如此，我们的谈话总会在某个问题上戛然而止。

于是在立秋前的那阵子，变成了我一个人，从广安门外向马连道的方向走着。中途我会经过爆土扬尘的货运站，经过三路居的旧货市场，以及细长而清净的天宁寺前街。在熙熙攘攘的车站和天桥底下，我掺进十四中学生的放学队伍里，仿佛可以听到他们所讲的每一句话，陪他们在每一个路口停留。不知道是不是老章的话起了作用，我终于站到了那个女生家的楼门口。那是一片不大不小的空场，地上满是碎渣石子和水泥袋，我远远地坐在一个石墩上，回忆着我是如何急不可待地找寻着她，如何伤害着她。我想到这里对于老章的意义，我想到了他固执的理由，我想我有些喝醉了。

重新和老章取得联系，是在半年之后了，一个我们可以处理好身边的事情，还算从容地谈论彼此的时间。他果然不再提喝酒，特意选在了大观园西门的红楼茶舍，这里曾是我们放学路上的必经之地。当时天上正飘着纸屑一样的白雪，水泥路基上，栗红色的院门红柱底部，以及青灰色的琉璃瓦上，都积着又厚又硬的一层白霜。我在外面站了一会儿，望着半空中被风吹散的雪花，嘴中不断吐着霜气。

他从身后拍着我的肩膀，问我怎么不进去。我回过头瞅了他一眼，问他是否记得我们曾每天在这里骑来骑去。他说，怎么不记得，那次也是这样的天气，你为了追她，被一辆夏利蹭倒了，脸摔在地上。我转过身瞪了他一眼，才注意到他瘦下去不少，皮肤也更黑了。他又拍了拍我的胳膊，催我进屋。

一个穿枚红色旗袍的女孩，将我们领到一张核桃木的八仙桌前，点好香，然后问我们喝什么茶。我还没张嘴，老章便从怀里取出一袋密封茶叶，让人家去泡。

"我那会儿去了一趟昆明。"他说着说着瞪起眼睛，向上翻看，认真的样子好像他去哪里和我有什么关系。"先去了一个星期，后来请的病假，陆续又去了两趟。"

"昆明，那地方不错。"我试着去想象他和昆明的联系，可是什么也没想出来。"值得你多去几次。"

"嗯，我在那边交到了女朋友。"

这时服务员把沏好的茶水端了上来，她挡在我们两人的中间，缓慢地拾起茶壶，轻轻点了三次头。

"你有女朋友了？"

"瞧你丫这话问的。"他略显得意地朝我面前的茶杯使了个眼色。"这是一年以上的普洱熟茶，我从那边一个国企茶厂带回来的，你试试口感。"

"哪里人？"我继续追问。

"都说了昆明昆明。"他犹豫了一下,抠了抠像蒜头一样的红鼻子。"我们是在翠湖公园认识的,一天之内,观鱼楼、九曲桥、竹林岛,居然在里面碰了三回面,当时我就觉得这是上天注定的缘分。"

"恭喜你。"看着他向我投来的笃定目光,我还能说什么呢。"你觉得那姑娘怎么样?"

"她年纪很小,九三年生人的,家里妈妈走得早,她是由爸爸抚养大的。"

"我是问你,觉得那姑娘怎么样?"

"特瘦,特纯。"对于我的问题,他只说了这么多,令我空等了半天。

"就只有这些?"我尽量让自己别那么大惊小怪的。"你们相差十岁,你们相隔万里。"

他只是低头喝茶,那一刻屋内屋外都是同样地安静。

"我找你出来,不是想听你讲这些废话。"

"你说说看。"

"她和我是一条心,问题出在她爸身上,老人很难同意闺女和我来北京,她甚至没有出过本省。况且人家家底厚实,还是机关干部,她也刚在当地的工商银行转成正式合同。"

"问题怎么会出在她爸身上,明明是他妈的出在你身上。"我忘记了这是在茶舍里,声音大起来有些不像样子。"你不是去旅游的么,游完就完了不好么?"

"你还记不记得我当初问过你什么?"他好像根本没有在听我讲的话。"还记不记得?"

我不再吭声,只是平静地看着他,我知道他是在来真的。

"我只是想让你帮忙出出主意,怎么能让老人同意,把女儿嫁给一个在北京买不起房的穷小子。"

大观园里的那些蜡梅和玉兰树,被冷风吹得微微拂动,我隔着窗子,久久地望着它们,尤其是树枝上的深蓝色皮纹,和上面暗淡的天空,我不知道为什么它们一起出现在我眼前时,我心里居然会失落得像个孩子。

老章始终在看着我，但是没有打断我，可能他以为我在替他想主意。

"你为什么会来问我，你觉得我这方面是不是应该特别在行?"

"你别误会。"他显然没有想到我会冒出这么一句。"你不是就在银行里做管理工作嘛，我想可能关于人事调动上的事情，你会有些经验。"

"哦，对了。"我耐住性子，想了一想，也觉得今天自己的反应有些过大了。"你不是说她和你一条心么，老实讲，我觉得这个很重要。你他妈的遇到爱情了，其他事情在爱情面前，根本不值一提。"

他面无表情地继续看着我，然后挤了挤眼睛，轻轻点着头。

我不知道他当时在想什么，见面之前他就应该清楚，我很难在这件事上帮他做些什么。

从茶舍出来以后，我们走在雪地上，大口大口地呼吸着冷冽的空气，这令我们得以从刚才焦灼的气氛里，松脱出来。

"不管怎样，这都是件好事。不过你要收敛收敛爱较死理的臭脾气，人家女孩子只身跟你来到北京，将来不管发生什么，你要担当得起来才行。"

他听见后忽然停住步子，不再走了。

"在北京结婚，闹半点不愉快，都是你们欺负人家。"我站在他面前，很认真地把道理讲给他听。"这些道理你妈没跟你讲过? 她有没有什么意见?"

"在北京结婚……我现在需要的不是意见。"他紧紧闭住眼睛，双手使劲在脸上抹了一把。"我现在缺的是钱。"

"多少?"

"你能拿出多少?"

"十万。"

"不用那么多，哪要得了那么多。"他连连摇着头，好像在怪我的样子。"五六万吧，不过我要得挺急。"

"这些都不是问题，我明天就可以拿给你。"我伸出手，轻轻揪住他的夹克拉锁，一上一下地拉着。"关键是你要想清楚，这动静可太大了，比你本本分分地相亲、结婚，付出的代价要大得多。我甚至觉得你之前考虑的那些,吃不吃猪肉,属不属虎,还着调一点。你看你现在这个岁数和状况,还要回过头来碰爱情么? 我是说,你到底了解她多少?"

"明天是吧?"他很认真地看着我,生怕我跑掉一样。

"什么明天?"我把两只手摊开,没有理解他在讲什么。"你他妈有没有在认真听我说话?"

"有,你刚才说明天就可以拿给我。"他拉紧了衣领,并且把脖子缩起来。"明天正好我休息,咱俩一起去银行吧。"

我整个人傻愣在雪地上,目不转睛地看着那条曾将我摔得连滚带爬的路。

"谢谢。"他对我说。

五六万块钱,那天我本可以当面给到他手里,可我觉得这事儿不能这样简单就撒手了。第二天在银行大厅,我们排在很多挂着拐杖和攥着手绢的老人后面。为了把话说开,我试着问他一些无关紧要的问题,她生活中的样子或者喜好什么。就像我们从前聊起的所有女生一样,不然坐在那里也是干等着是不是。

"你是想套我话吧。"他横了我一眼,那副嫌弃的样子,仿佛借钱的人是我。"我只能说,每当想到可能会失去她,或者自己没办法陪伴她更多的时间,我的心口就像是压了一块大石头,密不透风地按住了我的呼吸,就连血压也高出许多,这种感觉说了你也不会相信。"

"所以你们相处的时间并不多是吧,那你觉得她了解你吗? 俩人在一起总要说点什么吧,别告诉我你们聊的是会计法和资产借贷。你的心里话她乐意听吗? 或者,你的难处她可以明白么?"

"要她明白什么?"他望着前面的柜台窗口,眼睛很久都不眨一下。"我这半年,几乎每半个月就要花三千块钱的机票,往返昆明一次。我需要让她明白吗?"

我把头扭向别处,没有理会他。

"这里怎么这么多人,你为什么不把钱存在你们银行?"他用手扒拉着我的胳膊,不耐烦地瞅着我。"那样我们就不用这样傻等着了。"

"你谈恋爱谈糊涂了吧,我为什么要把钱存在我们银行?再说你有什么不能等的,她现在就来北京你让人住哪儿?"

"至少我能把机票钱先省下来,况且我也不能再请假了。然后用你这些钱,看看我能干点什么。"他脸上的包又红又亮,泛着油光。"还不知道能否说动她爸,光是想一想要见他就够了。你丫真是什么忙也帮不上。"

我哑口无言地坐在一边看着他。

"昨天晚上我和她商量了一下,你觉得奉子成婚这一步怎么样,到了万不得已的时候。"

"喂,我不知道你俩的关系到哪一步了。但是你说过她只有一个父亲了,你让人家辞了工作,和家里恩断义绝,将来的日子万一过不愉快,她得多伤心,你让她如何面对她父亲。"他很认真地在听我讲话,这几乎是唯一的一次。"如果有个小子将来在我闺女身上使这招,看我弄不死他!"

他点了点头,没有说话。

"我知道你们之间是爱情,爱情嘛,遇到了,尝过了,尝过就算了。她现在是年少无知,等以后见的人多了,有了定力,那时候她会怎么看你?"

"你管得可真宽。"

"怎么着我也算出钱又出力了,见一见真人不过分吧,打水漂还听响儿呢。"

"她下个月从昆明过来,到时候我会叫你的。"他仰起脖子,努着劲朝前面看了又看。"他们在说什么呢?"

最靠近窗口的那一排座椅上,有老两口正互相讲着道理,老太太埋怨着老头子什么,大堂经理就站他们面前,边听边解释。掰扯了半天,才知是老太太怪她老伴儿无缘无故把领退休金的储蓄卡,和协和医院的就诊卡关联了。老伴儿辩解说是银行让他关联的,经理出面解释说银行不会提供这种建议的,而且关联了也没什么问题。接着老太太不依不饶了很久,我们什么都听见了。从老头子年轻时候的风流债算起,直讲到解放前又回来找她,老太太哭自己眼瞎,耳朵软,到现在也不知他安的什么心。后来老头子吼了起来,可依旧盖不住老太太的绵绵泣诉。

我和老章坐在他们身后，什么都听见了。

人需要一点冷静，如果你自己冷静不下来，那么时间，或者生活本身可以帮助你。我知道就像从前一样，我讲什么他都很难听进去，所以在他没有动静的时候，我觉得这样挺好。可能从老板和同事，或者是他妈那里，也许只是下班挤地铁时的某个瞬间，他忽然就想明白了。至于那五六万块钱，我就真当是打水漂吧。

他告诉我无论如何要喝两杯，在一家乱糟糟的饭馆里，我以为我听错了。

"辣子鸡丁、湖南小炒肉、毛血旺。"他一边低着头，一边用手指在菜谱上仔细地比画着。"再来两瓶常温的纯生。"

他似乎忘了他脆弱的鼻子，忘了他不再与我喝酒。我没有作多余的提醒，在事情尘埃落定以后，我们就应该这样坐下来，点一支烟，聊上几句。

"上次多谢你了，不过那些钱我并没有动。"他吸了吸鼻子，他还记得谢我。"最近四处去尝辣味菜，尤其这种讲究拿辣椒做配菜的，吃得我鼻子里直蹿火苗子，连胃都跟着疼起来。"

啤酒先上桌了，被服务员撬开后，他直接拿起瓶子，要直接撅了。

"悠着点。"喝到一半时，我先停了下来。

他对着盘子上那些通红的辣椒，摇了摇头。

"到了云南，恐怕要天天吃了。"他苦笑着，鼻子红得像个小丑一样。"我不再回来了。"

"说清楚，怎么回事？"我知道周围很吵，但是我听见了，他说要去云南，他说不再回来，我开始意识到这顿饭的意义。"和她怎么样了？"

"老样子。"他使劲胡噜着头皮，然后把头靠在小臂上。"就是沟通起来挺累的，她在淘宝上买了一大箱的膨化食品寄过来，说是送给我妈吃。我告诉她，我们家人不吃这些，结果她整个人就毛起来了，我在电话里哄她哄到凌晨两点。"

"你不该那么说。"我夹了两口菜，然后把筷子放下。

"你说得对，她来这里困难重重，这里生活成本太高了，而且让她放弃在银行的铁饭碗牺牲太大了,各方面权衡利弊,感觉都不太现实。"

周围实在太乱,他尽量把嗓门提高,大声讲着一听就不是他想出来的道理,那些道理有效地盖住了其他噪声。

"你是说,你去昆明就现实了?"我没有等他继续说下去,"你妈怎么办,你爸呢?"

"上个月报纸上说,2017 年开始会逐步实现全国医保的统一联网。"他回答得很快,很坚定,好像等的就是我问这个,"而且昆明的医院还算不错,那边的空气和舒适度也比北京好多了。"

"你要让他们和你一起搬去昆明?"我感觉很奇怪,他们又不是我爸我妈,我到底在急什么。

"不会是现在,也许过个两三年吧,等我一切安顿好之后。"他看上去极其认真,"她是个好女孩。随时随地会张开双臂接纳我,我在那边,完全不像这里。"

"我说,人家父女在昆明有吃有喝,你跟过去,这叫什么事儿呢? 你吃什么,住哪里? 保不齐你连工作还要让她爸解决。"我恨不能直接两个耳刮子上去抽醒他,"人老了不就图个落叶归根么,万一你们俩黄了,你不是折腾老头老太太么。"

"你说的这些,我早考虑过了。"他的两眼又开始红了起来,这次他可没有喝多少酒,"所以我要有自己的事业。"

"事业?"

"我计划在昆明开家餐馆。"他颓废的眼光中,慢慢流露出得意的笑,"问题是那需要更多的资金。"

"你想说什么?"

"我想问你,你现在手里,还有多少钱?"

"老章,我在银行工作,可我不是开银行的。"我感觉很别扭,好像他一直在绕我,我居然被他绕进去了,"你打算要多少?"

"以那边的价格来算,把租金和装修都包括在内,大概三十万吧。我做了一个详细的预算表格,可以拿给你看。"

"不必了，你忘了在学校基础会计我考了 18 分。"我看着桌子上几乎没怎么动过的菜，呼了一口气。"这次真要去银行了，我尽快拿给你。"

"因为匆忙，这顿饭吃的，你别介意。其他同学我都没告诉。"

"这没什么。"我觉得再坐下去没有多大意思。"不过你想清楚了么，你一个北京人，在昆明卖云南菜，不他妈赔钱等什么呢。"

"这笔钱不能让你白垫，有什么疑问，等会儿你可以直接问她。"他脸上泛起红光，酒精真是个有意思的东西。

"我可没耐心跟她打电话。凌晨两点？你个傻逼。"我站了起来。

一个深色皮肤，穿白色 V 领毛衣、黑牛仔裤的女孩，稳稳地站在两张桌子间的空隙处不动。她的头发很长，前面两侧用发卡别了上去，两只手插在腰间的裤兜里，像个有书卷气的女学生。

"我说过带她见你的。"老章将瓶子里剩下的酒一口喝完。

回去时老章说她已经见过他父母了，晚上他要去找一家酒店，让女孩住进去，两天后他们会一起回昆明。

老章在前台办入住的时候，我和她站到门外的胡同口等着。

路灯下，她的脸在干糙的水泥砖前，显得无比鲜艳。

"谢谢你。"她半低着头说，"开始我还不信，怎么还会有人这样帮他。"

"可惜我这银行主管的职务，是买来的，拿多拿少，全看领导脸色，并没有实权。否则你调动工作的事，我是可以出些力气的。"女孩这样真切地站在我面前，令我有些不知所措，我点了一支烟，背过头去吐出一口，"念书的时候，我是班里的差生，还很不招人喜欢。有一年我出水痘，浑身上下都涂着紫药水，他居然每天放学后都来我家，和我坐在一张床上，告诉我课上讲了什么，老师布置了什么作业，我当时在想，这个人是不是疯了？"

她笑吟吟地朝酒店里面看着，老章在认真地和柜员说着什么。

"他告诉过你十八岁入党的事吗？"我把烟在墙上碾灭，不想抽了。

她使劲点着头，并且捂着嘴笑起来。

"那几乎是他唯一值得拿出来说的事了，班里每个人都叫他班长，没有谁像我这样对他直呼姓名，那是他最美好的一段时光了。后来不行，他在工作上吃了很多苦头，他不懂得变通，不懂得处理和老板的关系。"

"可是我信任他，我曾主动用怀孕这件事试探他，他最后没有答应，我就知道他可以依靠。"

我走到对面的绿色垃圾桶旁边，把烟头扔了进去，有人骑自行车从我们中间穿过。我们清醒地看着对方，脸上不再挂着客套。

"他家里的情况，都和你说过吗？"

"或多或少吧。"

"不可思议。"我只能报以笑脸。"你们到现在快一年了吧，实话讲我很意外，这样的感情令人尊敬。"

"你不用这样说，他讲过很多关于你的事，他说你是个怪人，说你很不正常。"

"我吗？"我大致能猜出她指的是什么，我不太想谈这个。"这不会是他的临别赠语吧，他说不出口，才让你转达给我的话。"

"我不清楚。我只知道，对我来说，你是个危险因素。"她用孩子般的怪声，发出半认真的警告，这令他意识到我们之间也相差十岁。"不出意外的话，我们很难再见面了。"

老章离开后不久，他家附近的地铁站，和对面的那座话剧院终于建成了。有时候我从湾子站出来，向四周望去，会一时间忘记自己身在何处。

还好她家的那栋矮楼还没有拆，我依旧在那片空场的石墩前坐了一会儿。

"我在她家门口，倒是挺希望见到她的。否则的话我会觉得身边这一切变化得有点太快了，你他妈的。"

我拿出手机，发了一条短信给老章，这是他走以后，我唯一一次试图联系他。

有个很年轻的、穿砖红色制服的测量工人，他支起了一个三脚架，像雕塑一样，头伸在潜望镜前看了好半天。我把手伸过去，向他递过去一支烟，他看了我一眼，摆了摆手，没有去接。

"他睡午觉呢，我在给他扇扇子。你发的消息是什么意思？ 为什么要骂他,没有事情的话,我可不可以删了,还是别让他看见了吧。"

作者简介

　　常小琥,男,北京作家,出版小说《琴腔》《收山》。

歪脖子病不好治

王方晨

老实街是一条普通的老街，人们在这里世代繁衍生息。年轻女主播小葵在老实街长大，从老实街走出去，一度成为老实街的骄傲。她曾经出类拔萃，闪闪发光。可有一天，她却满怀失望，被迫离开了老实街，这是为什么呢？

我们老实街黄家大院的芈芝圃老先生，总共活了一百单三岁，名副其实的长寿星，同时也是位智慧佬，宛如老实街的一根定海神针。

芈老先生生前最荣耀的还是临去世前几年，家门槛都险被踏破。来拜访的，既有个人，也有组织。在济南市广播电台工作的朱小葵曾带人来给他做过一期节目，就讲了沏茶，很受欢迎。节目播出后，数位江浙茶商频频上门，欲以重金聘老先生站台，做形象代言，俱被一口回绝。见到小葵，老先生就叹，何曾想人到这把岁数，又叫你弄出去，做这现世宝！

小葵也是老实街的，住黄家大院对门，刘家大院朱大头的女儿。小可怜见儿的，从小不像亲爹亲妈。聪明伶俐，又爱笑，小嘴儿又甜，整条老街没有不喜欢的。偏她又与芈老先生投缘，只要得空就爱往老先生身边凑。老先生本育有二子，都已过世。其中老二早些年被孙子带到了青岛，这一支就算在青岛扎了根。老大留下两个孙子，也都在黄家大院，如今这俩孙子也都上了年纪。人对芈老先生说，认了小葵当重孙女吧。老先生说，那哪成！整个济南府，我就听说过有认干妈干爹、干女干儿的。

聪明人意会到，也是，认了来，往哪儿搁？重重孙女堆儿里，都不显年轻。

至于小葵有什么好，芈老先生就向人提她小时候一件事。别个小妮儿满街踢毽儿、抓子儿，不是噘嘴就是偷嘴，偏这小妮儿从西箭道街放了学噔噔噔跑来，在老先生跟前一板一眼说，劳驾，问个问题，咋着才能当好济南市长？老先生惊诧道，小乖乖说来看？她却一扭身，丢一句“不告诉你”，又噔噔噔往家跑了。看那架势，天下大事心中自有一本明细账哩！旁人便道，人小志大，莫不老实街将来出个女市长？那可真给老实街添了荣耀了，朱大头两口子做梦都得笑醒。嗯，这老济南还就得济南人来治，外边儿指派的跟老济南有什么感情，瞎整几年，高升了，济南不过是人家的一脚跳板。

小葵在省艺术学院学了个播音专业，广播电台的台长去艺术学院要人，见了她岂有不中意的？就让朱大头一个大子儿没花，乐得每天端着脸盆去涤心泉边洗他那张驴脸，眼瞅着就能脱胎换骨似的。小葵顺利安排了工作，上班报到前一天晚上去黄家大院见芈老先生，这一老一少到底谈了什么，我们不好妄撰，但肯定少不了一番人生的嘱咐。既经芈老先生面授机宜，人又灵透，小葵深得领导赏识，本在意料之中。那个台长姓王，金乡人，曾在她的陪同下来过一次老实街，见了朱大头两口子，还见了芈老先生，足见对她的看重。台长的年纪与朱大头差不多，我们老实街人并没别的想法。

过去老实街眼前的小葵是个大活人，而今，说她是仙女也好，是小妖也罢，反正不大像是凡间的了。街前头吆喝一声，街尾听得到，那是驴嗓门，但是，小葵嗓门大过没有？燕语莺声随着神秘的电波传进了千家万户，那可不仅仅是老实街。话匣子一打开，就像小葵居身其间。你能听到，看不到。你看不到，却又与你近在咫尺，像在你耳朵边儿上。

参加工作没过几年，小葵就成了电台的台柱子，要不王台长也不会跟她到老实街来。小葵的节目我们都爱听。小葵不光声音好，说话还在理，我们都认为是芈老先生教的。

提及西箭道街上的兰志小学，最让人怀念的校长莫过于芈老先生的大儿子。“文革”结束那年，芈老大退休。虽到老也只是个小学校长，但终归毫发无损。去中学当校长，或去教育部门当个半大不小的行政干部，都有机会,芈老大不为所动,安于小学校长职位大半辈子,退下来时,红光满面,皱纹也没几道。每与在"文革"中遭逢困厄的同窗故交谈及往事,都会不由得颔首而叹:

"一动不如一静,果然。"

我们不用多问,也猜得出这曾是芈老先生对儿子的忠告。惜乎七十岁查出绝症,又只活了三年,就过世了。可以想见芈老先生的悲恸,芈老二要从青岛回来陪伴老父,老先生却不允。老先生对老二说,一动不如一静,我很好,你放心。在场有很多人,这回都听在了耳里。老二只得忍泪作别。

日子风平浪静,若不刻意提起,俨然芈老大在世。芈老先生细斟着清泉泡出的茶水,或随便写上几笔小楷,难为他眼神还好,或合目躺在竹椅上打发静好时光,有时也走到街头,略站站,与人聊几句闲话。多年了,老先生不大走远。磕着,碰着,都是大事。我们敢说,他出了老实街就得迷路。

小葵不是芈老先生的血亲,但胜似血亲。除了疼闺女,在教养上,能指望朱大头两口子说出一二三? 小时候不说了,自小葵进了电台,两口子在闺女跟前,也就只会嘿嘿笑。小葵啊,真是鸡窝里飞出的金凤凰。

我们老实街居民无一不看好小葵,大有道理。

事实上,我们老实街从来就非世外桃源。若总翻旧账,这日子过不下去。就说眼下吧,谁家没本难念的经? 后代的学业、就业,大人工作上的烦难,生意的赔赚,各种的幸与不幸,如影随形。老实街不少人在一些厂子上班,起先尚可,不比机关干部差,不知什么时候就不行了。厂子挣不到钱,就发不出工资。朱大头工作的厂子生产热水壶,好像因为闺女争气,热水壶好不好卖他倒不放心上,但大多数人就没这心态。能人也有,早些年听说倒买倒卖,弄了不少钱,可忽然就赔了进去。举例,李家大院的李汉轩、李汉堂兄弟俩倒汽车、倒钢材,又去俄罗斯倒飞机,倒来倒去,各自腰里还是只剩下一部砖头大小的手机。别人手机都小了几号,兄弟俩的手机就没小过,只要让人看一眼那部夯货,就会悄悄自动成为别人眼中的笑料。当然,也有做得好的,有一家就在房上起了三间楼子,比过去住的大一倍。老实街确非世外桃源,但我们老实街居民有把老实街过成世外桃源的本事。

济南很大，我们都觉得很小，小得只剩下老实街。这里民风淳厚，邻里和睦，街头那眼常年不涸的涤心泉，千百年来仁慈地滋养着每个老实街人。别说芈老先生不喜走远，大伙儿也都不喜。走得再远，也总要想法回来。

即便外来人，又怎样？一广东富商来济游玩，迷失在老实街，被苗家大院的几个热心小孩儿给领了出去。回广东不久，富商便给老实街所在居委会寄来一篇三千言长赋，颂歌老实街之美，并随寄五万块钱，要求勒石以表。现碑石放置在居委会，也是老实街上一些老人的主意。

人杰地灵，不虚。老时候的那些雅士名流，暂且不表，咱就单表当今吧。

芈老大一生清正，算不算得名流？芈老二的儿子，哈军工毕业，现在是国内船舶制造业的顶级专家。苗家大院的张树，在省计划委已官至正处。王家大院郜靖荣的小儿子在市公安局当排爆警察，刚入职就立下大功，上了报纸电视。朱小葵也不负众望，节目越做越好，影响越来越大，随之被推举为济南市政协委员，据说还是最年轻的。

瞧吧，政协委员哩！现在小葵还比不得张树、芈家孙子，但不少人都为她设计好了晋升的步骤：再过几年，不见得做不到常委，有了这道身份，在电台提个副台长，理所应当。莫家大院开杂货铺的左老头子对人说，既有了政治才干，做副台长小菜一碟，得另有大用。可不，等不到张树那个年纪，处级也干上了，再以后副厅、正厅，都在前面招手。老实街出个女市长，指日可待哩！

不得不说，我们的梦想挺美。尽管社会上有种议论，人大举举手，政协拍拍手，但我们都不以为意。看那小葵，比看见了市长都亲。还有那些等在小葵下班路上，索要签名的小年轻，我们看着都挺顺眼。小葵骑了辆红色木兰，谣传是济南轻骑厂的张老总送的，我们也都不信。我们把它想成天上飞下来的一匹神鹿，驮着我们的小仙子，来痛饮涤心泉的水。

是的，老实街非世外桃源，我们从来都不予回避。来找小葵的，也不光是些小年轻索要签名。还有找她来反映问题的，好像她比那省报省台的都管用。有一回，还来个喊冤的，是个老嬷嬷，穿了一身孝，在老实街头徘徊了三四天。问她话她也不答，就有群众上报给了派出所。恰巧邰家做特警的小儿子休班，看到就说，该不是来找小葵的吧？只见那老嬷嬷连连点头，泪水立时流了一脸。邰家小儿子忙把老嬷嬷领到小葵家。

正是饭时，小葵中午没回，朱大头两口子招待了老嬷嬷，邻居也都送来了吃的。让老嬷嬷吃，老嬷嬷只顾默默地哭。在场的都叹道，这是大冤屈了。再问她家住何处，年岁多大，又有何冤？仍旧不说。邰家小儿子忽然醒觉，自动走开了，她才将自己冤屈一五一十地讲来。

怎么着？这老嬷嬷姓余，家住火车站后的官扎营街，以卖纸扎、香火为生。偏偏邻家开了娱乐厅，要扩门面，就相中了这余大娘的两间屋。余大娘与老伴因恋旧窠，坚持不售。一觉醒来，屋顶没了，屋墙也没了。回想昨晚来过一个客人，不买东西，白白纠缠了一回，方明白被人不知觉中下了蒙汗药。一气之下，老伴得了重病，不治身亡。余大娘上访求告，终无结果，偶听人传说小葵大名，正所谓有病乱投医，才将信将疑一步步寻来……

大家听过，最先气愤的是朱大头，马上就说要给台里打电话。不料小葵临时跟王台长一起去了潍坊，回不得甚早。那余大娘见有人为自己应承下来，方吃了些东西，千恩万谢，暂且别过。

官扎营街出了此等恶人，我们老实街居民俱以为老济南之辱。当时我们都没想到这是朱大头在为小葵招惹是非，但我们却由此看到了世之乱象。

发生在老火车站附近的坑蒙拐骗之事，不管是从新闻媒体，还是从人们口中，我们听到的不少。官扎营街距老火车站不远，也是历来的穷街，人员混杂。光天化日之下，良民被欺，古已有之，区别在于多少而已。而除官扎营街以外，名声不好的街巷，细数数，十个指头不够用。

问题是，天底下有没有主持公道的地方！不是被逼无奈，怎会有人来老实街找一个小女子。

这天晚上，我们竟没能留意小葵何时从潍坊到家，但我们次日听说芈老先生一夜没睡好，半夜里还非要起来去院内海棠树下坐坐，也不要人陪。正是乍暖还寒天气，着实让芈家孙子们担心了一回。

不久，小葵就把官扎营街的余大娘请到了演播室，在场嘉宾既有政法学院和律师事务所的法律专家，也有小葵所在政协活动小组的几个成员，而且还连线了余大娘最早报案的街道派出所民警。大家一起对余大娘的遭遇进行分析，呼吁有关单位予以解决。节目产生的效用本在意料之中，余大娘得了补偿，另寻了住处，我们也都替她庆幸。朱大头更是得意，仿佛是为女儿做了件大好事。酒喝得多了，晚上睡觉落枕。原指望一两天就好，不料过了四五天脖子还直不起来。自己怕难看，就躲在家里，给小葵说没事。小葵一走，马上让老婆代他去看医生。他老婆去鞭指巷诊所一趟又一趟，拿回药，按照大夫吩咐给他治，治不好就怪她不用心，难为得她出了门就在街头踌躇不前。到底还是小葵在齐鲁医院找了专家，把朱大头带过去给看了。此前朱大头从没住过院，依他说打出娘胎起，连片感冒药都很少吃，却为了歪脖子在医院住了五六天！回来对人感叹，没想到歪脖子也是大病呢，歪久了颈椎都保不住。

朱大头脖子不歪了，颈椎也保住了，他就更爱上街了，暗暗指望能再遇上类似官扎营街发生的事情，以求有助小葵名声。

他的厂子是热水壶厂，正改制，暴露的问题很多。有一天与工友交流，忽发奇想，自己家有小葵，等于守着个威力无边的广播电台，竟然灯下黑！为什么不通过广播电台，把工友的心声公之于众？大家既有了共识，热水壶厂搞的这个改制，骗工友买断工龄，就是把国有资产想方设法弄进个人腰包。如果通过广播，制止了国有资产流失，不光对于热水壶厂、锅厂、针织厂、帆布厂，以至对整个国家，善莫大焉！

主意拿定，就急于回家，路上心思却一点点细致起来。不为别的，就为自己也是热水壶厂的职工，这样要小葵为热水壶厂做事，略有些徇私的嫌疑。到了老实街口，顺手从杂货店里买了煮蚕豆和酥锅，闷头往家走，一抬头，竟走进了黄家大院。

芈老先生家有客人，朱大头立在门外等着。客人走了，朱大头就进屋把煮蚕豆和酥锅拿出来，放在桌上，说，买多了，这些酥烂的吃食，送芈老先生下酒。芈老先生就问，脖子好了？他说好了，还说歪脖子的初级阶段，也没费多少事。芈老先生嗯一声，他就不响了。

半晌，芈老先生说：

"大头，今年五十几了？"

"属狗的，今年五十一。"朱大头答道，"也不小了。"

"哦。"

芈老先生的孙子走过来，说："大头，怎么一来就买东西？"

"买多了的。"朱大头解释。

"可不要再这样了。"芈老先生的孙子说。

"芈老先生能吃后辈的东西，是后辈的福。"朱大头诚恳说，"我托了芈老先生福，也长命百岁。"

他站起来告辞。芈老先生的孙子送他到了院里，他出了黄家大院的门，进了刘家大院的门，坐在屋中椅子上，出起神来。

吃饭时他老婆见他心不在焉，就问他厂子里的事。他淡淡说，拖着呗。他老婆说，要破快破，再不破家里热水壶放不下了。他说，人没前后眼，不知能看到哪儿，我是越往前看，越黑乌乌的。他老婆愣了愣，问他是不是去芈老先生家了。他说去了。本来他老婆开始埋头吃饭了，他却又慢慢回想着开口：

"芈老先生就给我说了两句话，一是问我脖子好了没，二是问我今年多大。"

"你脖子好了，你今年五十一，属狗。"

"对。"

"再没说别的？"

"没有。"

"吃饭吧。"

"嗯。"

朱大头没向小葵提一个字的热水壶厂。

自此之后，朱大头意外发现，自己言行举止大大地稳当起来，看门前事，似乎有了冷的意思。当然，离那种绝情酷冷还远，是门内门外略微有了分别。也不能说是恰恰好，算是保持在常态之内。

他自己也说不清，到底是不是因为听了芈老先生两句平常话。反正他是在浑然不觉间，就至于此，而且暗暗打算服从国企改革大势，提前退休，用积余的钱做点小生意，不给国家添难，所以，厂子也就很少再去。

在家里闲得难受，有时会去居委会无偿帮忙。其实居委会能没什么忙的？那里的人知道他是小葵的爹，都高看他。也有人当面夸奖小葵有出息，他会说，工作嘛。一次他在小院子里扫地，扫到院墙下的那块石碑，盯着看了半天。

老实街东有旧军门巷，西有狮子口街，老人们将这赞颂的石碑寄在此处，的确自有老人们的道理。

曾经的一介莽夫粗人看着看着，不禁莞尔。

工作嘛。朱大头说。既不是轻描淡写，当然更不是浓墨重彩。工作嘛。声音不高也不低，不硬也不软，像是一块高粱饴轻轻含在了嘴里，要说甜也不是太甜。即使他不咬，高粱饴也会自个儿化掉。既然自个儿会化掉，何劳操心使力？随它自个儿化掉好了。工作嘛。

不得不说，这仨字儿，让朱大头平添了一段气定神闲的风度，那是过去从没有的。我们都觉得这才像小葵爹的风度。粗陋的面相改不掉，将就着吧，但有了这段风度，总算让人相信他和小葵是一家人。

工作嘛。

我们从不否认，在老实街的荣耀之下，也常掩盖着诸多的人生悲哀。

王家大院的老花家是剪纸世家，"文革"时候，年方十六岁的小儿子被分派到鲁西嘉祥县当下乡知青，一年后死在那里。开山时炸死的，尸骨无存。如今老花夫妇俱已年届七旬，每提及往事，都止不住老泪纵横。

这王家大院还有个邰靖菜，儿子当警察，略大朱小葵两岁，虽比不得苗家大院的张树，但也算给邰家耀了门楣。一年大，二年小，老邰开始愁了。愁小邰不找对象。问他原因，说自己是排爆警察，生死一线，不想害了人家女孩。这风格够高尚。老邰不甘，问他别的排爆警察是否全无妻小？他说不是。还说他不管别人，反正他不想找，要独身主义。老邰岂能愿意！自己排遣不开，免不了跟街邻叨叨，也找过芈老先生。

在公安部门工作，常常身不由己。小邰闲时不多，闲着也不定在什么时间。回到家不过是在屋中坐坐，就会出门在街上来回逛。时间一长，我们都看出了门道，他总是在小葵家附近晃荡，目光就像被刘家大院的小小蛮子门牵着。

果然，一次小葵回来得晚，正要进院门，小邰突然就从一个角落走过来。大概半个小时之前，小邰走过去的。他叫住了小葵。接着，两人就在院门口聊了几句。小葵走进院门，小邰转过脸来。

这时候，我们发现小邰脸上光芒四射，像是脑袋里装了个几百瓦的大灯泡，整个人都通了电。

很远，我们就能感受到他的喜悦。他跳起来，接着，飞快地从院门口走开，脚步充满了弹性。前去涤心泉汲水的李蝌蚪问他在做什么，他临时起意说跑步，真的就向着街口跑了起来。

老邰不知是忧是喜，他本心是要儿子找个家庭条件更好的，比如亲家都是国家干部、大学老师，或在大型国企上班，不像朱大头，热水壶厂工人，厂子还将要被国家甩包袱，同时呢，女的也不能差。小葵的确不差，他又觉得够不上。所以，他不看好，就装着不知道小邰恋上了小葵。再有人打听小邰的个人问题，他就三文钱不管五文钱地说，歪脖子病，不好治。

什么意思？朱大头前段时间不是治好了么？那是还没得上！不过是落枕，颈肌拉伤。真要得了，头搁在肩膀上，你偏要给他扶直了，嘎嘣，要他命！

老邰就这意思，爱咋的咋的。老邰决定撒手不管了。找上七仙女，是他造化；一辈子打光棍，煎熬是自己的。

我们都小看了爱情的力量。一旦点了题，那就是火山揭了盖子。

小邰原先暗恋小葵，在小葵家附近犹豫徘徊，终于到了这一天，鼓足勇气从暗处走到小葵跟前，其实也没说什么特别的，就是说小葵你停一下，小葵就停下了。但在一个怀藏爱情的人看来，自己的举动说明了一切。后来他回想了一下，自己当时就光讲自己了。讲自己上班纪律严格，还不规律，忙起来常常一两天不得睡觉。小葵讲了什么,他竟不记得,但他记住了小葵的笑容。他不是大小葵两岁么?儿时将小葵当小妹,再大些反而不能在一起玩了,好像年龄有了差距。张家大院蛮子门下,两人之间所有的障碍都消失了。淡话淡不?不淡。

有话说,于无声处听惊雷。

被爱情冲昏头脑的小邰,很快就成了小葵和我们老实街的桥梁。

小葵去芈老先生那里,我们得不到更多信息,因为芈老先生修炼到家,不会朝外乱说。小邰既然视己为小葵的恋人,他有理由也有能力弄清小葵在广播电台的所有底细。

如今广播电台叫得最响的,就是小葵每周一、周三、周五主持的"民生直播间"栏目。小邰逐渐跟小葵亲密起来。因他是警察,还可以给小葵的采访活动提供便利。直播节目安排在晚上九点,时长一个小时。小葵离台,基本都是十点多。虽说济南治安良好,但一个女孩子走夜路还是得注意安全。再说,制作这种直面现实、针砭时弊的节目,难免会伤及一些人的利益。主持人遭到报复,不是没有先例。

从电台所在的千佛山下,到老实街,走起来得有七八里。

小邰去电台接小葵回家,第一次见到王台长的时候,王台长说,这样好,安全。就像头一次想到安全问题。小葵问他,以前你怎么不说?王台长也不隐瞒,说,怕吓住你。小葵说,我吓住了,你安排台里的人送我!王台长说,也是我多虑。他想确认一下,就问小邰,你是警察?小邰老老实实地点点头。

骑上摩托车,小邰不说话。一直到了南门大街,才突然说道,小葵,我想过了,我要改行。

小葵不由得问他,你改什么行?

"我不当排爆警察了。"小邰说。

"你学的这一行……"

"我不想当警察了。"小邰又说。

"为什么?"

"当警察很不安全。"小邰竭力让自己的语调保持平静,"我要找一个能够正常上下班的工作。"

小葵不吭声。又往前开了十多米,小葵就说,下来。

小邰停了车,两腿叉开踩地。护城河里云雾缭绕,黑虎泉幽沉的啸声清晰地穿过云雾传过来。小葵向前走去,小邰迟疑了一下才跟上她。

月华溶溶,小邰一时搞不清是不是街灯夜里要熄,反正他感到前后一百米,没一盏街灯是亮的,也没有第三个人。整个济南睡着一般,贴心地配合他的爱情。不知怎么着,手中的摩托车也哑了。这让他心里不由得涌起了激动。小葵不说话,他也用不着说话。

从天地坛街,到榜棚街,又到旧军门巷,他们默默走着,脚步声也没有。

走进老实街,路过涤心泉时,小邰一眼瞥见明晃晃一池,就知道这晚至少接近满月。周五的满月,前不过阴历十三,后不过阴历十七。如果小葵能在泉边停下就好了。静夜,满月,泉水,都应该是爱情里有的。

小葵果真在泉边停下了。一阵清风吹过,轻轻吹动小葵的裙裾。

小邰想都没想就放下摩托车,走到泉池边上,无声地蹲着了。他仰望着小葵,那个角度非常适合。月光不足以使他看清小葵的模样,却让他感到小葵是从月亮上下来的。

他们两个,一个是嫦娥,一个就是捣药的小白兔。

小邰从来没有像现在一样,心思细腻如一匹精美的锦缎。小葵在电台工作,说话够多,他就有意在她跟前保持沉默,以让她得到休息。

后来,他们从涤心泉边走开了,仍旧没有说话。走到刘家大院门外,小葵才开口。"我喜欢警察。"说着,侧身走进黑漆门扇之间。

小邰一抬头,看见了屋脊上的月亮,是在将圆未圆之时。阴历十四吧。

我们都知道小葵在广播电台受宠,要不王台长也不会屈尊纡贵到老实街来。实话说,我们老实街虽崇尚本土固有的道德传统,但并不说明我们是不通世故的井底之蛙。如今混世,混出名堂来的,哪个不寻靠山?单凭自己本事,难。王台长在我们眼中,就是小葵的靠山。王台长来过老实街,张家大院的鞋匠宋侉子对朱大头的老婆说,哎呀,王台长也是你家贵人了,还不供着？朱大头的老婆如实说，三月三俺可是去兴国寺上过香的。这个我们信。官扎营街的余大娘为感激小葵襄助，专来老实街拜谢，朱大头要退礼品，在余大娘的坚持下，就留了两把檀香。小葵跟小邰好，除了老邰，我们也都认为很合适。小邰还不是公安局长，但将来未必不能混个一官半职。即便只是个普通干警，哪个敢小觑？王台长算外，小邰算里，这里里外外，依我们看，妥帖得很。

本以为好事将近，但一年多过去，就没见两家家长提起。朱大头不提，因为朱大头收着了；老邰不提，是还看不上朱大头家。

朱大头办理了提前退休，被居委会推荐，在西门外大路口当了交通协管。老邰心里有气，好像他儿是警察，朱大头就不能再跟警察沾边儿。

总是有爱管闲事的人。

9号院老简一日上门，明确撮合两家。

老邰说，婚姻大事急不得，当事人作主。很公式化。

老简笑说，你不急，好，万一鸡飞蛋打，莫怪老兄弟没提醒你。

没出两星期，小邰下班回来了，摩托车一放，在院子里转圈子。老邰叫他三声，他听见一声。他愣愣地看着老邰，老邰说，还不进来，饭都凉了。他却走了出去，半天不回来。老邰上街找他，也不好去到朱大头家问。有人让他打小灵通，他说也传呼过了。嗯，可能有紧急任务。

再过一星期，回家来，二话不说，倒头便睡。

这可把老邰给急坏了。别问了，是让小葵给蹬了。老邰后背一阵发凉。人都有这贱脾气，得到了吧，不觉得怎么好，失去了才觉可惜。

再想那小葵，那就是天仙一样的人物，前程不用说了，政协委员哩，配小邰足够。小邰有什么好？个子大点儿。当警察，可这警察却是全公安局最危险的。哪里危险哪里去，就说的排爆警察。朱大头又怎么着？好歹年纪赶在点儿上，成了退休工人，比那下岗失业的，算强了。退休也没闲着，又干上交通协管。袖箍一戴，蛮像回事。人家有了小葵这样的女儿，交通协管又当着，也没怎么骄傲。倒是老邰自己，觉得儿子当警察，眼里就装不下别人。

不提老邰心里怎样,那小邰却是丧魂落魄,每日话都懒得说,眼见得越来越瘦。

大约是在十月里的晚上,老邰接到一个电话,说小邰被人打了,正在中心医院。他吓得腿都软了。急忙跑到泉城路上,拦了辆出租,直奔解放桥。下车时,这个历下区供销社的老会计,账都不会算了,把兜里的钱掏出来往车座上一丢,扭头就走。

小邰被打伤了脑袋,缠了一头绷带。公安的领导也在场,见了老邰就说,查出来饶不了他们!

过了两个月也没听说查出袭击小邰的凶手,倒叫老邰反思起来。当初只管嫌弃朱大头粗莽,原来小邰的工作并不真的很占优势,危险不说,不定什么时候就将人得罪了。这期间他询问过小邰遭袭的情景,小邰说他在回家的路上,忽被一个人叫住,还没看清是谁,脑袋上就挨了一下。老邰说,你想想,平时与什么人有过节? 他很不耐烦,说,别问了,死了又能怎样!

老邰闻言,心如刀绞。

过去他多看电视,很少收听广播。得知小邰和小葵交往,更不听广播了。等他连着听了两天广播,竟然没有听到小葵的只言片语。

这一发现非同小可。

老邰没有耽搁,从家里走出来。站在街上,没有感到与往日有什么不同,也好像从古至今,漫长光阴凝成了他看到的一幅画片:青石板路上,分列着那些百年老屋。他已经从这些宅屋上分辨了出来,黄家大院的如意门,刘家大院的蛮子门,如意门上雕着一朵莲花的博风头,蛮子门上的元宝脊。

那黄家大院前后两进院落,原住着一户黄姓盐商,已不知去往何处,蛮子门内到底是姓刘姓马,也还说不准,管它叫刘家大院,不过是约定俗成。而那黄刘子孙,如今安否? 万贯家财,难抵流落他方。纵然一世显赫,终归泯灭无考。

老邰恍恍惚惚,只觉天地悠悠,胸中竟起怆然之意,及至黄家大院门前,踟蹰不入。方欲转身回返,就见墙体粉白的影壁下,款款走过来了一个人,却正是小葵。

那小葵落落大方,朝着老邰抿嘴儿一笑,也没说什么,就与老邰擦身而过。

老邰到得芈老先生房里,一时间不知从何说起。

芈老先生俯身在案,在静静写字。

老邰探头一望,见他写的是两句诗:

微风小院花香合,

淡月空阶绿影浮。

待要问出处,却赞道:"芈老先生的字,越发精到了!"

"字写大了。"芈老先生轻轻搁了笔,自谦道。

"难为老先生耳不聋眼不花的。"

"只是手颤。"芈老先生说,指了指座位,"你坐吧。"

"刚才看到小葵了。"老邰开口道,眼前忽地掠过小葵朝自己抿嘴一笑的样子,心想,本是一门好姻缘,怨自己小气,看不上人家爹娘,弄得一两年都像生人,这时候反过来要向别人打问小葵的事,怎么有脸? 况且芈老先生风烛残年,若问出好歹来,岂不给人添堵? 便忙又说道,"等老先生手上有力些,劳请给我写幅'四面荷花三面柳,一城山色半城湖'。这联虽常见,我却越琢磨越着迷,真真有趣!"

"好。"芈老先生捋一把胡子,应道,"你要有趣,比这有趣的还有。郑板桥题曲水亭'几株垂杨,一湾流水;三椽茅屋,两道小桥',你想这景,可不可爱?"

老邰想一想,便道:"果然。"

广播电台听不到小葵的声音了,我们老实街也就不再谈论小葵。应该说,这也是疼爱小葵的一种方式。朱大头倒是照常去当他的交通协管,你看看,我们做对了吧,朱大头像个没事人。当然,他没机会再对人说,工作嘛。

一日又一日,一月又一月,生活的脚步从没休止,历史巨轮依旧在滚动,可是小邰一直振作不起来,脸都像比过去黄了。班照上,回来后将自家房门一关,很少跟父母说话。老邰急在心里,但也无可奈何。

突然有一天,小葵走到老邰家中来。老邰本想避开,但他又很想听她跟小邰谈什么,就坐在屋中,悄悄支起耳朵。小邰房间里的声音有高有低,三句能听见一句也就不错了。听不到的,他也顾不得长幼之礼,擅自加以想象。

"你怎么不好了?"小葵开口问小邰。

不知小邰说了什么。依老邰想,小邰会说,哪里不好? 老邰家的人,个个得争气! 他想象不到,小邰将嘴唇一咬,眼里扑簌簌掉下几颗泪来。

"你是男子汉!"小葵走过去,要给他擦拭眼泪。"你是真的男人。"

小邰挡了她一下。"小葵,我没出息的。"他低头说,"不用再理我。是我配不上你。"

"可我有什么好?"小葵自问。又肯定地说,"我不好。"她沉默了一下,缓缓在小邰身旁坐下来。她看着一个墙角,喃喃着,"我不听人的话。我固执。我很傻。很傻的。"她又猛地朝小邰转过脸来,脸上似笑非笑。"我也不会听你的,你会很累。我会成为你的麻烦。你们老邰家需要一个好媳妇,又勤谨,又贤惠。我觉得,我不是。"她摇了摇头,然后,就紧紧地盯着小邰的眼睛。"你这回看清我了。那好,我想让你高兴起来。"她抓住小邰的手,郑重地恳求他,"答应我,浩。"

过了好大一会儿,小邰才支吾了一声。

"你答应了! 你真好!"小葵欣喜道,"我会祝福你。"

"没事了,你走吧。"小邰哑哑地说,"我送你。"

但是,小葵突然站起身,飞快地走到门口,然后背靠房门,一只手悄悄拨上背后的门闩。

"我得告诉你,"她面对小邰说,"我要离开老实街。我是来跟你告别的。你永远永远也不要再找我。"

"为什么?"小邰不由得问道。

"我不过是先走一步。"她说。她重新向小邰走过来,可是,跟她刚进门时不大一样,好像力气用完了。她软绵绵地依偎在小邰的怀里,小邰不得不伸手搂住她,以免她滑到地上。"老实街早晚会完,都会完。一定,一定还有新的生活。"她说,语调里开始充满悲伤和茫然。"只有像朱小葵这样的蠢人才会想象改变这一切,而她终于发现什么也改变不了。我说多了,邰浩。你让我歇会儿。"

"你一定有什么事瞒着我。"小邰说,"你受到了威胁!"

"别说话。"

"我去找王台长。他不能……"

"听话。"

"他砍了你的节目。"

"没啥了不起。我愿意的。"小葵轻声说,"我不想再当个讨人厌的话篓子。你想多了。"

"为啥要离开老实街?你去哪儿?"小邰止不住两手颤抖。他捧起她的脸来。她半闭着眼,眼神蒙眬。"去省台?"

"不,我要留下。"

小邰愣了愣。

"把我放床上。"小葵说,"哼,还这么笨。"

小葵躺在了床上。小邰站在床下。小葵泛起了满脸红晕。

"也躺着。"小葵说。小葵附在小邰耳朵边儿上,"我先是你的,我的小邰浩。"

门外的老邰早坐不住了。他没想到事情还会往下发展,要出门回避,却又起了顾虑。小葵到他家来,老实街上多少眼睛看着?即便在同院,也有张王李赵。他倒是避出去了,可把年轻的一男一女留在屋里,人们会想什么?不能。他不能把嫌疑交给别人!在老实街活了大半辈子,哪个不知道名声重要?他行将就木的人了,可小邰的人生才开始。他的大儿也有儿子。这子子孙孙的日子,还长着呢。

老邰狠狠心,决定原地不动,恨不得自己耳朵聋了。他硬是一声不响地在椅子上坐了半天,小葵从小邰房间出来的时候,他还佯装睡着了。小葵跨出门槛,他才动弹一下,发现屁股下面全是汗,身子也麻了半边。

小葵不见了！

从黄家大院离开后，小葵就回了家。见了父母，说有事，骑了木兰就出了门。当晚没回，以后再怎么联系也联系不上。问了她的单位，说她请了假。我们老实街居民从来没见过还有比此单位更冷淡的事物。这里大活人没了，它说声"请假"了事，连个来老实街问问的都没有，想想真为小葵寒心。

找不着小葵，小邹疯了一样。他有便利，去派出所报案，立案，可是依旧杳无消息。

与小邹不同的是朱大头。

人们不断向朱大头打问小葵离家时跟他们夫妇说了啥，朱大头淡淡说啥也没说，好像他早就料到了这一天。不久，他的交通协管就给撤了。交还了袖章，慢慢从西门蹀回老实街，神色如常，令人称奇。过了一星期，又去居委会扫地，发现地已经很干净了。

站在居委会院子里，他显得有些尴尬。

小葵的预言得到了验证，不过是在两三年后，老实街就被拆了个精光。

纸里终归包不住火，我们都知道了底细。千不该万不该，小葵在政协谈论会上就济南旧城改造问题当面质问了本市高官。高官倒是和颜悦色，但她的政协委员也就干到头了。当时还有王台长安慰她，说这种事并不需要受谁指使。她倒是像她爹一样，没往心里去。更大的考验接踵而来，台里抵抗不住外来压力，中止了她的节目。她忽然发现，即便王台长那里，也再寻不来支持。王台长在躲她！她明白，自己已被完全抛弃。而且，到后来，像小邹猜测的一样，她受到了某种社会势力的威胁。那时候，她腹背受敌，孤立无援。接着，她选择了让自己成为一个不解之谜。

你会说，朱大头夫妇不能给予女儿足够的人生教益，难道老实街上的智多星们，就眼睁睁看着他们共同的女儿，跌入万劫不复的深渊么？都说小葵与芈老先生有缘法，倘若也不得芈老先生指点迷津，岂不白要好一场？冤哉枉也！芈老先生苦口婆心劝过多少次，歪脖子病，不好治！偏她就当耳旁风。形势就这么个形势，你治试试？凭你，你治不了。反过来治你，瞧好喽,治你的歪脖子,一治一个死!

小葵下落不明,芈老先生那叫一个伤心,反复对人哀叹,小葵啊,小葵啊!

我们明白芈老先生是在说,小丫头子,怎么就不听老人话呢?

在拆迁之前,大伙儿忙搬家。芈老先生让人把小郐唤到家中来,在一张素笺上录了首清董芸《广齐音》中的七言绝句给他,只说是做个念想。

嗯,老实街人将作鸟兽散,聚首之日在哪里?

看那笺上端正写道:

绛唇玉貌紫罗襦,

金谷园中十斛珠。

解道无双同国士,

佳人只有李苏苏。

字是小楷,圆润、秀丽,望之若涤心泉里一股脑儿冒出的水泡也似。如是外边人来看,哪想得到会出自一位百岁老人? 小郐双手捧了诗笺,看了又看,出门后才小心折了,藏在怀里。更深夜静,有人发现他一个人坐于涤心泉畔,不知已坐多久。其足下,清泉汩汩流。

作者简介

王方晨,男,山东金乡人,中国作协会员。著有长篇小说"乡人"三部曲(《老大》《公敌》《芬芳录》)、中短篇小说集《王树的大叫》《祭奠清水》等,共计700余万字。作品先后入选多种文学选本及文学选刊。曾获第十六届百花文学奖、《小说选刊》年度奖、《中国作家》优秀短篇小说奖、年度军旅优秀文学作品奖、齐鲁文学奖、泰山文艺奖等,先后入选全国最新文学作品排行榜、中国小说学会全国短篇小说排行榜。

蓝辛的抗争

王海滨

面对夫家遗弃，一个都市女孩的另类抗争，荒唐而又悲壮，主人公在努力证明自己的同时也丧失了自我，令人唏嘘……

一

"哐啷——！"

伴随着清脆的响声，那尊青翠和粉彩相间的《出水芙蓉》琉璃摆件在地板上四分五裂。

"清水出芙蓉，天然去雕饰。"芙蓉即荷花，是蓝辛最喜欢的花。这尊琉璃摆件是蜜月旅行时从台湾带回来的，出自闻名遐迩的琉璃工坊，由蓝辛最喜欢的台湾女星杨惠珊亲制，造价4000台币，被她奉为至爱。现在，它四散在地板上，依旧晶莹。

"弄个破玻璃当作好玩意儿，糊弄我们家傻儿子，整个儿就是一个大骗子！"

婆婆一边恶狠狠地咒怨着，一边使劲拍拍手，仿佛那尊琉璃在她手上沾染了污秽——当初刚刚见到时，她不是这样，满眼放光，一脸钦羡，还惊诧这门有悖于玻璃的艺术如此时尚和精湛。说完，婆婆怒目而视地瞪着蓝辛。

蓝辛本想俯身去捡拾那些琉璃碎片，一地的晶莹让她的心隐隐作痛，但是却被挡住了。挡在她面前的是大姑姐和二姑姐，都人高马大，膀阔腰圆，这两个女人的老公一个是牛奶经销商，一个是物流公司经理。她们从蓝辛一进门就百般挑剔，时不时在背后嘀咕弟媳的举手投足和穿着打扮，而二人的高职学历，更是让她们对蓝辛的博士生身份无端仇视，更何况这个博士学历来自综合实力在全国排名前五的名牌大学，平时她们有意无意总是在私下攻击蓝辛什么"高分低能"等等，现在终于可以趾高气昂名正言顺地把羡慕嫉妒恨抛撒于当面了：

"不能生就说不能生，别说瞎话糊弄人！"大姑姐一边转动着手指肚上的硕大金戒，一边肆意揪扯着茶几上那株文竹的叶子，郁郁葱葱的文竹已经被揪扯得面目全非——这也是蓝辛最喜欢的一种绿植。她一边揪一边瞅着蓝辛的表情，明显挑衅的模样。

"不下蛋就趁早走人，别占着窝——"二姑姐像在走 T 台秀一样，潇洒地一甩新烫的大波浪，话语却像刚刚从垃圾场捡拾来的。

不能因为别人的愚蠢和无知让自己大动肝火，从第一次亮相家庭晚宴，蓝辛就深知了这一点。几年下来，这已经成了她和这个家庭和谐相处的不二秘笈。但二姑姐的话实在恶毒，像把小锥子，狠狠钻了一下心，她求助地把目光投向站在大姑姐和二姑姐身边的三姑姐。老公曾经和她不止一次地说过，三姐的年龄和他相差不大，自幼关系最为亲近，凡事三姐都会关照有加，而且三姐还是姐妹中唯一有学历的，见识和修养一向不俗。前几次婆婆来家中无理取闹，都是老大老二陪伴护驾，老三一直没有抛头露面，更没有说过一句难听的话。所以蓝辛相信三姑姐会给自己一个宽慰，但她发现三姑姐的眼神远不似以往：

"你这样，让我弟弟很为难！"

身材瘦小的三姑姐的语气从未有过的凛然，含义更加直接和露骨！

蓝辛一下子从沙发上立起来，想发作，她把目光在四个女人脸上逐一扫视了一番，最终还是强压住心头的怒气和怨恨。三个女人就一台戏，何况四个！当初母亲在得知她的男朋友有三个姐姐时，就长长地叹了一口气，叹得幽怨而复杂，声音似有若无地说了句：

"就好比羊入虎口啊……"

蓝辛抹去了刚刚流下来的眼泪。她不想让这样一群人看到自己流泪，那样就表示自己失败了。她缓了缓语气，轻声说：

"我也着急,再等等好吗? 给我们一点时间。"

"等等? 等到猴年马月啊? 等到我们老两口子爬烟囱杆啊? 等到我们老郑家断子绝孙啊?"婆婆再次咆哮起来,从今年以来,她已经不止一次这样大呼小叫了。

"别骗人了! 你能骗我弟弟,可骗不了我们!"大姑姐一脸愤世嫉俗。

蓝辛不想再废口舌,想把老公叫回来,于是拿出手机,拨通了电话。

二

蓝辛的老公叫张耳,相貌出众、才华横溢,双鱼座,在公众面前谈笑风生,在家中却优柔寡断,凡事无主见不果断,对母亲和三个姐姐向来是言听计从。两个人第一次相约去看电影,张耳手里居然提着一包包子:

"我妈让带的,怕咱们看到中场饿,她特意包的。"

包子特有的味道顿时把所有的浪漫扫荡殆尽。

再随口说到穿戴,张耳说:

"姐姐们让穿的,拗不过她们。"

蓝辛无语了。

三年夫妻中,蓝辛多番告诫张耳凡事要学会自立,不要事事依赖家人,但因积习难改,屡屡收效甚微。现在,张耳的手机已然被婆婆没收,电话铃声从婆婆包里响起来,婆婆从包里把手机掏出来,一脸幸灾乐祸:

"早料到你这一手,知道你准会找我儿子,我儿子老实,经不住你的花言巧语,每次都让你给糊弄过去,这次没门儿了。说吧,你打算怎么办?"

"你们这样……你们这样——!"对这群乌合之众,蓝辛真不知该如何应对。

"蓝辛,我们这样也是为了你好,再拖下去,你和我弟弟的年龄越大了,到时候都不再好找了。你说呢?"

三姑姐的语调很轻,意思却重,一下子把蓝辛压得喘不过气来:

"我们的事情你们怎么能作主?"

"你们的事儿我们就是能作主!"

蓝辛知道这句话所说的是事实,想到老公的软弱,想到情感的一败涂地,想到往后的生活……眼泪再次流下来,她想起三年前自己孤身一人跟随同为大学校友的老公,来到这个陌生的城市时,母亲泪眼婆娑的面容:

"博士生找一个本科生,能有共同语言吗? 何况、何况,人生地不熟,遇到点事情,找一个商量的人都没有。妈,心疼啊……"

当时,母亲的话语轻飘飘如风中絮雨,被蓝辛的坚持和执着风吹雨打去。现在,事实真的就在面前,找谁去商议呢? 商议又有什么用呢?

蓝辛转身走进自己卧室,随手关上了房门。但门随之就被推开了。

"这屋子里所有的硬件都是我们家的,你最好不要有非分之想!"大姑姐二姑姐倚着门框,虎视眈眈。

蓝辛轻蔑地扫了一眼她们:这两个女人今天居然一个穿红一个着绿,真是红配绿——赛狗屁,整个一对狗屁!

"这是离婚协议书,看好了,是协议离婚,所以家里所有的东西,除了你自己穿的其余的都没你的份儿!"

大姑姐一边说一边把两张协议书丢在床上,转身又走向门口,走了一步,回过头来:

"你的那些书,可以带走! 一定带走!"

"书,我还真不带走,留给你们吧,好好教育下一代。"蓝辛抹干了眼泪,轻松地说。她相信可能只有三姑姐听出了弦外之音,因为她瞥见三姑姐的身影一下子从卧室门口闪进了客厅里。

很快,蓝辛把东西就收拾进了两个大手提箱,当初,就是带着这两个手提箱跨省而来的。而后,她拿起那两张协议书,却闭上眼睛——她不想看,一睁眼,眼泪就会滚落下来砸透纸背。她恨老公! 更恨自己! 平静了好一会儿,睁开眼,抓起大姑姐扔在床上的笔,飞快地签上名字。而后,吃力地提起箱子走出卧室。穿过客厅,向门口走。三姑姐想要过来帮忙,被她用眼神示意谢过,在打开门的时候,忽然听到卧室里传来的对话:

"忘了让她把钥匙留下来了。"

"不留还能怎么着? 还能再偷偷回来? 告诉弟弟换锁! 一只不下蛋的

鸡,还能怎么着?"

蓝辛一下子把手提箱重重地掷在地板上,一个飞快地旋转身,冲到卧室门口,对着里面的几个女人,撕心裂肺地大喊一声:

"我能生!"

三

灯光昏暗妖娆,越发显得酒吧里暧昧和肉欲横流。

蓝辛坐在角落里,慢慢晃动着手中一杯红酒,一双眸子躲在杯子后面,像极了两尾热带游鱼,又像是两头小母兽,紧盯着眼前的猎物。猎取哪一个? 她不知道,也不着急,她相信一定会有人过来搭讪。

离婚后的蓝辛在众人面前依旧老样子,气质如兰,高雅莫测。更没有几个人知道她又恢复了单身。

恢复单身的那个周末,蓝辛专程奔赴省城最有名的妇产医院,再次做了检查,得到的依然是"身体无碍,潜心休养,稍安勿躁……"这样的话已经听过数次,在过去两年多时间里,她和老公辗转数家医院诊治,得到的都是这样的说辞。

无碍为什么他妈的就是怀不上呢?

不解的蓝辛发疯一样地把化验单撕扯碎,扔得满天飞雪。而后,在某个阑珊的午夜,盛装离开住所,前往这个城市夜晚最繁华最奢靡的酒吧,一夜流连。

不是空虚,不是寂寞,也不是报复和自甘堕落,而是去猎艳。

最初的几次都以失败告终,且败得落花流水、颜面扫地:

"你能陪我睡一晚上吗?"问得急切而真挚。

熟男西装革履,一身名牌,斜睨着蓝辛那张美丽绝伦的脸,老套地问:"快餐多少? 包夜多少?"

蓝辛一脸茫然,瞪着无辜的大眼。

"快餐就是打一次炮,包夜就是玩一宿。一般都是快三过五。你装雏儿装得够像的啊!"

明白过来的蓝辛表示不收费。对方一听快速地上下打量一番，丢下一句话：

"你是不是有艾滋啊？找不到人X了吧？我操，饶过我吧。"

熟男落荒而逃。

……

还有一次，开好房，都到了床上，蓝辛要求不采取安全措施。

一米八几身高的型男先是诧异，后是犹豫。

"我没病。真的。"蓝辛解释，一脸真诚。见对方还是迟疑，急忙光着身子，像头可爱的小母鹿那样跃到沙发上，打开手提包，取出体检单，近乎企求。

"……是、是我有病。"对方垂下头来。

蓝辛，电击一样一骨碌爬起身来，躲到床角，冷汗淋漓。

……

当然那都是过去了，现在的蓝辛已经熟练和圆滑，一双眸子能准确判断眼前过往的男人属于哪一类型的人格，甚至下体尺寸大小都能略猜准一二，只要出马，从不落空。两年下来，落空的只是处心积虑的打算。每次拿着验孕棒，看着显示的一条红杠，眼珠几欲崩裂，她不明白为什么自己怀不上呢？这让她近乎崩溃。

崩溃，是蓝辛独处的时候：躲在被子里嘶喊，站在莲花喷头下号哭，在窗前呆坐不眠；但在众人面前，她依旧温婉得体、沉静大方；在纸醉金迷的酒吧里，她异样的气质永远卓人一筹。

今天，蓝辛物色到了一个男人，这个男人三十左右年龄，身材挺拔且比例匀称，有着修长健硕的双腿，一身高档亚麻质地的休闲装，凸显着品位和地位，从脸型和鼻梁上可以断定他有着骄人的"武器"，更为关键的是微脱发的前额和胸前茂盛的毛发还透露出性欲的旺盛。

性欲是生命力的象征。

从这个男人一走进来，蓝辛就远远地关注着他的一举一动，一直察觉他要离开了，才轻移莲步走出角落，袅袅娜娜来到那个男人身边。立刻，一股耐人寻味的香水味道充斥鼻端。这是一个会利用味道的男人,用得画龙点睛:初嗅,是略带古典气息的传统香型味道,令人马上产生一种舒适的安全感,渴望着把头依靠在他的胸前,让他爱抚;再细细品味,香氛时而浓烈、时而清新,令人难以捉摸,充满了个性。

这个男人对香水的品位蓦然让蓝辛有些惶恐——懂得香氛的男人一定有着非凡的洞察力,万一……一丝放弃的念头划过她脑海,但想回身已然迟了,这个男人已经微笑着转过身来了,笑容如深涧幽泉,眼神黑、亮、邪魅,在看到蓝辛的刹那,双目迸发出的光彩灼灼其华:

"嘿,我叫强尼。"

……

一切都如预期的那样顺理成章:先是优雅地推杯换盏低声畅谈,然后是贴面几支舞,曲终人散时,强尼打开宝马小跑的车门……车行驶在空旷的三环路,路灯如银,照亮蓝辛微醺的思维,内心隐隐有丝不安。

不安何在? 只有蓝辛自知。

夜深人静,三环难得的通畅,强尼却把车开得不能再慢。

"你真是一个奇怪的女人,还从来没有哪个女人能让我看一眼就心颤……"这个看似情场老手的男人,这句话说得居然有些羞涩腼腆。

蓝辛不想应对,只有把头转向窗外。

没有了白天的拥堵和喧嚣,三环路空旷得让人心慌。

车到楼下,蓝辛却打不开车门。

"这样着急和我分手?"强尼笑眯眯的。

蓝辛浅笑不语,男人这种猫捉老鼠的伎俩,她早已熟知。

"那我送你上楼总归可以吧? 放心,你不会引狼入室。我是绅士。"

"披着绅士外衣的狼更可怕。"

……

电梯旋即就到了蓝辛居住的楼层,蓝辛示意强尼不必出去。

"一点也不留恋?"强尼潇洒地耸耸肩膀,却没有抖落满腹沮丧。

蓝辛摇头,笑如莲花。

"你心里到底在想什么？……"话语未落，强尼一脚已经迈出，却再次被推进电梯，蓝辛探身过去，贴到他耳边小声低语几句，莞尔一笑，关掉了电梯门。急急奔回房间，把自己扔在床上，急于想让自己立刻清醒过来，但很快又爬起来，几步窜走到落地窗前向外观望。不出所料，强尼没有离开，坐在车里，摇下车窗，在这个楼层每个窗口仔细找寻。蓝辛不想开灯，就那样站在阴影里，偷偷观望着楼下的那个帅哥，直到看着他驾车远去，蓝辛隐隐觉得强尼和以往接触过的所有男人都不一样，这让她莫名的不安和惶恐进一步加剧。

不安和惶恐什么呢？

似乎知道，又似乎不是。

但开弓没有回头箭，欲罢不能。

四

巴黎，时尚之都，浪漫的天堂；香舍丽榭大街，法国最美丽的街道，既浪漫又古老，炫目的霓虹肆意泼洒着迷人的光彩。

这是蓝辛第一次走出国门，内心有些许兴奋，有些许忐忑，还有些许期待，但表面是开心和愉悦，因为身边的强尼热情高涨，满眼流淌着柔情蜜意——强尼一手策划了这次异域之旅：

"我们要在世界上最浪漫的地方开始我们的浪漫。"

漫步在凯旋门下，徜徉在老佛爷店，蓝辛步履都是匆忙，她只想快快地进入主题，但强尼却愿意等待，时时在刻意制造一份纯情的浪漫。到达当天先去购物，从头到脚，从穿到戴，只要蓝辛的目光在某件物品上稍作停留，那件物品随即就被收入囊中，大包小包，满满当当。然后又去宵夜，回到酒店已近午夜。一进入房间，强尼就把蓝辛揽入怀中：

"喜欢吗？"

"可能所有女生都会喜欢这些纸醉金迷。不过，我告诉过你，我是个例外。"

"不喜欢？可……？那，你到底想要什么？知道吗？矜持过分就是矫情。"

强尼一副看透女人的神情,一边说,一边把手伸进蓝辛的裙子,蓝辛被蜇似的,一下子挣脱来开:

"你知道我要什么！在北京,我就跟你说过我要什么！"

强尼恍然,悻悻然地从旅行箱一个包内随便掏出一张表格递过来——北京市疾病防控中心的体检表,日期就是几天前。

"我问的不是这个,我真的是想知道你到底要什么？你真是谜一样的女人……"

蓝辛夺过体检表,逐一看完后,方才莞尔,摘掉了大波浪的假发,这是她每次出去猎艳的装备之一。

"清汤挂面的头发,你喜欢吗？"

"这样越发显得飒爽利落。"

强尼一边说一边再次过来拥抱。不料蓝辛再次躲闪开,进了沐浴间,再出来,一脸粉黛洗尽,眉眼唇齿恢复常态,说:

"其实,我不喜欢化妆,浓妆艳抹的不是我。现在这个样子,你还喜欢吗？"

"清纯有加！喜欢就加。你的多面正是我最喜欢的。"

话音未落,强尼一个箭步蹿过来,喘着粗气一把把蓝辛抱在了怀里。

……

"你还想去哪里？英国还是意大利？……"

"哪里都不去了……你不就是想得到我吗？其实根本不用繁琐,在北京就可以做了。"

"从一开始见面,我就知道自己不只是想得到你的身体……我想让我们有个浪漫的开始……"

五

"啪——！"

241 强尼的耳光如同他在床上的表现,疾风吹劲草一般,凶猛有力。蓝辛的脸颊顷刻间一片绯红，嘴角渗出一丝血迹，像极了雪后一朵寒梅。

"原来你是在耍我！"

强尼咆哮着，嗓门极高，一个清秀的酒保随即被招引而至，刚一探头就被强尼粗鲁地呵斥而去。强尼还想发作，但梨花落地染尘埃，此刻的蓝辛楚楚可怜至极，让强尼立刻对自己的举动心生悔恨：

"对不起，对不起……"

强尼想替蓝辛擦去嘴角的血迹，但一抬手，蓝辛下意识地一躲，她自己轻轻把嘴角的腥涩擦掉，目光如水，平静地看着眼前这个男人，点点头：

"是的，我是在耍你！"

强尼先是恍惚，继而再次咆哮：

"为什么？这到底是为什么？"

强尼似百虫钻心，痛苦不堪，双手抓住蓝辛的肩膀，使劲摇晃着寻求着答复。

为什么？

蓝辛说不出来。

一个月前在酒吧一相识，蓝辛就知道自己不会爱这个男人，他仅仅是一个工具，虽然他有着显赫的身世、掌管着近千人的家族企业，而且，还有着令人望而生爱的体魄和容貌，但这些都不是蓝辛所求。早在大学时期，蓝辛就对这些唾手可得，可惜，她不是那样的人。

数月交往，蓝辛终于明白了自己最初的惶恐：担心强尼会爱上自己。不幸的是，这已经成为事实。情海浮尘日久的强尼，视蓝辛为脱离苦海的最后一根稻草，想要死死把她抓在手里。从巴黎飞回北京以后，蓝辛故意疏远他，不起作用；故意避而不见，还是未果。强尼死缠烂打，软磨硬泡，就是不分手。蓝辛决定实言相告，付之一炬，才把强尼约到了这家私房菜馆。

这家菜馆位于皇城根一处四合院里，地处闹市，却闹中取静，雅致异常，老北京四合院的格局加上法国最时尚的装置，东西合璧，古今融汇，虽然菜品昂贵，却依旧让很多风雅之人趋之若鹜。这里也是强尼的所爱，数次带着蓝辛过来品尝地道的西方美食。不过，今晚将是最后的晚餐，蓝辛

直言相告,她不爱强尼。强尼一脸痛楚:

"你是觉得我不是很有钱吗?是对你不够好吗?你是想要什么东西暗示给我我没留意吗?你到底希望得到什么?"

每问一句,强尼都眼巴巴等待着肯定的答复,他相信有答案就有挽回的余地,可惜,对所有这些,蓝辛都是摇摇头。

强尼的出身和地位让他有着与生俱来的审美和享受标准,虽然他时时刻意保持着低调,但已经让蓝辛彻底明白了什么叫时尚和奢华:但凡购物就直奔香港中环和铜锣湾;衣饰不是去什么商场专柜,而是专门定制;餐饮绝不是在大众场所,一定是曲径通幽的一些私人会所,风格风味皆独特;整整一橱柜的香水,把世界各个顶级类型搜罗殆尽……就在刚才,强尼一落座就轻描淡写地告诉蓝辛,已经托人弄到米兰时装周的入场券,要带她同往——这些常人可望不可及的事情对他而言皆轻而易举……

蓝辛的摇头让强尼更加焦急和痛苦,几欲落泪:

"那到底是为什么?"

"你希望得到没有爱的情吗?"

蓝辛恢复了一贯的沉静和优雅,端坐如幽谷百合,微微一笑,扫了一眼迷惑混沌的强尼:

"我不爱你。以后也不会。"

这是蓝辛的真心话。她不会爱上这样的人,来自三线城市的她从没有过依赖和傍持之心,身为老师的母亲从小给她灌输的是,一切都源于自己的付出和辛劳,所有的不劳而获都会付出惨重的代价。

"那你到底为什么要和我认识呢?……是你主动逗引我的!"

强尼再次爆发,欲哭无泪,恨意难平。

六

父亲有外遇,母亲提出离婚的时候,正值蓝辛中考,本不想让她知道,但还是被察觉,她拉着母亲的手安慰说只要开心就好。母亲泪落如雨,唯恐影响她的考试,但蓝辛最终却如愿考进重点高中。高考那年,母亲再遭横祸,被车撞断胯骨入院,蓝辛床前床后一人伺候,耽误了很多时间,全班同学都笃定成绩优异的她将抱憾与名校失之交臂,然而,高考成绩下来,却让所有人瞠目。等到考研的时候,学校某政工书记的女儿和她争同一个硕导的名额,辅导员都觉得她没有希望,可结局呢? 笑到最后的还是蓝辛……

转动着手中的马爹利,蓝辛幽幽地叙说着自己的过往,语调一开始是平淡舒缓的,等到一吐为快时,就渐渐变高,但很快又被压抑下去:

"知道吗? 从小我就没有向任何人低过头,我没有输给过任何人,我也不会输给任何人,我现在找男人,就是想证明自己能行! 别的女人能行的,我一定能行! 她们能有孩子,我一定也要有……"

"找我就是配种?"强尼目瞪口呆,好久才醒悟过来,双眼犹如两挺机关枪,喷射着怒火。

"……说对了,找你,就是为了生一个孩子!"

这句话几乎是从嗓子眼儿滚落出来,滴溜溜在桌面上旋转一圈,随即被小院里悠扬的萨克斯曲给扫荡殆尽。不想再多言,蓝辛急急起身,却被强尼猛地伸手抓住手腕:

"你太复杂! 你的这种复杂让我疯狂地想了解你、占有你! 还没有哪个女人能让我不辨东西……不过,你是个疯子……疯子! ……不能走! 想走? 不行!"

强尼扬手招来酒保,要来满瓶。蓝辛根本不胜酒力,几杯下肚就面红耳赤腹内即开始翻腾,夺门而出。

私房菜馆相隔一个巷子就是闻名遐迩的后海酒吧街,蓝辛跌跌撞撞地想到巷子口打一辆出租,头脑却依然不清,稀里糊涂居然走到了后海最深处,胸口一阵翻腾,急忙冲到岸边俯身作呕,从未喝过大酒,腹内翻江倒海一般,呕得抖若筛糠。忽然间,有一只手扳住了她的肩头。

"小心一点。"

好像有只拳头在轻轻拍打她的后背,力量适中,均匀有致。

应该是一年轻男子,但蓝辛已无暇多虑,双腿如棉,身轻如絮,一副坚实的臂膀正是她所需。好不容易呕吐殆尽，已经无力独行，就那么歪歪斜斜依靠在那人身上，被引领到海子边一个座椅上坐下来，不想睁眼，感觉到清风佛面，头脑却清醒了许多，思绪却混沌如麻。

对抑或是错？

理智抑或是疯狂？

蓝辛无法给出答案，再想到强尼，内心隐隐仍有悔恨和歉意。竟能捕捉到一丝蛐蛐的鸣叫。

"若是在鄙野的乡间，这时候满耳朵是虫声了。白天与夜间一样地安闲；一切人物或动或静，都有自得之趣；嫩暖的阳光和轻淡的云影覆盖在场上。到夜呢，明耀的星月和轻微的凉风看守着整夜，在这境界这时间里唯一足以感动心情的就是秋虫的合奏。它们高低宏细疾徐作歌，仿佛经过乐师的精心训练，所以这样的无可批评，踌躇满志。其实它们每一个都是神妙的乐师；众妙毕集，各抒灵趣，哪有不成人间绝响的呢。"

这是叶圣陶老先生在《没有秋虫的地方》一文中的描绘。好久已经没有去触摸书本了，读书这个唯一的爱好似乎已经尘封了许久，每日只在为同一个目标精心预谋着，这个目标成为生命的核心，一切都被它牵引、驱使，真觉得累了。

想到此，蓝辛又想到了遥远的家乡和家乡的母亲，心底一片秋意瑟瑟。睁开眼睛起身回家，赫然察觉身边还坐着那个男人，歉意地说了句谢谢，欲急急离开，走两步，却依旧跟跄，被赶上来的那个男子搀扶着来到路边，坐进一辆出租。看到男子坐进副驾驶，蓝辛猛地警醒起来，司机问目的地，她有所顾忌地只是说出了小区的大概。手机却不合时宜地响起来，不用看就知道是母亲。蓝辛小心翼翼拿出手机，压低了音量，很理智地告诉母亲，和同事在一起，马上回家了……等到了小区所在街口，蓝辛掏出一张百元钞丢在座位上，颤颤巍巍却义无反顾地冲下车去，仿佛在车里的还是强尼。疾走数步，下意识悄悄转身扫了一眼身后，发现空无一人并无跟踪，才放心地奔家而去，冲进房间倒头睡去。

七

虽然蓝辛把强尼的电话设置成了拒接,但强尼还是出现了,一连几天,他那辆红色小跑都醒目地停在公司外的马路上。于是,蓝辛向公司请了年假,回家去看望母亲。她相信时间会让人遗忘。

刚刚开通的高铁上,少去了以往的拥挤和嘈杂。蓝辛一上车就闭上了眼睛,但脑袋里一会儿是强尼无限痛苦的神情,一会儿是母亲眼泪汪汪的双眼,搅来搅去,弄得脑袋生疼,回去该怎样解释呢?该说些什么呢?蓝辛真不知道,只想睡去,却根本不能入眠,迷迷糊糊忽然听到乘务员报站,猛地直起上身,膝盖上的书就滑落到地板上,是张爱玲的《金锁记》。蓝辛并没察觉,倒是对面一个青年男子看到了,他细心地弯腰把书拾起,双手递给蓝辛:

"看来,我们真是有缘。"

青年男子的发音迥异,有一种儒雅和暖意。

"谢谢。你应该是台湾人吧?"蓝辛莞尔,随口接话。

"何以见得?"

"只有台湾男生说话会这样,有点哆,却不失粗糙;有点暖,却不失优雅。"

青年男子笑起来,两颊居然绯红。

"现在会脸红的男生也太少了。"蓝辛把书收到包内。

"现在,能喝酒的女生是太多了。"

青年男子一脸真诚的表情让蓝辛若有所思,才想起他的第一句话,有点犹疑的:

"喝酒?哦……还有,刚才你说我们有缘,是什么意思?"

对方天真地笑起来,故作神秘地王顾左右而言他了:"你是要去德平旅游?"

蓝辛告诉他,自己要回德平探亲。对方一听甚是开心,欣喜地问蓝辛可不可以给他当导游,他是要去采风:

　　"我叫上官敏慧,这是我的名片,这是我的身份证,这是我们公司的简介……"上官敏慧打开双肩背包,一一拿出证件给蓝辛看,认真而真诚:"公司给我一个任务,去拍一些德平的老房子,我一个人到处无目的行走,会很耽误事……"看出蓝辛的迟疑,马上补充:"我可以付导游费给你。"

　　上官焦急的神情让蓝辛开心,想到回家时时面对母亲无法排遣,正好可以带着这个大男孩到处转转走走,但她不想立刻答应,再次追问两人何缘?

　　"你真的忘记了?"上官笑嘻嘻。

　　蓝辛有些迷糊。

　　"那天,在后海,你喝多了,是我送你回去的。不会真的忘记了吧?"

　　蓝辛一脸愕然,恍如梦中。

八

　　上官敏慧,来自台湾,现在一家知名传媒公司做艺术总监。他在德平逗留的三天时间里,在蓝辛的引领下,去拍摄了德平那些尚存的古建筑。这期间,两人说到第一次的相逢:

　　…………

　　"出没于酒吧的女人,又是半夜醉酒,你没有觉得我是不良女吗?"

　　"谁又心甘情愿去做不良女?……何况你那么善解人意,体谅父母,自己醉酒那么难受了,还要装作若无其事接听母亲的电话,这应该是什么?是孝道?还是……?总之,我很感动。"

　　上官敏慧说得真诚而实在,抬手把一片枯叶从蓝辛肩头拿下。此时,他们正站在一座百年老宅的门外,老宅雕梁画栋的门楣已出现片片斑驳。每一片斑驳在上官的镜头下都化作了一幅幅灵动的照片。

　　"这些大宅的主人早就弃之而去,去了大都市,他们自己大概也想不到被舍弃的东西居然会成为最大的时尚。"

　　"红玫瑰日久就成苍蝇血,白玫瑰天长就化作饭粒沉渣。凡物都一样。"蓝辛说完,轻声笑起来,笑得花枝乱颤。

"俗人就是俗人。这些地方，一顾倾人城，再顾倾人国。永不会成浮云。"

……

上官敏慧离开德平的时候，递给蓝辛一个信封，被蓝辛拒绝："你以为我是为了钱才给你当导游的吗？"

上官的脸又红了，急忙从包内掏出另外一个信封："你的照片，不会拒绝了吧。是我偶尔抓拍的，你不介意就好。"

照片是黑白底，蓝辛站在一座百年古桥之上，回望身后那边有远大古村落，裙袂飞扬，眉头却紧锁，仿佛锁住的是半世忧伤，忧伤得身边诸景皆百般惆怅，惆怅得一河孤独和彷徨。

蓝辛欣喜之极，还从来没有人能够捕捉到她内心的无助和忧伤。眼前这个男孩居然能在短短三天时间内看透她，难得，难得。却不想过于表露欣喜和谢意，抓着照片，踏着青石板路匆匆转身，一直来到街角，忍不住回头望去，看到上官敏慧居然还站在民宿廊下向这边凝望，再次加快脚步，踩落一地的幽怨和慌张。回到家中，草草洗漱欲睡，母亲却敲门进来，坐在床边，迟疑再三，才幽幽地问：

"你离婚是不是因为你在外面有人？"

蓝辛想否定，却有些慌乱无语，听得母亲还在絮絮叨叨：

"……隔壁刘阿姨说这几天都看见你和一个男的在镇上转悠，那个男的看着不像是本地人……你们是一起回来的吗？怎么不带回来让妈妈看看？吃一堑长一智，一个女人不能一而再再而三的……"

母亲的话让蓝辛心乱如麻，本想静静地回味三天来的时光，现在纷乱无序，只是摇头，弄得母亲更加不安，满腹担忧，唉声叹气，泪水涟涟，还想进一步打探劝慰，却被硬硬给推搡出门。蓝辛再倒在床上，心乱如麻，根本无法平静入睡。回味几天来的种种，心底有种说不出的情绪，翻来覆去，近乎一夜无眠。

休假结束，蓝辛回到单位，又恢复了以往的冷艳和神秘，但一个人的时候，内心隐隐很期待某种声音。这种懵懂的期盼当年和前夫恋爱的时候有过,揪心、缠绵、难耐,现在居然又出现了,让蓝辛诚惶诚恐。只是,转眼一周时间过去了,那个声音并没有出现,蓝辛甚至有了再回德平的冲动,说不定只有在高铁上才能再会重逢。

一直到一个月后,这个声音终于出现了——上官慧敏约蓝辛去后海的红十字电影吧吃饭。

接到电话的蓝辛居然兴奋不已,兴冲冲赶到酒吧。

九

电影吧放映的是老电影《罗马假日》。

电影中,一段浪漫的邂逅,开启一段经典的爱情之旅⋯⋯

在影片结尾,女主人公安妮公主回到了官邸,翌日便举办了记者见面会。这时候,男主人公最后一次看到美丽的公主,和第一次在街头碰见的女孩一样,只是此刻华贵的白裙将她牢牢包裹。紧接着影片最揪心的情节开始了,高高在上的安妮痛苦地装作不认识他,但眸子里射出依恋的光随时都通过空气反射到他心上。

黑暗中,蓝辛悄悄握住了上官的手⋯⋯

十

几年时间,蓝辛阅人无数,但没有一个男人进过她的家,每次都是去酒店开房。强尼几次强行要送她上楼来,都被婉拒。自从租住进来的那一天,她就发誓绝不让哪个男人进入自己的房间,但现在她要欣然迎接上官敏慧的到来。

巨大的喜悦和幸福迅雷不及掩耳之势把蓝辛击晕。

枯萎多年的感情在认定永不会再发芽的时候,居然一夜间绽放出了花朵,夺目璀璨,炫人心魄。虽然,不能无法生育的恐惧也曾在脑际闪现,但阻止不了她追求爱情的脚步,几乎天天都要见面,一日不见如隔三秋,一天不闻其声就如同天塌地陷坐立不安。刚刚分手,就要打电话,居然还有说不完的话,压抑几年的情感如同滔滔江水绵延不绝。

房间已经许久没有打扫整理，蓝辛用了整整一天时间彻底清理了一番，该扔的扔，该添置的添置，喜欢的文竹已经几年不养了，现在又买来了一盆摆置在案头。顺便买回一大把艳丽的扶桑花，回到家才发现还没有花瓶，就又返回花店购买了一个玻璃器皿，房间里顿时生意盎然了许多。琉璃的芙蓉花没有找到，就暂时买回一个玻璃的，灯影里也是流光溢彩，她相信上官一定也很喜欢。一切收拾停当，蓝辛环顾四周，生怕有疏忽和遗漏，让上官有所嫌隙，检查再三，才放心下楼去购置菜蔬，准备晚餐。在楼梯口，遇到一楼那个歪嘴斜眼的老妪，她破天荒尊称了一声大妈好，因为从未搭过话，如此举动倒是把老太唬得不知所措，冲着她的背影张望再三。

　　一边走，蓝辛一边盘算晚餐菜肴的搭配，才想起来已经好久没有开火做饭了，不知道母亲传授的那几样淮扬菜肴还能否准确复制。正走着，忽然看到街角一个农妇在叫卖山楂，应该新近采摘下来的，看一眼就酸味十足，这十足的酸味就一下子抓住了蓝辛的心。已经走过了几步，却又返回来买了五六斤，提在手里走着，心里竟馋得很，就偷偷掏出一颗，悄悄放到了嘴里。

　　真叫个酸！

　　奇怪，以往，是最不爱吃酸的，怎么？

　　无暇细想，只一味盘算菜肴怎么才能更合乎台湾口味。等到把竹笋、鸭头、莲藕等搬回厨房，又急忙打电话问上官几点到。

　　"不是说好七点吗？准到。怎么？"

　　"没事，想你。"

　　蓝辛挂掉电话，一脸柔情蜜意，暗自揣测上官今晚应该不会离开，只要他主动表示留宿，自己一定不反对，她很期待。而且这个期待没有目的，纯洁无比，是精神的需求和补充。

　　把握着时间，蓝辛系上围裙开始做菜，很快，几道菜就已然上桌，色香味俱佳，令人望而垂涎。看看时间，还有几分钟，蓝辛飞快地去洗了一把脸，洗去油烟之气，稍稍淡妆一番，时间恰好在七点。

　　门铃却没有响起来。

蓝辛有些心焦,走到窗口外望,满是匆匆行走的人影,却没有上官飘逸的身姿,一种莫名的担忧陡然而起,她甚至想出门去观望一下,但突然一阵作呕,令她急忙跑进洗手间,俯身在洗手盆上,呕吐的感觉却又消失了。再次回到客厅,看着满桌菜肴,心里好生惶恐,担心有什么意外发生,索性拿起电话,刚刚拨通,还没开口,却又是一阵作呕,急忙奔至洗手间,吐出的仅是几口酸水,电话那端已经传来上官的声音:

"喂,怎么了?我就要到了,有些小堵,喂?……"

蓝辛漱口完毕,急忙回应无碍,并再次把楼号以及房间号叙说了一下。

"你已经说了四次了,我早记住了,爱你,等我,有惊喜给你。"

惊喜?

会是什么惊喜已经无所谓,惊喜已经充斥蓝辛满胸,等她返回窗前,准备再次外望的时候,脑海猛然划过的一个念头,让她一下子定在房子中央,脸色变得刷白。稍待片刻,发疯一般冲进卧室,拿出一样东西,又冲进洗手间,把手中的东西放进倾泻而下的尿液中,而后,满腹惊恐又夹杂着丝丝侥幸,又有隐隐期待地拿出来,举到面前:

从未有过的两道红杠!

十一

父亲弃家而去,母亲独坐房间泪水涟涟的情形,让蓝辛一度对母亲这个词很怜悯,后来就是发疯地渴望,在大街上见到婴幼儿都不敢直视,因为内心有股强烈要抱在怀里的冲动。去年,一个远方表姐带着孩子偶来小住,蓝辛对那个孩子投入了无比的关爱,几天时间,在孩子身上花费了近万元,以致那个表姐近乎恐慌地带着孩子提前离去了。

每每一个男人从身体上滚落,她都闭着眼睛在内心祈祷,祈祷上天会让她如愿,如愿成为一个母亲。

现在,终于梦想成真了:验孕棒显示两道红杠意味着怀孕!

蓝辛逶迤在洗手间的地面上。

梦寐以求的事情终于实现了!

所有的耻辱都将成为过往云烟！别的女人能做的事情，她蓝辛也能做！

蓝辛一下子号啕大哭起来，哭得酣畅淋漓。

随即，脑海闪过无数张男人的面孔，但马上都被一一否定。一定是强尼的！在强尼棱角分明的面孔在脑海逐渐清晰，幽深的男人香氛似乎又在身边荡漾的同时，另外一张男人的面孔也定格下来，是门外那个男人的——门外已经传来上官的敲门声。

蓝辛慢慢地爬起身来，望了望墙上镜中的自己，发了一会儿呆，慢慢，慢慢地走出洗手间，来到客厅门口。透过猫眼，她看见一簇鲜红的玫瑰和一张清秀俊朗的脸。

作者简介

- -

王海滨，男，北京作家协会会员，中央电视台纪录片导演、电视节目策划。酷爱写作，著有散文集《清水无香》，长篇小说《朝花夕拾1990》（该小说已经被改编为院线电影），文学作品多次被《北京文学》《山花》《时代文学》刊发。新闻作品曾获地方"五个一"工程奖。曾在《北京文学》发表小说处女作《那些年，人人都是小马哥》。

- -

鼠标指

孙春平

　　这位优秀的青年士兵从事的是一种特殊的职业——枪决死刑犯。某一天，这位神枪手的手突然得了怪病：鼠标指。得这个病是生理原因还是心理原因，他还能从事以前的工作吗？他将面临何种命运？

　　三个月前，三班战士敖奉林患了一种以前从没听说过的怪病——鼠标指，这不光让我这当排长的着急上火，连中队长和指导员都一次又一次地发问。后来，便干脆下了死命令，没有中队的命令，任何人不准再放敖奉林进电脑室。

　　说起敖奉林的这鼠标指，真也是怪事，本来很强劲也挺灵巧的右手，突然就病鸡爪子似的拘挛了起来，有点像半身不遂的病人，看着让人揪心。须知，若讲掰腕，敖奉林可是中队首屈一指的冠军啊，往小桌前端然一坐，不管谁来，两腕一搭，1、2、3，完事，泰山压顶，螳臂当车，立见高低。可就是这样的一只可让鬼见愁的铁掌，却突然变成了让人痛惜的病鸡爪子，战士中不由得就生出一种议论，说不是那个碾臭虫的任务执行多了，阎王爷见怪了吧？中队长和指导员肯定也听说了这种议论，又担心公开驳斥反倒形成扩散，只好亲自带敖奉林去医院，西医中医都看过，医生们也是好生嗟叹，说，鼠标指嘛，顾名思义，肯定与患者摆弄电脑过多有关，但是不是与手抓鼠标的时间长短密切相关，我们也不好轻易下结论。有人一天除了睡觉，几乎是一刻不歇地坐在电脑前打电子游戏，也没见得这种病。可据这位战士自述，他只是在部队的自由活动时间才上上电脑，每天不会超过两小时，却偏偏染上了这种时髦病，这又怎么解释？先口服一点缓解筋骨的药物,同时远离电脑,观察一段时间再说吧。

中队长曾很严肃地问我,敖奉林哪来的那么大瘾？我知道中队长的意思,忙立正回答,尚未发现敖奉林有网恋,据我所知,他连 QQ 都没有,他在网上也极少玩电子游戏。中队长眉头拧成了大疙瘩,那他上网都干些什么？我答,我查看过他上网的浏览记录,近几个月,他主要是看新闻,有时链接古今中外的法律故事。

听我这样回答,中队长在地心转起圈子来,一圈又一圈,目光变得愈发凌厉,并再一次给我下达命令,记住,从今往后,再不许敖奉林进电脑室！我嘟哝说,那手机还让不让他看？现在的智能手机不比电脑差多少。中队长说,战士的自由活动时间,你给我多盯盯他,有亲属电话可以让他接听,其余的时间,你陪他说说话。记住,要帮助敖奉林尽快恢复健康,决不能再耽误执行任务。

我理解中队长此话的分量,更理解敖奉林所要执行的任务的特殊性。那种任务虽不是非敖奉林不可,但缺了他,有时确难遣将。一月前,曾有任务下来,就是因为敖奉林的鼠标指,害得我分头做了三个班长的工作,就差磨破嘴皮,但班长们都摇头。最后是我一赌气,亲自提枪上了阵。

我这么一说,读者诸君估计都已猜到了我所说的任务是什么。执行那个任务也许不需狙击手百步穿杨的精准射击技术,也不需李逵武二郎如入无人之境般的搏杀能力,但要圆满利落地完成任务,则需沉着冷静的心理素质。扣动扳机,枪响走人,看似简单,但细想想,我们面对的不再是凶神恶煞般的歹徒,而是毫无对抗能力、多已瘫软成泥的罪人,枪决罪犯和在战场上你死我活的生命对决完全不是一回事,这样的任务并不是随便哪位武警战士都能胜任的。

我们中队的营房位在市郊,五百米外就是一座壁垒森严的监狱,对监狱实施外围武装警戒,便是我们中队的首要任务。当然,对最高人民法院已核准死刑的犯人执行枪决,也挂角一将地成了中队的任务,战士们把执行那个任务叫"碾臭虫",倒也贴切形象。

两年前,我们一排的战士大梁退伍,由他承担的碾臭虫任务便一度出现了空缺。此前，本中队共有三名"执行手"，因考虑到战士的心理承受能力，"执行手"便分设在三个排，不是因有特殊情况，平时很少集中出任务。大梁离队后，中队长一再叮嘱，要我抓紧再培养一个。但实话实说，这真不是想培养就能培养出来的，尤其是眼下这茬 90 后的兵，别看平时三个不服五个不忿，一旦把话茬引到碾臭虫上，立刻都摇头，再往深了说，便直通通地回绝，说到了真刀真枪和王八蛋拼命的时候，首长不用多说，我要是认，胯裆里就白夹了俩卵子。可杀已没了筋骨囊的人，我真不敢下手，别说是大活人，杀鸡我都不敢，我怕夜里睡不着觉。百般不见功效，中队长便另给我仙人指路，说一个月后，新一轮征兵工作又将开始。按惯例，每年去接新兵，大队都会让我们中队派出两个人，今年若没变化，那就你带一个人去。所有条件不变，再加的一项就是心理素质一定要强大，不可拖泥带水，更不可临阵退却，只要你相中了就是你的兵。我的意思你明白了吧？

时下最流行的词语之一便是高手在民间，这话好懂，三千六百行，确有数不清的真实例证。中队长的意思我自然懂，但茫茫人海，派我们奔赴的领兵之地，上级军政机关早已规划妥当，不过某一县区，再具体到某一两个乡镇。我将奔赴的区区之地，真会高手隐身藏龙卧虎吗？但愿吧，老天开眼。

一个月后，我带三班长出发，奔赴的是内蒙古东部通辽地区，蒙古族人称哲里木盟，具体地点是科尔沁草原东部边缘的一个旗。在支队接受领兵培训时，大队长亲自驱车跑到培训地，名义上是送行，实际是给我们大队的几位开小会，说今年去科尔沁，可是我和政委费了九牛二虎之力争取来的。蒙古族人自古尚武，清朝时能征善战的八旗将领和兵勇多出自那里，你们几位都把眼珠子给我瞪圆了，发现武艺出众的棒小伙子，务必给我带回来，咱们大队特警中队今年的吐故纳新，可就指望在你们几位身上了。闻此言，我心中自是窃喜，大队长有他的大九九，我则揣着自己的小九九，看来苍天确已睁眼，不负我心。

时已入冬，天气骤寒，草原上晨起已见厚厚霜花。科尔沁草原沙化严重，尤其在这季节，一望无际的草甸子给人的感觉颇像一个秃头汉子的脑壳,即使还残存些毛发,也少得可怜。可就在这样的半耕半牧地区,还可见零零星星的牛羊在觅食游荡。我和三班长去了指点旗的武装部,武装部早已分派好张参谋,与我们共同完成任务。张参谋比我年长几岁,是吉林白城子人,一见面便透出东北汉子的热情、诙谐与健谈。在武装部食堂晚餐时,他悄声对我和三班长说,垫补垫补就行了,留点肚子,夜黑后换上便装,我带你们去撸串喝扎啤,绝对正宗实惠,嚼上一口三天不愿刷牙。我说,算了吧,现在上级管得严,可别自找不自在。张参谋故意把眼珠子瞪溜圆,说,我自掏腰包,人家大领导才没闲心管你这屁事呢,老弟就别画了鬼脸照镜子——自个儿吓唬自个儿啦。

在烧烤店里,五花八门的烤串撸得挺惬意,啤酒喝得也畅快,自然,坐在张参谋这位笑星面前,亦庄亦谐的对话也如三伏天里的雨水惊雷,说来就来,还有让人出其不意的惊诧。我有意把话题往蒙古族汉子勇猛尚武上聊,说,听说草原上的那达慕特好看,有骑马,有射箭,还有摔跤,不知我们这回来能不能有幸看到?张参谋说,老弟这可就是三九天想吃水萝卜,差了时节了。那达慕大会基本是在每年刚入秋时举行,马牛羊正膘肥体壮。眼下这时节,牧民们正想办法给牲畜养膘好过冬呢,哪还舍得轰出去穷折腾。看着我失望的神色,张参谋说,想看蒙古族汉子的绝技,也不一定非得等那达慕。离旗北去20多里,有一镇子,镇外有处不小的集市,集市上有个小伙子,每天杀一头牛,那场面,我见过,实实在在地说,那真是绝技,不服不行!我说,牧民杀牛宰羊本是生存技能之一,也算不得稀奇吧?张参谋说,别人杀一牛,没个七八条汉子做帮手,休想得手。可这个小伙子,只一人,眨眼之间,便能将重过千斤的壮牛轰然放倒,你不亲眼看到,真是连想都不敢想。闻此言,我心中顿喜,说,这两天,正好有点时间,大哥能不能带我们也去开开眼?张参谋点头应允,说,妥,我回去后就安排汽车,明早六点出发,咱们去集上吃早点。

那是个北方的寻常小镇,说不上繁华,镇里最雄伟的建筑也就是镇政府的三层小楼,但镇外的一片空旷之地,每天上午都形成集市,乡民们或乘摩托或赶牛驴车,从四面八方赶来,人多时可达万余。我们到镇上时正是集市上人的时辰。为了行动方便，我和三班长都随张参谋穿便装，连汽车都开的私家车。

集市外偏南一角有一处土墙围就的场地，估计以前是牛栏。土墙是就地取土夯成，年长日久风吹雨淋，早已坍塌得七高八矮没了模样。向东的一面有一豁口，当年八成是牛栏的门。我们到时，场地上已聚集了二三百人，男女老少都有，青壮男子居多。人们很兴奋，翘首张望，大口吞吸蛤蟆癞的烟雾，随意吐着黏痰唾沫，有那先前看过的，便给新来的看客吹嘘，说那绝对叫手疾眼快，错不得半点眼珠。我没去过西班牙，心里揣想，那些不远万里去看斗牛的游客们应该就是这种心情吧。

我的老家在辽西乡间，当兵前也曾看过杀牛，有一次还滥竽充数地混迹其中。屯中有人家办喜事，从外村买回一头牛。支客（张罗红白喜事的人）吆喝贺喜的精壮汉子去帮忙，把我也推入那拨人中，说，大小伙子了，别光卖呆儿，你也去出把力。那头牛已拴在屯外一棵老榆树下，领头的一声喊，众人便用大绳将牛缚倒，再用几根碗口粗的木杠压住牛身，十来个汉子都骑在那杠子上。牛是懂生死的，被拴上树桩时，已试图挣脱。待人们围上来，那牛似乎知道已到生命的末途，挣扎已是徒劳，便立在那里周身战栗，眼中盈满清亮的泪水，又伴以哞哞的哀鸣，一声又一声，酷似号哭，震得空气战栗，好不令人哀悯心动。可不要小看了牛的这番哭告，很快有两人没了踪影。主刀的汉子出场了，口中念念有词，说，老牛老牛你别怪，你本是阳间一道菜。声音未落，手中的砍柴斧已对着四只牛蹄的后腱部位嘭嘭砍下，一蹄一斧，不偏不倚。压在木杠上的我见这一幕，有些吃惊，嘟哝说，原来杀牛是砍蹄子呀？拉我来的大叔说，蹄腱断了，牛就站不起身了，就是没压住，也跑不了。牛脖子上的那一刀才是关键。说话间，主刀人扔了砍柴斧，又将磨得锋利的割肉刀压在哀牛的颈部，一下一下切割。牛皮和牛颈上的肉都很厚实，牛恐惧加疼痛，周身颤抖，叫声越发惨厉。我明显感觉到木杠传递上来的来自牛身深处的簌簌抖动，手脚顿时没了力气，眼睛也再不敢往刀子上看，甚至只想跳起身子，一躲了之。紧挨我的大叔似乎看透了我的心思，一只大掌牢牢地压在我手上，说，你不是想去当兵么，连这阵仗都见不得,当了兵也是货。不用怕,这就完事。

身边的人群突然涌动起来,年纪大些的往后退,一帮愣小子却往前挤。原来是牛被赶进了牛栏。那牛应该算黑牛,但也不是纯色的黑,毛色中还透着棕黄。黑牛很健硕,体重足足过千,头上的两只牛角煞是尖利,却不很长,看起来还在长。有愣小子喊,是个牤子,没劁,看那两个蛋子,多大!牤子就是未成年的公牛,俗话讲,初生牛犊不怕虎,指的就是这种小公牛,发起性子,敢跟老虎拼死活。近些年,农牧区的人已很少使用畜力,田野里的活计多是改用大大小小的拖拉机,养牛多为肉用,而雄性牛又首当其冲。母牛除了肉用,还可生小犊,而繁育不可缺的配种环节又多被人工授精取代。若是奶牛,小公牛则更可怜,往往是刚落生,便被养牛人一镐头敲碎了脑壳,连一天都不肯多养。

我在人群中寻找帮助杀牛的精壮汉子,心中盘算,对付这头庞然大物,人少不得。可是,一个都没有,没有抓绳的,更没有扛杠的。只是在人们一声"来了"的期盼声中,土墙后闪跳出一个再平常不过的小伙子。小伙子面色黝黑,个头不高,不会超过一米七,不胖不瘦,双目细长,似在眯缝,那越墙而过的一跳可知此人的矫健与敏捷。小伙子下身是蓝色牛仔裤,上衣是灰色的加厚长袖 T 恤衫,足踏登山鞋。引人注目处,是年轻人左手中竟抓着一把还略泛着青色的秋草,神色平静地走向牤牛。

牤牛虽已进了牛栏,却毫无凶险在即的预感,似乎只是奇怪,身边怎么突然多了这么多人。它哞地长鸣了一声,那叫声也平静,似在跟人们打招呼,也似在提醒众人,离我远点,我可不是好欺负的。

小伙子靠近了牤牛,先用手背向围观的人们摆,人们便往后退,小伙子不满意,再摆,人们便再退,直至以牛为圆心,形成半径有两丈余的空场,小伙子这才将手中的那束秋草递向牛的嘴巴。秋草的清香诱得牤牛伸出了粉红的舌头,想把那束草一下卷进嘴巴。站在我旁边的张参谋拉了我一下,提醒说注意牛的尾巴。此时,小伙子正位居牛身的腰部,左臂向前抓草喂牛,右手则去抚弄牛尾。贪吃的牤牛似有防范,立即将尾巴夹向裆间。小伙子顺势从牛的两腿前下手,用右手将牛尾尖抓在了手里。就在那牤牛失去警觉,吃得惬意的一瞬,小伙子突然起动了闪电般的攻击,起脚照着牤牛滚圆的肚皮便是狠狠一踢。牤牛猛地往前蹿去,却哪料那已被小伙子死死抓在手中的尾巴正好成了绊马索,一条后腿一扬,重心陡然前倾,小山般的庞然牛身扑通一声前抢,牛头正好摔贴在地。小伙子急上前,膝盖压牛颈,先前藏在握草的左掌内的不过半尺长的匕首已到了右手,利刃猛然扎下,又斜刺里重重一挑,牤牛的颈动脉被齐崭崭挑断,一股鲜红的喷泉立时激涌而出,一喷一喷的,高达一米,成扇面飘洒。小伙子压住牛颈片刻,将闪着寒光的匕首在皮毛处蹭了蹭,站起了身。那牤牛没了压迫物,挣扎着也想起身,却哪里还有力气,头颅刚抬起尺余,便又重重摔回尘埃,只是激起更猛烈的一次血泉喷涌。

一人,一刃,一瞬,从照着牛肚猛踢算起,到挑断牛颈的动脉,再到起身离去,用时不会超过十秒,也就百米之王博尔特从枪响到撞线的时间,把说书人好用的那句词语用到这里,说时迟,那时快,真是再贴切不过。在那短短的十秒内,考验的是屠牛人的敏捷与速度,还有腕上的力量,而支撑这一切的则是屠牛人的强大心理素质。在那一瞬,任何一点胆怯、迟疑与犹豫,都可能带来让人意想不到的严重后果。试想,一头没施以任何捆缚的千斤牤牛,倘若一刀未能毙命,起身冲向人群,那种疯狂,狮虎皆愁,何况于人?

小伙子走出围观的人群,有几个男人追上去。有人将备在掌心的票子塞到小伙子手里。小伙子说,收拾完牛,拉半车沙土,那块地场垫一垫,明天我还来呢。买主应道,知道知道,又不是头一回。又有两人追着问,明天,该是我的了吧?小伙子指点说,你,明天,你,后天,都是这个时辰,我自会在这里候着。

我知道,到了这一刻,该有个态度了,便对张参谋低声说,能不能让这小伙子成了咱们的兵?张参谋淡淡一笑说,这个镇可不是你的领兵范围。我紧紧抓了一下张参谋的手,说,不是有大哥嘛,以权谋公,不算大错。

我们在土墙边追上了正在发动摩托的小伙子。张参谋一人上前,我们和三班长则有意拉开一点距离。我见张参谋将军官证掏出来,低声说什么,小伙子扭头往我们这边看,点了头。

小伙子推着摩托，伴着张参谋，穿过已显熙攘的集市往前走。在一卜卦的摊位处，一位皓白头发的古稀老者招手喊，哎，小伙子，你就是那位宰牛的年轻人吧？你坐到我这儿来，我再给你算一卦。小伙子住了脚步，说，大爷你给我算过的。老者说，以前我确是给你算过，但眼下，你又到了人生的十字路口，不想再问问前程？张参谋插话，算的既是命，还能总变化？老者说，此言差矣。命者，三分天注定，七分靠打拼，眼下还有人说，七分天定，三分人为。管它三啊七的，别忘了"命"字的后面还跟着个"运"字，那个运，才是要害。一时失志不免怨叹，一时落魄不免胆寒。运用得好，时来运转，运用得不好，落花流水无可奈何。这老人家，好口才！小伙子坐到了老者面前的马扎上，我们几人则站在他身后。老者先观面相，再看手纹，又问八字，小伙子有些不耐烦，说，老爷子，以前你既给我算过，这一套又何必重来？是不是以前你给我说的啥都忘了？老者说，年轻人，你这就是轻看我老头子了。上一次，是两年前吧，你问我专事杀牛可否失去一生的福气，是吧？我说，杀牛宰羊，但求谋生，不须多虑。但看你的命相，星占罡煞，性刚心硬，堪比古时张飞、李逵，若逢其时，家门兴许出位冲锋陷阵的将才，顶不济也是一枝花蔡庆的角色。当时你问我，蔡庆是谁？我当时给你答的是，闲暇时你可读读《水浒传》，自然就知道这位好汉是谁了。我当时是这么跟你说的吧？小伙子点头，说，老人家了不得，脑子比我们年轻人都好使。那您就再给我看看，我怎么又到了人生的十字路口？老者说，十有八九，你可能要披挂戎装，投身军营了。小伙子扭头扫了我们一眼，急切地问，那我该不该去？老者答道，自是该去。当一屠手，一天一牛，毕竟只是谋生小利。而投身军营，才正应了你命中将才之康庄大道，往大了说那叫保家卫国，顶不济也可除暴安良，此为人生大义，岂可恋小利而拒辞。小伙子闻言，急去衣袋里摸票子。老者摆手道，罢了罢了，此一卦我若算得准，你入伍前来看我不迟，不管赏多赏少，老夫我都感谢。若是不准，你不骂我胡说八道，老头子就感激不尽了。

我历来不信算命卜卦这一套，尤其是对躲在市场或街边摇唇鼓舌以骗钱财的江湖游士不屑搭理，但这一位，却不能不让我刮目相看。这老者，且不论口才,也不论他读过哪些闲书,他怎么就知小伙子将去当兵?入伍的话题,张参谋尚未跟小伙子提起,顶多也就给小伙子看过军官证。而眼下,我们虽站在一旁看热闹,却都是身着便装的普通人,且未搭一言,莫不是这老者真有半仙之体?

　　我们继续前行,在集市边上的一家馅饼店前住了脚步。店里的姑娘迎出来,急着招揽顾客,说,我家的牛肉馅饼绝对是一绝,回头客老多了,还有个嗑儿呢,宁可饿下三顿挺一挺,也要到集市吃馅饼。真事儿,我一点不揽玄。张参谋笑问,你老家是辽宁铁岭那边的吧?姑娘一怔,问,大哥是怎么知道的?真事儿,你这也能看出来呀?张参谋学着姑娘的语气问,你店里有没有包间?我们要说说话。要是有,我们留下;没有,我们就另去找地方了,真事儿。张参谋故意学姑娘的口气说"真事儿"三字,逗得我们都笑,那姑娘也捂嘴咯咯咯。

　　我们进了一间很简陋的包间。张参谋既已露出好开玩笑的真容,便一路诙谐下去。他说,这家店我来过,真事儿,馅饼有特色,我没吃够。关键是,馅饼加羊杂汤便宜呀,有朋自远方来,我请得起,又不违反规定,是这么个理吧?只是,我上次来时,这妹子还没闪亮登场,真事儿,你是新来的吧?众人又笑。待姑娘出去,参谋老兄这才对小伙子说,下面的话我可就一点玩笑都没有了。刚才,你一刃宰牛的绝技我们已亲眼见识,我只是问你,就凭这等身手,你怎么不去当兵?小伙子腼腆一笑,说,前两年,我也报过名,可因为我哥已当了兵,乡里就划去了我的名字。这我也理解,天下好事,总不能都让咱一家人占去,对吧?张参谋说,今年的征兵工作马上又开始了,你想不想再报名?小伙子想了想,反问,不是想让我去部队也杀牛吧?张参谋笑,说,部队想杀牛,哪还显出你的身手,枪口对准牛的脑门子,砰地一响,完事!小伙子再问,那让我去当啥样的兵?张参谋说,当了兵,就得听部队统一调遣,一切行动听指挥,这懂吧?再说,县旗武装部只负责征兵,新兵入伍后去哪里,现在你问我,我也不知。小伙子很兴奋地说,好,今年我肯定报名!参谋掏出手机,说,那咱俩就互留个电话,征兵时出现什么问题,你找我就是。

不用猜，读者诸君肯定都知道那个小伙子就是敖奉林了。那天，任务完成得很圆满，馅饼羊杂汤也挺解馋，回旗里时，我将存在心里的另一个疑惑讲出来，说，集市上的那个算命先生不会是认识你吧，他怎么就知道敖奉林要去当兵？张参谋哈哈大笑，说，老弟还想这个事呢，不值当呀。先声明一点，那个老先生我真不认识，他也不认识我。至于他为什么能一语中的，说破了还不如一层窗户纸。他对敖奉林说的话对咱们完成任务有帮助，我佯作糊涂，他要是胆敢说出半句对咱们不利的言语，对不起，我可就当场揭老底啦。张参谋这般说着，抬脚在地上跺了跺，我顿然醒悟，伴以大笑。张参谋、我，还有三班长，虽说都易了便装，却依然踏着清一色的军勾皮鞋。三个脚踏军勾的年轻人是什么身份，怕是傻子也猜得出了。

数月后，敖奉林结束在新兵连的训练，分配到我们中队。中队长去接新兵时，负责新兵训练的副大队长特意对中队长说，敖奉林这个新兵不错，训练刻苦，成绩优秀，尤其是格斗擒拿一块，身手矫健果断，比许多入伍好几年的老战士都出色，一看就是在家时练过童子功的。更难得的是自觉性主动性强，爱学习，肯动脑，一有时间就读书看报上电脑。以后大队有需要，你可不能本位主义呀。中队长急了，忙说，那可不行，敖奉林是我们特意选来的。民间藏龙卧虎，你再去选嘛。副大队笑说，看你这小气样。我要是不考虑你们中队的需要，这次就选他去特警中队了。敖奉林再次与我见面，自是又惊讶又疑惑，说，原来排长才是选中我的首长呀！我说，什么首长，肩膀齐是弟兄，好好干，争取在部队里早日立功。

不久，中队便有了执行枪决的任务，我喊敖奉林出列。当然，敖奉林出列也不是去扣动扳机，而去担任押解手，押解刑犯先验明正身，再押赴刑场。一般情况下，刑场就在监狱里，四面高墙，悄无声息，监刑法官一声令下，两名押解手将死刑犯押送前行几步，喝令跪下，死刑犯身后的执行手端起半自动步枪，砰地一响，验尸人员确认死亡，几人立即转身走人。那些死刑犯在挨那一枪之前，多已失魂落魄，瘫软如泥，需押解手拖到刑场，上了刑场还挣扎的亡命徒也有，但极少。至于执行之后的事，则完全由法院方面处理。不一般的情况则是死刑犯罪大恶极，犯罪案情影响极大，执行死刑则采取公开枪决的办法,将死刑犯押至案发地的某处河滩或山角,那一枪有着杀一儆百和平息众怒的意思。近些年,这种公开执行的情况越来越少,但也还是有所保留。

　　两次派敖奉林执行押解任务时,其实我都与他同行,他拖死刑犯一侧,我则拖另一侧。我的另一潜在任务是观察初次执行任务的新战士的反应。第一次,敖奉林还是有些紧张,甚至拖拉死刑犯时,身子明显乏力,枪响前那一瞬,他还扭了头,闭了眼。其实,比起其他初次执行这一任务的新战士,敖奉林已是相当不错了,新战士有软了身子尿了裤子,甚至枪响后晕倒在地的,那也正常,就像医院里护士第一次上手术台,晕血倒地。第二次,敖奉林明显镇静了许多,面容刚毅,目光坚定,回营房的脚步淡定如常,晚餐吃两碗,一觉睡天亮,不像有些新兵执行过这种任务后,好几天吃不下睡不安。更让我难忘的是,在回营房的路上,我有意拉他缓行,想再给他做做执行这种任务的心理工作,没想他主动问,排长,下次,是不是该我出手了?我被问得一怔,说,你怎么想?敖奉林说,排长专程去选兵,不就是要选一枝花么。再说,那些罪大恶极的东西,其实还不如一条牲口。牲口杀了可吃肉,这种罪犯除了挨枪子还能做什么?最高法既已核准了死刑,咱们不射那一枪,也肯定另有人夺他狗命。可以说,这也叫替天行道,除恶务尽,对吧排长?

　　也许是天意要检验"一枝花"的果敢与坚定,敖奉林第一次正式执行任务不仅赶上公开执行,罪犯竟还是个死到临头仍耍光棍的恶棍。验明正身时,法官问他姓名,这东西竟答老子生不更名,死不改姓。将恶棍押上敞篷卡车后,我低声对敖奉林说,把枪给我。敖奉林明白我的意思,摇头说,不用。恶棍已被五花大绑,背后插着的亡命牌上写的是"抢劫、杀人、强奸犯",名字上画了重重的红叉。这恶棍在城乡间不仅网罗歹徒抢夺财物,强奸妇女,还将被害人碎尸。令人难以相信的是,这恶棍在发展同伙的时候,考验的标准竟是敢不敢生吃人肉。听我和敖奉林悄然对话,恶棍竟扭头嘿嘿一笑,说,行啊,不惧场,挺爷们儿呀。我和敖奉林横了他一眼,不答话。恶棍又说,今儿侍候本爷的能不能露露真面目?按行刑规定,一个执行手、两个押解手都是警装在身，戴着大口罩白手套，鼻梁上还都压墨镜，威风凛凛，难辨彼此，连显示警衔的肩章和领章都临时换成一模一样。我狠狠瞪了恶棍一眼，不理他。没想敖奉林却问他，你要干什么？恶棍答，我是一脚已踏上黄泉路的人，还能干什么？只是担心往后在阴曹地府磕头碰脸的，还不知咱俩原来还有这段交情。敖奉林听他这般张狂，竟一把扯下口罩，又将墨镜抓在手里，大声说，你给我牢实记着，我姓敖名奉林，成吉思汗后人。我亲手宰过的牲口不说上万，也有几千，可碾你这种两条腿的臭虫还是头一回。你给我记住，到了阴间你要是还敢作恶，我敖奉林就是追到阎王殿，也照样抽你的筋扒你的皮！我忙重重地咳了一声，敖奉林这才重戴上口罩和墨镜。

那天，在刑场上，敖奉林的表现堪称完美，一点也没有像初次执行这种任务的战士流露出的犹豫与怯懦。寻常情况下，死刑犯到了刑场，多已七魂出窍，就是跪地受刑也多是由押解战士半架半扶，四周弥漫起呛人的屎尿臭。可那天，那个恶棍不仅没瘫，还梗着脖子不肯跪。哨声响了，代表命令的小旗帜也已摆下，我和另一侧的押解战士强按恶棍跪下，可刚一松手，恶棍竟又站起来。因是公开执行，数十米外围观的群众不少，我心里有点急。只听身后的敖奉林低声喊了声"撤"，我和另一押解战士松开手往两侧闪开，恶棍刚想再度站起，枪声已清脆而坚决地炸响。

事后，我找敖奉林单独谈话，既是总结，也是安抚他的心境。我说，你第一次执行这样的任务，总的来看，临场不慌不乱，可打 80 分。但面对死刑犯的嚣张，你却没沉住气，不仅摘下了口罩和眼镜，还跟他对话，这就违犯了纪律，有点逞个人英雄主义。要知道，执行人员的着装可不是为了遮掩面目，防止罪犯同伙的报复，而是展示法律的威严。敖奉林说，这道理我懂。可今儿还多亏了那东西的临死咋呼，不然，当时我心里真像揣只小兔子，突突直跳。他那么一龇牙，我的心反倒硬了上来！

从那以后，敖奉林数次执行枪决任务，每次都表现得镇定从容；日常执勤，恪尽职守，不畏雨雪。去年夏秋之交，辖地一山峪突发泥石流，我中队奉命急驰救援。敖奉林钻进一幢被山石压得岌岌可危的民房，背上背一个,怀里抱一个,一下救出一老一少两个人,荣获三等功。那次,敖奉林拿着军功章找我,满脸的骄傲,也满脸的羞涩,说,打心眼里谢谢排长大哥,不然,我还以为排长大老远地把我召到部队来,就是来让我碾臭虫呢。以后回家见我哥,我也有的吹了!

我祝贺他,心里却不由得一动,敖奉林心里果然结着这样的疙瘩。一个可擒虎拿魔驱獐灭豺的力掌,却用来碾跳蚤臭虫,其实,莫说他想不开,我内心深处也不时闪出愧对于他的想法。但英雄勇士难逞志向,这种遗憾古来有之,但愿老天还能再给他机遇吧。

哪里想到,酬展志向的机遇还没到来,敖奉林却患了连再碾臭虫都犯难的怪病。这怪病一治数月,医院跑了不知多少家,西药中药都吃过,竟一直不见明显效果。

半月前,中队长夫人打来电话,说她在省城读医学院时有位神经内科的教授,近几年专事对鼠标指之类的新型疾病的临床研究,每周二四去附属一院坐诊,她说已跟教授打过招呼,叫我们直接去诊室。

那天,我陪敖奉林去了附属一院。这几年,因陪战士看病,我对医院里大同小异的流程已基本熟悉。我对敖奉林说,我挂号,你上四楼神经内科等我。

挂号的人很多,好在辟有军人优先的窗口。挂过号,我乘滚梯上楼,快到三楼时,突见人们躁乱,有人逆着滚梯往下跑,还有人喊杀人啦杀人啦!我抓牢扶手,防止被挤倒,好在滚梯很快停止了运行。我随着人流往前冲,便见敖奉林站在肿瘤候诊厅内,左手紧紧地抓着右手,手上的鲜血随着身体的颤抖连成串地往下滴落。而在他的额上,则雨一样地淋着汗水。伤在手部,十指连心,那是疼的。敖奉林脚下踏着一个中年人,那人已被保安人员倒剪双臂牢牢控制住。我挤上前问,奉林,怎么回事?敖奉林身子还在抖,却咧嘴强笑道,排长,没事了。警察马上就到。只是我得先去包扎,治病的事就改天吧。说话间,数位白衣天使赶过来,还推来了移动床,非扶着敖奉林躺上去。

保洁人员忙着处理地面上的血迹,目睹了刚才一幕的人们惊魂未定,聚在那里议论。有人说,多亏了那个小伙子,慢半秒,冯大夫今儿肯定没命了!另有人说,那是,小伙子那才叫个手疾眼快,用手直接去抓刀刃子。又有人说,那可不是一般的小伙子,没听刚才喊谁排长,十有八九是军人,只是没穿军装。那身手,绝对天神,神兵天降,手抓着刀刃还一下把杀人犯制服了!

那晚,市电视台播放了记者在病房里采访敖奉林的新闻。女记者问,您当时知道手抓的是刀刃吗?敖奉林答,怎么会不知道。可正知道是刀刃,才必须抓住。女记者又问,您的手现在还疼吗?敖奉林答,做手术时扎了麻药,现在还没过劲儿。过一会儿,可能会疼吧。但请放心,我忍得住,不哭,也不会喊。那个新闻我是回营房和战友们一块儿看的,中队另派了两位战士去医院护理敖奉林。时下,记者们面对镜头时常会问出挺二的问题,战友们听敖奉林这样幽默对答,都笑起来。有战士还对着屏幕反问,还问疼不疼,她手上没扎过刺呀?

敖奉林在附属医院住院半个月,医院将干诊病房安排给他,还说要送他去疗养院,敖奉林不同意,才回了部队。敖奉林在万分危急关头奋不顾身,与杀医者赤手肉搏,不仅救了医生一命,还生擒行凶者,如此壮举经报纸电视一宣传,敖奉林立刻成了一方土地上的英雄。在整理英雄事迹时,我陪大队宣传干事数次去医院调看敖奉林救人的监控录像。那短短的不过十余秒的录像,让人一次次惊心动魄热血偾张。录像中,隐约可见事发前敖奉林是站在候诊厅入口处观看墙壁上的宣传板,显得漫不经心,宣传板上有对该院某位医生的介绍和对某种疾病的最新疗法。3号诊室的门开了,走出一位满头霜发的女医生,候诊的座位上突然蹿起一个人,疯狗般直向女医生扑去。在大厅执勤的保安见状,急上前拦阻。凶犯手里亮出了刀子,对着保安胡乱挥舞,保安躲闪,脚下绊倒。彼时,女医生已惊呆,靠在墙上不知如何是好。行凶者上前,左手揪住女医生白大褂的胸襟,右手中的刀子已直向女医生的胸口刺去。就在那千钧一发之际,敖奉林的身影从录像画面边缘飞快闪进,赤手直抓白亮的刀刃,行凶者企图反抗,敖奉林的右膝盖迅即跟进,直顶行凶者的裆部。后来,我曾问敖奉林,他怎么会出现在肿瘤科候诊厅？他说，上楼时他看人多，没等电梯，而是一路走的楼梯，边走边看悬在墙上的宣传板，没想就碰上了那档事。"一脚踢出个屁，是不是让我赶上了？"敖奉林这样跟我自嘲。

令人眼花缭乱的一幕，我在科尔沁草原边缘的集市上见过，但那次，敖奉林面对的是毫无防范的牤牛，这次，却是手执利刃的凶犯；那次，利刃虽在敖奉林手中，但他握的是刀柄，这次，却是生生地将闪着寒光的利刃抓在了手里，并一直牢握在手，那需要一种怎样的坚韧与耐力！

我们去检察院，看到了那把刀子。是一把北方农村常见的杀猪刀，青黑色，直通通，尺余长，扁窄，一侧是锋利的刃口。检察官说，嫌犯是个农民，平时除了侍候责任田，杀猪宰羊可算作他的第二职业。一年多前，他妻子患癌症，来省城治疗，男子一路陪护。没想，千金花尽，病人癌细胞还是扩散了，在最后弥留的那几天，家中上小学的儿子去村外野浴，不幸溺亡。男子死了妻，亡了儿，不仅花光了家中的积蓄，还欠下了不小的饥荒，便把一腔怨恨都倾聚在给妻子看病的主治医头上，只想一刀捅死大夫，然后再抹自己的脖子。检察官唏嘘感叹，说，我们这位战士等于一下救了两条命呀，那个男子若是一刀夺去了女医生的性命，就是他不自杀，检察院也只能以故意杀人罪提起公诉，法院判决死刑应该是没有争议的。

我陪敖奉林去附属医院做过受伤部位的康复检查。因面对的是令人敬仰的英雄，敖奉林救下的又是该院德高望重的医生，因此大夫表现出格外的热心和耐心。他在电脑上点击出手掌解剖图，给我们分析说，手掌动脉由桡动脉和尺动脉分出，神经由正中神经和尺神经分出，肌腱有浅屈肌腱、指深屈肌腱构成并分向各手指。桡动脉主要分布在手背，所以敖奉林受伤的主要是尺动脉、手上神经和肌腱，断裂程度都很深。现在看，血管和肌腱断裂处愈合不错，手上神经愈合则尚需耐心，估计最少半年，甚至更长时间。我们几位医生会诊，认为伤者完全可以做一下伤残鉴定了，他手掌神经受到的伤害还是很严重的，想彻底恢复不容易。

却也是怪事，敖奉林虽说右手上的神经受了伤害，但先前的鼠标指却不治而愈，五只手指虽不那么灵活，但也不再像病鸡爪似的拘挛了。中队进行年度射击检测时，敖奉林坚持上场，并取得两个8环一个9环的不错成绩。为这事，我再去省城附属医院，请教那位神经内科教授。教授说，鼠标指是近些年新出现的病症，除了长时期同一固定动作的因素，心理的因素对这种病症的形成是否也有潜在的影响，在学术界颇有争议。我个人的观点，是倾向于有影响，而且因人而异，有的人还会影响很大。

数月后，敖奉林荣立二等功的表彰令下达。和平时期，除非遭遇地震、洪水等极端情况，军警人员荣立二等功不容易。很快，敖奉林的九级伤残证书也下来了，是附属医院特意派人送来的。对这事，敖奉林还有点不领情，私下对我说，我伤是伤了，可并没残，这也整得太邪乎了吧。我说，残没残，你也把它收好，兴许日后有用。据我所知，附属医院那边为办这事没少下力，这也算他们表达谢意的一种方式吧。大队举行立功表彰仪式后，大队长征求敖奉林个人意见，说按照他立功、伤残的情况，如果他现在申请提前退伍，部队会与地方政府联系，争取优先安置。当然，个人若是愿意继续留在部队，部队也会优先考虑转干或报考军事院校。敖奉林跟大队首长说话还有点紧张，吭哧了好一阵才说，让我……再想想，好吗？

那天傍晚，晚饭后，敖奉林拉我去篮球场边坐，他将胳膊立在花岗岩象棋盘上，竟孩子似的非要跟我比试掰手腕。我不应战，说，想比也得等上一年半载，你还是好好养伤吧，我可不想让战友骂我趁人之虚以强欺弱。他笑说，我比绣花肯定不行，要是光比手上的力气，我在咱中队肯定还能前三。我说，你是不是心里有什么话要对我说？他便将大队长对他说过的话复述给我，让我帮他拿主意。这是人生的大路口，我自然不敢轻易张口，思忖了好一阵才说，从长远看，还是去地方好，若能安排到公检法或国地税，那都是战友们复员转业时梦寐难求的岗位。那时候，大红的太阳正在落山，晚霞满天，将敖奉林的脸庞映得通红。他说，可我还没在部队待够呢。排长哥你想啊，我来部队不过两年多，就立了两次功，咱中队咱一排绝对是我的人生福地！我想在排长手下再当一年兵，干满三年再考虑别的事，这行吧？我说，那我就太高兴了，我也希望你能再一次立功。没想，话说到这里，敖奉林竟罕见地羞涩了，说，那也请排长哥答应我一个请求，往后，再别让我执行碾臭虫的任务,行吗?我怔了一下,回答道,我也是这两天刚得到的消息,据说很确切。咱们警戒的这所监狱近期也将添置药物执行死刑的设施,枪决就要成为历史了。敖奉林又回了一句,竟一时让我无语,他说,药物执行就能保证不再有冤死鬼吗?

那一夜,我失眠了,为荣立了两次军功战士的那个请求,更为他的那个质疑。我想起他那不治而愈的鼠标指,想起医学教授说过的鼠标指可能受心理因素的影响,看来,真是有影响,而且影响不浅。从敖奉林嘴里说出的那句话看似不经意,却谁知在他心间窝了多久。从这点上看,我是不是有些粗心大意,失职失察呢?

夜深时分,我宿舍的门被轻轻推开,一个身影闪进。是敖奉林,原来他也没睡!敖奉林坐到我床边,低声说,排长哥,我决定了,报考军校。军校也有法律专业,是吧?不管考得上考不上,我一定试试!

作者简介

孙春平,男,满族,1950年生,中国作家协会会员,一级作家。当过知青、铁路工人。锦州市文联主席、辽宁省作协副主席。著有长篇小说及中短篇小说集多部,作品曾获"骏马奖"、东北文学奖、辽宁文学奖、《小说月报》百花奖、《中篇小说选刊》优秀作品奖、《人民文学》奖、《中国作家》奖、《上海文学》奖、《北京文学》奖、《民族文学》奖、小小说"金麻雀奖"等奖项。另有影视剧编剧《爱情二十年》《欢乐农家》《金色农家》等多部集。

鲁北旧事

邢庆杰

北京文学年度短篇小说精选·2017

死有重于泰山和轻于鸿毛之别。一个人被一只貔子吓死；一个人为了一句"你再有钱又咋样？死了谁给你下葬呢？"喝农药死……这些都是鲁北的旧事。他们的死同泰山和鸿毛没关系，但在作家笔下，仍是有一定意义的。究竟有什么意义呢？

出猎记

那是五年前，一个闷热的下午，杨哥打来电话，让我去他那儿喝酒。我很怵他那一顿一斤半的酒量，就推说晚上写点儿东西，不喝了。

他在电话里嗓门猛地高了八度：写东西就更该来了，你不深入生活那就是闭门造车！

我有些不屑，喝酒也算是深入生活呀！

杨哥的声音马上变得像个特务，有点神秘地说，喝完了酒我带你去打猎。

自从枪支被公安机关收缴，好多年没有感受过打猎的乐趣了。

我驱车直奔开发区。

杨哥是开发区一家企业的老板，近些年生意一直很好。杨哥好友，又会享受，在厂区专门划出了一块地，修了内部食堂和客房，经常在厂内宴请宾朋，醉了就安排在客房休息。在食堂的后面，他挖了一个池塘，不但养了鱼，还引进了天鹅、鸳鸯、丹顶鹤等稀罕物。池塘的后面，是一小片树林，周围用网罩了，里面散养着笨鸡和鹅、鸭、猪等禽畜，全部用于招待他的亲朋挚友。酒至酣处，他便领着大家来他的池塘参观，显摆他的珍禽异鸟。

杨哥共约了两个人,另一个是法院的朱哥。在食堂落座后,杨哥即宣布,今天晚上都少喝,每人一瓶,喝完就出猎。

杨哥行伍出身,人高马大,足有二百多斤。朱哥虽然前半脑袋的头发全掉光了,但他每天坚持慢跑一个小时,人极为壮实。和这俩哥们儿喝酒,经常是手把一,痛快。今晚有打猎这事儿牵着,我们哥儿仨都喝得比较积极,一个多钟头就结束了战斗。

司机小吴开出了杨哥那辆悍马 H6。这车宽敞,我们三个人坐在后面,非常宽松。

我问,枪呢?

杨哥一声呼哨,两条黑乎乎的细长东西闪电般跃上了副驾驶座,并排着蹲在了座位上,目视前方,显得那么训练有素。

我认识,这是杨哥最宠爱的两条灵缇。灵缇又名格力犬,原产于中东地区,是世界上奔跑速度最快的狗。但在我们这儿,俗称是"细狗子",以前爱打猎的,都喜欢养几条当猎狗。自从公安机关收缴了社会枪支,打猎这个民间娱乐活动基本消失了,灵缇也就慢慢淡出了人们的视线。

杨哥说,这就是我们今天晚上的枪。

朱哥惊讶道,看来你是第一次和杨哥出猎呀,现在谁还敢用枪?

杨哥拍拍前面两条灵缇的后背说,狗都比你业务熟练。

我讽刺道,你这也算打猎?

车子出了厂区,一直往野外开。

车子开进一片树林,车顶上的八个大灯同时打开,把树林中间的土路照得如同白昼,更像把黑夜掏出了一个巨大的白洞。杨哥一声呼哨,两条灵缇从车窗一跃而下,各奔左右的树林而去。

车缓缓前行。我不知杨哥整的哪一出,也不敢问,怕遭嘲笑。

忽然,在左边的树林里蹿出了一只野兔,沿着灯光的方向拼命逃窜,一条黑影,箭一般跟着飞奔而出!

车子加速,也紧紧跟在后面。

右边同时蹿出两只野兔,后面也跟着一条黑色的幽灵,穷追不舍。

我忍不住问,兔子怎么不往树林里跑?

杨哥说,兔子喜光,晚上爱往有亮的地方凑,狗到林子里一轰,它们就都奔着光明来了,累死也不会往黑暗的地方跑。

一只灵缇已经返了回来,眨眼间就来到了车前。杨哥让小吴把车停下来,我们三个都下了车。那只灵缇嘴里叼着一只还在挣扎的战利品,在杨哥面前摇着尾巴,嘴里还不停地哼哼着。

杨哥笑着说,这是在向我讨赏呢。

说着话,杨哥把那只野兔接过来,随手打开后备厢,扔了进去。然后,他拍拍灵缇的脑袋说,伙计,干得不错,回去奖励你,去干活吧!

那灵缇好像听懂了般,转过身来,又向前方狂奔而去!

另一只灵缇又叼着猎物来到杨哥面前,撒娇般摇尾请赏……

车子缓缓前行,我们三人步行,两只灵缇交替着出击、返回,无一次落空,只是喘息声越来越沉重,身姿也不像初时那样敏捷了。

天渐渐有些闷热,我说,可能要下雨,狗也累了……

杨哥说,已经逮了二十多只了,够本了,回吧。

呀!那是个啥?小吴忽然怪叫了一下,声音有些颤抖。

我们循声望去,就看到了离车不远处的那两个白色的影子。可能是听到了小吴的叫声,它们同时立了起来,回过了头,四只绿莹莹的眼睛,像四盏小小的灯笼,游移不定,在寂静的夜里,说不出的诡异。

是貔子。说出这句话,我感觉后背一阵发凉。

貔子,是兼有黄鼬和狐狸共性的一种动物,是鲁北平原特有的生灵。貔子只在夜间活动,因多为白色,故也称"白貔"。在鲁北平原一带,有关貔子的神秘传说数不胜数。传说中的貔子可以变成美女,先魅惑人,再食其小孩……因故事中牵扯的人物,多是周围相熟的人,故很多人相信。

两只灵缇也站在我们旁边,不敢上前。

杨哥在两只灵缇的背上同时拍了一下,怒喝一声:上!

两条黑影同时扑了上去!两只白貔扭头就跑!

两黑两白,离我们越来越远,我们赶紧上车,跟了上去。

追到近前,车停了下来,我们都下了车。

前方两黑一白,撕咬正烈。几个回合之后,两个黑物终将那白物摁在地上。少顷,一只灵缇跑过来,将猎物扔到杨哥脚下,白貔的皮毛上沾满了血,已经不能动弹,眼睛却怒睁着,反射着绿光。灵缇围在杨哥身旁,哼哼唧唧,似有委屈。我们细看,原来它的脸上有两道深深的伤痕,在不住地流血。杨哥赶紧从车上拿下纸巾,为他的功臣擦伤。

另一只灵缇立于一棵小桑树下,冲树上狂吠不止。

我和老朱、小吴同时赶了过去。

桑树只有手腕粗,那只白貔趴到了树冠之上,压得树冠左右摇晃,那野物的两只绿眼也不断左右飘移,甚是骇人。

灵缇有些狂躁,不断跳跃着向树冠之上发起攻击,终是差半米有余,不能触及。

这时,杨哥过来,抓住小桑树的树干,猛烈摇晃起来!

白貔一声厉叫,冲着灵缇俯冲而下!

灵缇竟不敢接招,尖叫一声跳到一旁!

白貔立于树下,绿莹莹的双目喷射着冷光,盯了我们足足三秒钟。这三秒钟非常安静,周围只有风吹树叶的沙沙声。

我预感到可能会有不好的事情发生,心提到了嗓子眼儿。

那野物忽然扭转过身,屁股对着我们,放了一记闷屁,刹那间,我们被一股浓烈的腥臊臭味呛得几乎窒息。

小吴跑到一旁呕吐不已。

那只灵缇不断打着喷嚏,浑身颤抖。

等我们回过神来,那只白貔已消失不见。

天空一声闷雷,霎时大雨如注!

我们打道回府。

车上弥漫着那野物释放的腥臊味儿,小吴把四个窗户都开了一条缝,清冷的空气伴随着冰凉的雨点灌进来,味道慢慢变淡了。

两只灵缇并排蹲在副驾驶座上,相互依偎着,兀自不住地打着哆嗦。

杨哥说,这俩伙计没见过这野物,吓着了。

接着又嘱咐小吴,回去后晚睡一会儿,选十只肥点儿的兔子,拾掇干净了,放进冰柜,其余的,连皮带肉剁碎了,犒劳这两个黑家伙。

小吴问,这只貔子怎么办?

杨哥说,先扔到厨房,明天一早剥皮,找个会熟皮子的,给我熟个皮褥子。

我忽然想起老家的一个传说:一只貔子和一个乡村木匠在夜间相遇,被木匠用锛所伤。貔子逃走前,冲木匠放了一个臭屁。深夜,貔子循着这气味找上门去,立于床前。那人早有准备,从枕下摸出一把锉刀刺去,一声惨叫,那野物倒下。那人掌灯一看,刺死的竟是自己八岁的爱子,窗口一声奸笑,那野物逾窗而去……

我本想把这个传说告诉车上的人,转念一想,算了,让他们睡个好觉吧!再说了,我们居住的是钢筋水泥的建筑,那些土墙头茅草屋时期的乡间传说,不会在这里应验。

到了杨哥的公司,雨下得稍稍小了点,但还没有停的意思,我和朱哥分别被安排进客房住下了。

我痛痛快快地冲了个热水澡,洗掉了那一身的腥臊味儿,然后把里外所有的衣服搓洗一遍,晾在椅子背上。

做完这些,我又累又困,头一挨枕头边儿,就迷糊了过去。

睡梦中,我听到窗户那儿有声音,睁眼一看,一个通体雪白的东西从窗口爬了进来。我吓得心都快跳出来了,想打开电灯,手臂却软绵绵地抬不起来。那东西纵身一跃,直接冲我扑了过来!

我一坐而起,睁开双眼,天已大亮,才知是一场噩梦,心犹狂跳不止。我抚摸了一下胸口,长出了一口气,隐隐听到后窗有嘈杂的人声。

我将还有些潮湿的衣服穿上,趿拉着拖鞋走出客房。循声来到屋后,见一大群男女围在池塘边上,正叽叽喳喳地说着什么。

这些人穿着统一的蓝色工作服,应该是杨哥公司的员工。我拨开人群,走近池塘,登时呆了!

池塘边上像刚刚经历了一场大屠杀,横七竖八地躺着几十只天鹅、鸳鸯、丹顶鹤等禽鸟的尸体,还有一摊摊褐色的血,血已经凝成斑块,裂开了纵横交错的细纹。我稳住心神,仔细看了看,这些禽鸟的伤口都在咽喉,尸体却很完整,显然,袭击者并不是为了果腹,而是为了报复……我隐约猜到了什么,心跳骤然加剧。

忽听耳边有人说,奇怪!那只放在厨房里的死貔子也不见了。

我扭头一看,朱哥那颗光脑袋一直在我身边,我竟没有注意。

我后背一阵发凉,一种不祥的感觉从心底漫上来,我问,杨哥呢?

老朱叹了口气说,他看到这情况后,可能是血压升高,当时就晕了,小吴和办公室的人把他抬上车,送医院了。

我和老朱赶到医院时,躺在病床上的杨哥,正被人从急救室推出来,身上蒙着一层白被单子。

杨哥享年五十岁。

出殡记

莫老实开始考虑自己的后事,是从胡屠户的一句恶毒话开始的。

胡屠户说,你再有钱又咋样?死了谁给你下葬呢?

这句话,在莫老实的心上深深地轧了一道沟,莫老实陷在这道沟的阴影里,许久都看不到日头。

莫老实和邻居胡屠户好像是前世的冤家,他们是同年同月同日生的,从记事起两人就摽着劲儿,什么都攀比。

胡屠户膝下有两个儿子顶门立户,但因他又嗜酒又好赌的,日子过得颇为潦草,两个儿子都二十四五了,一家人还住着三间破土坯房子,儿子的媳妇都还没有着落。

莫老实因早年就开了窍,率先在大棚里养鸡,挣到了一笔足够花一辈子的钱,成为村中首富。但美中不足的是,他香火不旺,年过三十了才有了一个闺女。但莫老实不怕,他早早地给闺女修了一个漂亮的四合院,不愁招不来上门女婿。

这就是两人较量了多半辈子后的状态,半斤八两,各有千秋。

但近几年事情又出了变故,莫老实的闺女刚找了一个愿意来倒插门的后生,男方还没过门,闺女就出车祸死了。莫老实的女人在闺女死后没几天也恍恍惚惚地掉进了井里,不知是自杀还是意外。这一走就是两口人,把莫老实一个人剩在了这阳世上。

那句恶毒话出在胡屠户向莫老实借钱的事儿上。胡屠户是极不愿意向莫老实借钱的,他不愿向莫老实低头。但胡屠户在村里的负债已经较为普及,实在没地方借了。他借钱的事儿刚提出来就被莫老实一口回绝了。胡屠户就很生气,他觉得他能屈尊向这个老绝户借钱已经是自降身价了,这个老绝户竟回绝了他。在气头上,他就说出了那句恶毒话:你再有钱又咋样? 死了谁给你下葬呢?

莫老实被那句恶毒话搅得坐卧不安,慢慢就开始操心自个儿的后事了。他绝对不能让胡屠户看自个儿的笑话,再说,自个儿也是六十多岁的人了,说不定哪天睡着了就醒不过来了。

思来想去,莫老实决定把自己的丧事托付给村委会。村委会有一个红白理事会,是专办村里的婚丧嫁娶的。只要自个儿提前把钱拿上,一旦蹬了腿,村委会还能不管?

莫老实提取了三万元钱,一大早就推开村委会的门,把钱扔在了村委会主任胡晓东的办公桌上。胡主任一怔,当他听明白了莫老实的意思后,眉眼里全是笑,他迫不及待地将手在桌上一划拉,把三大捆钞票划拉进了抽屉,拍着胸脯说,莫叔,您老放心,我一定把您的丧事办得红红火火、热热闹闹,只是……您这身子骨,怕是活到一百岁也不难。

莫老实心里踏实了,这有钱就是好,没有能难住的事儿,胡屠户想看笑话? 没门!

三天之后,胡主任死在了一个年轻女人的床上。后经医生鉴定,系劳累过度,诱发了急性心脏病猝死。

一个月后,觊觎主任位子多年的孟小刚当选为新的主任。

莫老实担心事情有变,就在孟小刚上任的第一天来到村委会,说明那三万块丧葬费的事。孟小刚让村会计查账,会计说,查什么账,胡晓东压根儿就没把那笔钱入账,而是拿去赌了。他还说,像莫老实这体格,再活个二十来年没问题,权当借用一下。

孟小刚双手一摊,莫叔,你看这事儿……

莫老实愣了片刻,一言未发,转身走了。

老二天一早,莫老实就将三捆新崭崭的钞票扔在了孟小刚的办公室桌上,并亲眼看着会计入了账,才心满意足地离开。

第三天一早,传来噩耗,孟小刚的几个同学在县城里摆了酒宴,祝贺他荣升为村委会主任。孟小刚一高兴喝多了,回来的路上把摩托车直接开到了河里,早上才被人发现。

村里的人们开始用异样的眼光看着莫老实,弄得莫老实都不敢随便上街了。

不久,经过选举,莫老实刚出五服的本家侄子莫名其当选为村主任。

莫主任上任的第一天,莫老实又来到了村委会办公室。他刚一进门,莫名其就将三捆钞票递到他手里,愁眉苦脸地说,叔呀,咱们爷儿俩虽然已经出了五服,可我毕竟是你本家的侄子呀,你不会盼着我和上边两个主任一个下场吧?

莫老实并不是真的老实,当即大怒道,你这熊孩子!怎么还迷信这个?他们死都是自个儿作的,和你老叔这事儿有屁关系!

莫名其赔着笑脸说,叔呀,这事儿呀,就怕赶巧了,你说有这么巧的事吗?谁接了你的这个事儿也没活过三天呀,村里人都说了,这事儿本身就犯忌,我这后脑勺直发凉呀!

好说歹说,把莫老实和三捆钞票连推带搡地请出了村委会,然后插上了门。莫老实抱着钱,跳着脚在门口大骂了半天,引得无数村人围观,后来自觉无趣,灰溜溜地离开了。

胡屠户在背后哈哈大笑了两声说,这无后就是无后呀,这种事能靠得了别人?

莫老实停下了脚步,想发作,想了想又没词儿,就步履散乱地逃走了。

胡屠户的第二句话又追了上来：就是村委会给你办了又如何？谁给你披麻戴孝摔老盆子呢？

晚上，莫老实草草地吃了点儿饭，盘腿坐在沙发上看电视，脑子里想的，还是自个儿的后事。本来，他一脑子的后事，心思没在电视上，可是无意之间，他被电视上的一个出殡镜头吸引住了，看了片刻，他想起来了，这是他以前看过的一部电影，叫《落叶归根》，眼前演的这一段，正是午马扮演的一个和自个儿情况一样的老人，花钱雇人出"活殡"的桥段。他忽然觉得眼前一亮，差点儿从沙发上栽下去。

有了想法，事情就好办多了。第二天，他骑着电动三轮车，找到了魏家寨响器班的老板老魏。老魏的响器班子在方圆百里都是较有名气的，村里两个主任的丧事，也是请他办的。

开始，莫老实还有些不好意思，他有点羞涩地把自个儿的想法透给老魏后，老魏当时就笑了，老魏说，咳！这年头，您这就不叫事儿！只要老哥别心疼钱，到你走的那天，你要几个儿子就有几个儿子，要几个闺女就有几个闺女，保证哭得比死了亲爹动静还大！这年头，钱才是亲爹！您就放心吧！

莫老实摇了摇头说，钱是小事儿，咱留着钱有啥用？只是，你应承得再好，俺两腿一蹬，啥也看不到呀！

老魏一双牛眼的视线就渐渐聚在了莫老实的脸上，看了半晌才试探着问，您老哥……不会是想"活出殡"吧？

莫老实迎着老魏惊讶的目光，狠狠地点了点头。

老魏兴奋地一拍手，刺激！咱啥活儿都接过，就是这活出殡，只是听说过，还没弄过，咱也乘老哥的东风上上台阶！

莫老实说，我要披麻戴孝的孝子、孝女各五个，再加二十个哭帮腔的，你就开个价吧！

莫老实要活出殡的事儿传遍了周围十里八乡。

事情弄大了，胡屠户才有些后悔，自个儿不该这么挤对一个老绝户，真把他惹毛了。

两人在街上迎个对面,胡屠户就说,老哥呀,俺说的那些话,你就当狗放屁吧!这么糟蹋自个儿,值吗?弄得再风光,也是假的,等你哪天真蹬了腿,不还得马马虎虎地埋了。

莫老实面无表情,也不看他,冷冷地说,俺这排场,你死几回都弄不起。

胡屠户这次本是好心,却挨了这么一句恶语,也急了,你再排场不还是假的?

莫老实已经走远了。

莫老实出殡这天,天上飘着雪花子,正是出殡的绝好天气。看热闹的人们像赶集一样拥挤。

灵堂里,两条厚实的板凳上,架着一口上好的红松木棺材。老魏敲着厚重的棺材板子,叹道,这斗子,怕是一百年也朽不了。

莫老实满脸的笑,连脸上的皱纹也冒着红光。他穿着一身寿衣,踩着一只方凳,爬到了棺材里,头南脚北,稳稳地躺好了。

有几个年轻人笑着,挣抢着给他盖上棺材盖子,七嘴八舌地喊,大叔走好呀……

别盖实了,留条缝儿……

大叔看看那边不好再回来呀……

大爷从阴间给俺爹捎个信回来,问问他把钱藏哪儿了……

大哥呀,你别忘了问问你那早走的大兄弟,在那边找了女人没?要找了俺就不给他烧纸钱了……

周围一片笑闹嘲讽之声。

老魏的人马早已到位,一群披麻戴孝的男女,在老魏的指挥下,井然有序地在棺材前跪倒了一大片。

时辰一到,老魏喊了一嗓子:起灵了——

砰的一声!打头的一个"孝子"当即就把瓦盆摔碎在面前的一块石头上。

一时间,唢呐响起,哭声震天!

爹呀——俺的亲爹呀——

亲爹——你走好呀——

……

渐渐地，人们都不再笑闹了，因为这帮男女哭得太专业了，那叫个情真意切、撕心裂肺，让好多人都忘记了眼前这一幕是一场闹剧，几个眼窝子浅的女人，竟也泪流满面。

送葬的队伍浩浩荡荡地出了村，足有三里多长。

有人感叹：唉！这场面，真是百年不见，咱村老县长的爹死，也没这么多人来……

胡屠户夹杂在送葬的队伍里，心里酸苦咸辣的，没个准滋味。

村子离坟地，有五六里路。

当地有拜"路祭"的传统，即在路上落下棺来，由亲友分别进行祭拜。路祭是出殡的主要看点，看的是祭拜者拜祭的动作和姿势是否正确，拜错了，会引来一片哄笑。还有粗笨一些的人，在拜祭过程中踩着孝衣的下摆，当场滚落在地，那样会成为笑谈，在周边村子里流传好久。

在老魏的口号声中，送葬的队伍走一段就会停下来，落棺，然后由老魏安排的"亲友"进行拜祭。这专业水平就是不同凡响，拜祭的动作个个标准、到位、干净利索，叫好声此起彼伏。

用了两个多小时的时间，终于到了坟地。

一个巨大的坟坑已经挖好，下坑的墓道又宽又平。在老魏的指挥下，很快就下了棺，定好了方位。然后，所有站在坟坑周围的亲友，集体进行"墓祭"。墓祭的仪式很简单，直系的晚辈跪下磕三个头，其他亲友集体三鞠躬，算是和死者作最后的告别。

墓祭结束后，按照预先的计划，已经到了收场的时候。莫老实最终是要出来的，但棺材要真的埋在这里，等哪一天莫老实真的咽了气，再将坟挖开，把他的骨灰盒放进棺材里，埋上即可。老魏和另外一个后生缓缓将棺材盖子移开，老魏嘴里还打着趣儿，莫老哥呀，出来吧，这棺材有啥留恋的，你以后有八百辈子的工夫在里面享受……

棺材打开，老魏的眼就直了，老魏的声调都变了，老、老、老哥，你可坑死俺了……

莫老实的身子,已经硬了,脸上弥漫着一抹诡异的微笑……

身边,一个空了的"乐果"瓶子,散发出浓烈的农药味儿。

作者简介

邢庆杰,男,国家一级作家。曾就读于鲁迅文学院第 21 届中青年作家高研班。已在《人民文学》《中国作家》《北京文学》《小说月报·原创版》《小说界》等报刊发表小说作品 200 余万字,被《小说选刊》《中华文学选刊》《小说精选》等杂志转载近百次,入选《2008 年中国短篇小说经典》《小说月报 2015 年精品集》等 100 多种海内外选本。获过"山东省第二届泰山文艺奖·优秀短篇小说奖"等 30 多个文学奖项。已出版小说《一九八七年的情诗》《白貔记》《屠蛇记》等 22 部。现为德州市文联专业作家,系中国作协会员,山东省作协全委委员,德州市作协主席,《鲁北文学》主编。

谁不热爱保罗·斯科尔斯

陈鹏

段凡，四十三岁的"老男人"，是我们这一帮朋友里的球痴，他爱球，尤其痴迷保罗·斯科尔斯。我们在取笑他的同时，也在吹嘘：谁不热爱斯科尔斯，就如同谁不热爱青春岁月。青春一去不复，但热血依旧。

不能不管了。

段凡拎着酒瓶从张勇的复式楼梯上往下跳，炸裂的玻璃碴儿差点把他戳瞎。他昏迷不醒，张勇扑通跪地，一手按住他下颚动脉。后来他在急救车上醒了，头一句就是，今晚曼城打曼联。医生说，看来问题不大。是的，问题不算大，最后确诊轻微脑震荡，歇四周归队。但跑不动，出球慢，转身也慢，基本和从前那个保罗·斯科尔斯一样骁勇的中场后腰说再见了。从前他多他妈能跑，900平方米的球场也容不下他。下场后我不敢看他眼睛，也不敢看他脑袋。估计后脑勺有手指宽的疤。他向兄弟们复述断片前一秒——黑暗，针尖大的黑暗。

张勇咋了他喝酒？

"我告诉他，只要看上我公司任何一个姑娘，我立马牵线。他不说好，不说不好，三拳打不出个屁。只认得喝、喝。喝多了就蹿我楼梯上……"

我们收东西撤离海埂三号场。晚霞在低空燃烧，脚底优质的小叶草扑哧响，像浸水的毯子。我们在停车场道别。不能放任不管了。不能不管管我们的保罗·斯科尔斯了。他直着脖颈，朝我挥了挥手。

黑暗。针尖大的黑暗。我想象不出来。

段凡四十三了，没结婚，没女人。我猜这是他从楼梯上往下跳的原委。

当然啦,他不会承认。我了解他,比他自己更了解他。当年我将一个家境不错、大学本科的高中同学介绍给他,他见了面,一声不吭。桂子把一个离婚出纳带到他面前,他整晚就说七个字,"请把那瓶酒给我。"小宝前后为他张罗三个,没一个让他开口。狗日的段凡,他手拎啤酒,缩进墙角,管你三七二十一。烦透了。我们烦透了。人过四十,要相亲结婚就太难了,就像七老八十还想满场飞奔。

我打他电话。

"睡了?"

"没有。三点英超。"他说。

"你到底咋想?"

"想哪样?"

"为哪样跳楼?"

"我说了。"

"你没说。"

"哪样也不想。"

"真不找个伴?"

"没意思。"

"就足球有意思?"

"行啦老李。"

"你还真以为你能踢一辈子?"

"行啦行啦。"

"保罗·斯科尔斯有老婆,而且有三个娃。"

他不吭声。我能听见他呼呼喘息。他好像又喝高了。也许满地啤酒瓶。

"你听着,"我一字一句地说,"2003年,斯科尔斯累积黄牌错过欧冠决赛,最后曼联夺冠,斯科尔斯从两层高的看台上跳下来——对,跳下来,死死抱住弗格森。"

他挂了电话。

狗日的。

他要傻到什么时候？

周五，大伙在彭翔楼下小酒馆喝酒，酒馆老板问何时结账，小孙操着标准的东北普通话说，"你怕咱不给钱还是咋的？喝到明早上，咋的？"老板吓坏了，"几位大哥，要哪样，只管说。"

凌晨一点，昆明的金色灯光洋洋洒洒，彭翔表妹及其闺蜜出场了。表妹的闺蜜一头长发，打着小卷卷，穿低胸夹克，紧身牛仔裤，身材火辣。大伙明白了，彭翔醉翁之意不在酒，在段凡。但是对于其貌不扬、除了足球什么也不爱的段凡来说，这姑娘绰绰有余，用鲜花和牛粪来形容一点也不过分。小孙刘磊桂子们立即大献殷勤。段凡亮出标志性动作：缩进墙角，垂着脑袋，一杯接一杯喝酒。

姑娘说，"我叫束薪。束河的束，柴薪的薪。"

桂子说，"我这辈子头一回碰上姓束的。他姓段，段凡。平凡的凡。"

"我三十五。"她说。

"他四十三。"桂子笑了。

兄弟们使劲讲些废话。之后，彭翔问她，"你喜欢足球？"

"喜欢。最爱英超。"

段凡看了看她。

"哪支队？"彭翔说。

"曼联。我是二十年曼联铁粉。最爱保罗·斯科尔斯。太伟大了。平凡的伟大。弗格森退位，斯科尔斯挂靴，曼联找不着北太正常了。穆里尼奥有戏，曼联会越来越好。小将拉什福德不可限量。"

"不喜欢小贝？"

"我说的是最。最爱斯科尔斯。"

段凡扛不住了，从墙角磨磨蹭蹭过来，小声说，"保罗·斯科尔斯哪年的？"

"1974年生于索尔福德，92班主力，为曼联出战718场。"

段凡血往上涌，像被某种东西钳住了。一个漂亮女人，一个懂球的漂亮女人。二十年来的偶像非斯科尔斯莫属。他一直模仿斯科尔斯——不惜体力地奔跑,传球简洁、再简洁。平凡的伟大,说得多好。斯科尔斯效力曼联三十年,谁都可以盖过他,谁也取代不了他。当他不上场的时候,曼联就不那么稳当了。段凡在我们球队的地位差不多与斯科尔斯相当,他总爱引用齐达内的话,"斯科尔斯是我们这个时代最伟大的球员,没有之一。"

彭翔让他和束薪坐一起。两人一直聊英超,很多八卦我们闻所未闻。后来彭翔让他送她回家,他也很想送她回家,虽然嘴上不说。他们在街边打车,段凡坐副座,束薪坐后座。车子沿长春路飞驰,他好几次想悄悄回头,但每次都被刺眼的路灯吓退了。

"你从小踢球?"她说。

"……初中。"

"没进校队?"

"没有。"

她忽然笑了。

"对不起。我不是——"她说。

他没吭声。

"你周末有空?"她说。

"周六,踢球。"

"我想去怒江。一起?"

"……开车?"

"对,自驾。轮流开?"

"……"

"明天之内,一定给我答复。"

凌晨三点,他打开电视,切尔西对阿森纳,蓝军 3 比 2 险胜。他不如从前激动,也不再觉得非看不可。自从保罗·斯科尔斯退役,英超就没那么牛逼了。就像马拉多纳之后的阿根廷,罗纳尔多之后的巴西。他想起斯科尔斯对阵利物浦的 35 米远射,想起他满头金发和腼腆笑容,想起他飞奔时有些宽大的曼联球衫。接传球太干净了,像风掠过冰面。他起来,打开一瓶啤酒,喝到一半,比赛结束。他关掉电视,躺下。第二天没去单位——他那个工作去不去无所谓。下午,他给束薪发了一条短信:怒江。

这差不多就是段凡和束薪初识的过程。现在,我把它写成小说冒着相当大的风险——写出来的未必是真的,何况未经两位同意。是啊,我没征求他们意见(需要征求吗?)算了,何必担心一个摔坏脑子的傻瓜——上上礼拜,大雨天,他居然跑到海埂 3 号场,打电话问我咋没一个人? 我说,小蒋没通知你下雨改期? 他没说话,背景是噼里啪啦的雨声,间或有电闪雷鸣。

"就我一个人,老李。就我一个。"

"行啦。等着,我过来。"

我赶到海埂,雨小了些。我停好车,撑伞往里走,远远望见段凡打一把黑伞立在 3 号场边,粗大的桉树站在他身后,像暗黄的巨人。雨点敲打草皮,发出清脆的吱吱声。

"抽烟?"我问他。

他摇头。

我取一支,点上。昆明遇雨成冬,真他妈冷。

我抽完一支,又取一支,点上。

放眼望去,1 号、2 号、3 号、4 号、5 号、6 号场不见一个人。连缀的草皮像一片绿海。

雨势不减,风越来越凉。

"走吧?"

他不吭声,一手揣兜里。

"不走?"

等于白问。

雨点噼噼啪啪打在桉树叶上。草地上的雨声弱下去了。

"当年,当年下多大的雨也要整啊。"他说,"1997 年、2003 年……记得吗,老李?"

我说,我记得,都记得。海埂烂得像秧田,大雨如注,我们上场玩命。

球落在过脚面的积水里动弹不得,你必须使劲捅它、踹它,像犁地一样把它弄到干一点的地方才能往前推进。早就不讲技战术了,全在烂泥里摸爬滚打。真过瘾。真是过瘾。雨水汗水海埂臭烘烘的烂泥糊住你的脸,让你喘不上气,让你激动得像要渴死的马。

"今晚英超?"我说。

"南安普敦打桑德兰。"他说。

"回吧? 找地方坐坐?"

"还是斯科尔斯牛逼。"他说。

"行啦。"我说。

"跑几圈。"

我没法反对。我为他撑伞,他脱了衣裤,换上行头,转身扎进雨里。噼里啪啦的跑动声相当空旷,像巨石锤击大地。白色水花在他老迈的耐克鞋钉下飞溅。他掠过我,将海埂基地黑乎乎的恶臭甩我一脸。

段凡七天后回来的,那场野球束薪并未光临,让我们的期待落了空。他照样跑不动,迟缓、疲惫,像垂死的狗。桂子说,他肯定在怒江途中把自己一次性掏空了。我们哈哈大笑,意淫各种场面,想象他们从昆明——怒江近千公里的漫长旅途中,租住一个又一个破烂小旅馆,把劣质小铁床折磨得吱吱叫,让隔壁的人拍墙大骂:狗日的,轻点嘛。

段凡扇他们嘴巴,桂子小蒋小孙兔子一样逃窜。彭翔将他拽到场边,问他进展如何,他一声不吭。彭翔急了,有进展,还是没进展啊? 段凡说,狗屁进展,回家!

后来我才知道,段凡、束薪在怒江开过一间房,但是,他连她手都没碰过。

这还是爷们儿干的?

兄弟们骂他"装逼""哄鬼"。只有我信他。是的,我信。我们认识太久了,他二十四、我二十二那年就组建了"红番"足球队,打遍昆明无敌手。我太了解他啦。他这辈子除了足球谁也不爱,除了斯科尔斯谁也不爱。多年来英超必看,无论多晚,他一定提前五分钟起来。没女人。一个也没有。

一个男人怎么能没有女人呢？他不是 gay，当然不是。可到底是什么东西妨碍他找一个女人，哪怕和她睡上一次呢？

去怒江途中，他们第一夜住大理，各要了一间房。次日，束薪说两间房太浪费了，不如就一间？段凡没吱声。别克昂科拉沿大理——保山高速穿山越岭，公路正前方，黛青色高山气势雄浑，河流在峡谷里飞奔；太阳划过山脊，余光闪闪发亮；当宽阔的大河突然出现，他的心怦怦跳。来到怒江——保山岔道口，他换束薪开车，以一百码速度冲上怒江高速。山越来越陡，像巨人刀削斧砍的废墟。束薪听一张《绿洲》专辑，进入泸水才换了张学友的老歌。束薪说，你一个踢球的不热爱摇滚？他不知该怎么回答。一直聊足球，她竟然知道当年皇马来昆明时小贝的房间卖出了什么价钱；还能说出 1982 年、1986 年世界杯决赛首发名单。绝大多数时候，他只能羞愧地担当听众。天擦黑时终于抵达六库——怒江州府所在小镇，找到一家整洁的小旅馆。她就开了一间房。

他后来讲，这是他度过的最惊心动魄的夜晚，没有之一。

进门后，束薪翻出一堆东西直奔卫生间。他打开电视，卫生间的流水声高一阵低一阵。屋里一股霉味。也许一小时，也许更久，她终于托着毛巾包裹的长发出来了，身穿自带的白色睡衣。

"你去吧。"她说。

他三下五除二，尽可能不发出多余响动。出来时穿得整整齐齐。她选了靠墙的床躺下，两腿交叉，小腿裸着，亮得耀眼。他在空床上坐下来。她盯着电视。倦意和兴奋同时压迫着他。

"喝茶吗？"她说。

他没说行，也没说不行。

她给他泡了自带的普洱，茶味清淡。他侧过身，忽然发现她距离自己如此之近，最多二十厘米吧。

"累吗？"束薪说。

"还好。"

"你这人有意思。话不多，四十老几了还单着。谈过几个？"

他不吭声。

"你不会是弯的吧?"她笑了。

"不是。"他说,"高中的时候,高中的时候我喜欢过英语女老师哩。"这话说出来,他自己也吓着了。

"真的假的?"

"真的。还写过一封信。"

"哈哈,看不出来,你还有这胆子。"

"是,我也觉得……"

"回信了吗?"

他拉过被子,垫在脑后,摇摇头。

"哈哈,你有种。"她说,"后来呢? 一直单着?"

他想不起来。似乎有过一个,又似乎算不上。是二十年前刚大学毕业分来的同事,地道的昆明姑娘。也就吃吃饭,看看电影。手都没拉过。

"大哥,你四十三了。"

他又没话了。

"我好过三个。"她说,"第二个差点结婚。要不是我发现他玩劈腿——妈的。"她停下来,像在等他说点什么。可他一言不发。她继续说,"除了这点,他人很好。一直很好。"

他实在不知道该说什么。

"我怎么觉得地板在抖呢。就像还在车上,还在往前走。"她说。

"嗯。"

"抽烟吗?"

"不抽。"

"介意我抽吗?"

"你随便。"

她下床,从箱子里翻出一包女士烟,很细,很白,像一截细小的骨头。她点上,慢慢吸了两口。烟味发甜,一点也不让人讨厌。

"你什么时候踢球的?"

"初中。"

"对对,你说过,没进校队。"

"杀手李是校队主力。我们当年一所中学。我比他高两届。"

"你那么爱足球,居然没干过专业队。连半专业也没干过。"

"我喜欢的作家海明威说,想一想,不也挺好吗? 我想象自己……进曼联,不也挺好的?"

她哈哈大笑。

之后她将抽一半的烟按灭。

"那个差点跟我结婚的,第二个,劈腿那个,是红塔的。你也许认识。"

段凡差点从床上蹦起来。他转身看她,像打量一把钢刀。心里忽然空空的,沮丧而辛酸,还有淡淡的苦涩。

"哪个?"

她说出名字。他当然认识。红塔 * 尚未解散之前的主力边后卫。

长长的沉默。

"他儿子都打酱油了。"她钻入被窝,关掉电视。他没动弹,还穿着外套长裤。

"你记得红塔的最佳进球吗?"她说。

他没回答。

"就是他进的。主场打青岛,过中场一脚怒射。世界波啊。"

他仍不说话。

她熄了灯。深沉的黑暗让他想起《绿洲》的歌声,还能闻见甜丝丝的女士烟的气味,似乎有月光掩映过来。他不确定。当他以为她已经睡着时,忽然听见她说,"他踢得真不比斯科尔斯差。"

"……位置,位置不一样吧。"

沉默。

"我说真的。"她说。

"斯科尔斯老婆叫克莱尔,青梅竹马。"她说。

"三个娃,老大阿隆、老二艾丽西亚、老三艾登。"她又说。

"是啊。"

"生活简单之极。训练,比赛,回家,带孩子,看电视,睡觉。"

"多好的男人。"他说。

"乏味又完美的男人。"她说。

他睁大眼睛,回想斯科尔斯的远射和飞铲。

"看出来了,你是真爱他。"她说。

"是。"

"一丁点绯闻也没有。"

"从来没有。"

"球场上几乎没有瑕疵。"

"是啊,是啊。"

他感到保罗·斯科尔斯的激流在房间里交汇涌动。他坐起来,靠着床架。他看见她也坐起来,发出窸窸窣窣的声音。

"伟大的斯科尔斯,"她说,"伟大的保罗·斯科尔斯。"

他觉得身体在黑暗中微微发颤。

"嘿。"她说。

"嗯?"他说。

"我过来?"她说。

脑袋嗡嗡响。

"行吗?"她说。

他没说行,没说不行。他看着她起身凑过来。他感到她在床边坐下。他想起他在现场观看过的她的前前男友,想起那粒远射世界波——他可是当年红塔球迷协会的铁杆啊。

"算了吧。"他说。

她一动不动。

"算了。"他说。

束薪缓缓起身,回到床上,躺下。再也没说一句话。他背对着她。伟大的保罗·斯科尔斯消失了。黑暗比黑更黑。他心里涌上莫名的厌恶和悲哀。对自己、对一切、对这趟远行。真黑啊,还能闻见女士烟的香气。他比任何时候都厌恶和悲哀。他想立即入睡,却迟迟睡不着。她要再来,咋办?可他非常清楚,她不会过来了。不可能了。虽然他们之间也就短短几十厘米。后来他做了一大堆乱七八糟的梦,次日天不亮就醒了,下楼给她买了早餐。她起床洗漱收拾。两人又恢复到此前状态。一种刻意的拘谨,勉勉强强的客套。当然啦,他还能感觉到她冷冷的敌意。自找的啊。她肯定恨他,恨得要死。却又不得不更加亲密一些。他也痛恨自己。可谁规定了——上帝规定的?——他应该而且必须那么干?

他们又分开了,各开各的房,各付各的房费。只在怒江待了两天。也许太累了。是很累。除了奔腾的河流就是巍峨的大山,缩在峡谷里的小县城越来越无聊;到处是奇装异服的傈僳族、怒族,看多了也就那么回事吧。返程途中,两人话越来越少。回到大理,她说她要留下待几天,见几个朋友。他识趣地去往长途车站,买了回昆明的车票。分手之前,她淡淡地说,"保重。"

"保重。"

这差不多就是怒江之行的全部了。他该遭到全队唾弃,不过,考虑到他摔坏了脑子,偶尔出点状况也是可以原谅的。我们猜想,他跳下来那一下子是否把老二也摔断了?可怜的段凡,可怜的四十三岁老男人段凡。仍像过去一样,他每场野球必定头一个来,最后一个走;上场前必定绕场慢跑,必定聊到曼联,必定聊到保罗·斯科尔斯。

"你到底咋想?"我说。

"嗯?"他说。

"斯科尔斯大儿子都进职业队了。"我说。

他坐着,一动不动。

"你说话。"我说。

他总算抬头望我:"老李,他从看台上跳下来,抱住弗格森。你猜他们说些什么?"

"我管他妈的说些什么。"

"弗格森问他,保罗,你还能踢几年?他说,你让我踢几年,我就踢几年。"

我一声不吭。

"老李,你让我踢几年,我就踢几年。"

"妈的。"我说。

海埂的落日余晖像燃烧的大海,点水雀在场边溜达。

"他和他老婆是青梅竹马。"他说。

我烦了,真烦了。这场球他还是跑不动,反应慢,失误多。我怀念过去那个跑不死、打不垮的段凡,那个昆明业余球坛的保罗·斯科尔斯。谁不热爱保罗·斯科尔斯?下半场他有机会为我送出妙传,但他忽然慢下来,拖着步子,低着脑袋。我冲他大吼,没用,他像残废的斯科尔斯一样不知咋办。对方后卫反抢得手,从他脚下轻松断球,大脚开上去。

"我操你妈!"我大骂。

下了场,他说他被太阳直射脑袋,被热汗糊住眼睛的 0.09 秒,就像从张勇楼上一头栽下来。黑暗。针尖大的黑暗。

"老李,你要是不让我踢了……"

"闭嘴。"

他慢腾腾脱下老掉牙的耐克鞋,脱下汗湿的球衣球袜。

"该换双新鞋了。"我说。

"还行。"他说。

"我陪你。踢一年是一年。"我说。

他汗湿的脸闪闪发亮,像铜铸的斯科尔斯。是的,我早就发现他长得还真有点像保罗·斯科尔斯。

"英国《太阳报》上说……"他说。

"哪样?"

"《太阳报》上说……"

"有屁快放。"

"斯科尔斯处男之身一直保持到新婚之夜。"

"哄鬼哩。"

段凡背起行头往外走,我赶上他,死死按他的肩。他湿漉漉油腻腻的脖颈弄得我满手是汗。

"你是段凡。记住,你他妈除了段凡哪个也不是。"

他一把将我搡开,走向那辆老迈的奇瑞。

小说写到这里,我也有点蒙了。下面怎么写?段凡的结局无非两种:A,踢下去,直到颤颤巍巍年过半百不得不放弃。B,就此挂靴,找个女人,踏踏实实结婚生子。他会怎么选?换了你,怎么选?

我要是段凡呢?

他约束薪出来是四月的第一个周五,晚八点,翠湖边城堡书吧。束薪早到了十分钟。这是他的说法。如果再顺着他的讲述往下捋,你会发现后面每一个细节都顺风顺水,与后来的意外扯不上半点关系。

好吧,我慢慢讲。

他们都有点局促。尤其段凡。怒江之后,他头一次约她见面。她呢,根本没联系过他,对他充满莫名反感,似乎遭到了羞辱。当他打来电话,她却心软了,答应见一面。段凡后来承认,他挺喜欢她的——你上哪儿找这么一个骨灰级球迷?而且长相、身材没得说。他,一个四十三岁老男人,错过这个村可就没这个店了。

"都好?"他说。

"都好。你呢?"

"老样子。周六照例海埂,3 号场。"

"抽空,我去看你踢球。"

他脸红了,"我们业余队,只是锻炼身体。不过,说实话,我踢得不错。"

她笑了。她笑起来很好看。

"最近看没看英超?"她说。

"看,每场必看。"

"曼联越来越好啦。"

"刚刚 2 比 0 拿下切尔西——"

"爱死穆里尼奥了。"

"我更喜欢当年在切尔西拿欧冠的穆里尼奥。"

"哈,他手里就缺一个斯科尔斯。"

"谁比得了伟大的保罗·斯科尔斯。"

足球能一直聊下去。曼联能一直聊下去。斯科尔斯能一直聊下去。

"还记得斯科尔斯怎么退役的?"她说。

他故意眨巴眼睛,卖卖关子,"啊……忘了。"

"2013年5月12日,曼联2比1拿下斯旺西。斯科尔斯最后一战。老特拉福德全体观众起身鼓掌。斯科尔斯什么表情?"

"很平静,非常平静。"

"你不是没看吗?"

"哈哈。"

他回忆斯科尔斯跑动、射门、传球。两臂像天使一样张开。

后来他提议是不是喝点酒。啤酒或红酒。他知道城堡书吧不卖白酒。束薪说,来点红的吧。趁她上卫生间的工夫,他发现书架上竟有海明威的《丧钟为谁而鸣》,他翻到最后一页,"罗伯特·乔丹匍匐在松针上,听见大地回荡着自己的心跳声,扑通,扑通。"他激动起来,不知为什么。后来他们喝掉一瓶红酒。再后来,他们都不说话。窗外很暗,看不清尿黄色的路灯。她提议出去走走。那就走走吧。

他起身结账,太阳穴也许因为酒精的作用砰砰跳,就像那天夜里从楼梯上跳下来。他想起濒死的罗伯特·乔丹。伟大的海明威啊!外面是文林街。周围太吵,索性和她沿小吉坡下行,右转来到翠湖。小吉坡幽暗陡峭,束薪似乎挽了他的胳膊,又似乎没有。此时,路灯将长长的雪杉影子投下来,翠湖昏暗不明,空气中有浓重水味。没人说话。他们步调差不多一致。她的高跟鞋在水泥石板上敲打。远处出现大片霓虹,像长长的透明的羽毛。他们停下来。她说,

"我们——"

他望着她,心脏怦怦跳。

故事进行到这里，基本尘埃落定了。我就这么想的，小说就此落笔不也挺好？不。这不是结局。我说过后来的事情出人意料——现实和虚构总是天壤之别呀。那天我接到张勇电话是凌晨三点，他说他和段凡在翠湖派出所。是段凡给他打的电话。他觉得我必须来。我开车赶过去。出事地点在小吉坡，也就是城堡书吧与翠湖之间一条狭窄的小巷，光线昏暗，坡度很陡。他说他约了束薪，她来了，而且早到十分钟；他们聊得很好，非常好；然后他们从小吉坡一路溜达到翠湖南门……"行啦，"张勇打断他，"你编，继续编！"真相是，当晚他主动约了她，可她没来。他从八点等到十二点。他一直望着门外，文林街喧闹不已，刺眼的霓虹射在玻璃窗上。她没来。就是没来。他没给她电话。她呢，连个短信也没有。他从书架上抽出《丧钟为谁而鸣》，读了十来页，又要了两瓶红酒，咕咚咕咚喝个干净。之后结账，出去，斜插小吉坡，在坡道中段抓住一个年轻姑娘，不容分说又摸又抱。姑娘挣脱后报警。他没走几步就出溜到墙角了。红酒后劲太大，否则，以他踢球的脚力必定轻松逃脱。他就是这么交代的——醉了，不太记得干了哪样，为哪样这么干。

姑娘瘦而高挑，长头发，相貌毫不起眼。男朋友赶来要揍段凡，被警察喝止了。段凡酒劲全消，给张勇打了电话。还能咋办？我们忙不迭赔礼道歉，向姑娘解释段凡摔坏了脑子，人是傻的，做事没谱，更别说还喝了那么多酒。后来张勇悄悄往姑娘坤包里塞了几千现金，她总算消停了。派出所训斥我们一通，放人。

我们坐张勇的车送他回家，路上没人说话。到他小区门口，我们忽然哈哈大笑，笑得眼泪都出来了。我打击段凡，"这女的这么丑，你他妈瞎呀？"

他垂着脑袋，嘿嘿傻笑。

我又坐张勇的车回翠湖派出所取我的车。我们没说一句话。

我取了车，与张勇道别。凌晨五点，天空像井一样黑，再过半小时就该天亮了。我在车里点一支烟，狠狠吸。不想马上就走。不想。我呆坐着，文林街头涌来一批浑身荷尔蒙的小子，脸色发青，嗓门很大；城堡书吧的橘色门楣和咖啡色招牌相当扎眼，让你想起曼联，想起小贝，想起斯科尔斯。对过二十米就是小吉坡,入口深邃幽暗,简直深不见底。我垂下脑袋。突然发现很想他,想念这个刚刚分开的兄弟。我拨过去,他说,刚洗了澡,睡下了。

"今晚有英超?"我说。

"明晚,斯托克城打热刺。"他说。

"几点?"

"三点。"

"要看?"

"看。"

"明天海埂,莫忘了。"

"忘不了。"

周六,我坚持送他一双崭新的"刺客",段凡死活不要。事情闹僵了,好在无人唠唠叨叨,就连段凡照样跑不动、跑不快也没人说了。我忽然发现一个事实——他妈的,我们这票年过四十的老家伙,都跑不动了。

"你不要,老子翻脸。"我说。

"再逼我,老子翻脸。"段凡说。

最终听张勇的——段凡花八百买下"刺客",我用这笔钱请大伙吃饭喝酒。

下一场,下一场比赛,段凡将蹬上"刺客"。我想象这个摔坏脑子的老男孩犹如脚踩风火轮,就像从未缺席的保罗·斯科尔斯,我们的同龄人,跑不死的铁血中场。也许束薪会来看他踢球的。这种事情,哪个也说不准。

(＊:云南红塔队曾经是云南唯一的中超球队。后因资金原因,于2005年突然宣布解散。)

作者简介

　　陈鹏,男,1975 年生于昆明。国家二级足球运动员。小说家。现任大益文学院院长。曾获《十月》文学奖等多种奖励。

迷宫

宋峻梁

以迷宫为题,描写一个青春少女的人生状态和心理历程,颇
有意味,是一篇含蓄的原生态人生小说。

一

乌鸦镇有个角落是属于王小恋的。这个地方也只有在夜半时分,王小恋才会出现。在土丘上,她悄悄地站住,轻轻呼吸几口夜间清凉的空气,将一把刚刚做好的小提琴,缓缓放在左肩上。此时的王小恋,黑亮的眼瞳在夜色中低垂下来,长长的睫毛遮住内心的光芒。白皙的右手,像暗夜中开放的兰花,慢慢浮现,细细地拉动琴弓。

在她旁边五六米处,有一棵高大繁茂的古槐,据说土丘所在的这个地方,过去是一座庙,古槐上过去也有过一口大钟。此时,古槐树上已经蹲满了乌鸦,有些匆匆地往这里赶,来得早的,占住了一个舒服的枝丫;来得晚的,盘旋了一阵,挤进乌鸦群,站住双脚,费劲地收拢住翅膀。王小恋出现时,他们还在骚动,互相拥挤。当那朵兰花在暗夜中浮现时,一切都安静下来,有的乌鸦甚至只站住一只脚,也不敢再动。

匠人们习惯把带弦的都叫琴,一把琴做得是否成功,要靠试音师王小恋的耳朵,和乌鸦们的耳朵作出判断。如果一曲拉完,王小恋中间没有停下来,树上的乌鸦一声也没有叫,那这把琴就成了。如果在曲子中间,忽然有个音符变调,乌鸦们会抢着叫起来。王小恋会一次又一次试这个音节,并推测问题出在哪里。如果这把琴一上来音色就很难听,乌鸦们几乎会哄堂大笑,弄得她哭笑不得,只好将这把琴扔掉,或让工匠重新打磨。

　　身形单薄的王小恋，今天有些郁闷，新男友另寻新欢甩了她。这让她无法忍受。她问过自己很多次为什么，为什么男人都喜欢搂搂抱抱，浑身乱摸？艺术学校的学生们都有些开放，许多来自城市，像她这样来自小镇的土妞，几乎是稀罕生物。也许，她的清秀和一点农村人的质朴，反而能激起艺术男的逐猎兴致，但是与男生搅和在一起，这方面显然她没有城里女孩更放得开，更有手段。她天然地拒绝与男生的亲昵，做那种事她更懵懂，甚至不耻。时间一久，艺术学院的学生们背后叫她"王古董"，简称"王董"，这也是个时髦的称呼，社会上有不少小老板，叫"总"或"董"。追不到王小恋的男孩，会很快拎上一个风情女，在她面前招摇，一副生米做成熟饭的架势。王小恋对这个新男友总表现出一副无所谓的样子，可是一旦分手，王小恋才发现自己是深陷其中的，只是不知自己怎么去表达。男友刷了牙也残留一些口臭，王小恋本来是想算了，就他吧，其他方面还是好的。男友抱着她要粗鲁时，她还是眼睛直直地怪怪地望着他，直到他兴致全消。也许因此吧，她想不通，为什么他的身体会想要自己的身体，而自己的身体想死水一般。她甚至对男人的身体有种惧怕，对自己也是。在学校公共浴室洗澡，她总是身体紧贴着墙，她身体发育得并不丰满，她把水流开大，让花洒的水把自己都罩在里面。有时遇上同学在浴室里嬉闹，她把自己抱得紧紧的，生怕别人撞上自己，那些丰硕的身体让她睁不开眼睛。她的羞怯，被一个同班女生注意到，就逗她：小恋，拿开胳膊，我看看你的小奶子。小恋又羞又怒，骂了一句，两个人差点打起来，直到毕业小恋都不理她。

　　这一天，小恋换了一支曲子，一时幽幽怨怨满是凄楚，一时恨恨难平气愤填膺。对一支陌生的曲子，乌鸦们一开始有些无措，纷纷把目光投向她，她无所顾忌自顾自拉下去，到后来有的乌鸦低垂了翅膀唉声叹气，有的喉咙里像着了火，只等琴声一停哇哇大叫。待曲子终了，王小恋转身离开，有的乌鸦振翅而行，内心充满了仇恨；有的则呆呆挂在树枝上，连叫一声都忘了。

　　王小恋的父亲和几个工匠，躲在几十米外的家里，每个人都竖着耳朵，直至最后一个音符熄灭。

二

王家做琴的历史，可以追溯到晚清时期，王小恋的曾祖一辈。王家一家人是从京城被下放到乌鸦镇，王小恋就出生在乌鸦镇，从他爹王万堂一辈，就没有了江苏老家口音，京城口音很快也被当地口音湮没了，他们一家扎根在这里，完全成了当地人。只是当地人没人会做这种洋乐器，制作洋乐器的人都是王家人。

这个镇子有一条火车道，一个破旧的小站。因此镇子上就会有各种各样的人。比如各种能工巧匠，木匠孙志伟他爹曾经修过天安门城楼，铁匠高鹏曾经铸了半个镇子的斧头、铁锹、镢头、犁铧，也熔炼了几乎整个镇子的铁锅、大钟、门鼻、炉灰子。后来跑到东北养参种木耳，锔碗锔盆的刘老四，扎笤帚的黏余余……自然也有各种怪人，夜里总唱歌的寡妇，无所事事以吃乌鸦为生的鞑子，放羊数不清数的光棍麻二。这里要说的是放羊的麻二，也是光棍麻二。

麻二是彻底的本地人。也不和王家沾亲带故，在家行二，一脸麻子。麻二放着一群羊，这群羊很多只，他从来不数，但是多一只，少一只，他能看出来。每只羊他都熟了。人们很少见他卖羊，有的羊已经很老了，麻二要给羊养老送终似的。麻二不跟人们交流，自留地里庄稼也少，够吃就行。人们说，麻二缺心眼。有一天放羊，麻二在一处土坡，捡到一片报纸。整个村子有报纸的地方，一个是大队部，一个是小学校，麻二看了看不远处的小学，此时正在敲钟放学，孩子们从学校一涌而出，满村鼓噪。麻二用手指弹了弹上面的泥土，眼神被一幅图吸引住，那是一幅迷宫图，有人用圆珠笔在上面画过线，七画八画，好像也没找出从迷宫出来的线路。麻二盯着这幅图，也有了兴趣，眼睛跟着笔迹，走来走去，经过一番折腾，他发现自己找到出口了，大喜，自己高兴得哼了一段什么剧的调子。麻二又看了看这片有明显污渍的报纸，心想也许这报纸是小学校教数学的拐子教师王月晨擦屁股的，一扬手就扔了。可是就这么一瞬间，灵光一闪，又赶紧起身抓在手里，他双眼放光，哈哈大笑起来，惊得树上两只乌鸦振翅而奔，麻雀一哄而散,羊群都抬起头奇怪地望着他。

　　三天之后,王二卖了十只羊。五天之后,王二买了几拖拉机红砖,全堆在村边自己的场院里。他哥问他,你疯了,你不打场了?你要是盖房娶媳妇也别在这里呀。他哥在麦收时也用这个场院,所以着急。麻二说:我养老就靠这了,比娶媳妇重要!人们都以为麻二要盖新房,没准看上了哪个小寡妇呢。可是,麻二也没有请人帮忙,就自己忙活上了,画线,和泥,搬砖。几天以后,人们看着麻二忙活,都感到莫名其妙,以为这家伙想媳妇想疯了。半月以后,麻二的建筑完工了,再看麻二,俨然一小鬼,又脏又丑。该建筑有多个门,墙挨着墙,入门不小心,头就会磕在红砖上,起个包。后来他又把所有的墙泥了一遍。这项大工程终于完工。接着,他用粉笔,在外墙上写了两个大字:迷宫。这下子,人们终于知道他在干什么了。村民们无不耻笑,哥哥也被气歪了鼻子。一开始,村里的小孩探头探脑,麻二收钱才让进,为防止夜里有人进去,麻二把各个出口都装上了门,挂了锁,个子高的孩子,跳起来往里看,什么也看不出来。花钱进去过的孩子能顺利出来的一脸兴奋,可是也有孩子进去出不来,急得哇哇大哭,这时候,麻二就进去把孩子领出来。逐渐地,家长们禁止孩子们进迷宫,孩子们也对迷宫失去了兴趣。麻二收了半年的钱,还不够买一只羊的,迷宫的事就冷淡了,放羊又成了主业。有几次不注意,羊群钻进迷宫,到处乱拱乱跑,挤作一团。迷宫的墙上长了野草,里面屎尿遍地,墙上画满了生殖器和污言秽语。直到数年后,镇子里的游客忽然多了,小学扩建成了一个校区。麻二老了。

<h1 style="text-align:center">三</h1>

　　王小恋十二岁时跟几个同学一起钻进过迷宫,迷宫由一堵堵砖墙构成,墙有两米高,成年人进去也看不到头顶,迷宫的门口绘有一张平面图,即使你在图上找到了能够出入的路径,进去后也会迷失。王小恋和同学们进去后成了一群笼子里的小白鼠。迷宫里并不干净,几乎没人清理,有人在里面拉过屎,撒过尿,扔着几块半砖头,一处墙上,白粉笔画着巨大的男

性生殖器,不知道哪个浑小子干的,还有一处画着两个小人,歪歪扭扭写着某某某和某某是两口子,还有谁谁到此一游。即使这样,这群孩子也像过年一样快乐。从来没有人以为失去方向感,晕头转向也会有快乐,直到有人设计出迷宫、过山车等等虐人游戏。一群懵懂的孩子,在这种迷失中找到了前所未有的快乐,他们虽然饥饿,穿着有些尴尬的衣裤,可是身体里却隐藏着原始的力量。他们在迷宫里不时相遇,从一堵墙绕过去,又在另一堵墙的边缘相撞,然后嘎嘎大笑,又分头钻进未知方向和去向的另一端。

迷宫里有一块砖是松动的,其实,有好几块砖是松动的,不过这块砖,似乎有多人发现了它的松动,伸手使一点劲,就可以抽出半块砖头,抽出砖头就会发现一个小小的空间,空间里有些砖屑和尘土。王小恋踮着脚,伸手摸了摸里面,摸不到什么,手指头上是土,就把砖头仔细地塞回原来的位置。然后往里走,她回头看看,觉得那就是一面墙,不过那块砖头还是很明显,似乎砖的一面被手上的汗浸湿了。这个迷宫,这块砖头,成了她的一个秘密。有一次,她把一个小纸条匆匆地放进去,那是一句话:天真蓝啊。下一次进来的时候,她竟然在里面发现了一张纸条,不是她写的,是一条草纸,卷成了一个小小的纸卷,上面写了几个歪歪扭扭的字:咱俩好吧。王小恋觉得很好玩,心想是哪个同学传的纸条,哼,才不和你好。但是在纸条背后写了两个字:好呀。迷宫的地面上长了很多青草,在夏天的雨季,青草长得很快很高,青草很快结籽,很快干枯,不等山羊闯进来,有些草,从发芽到枯败,羊都没有啃过。麻二的羊也不到迷宫里吃草。迷宫没有屋顶,倒是适合遐想和自慰。迷宫成了大众娱乐的场所,孩子们往里跑,麻二乐于远远地看着这个城堡,像国王看着自己的市集。麻二看见寡妇小辫子进去过,倒不是进去捉自己的儿子,那时她一个人,鬼鬼祟祟,麻二估计,她是进去撒尿的。

麻二也发现了那块松动的砖,从里面摸出一张小纸条,麻二想,这是什么意思?天很蓝,可你这泡尿也很长呀。麻二对着墙洞偷偷乐了。

下着雨,麻二在家里被人堵着打了一顿,揍他的是他的哥哥和侄子。麻二的羊群里少了三只羊。天一放晴,麻二把迷宫的入口和出口都堵上了,没有人再能进去。

一帮孩子很纳闷,少了一个玩的地方。

王小恋心想:我还有一张纸条在里面呢。

八年后,王小恋一个人走到这里,给迷宫门口跷着二郎腿收费的老头两块钱。门口也有大人和孩子,围着卖糖葫芦的、卖气球的、卖各种小玩具的推车和地摊,有些嘈杂。

迷宫里很干净,粉刷成了天蓝色,虽然颜色被雨水淋得旧了,人一进去立刻会产生一种恍惚和晕眩。狭窄的空间,她可以蜷缩在一个角落,这个地方离人群远了,可是实际上又很近,可以听见外面的孩子吹大管、洋茄子的声音,天空高远,麻雀偶尔停在墙头上,叽叽地叫几声,在呼唤同伴,同伴一来,又一起追逐着走远,有的鸟一闪而过,连声音也没有发出。

王小恋觉得自己空空的,做什么都有些心不在焉。父亲安排一个师傅带她做琴坯,那些昂贵的枫木,在她手里丧失了生命,不愿发出半点声音。她白皙的手指与木质之间,几乎发生不了任何关系,更糟的是,她的目光在失去色彩和光泽,原来流光四射的一双美目,忽然变得沉郁。原来只要王小恋一进工坊,几个老师傅都会变得欢快起来,她的每一句话,哪怕一声赞叹或疑问,哪怕只有"咦"一个音节,所有人都会抬起头望她一眼。她喜欢白色上衣或外套,干净,有活力,她在,整个工坊就是明亮的,每件工具都在发出有节奏的声音,每朵木花都是芳香的。而现在的工坊压抑沉闷。今天不知道小毛怎么惹她了,她从小毛手里扯过一面琴坯在地上摔烂。人们目瞪口呆望着她狂怒的眼睛,她已经不是那个他们众星捧月的精灵了,她被夜间的乌鸦侵占了心灵。单薄的小毛原来一口一个姐,围着她转,此刻一屁股坐在地上,像突然冰冷的石头,只是不时翻着白眼,听而不闻地望着她发怒的嘴巴。小毛后悔不该跟他吵架,小毛也不是因为被她挑刺才顶撞她,小毛因为看不惯她这些天的颐指气使,也不完全因为这个,小毛心里有些同情和心疼小恋,甚至有些爱恋,可是他觉得只有愤怒才能表达这些复杂的情感。小毛没什么文化,还是个孩子,竟然跟小恋顶嘴,她终于找到一只可以下刀子的小鸡,她恨不得撕扯他两把,再踹上一脚,可是小毛忽然冷静下来,让她的气焰只好自找台阶。她像士兵巡逻一样走出工坊,几乎把鞋跟扭断。

迷宫里一个人在抽烟。那个人坐在狭窄的过道里,两条腿蜷曲着挡住去路。他吐出的烟直直地冒出两边的墙,飘出迷宫。

王小恋要从这儿过去,那人说:

"这儿过不去,死的。"

王小恋说:"我过去。"

那人说:"跟你说了,过不去。"

王小恋说:"我知道。"

那人的眼睛从墨镜后面白了她一眼:"我认识你。"

王小恋才注意瞅了瞅他:"小破孩儿,我也认识你。"

那人双腿使劲往怀里收了收,身体转了个过儿,让王小恋过去。

没走多远,路就堵了,这在她的意料之中。她干脆也学那个男孩的样子,脊背靠在墙上,坐了下来,在这个狭小的空间里,她抬起头,看见了天空中低低的、缓慢爬行的云团。愤怒已经平息,她闭了一会儿眼睛,因为走路快,身上有了一层小汗,汗液杀得她胸前有一丝微疼,那是白天帮母亲抱树枝,划伤了敏感的地方。她用手轻轻地揉了一会儿,忽然有一阵奇怪的感觉像电流一样涌遍全身,她一下子惊讶地张大了嘴巴,眼睛紧张地望了望左右,幸好没有人。以前洗澡的时候,她碰到过这里,只是有点奇怪的感觉,却并不像今天这样过电一般游走,她又轻轻地揉了几下,竟然感到身体的某个地方变得温热,仿佛迷宫找到了出口,不是,更像迷宫的入口。她默默流下眼泪,甚至哭出了声,她想:我是长大了,终于长大了,到今天,我才是个女人。可是,男朋友已经另有新欢,她不可能告诉他——她知道了。

一只乌鸦从墙头上飞过,拉下一泡灰屎,灰屎落在她面前的墙上。

王小恋带着哭腔大喊了一声:他妈的,滚蛋!

她从来没有说过脏话,她骂出一句脏话,既觉得委屈,又觉得痛快!

抽烟的男孩忽然闪身过来,以为发生了什么事:怎么了?

王小恋脸上挂着眼泪,向他伸手:臭小子,给我一支烟。

四

许多人进了迷宫,都急着寻找出口,进去就是为了出来。在里面无头苍蝇一样,不断走错路,不断重复走过的地方,又不断修正路线,绕来绕去,以此为乐。其实迷宫总是有两个出口,可是人们从来不回头,即使从入口出来了,也要重新钻进去,看门人不会两次收钱。

有人看见王小恋进了迷宫,但迷宫里发生的事情,都是臆测。有人说王小恋被强奸了,有人说她是去私会,有人说她是去自杀。

一个小孩说:我看见她在里面撒尿!

童言无忌,也许小孩真看见了。王小恋有个毛病,自己一到隐蔽点的地方,就会尿急,也许这跟小时候受过惊吓有关。不过她老觉得那是个梦,不停地梦见一头大黑猪在拱自己的身体,她吓坏了,想喊,张不开嘴;想跑,迈不动腿。每次梦醒,都要哗哗撒一泡长尿。

在迷宫里,她看见一个穿花格子衣服的小孩猛地闯进来,然后跑开。又看见一个女人过来露了一下头,她什么也没有听见,觉得自己又要做梦,她不想让自己睡觉,可是她又非常疲惫,觉得自己的身体空得连衣服都承受不住,她后背抵着墙,像刚才那个男孩一样蜷着双腿。她想躺着才舒服,想那个男孩的烟是不是有毒?

王小恋被戴墨镜的男孩抱出迷宫,直接送进了镇上的医院。

王小恋觉得这个过程可能很漫长,她睁开眼睛时,明亮的电灯在白色屋顶上悬着。旁边是父亲满是皱纹的脸。她觉得自己异常清醒,已经想到是低血糖在作怪。

老人说:幸亏了刘家那小子,人家救了你,不然你在里面休克过去没人看见就完了。

她盯着父亲的脸,半天,甚至有些漫长,像失忆了,又像若有所思。她吞了一下口水,轻声说:爸爸,我想办个音乐会。

她声音很小,但听起来就是一个决定。

父亲愣了一下,眼睛里闪出一片水光,使劲抓住她的手,说:好呀好呀,爸爸支持你！

几天以后，王小恋联系了上学时的两位老师和五位同学，邀请他们来乌鸦镇参加音乐会。音乐会以乐器制造厂的名义举办，这是乐器厂头一次举办这样的大活动，乐器厂的师傅们踊跃报名参加，节目都多得排不开，担心时间太长，只好舍弃了几个节目。王小恋组织了两个器乐合奏和一部交响乐，她忙得脚不沾地，高跟鞋也不穿了，换了运动鞋，走路又快又舒服。

音乐会的日子终于到来了，地点选在了王小恋平时试音的地方，把高坡平整了一下，搭了舞台。

用主持人的话说，这一天秋高气爽，万里无云。舞台周围聚满了人，小商贩们闻讯而至，生意火爆。孩子们嘴里吃着棉花糖，手里举着气球，捏面人的摊子前，孩子们屏息瞧着，孙悟空举起了金箍棒，大公鸡张开了花翅膀，"洋茄子大管哨"呜呜哇哇乱响。炸果子的，卖干鲜货的，走街串巷的商贩们，剃头的打铁的张罗的锔盆的扎笤帚的栽风箱的劁猪的切驴蹄的补鞋的修自行车的，等等。不承想，有的多年没见过的小生意，竟然还存在着。有的是来揽生意，有的就是撂下生意也来看个热闹。麻雀们占领了树冠、屋檐，一窝蜂似的跑来跑去，乌鸦们站在树梢高处，施展开轻功，躲避着淘气孩子抛的土坷垃。像一场庙会、大集。

乐器厂主要生产洋乐器，可是两位师傅却首先来了个唢呐齐奏《小放牛》，接着响起了钢琴曲《秋日私语》和《爱情故事》。王小恋的一位女老师在一个角落里弹着琴，王小恋和五个同学翩翩起舞，舞步抒情优雅，好看！人群起哄似的叫好，她们跳得更投入了。麻雀们不再乱跑，乌鸦们安静下来，晃动着枝条。一个男孩脸上一道道的泥与汗，成了小花脸，手里的棉花糖像一朵白云，他静止在那里被深深吸引，舞曲一完才欢叫着跑开。接下来是王小恋父亲的二胡独奏，本来他拿手的是《二泉映月》，今天兴奋，来了一曲《赛马》。王小恋的小提琴独奏《卡农》与老师的伴奏，这个曲子许多人很熟，它就是王小恋经常用来试新小提琴的曲子，不少人一听就听出来了，听得多了，人们就会沉浸其中，估计谁也不会想到，树梢上的乌鸦一听见这个曲子就能猜到王小恋的心情。她今天有一点平静，有一点决绝，它们看到一个不是夜晚所见的、那个如仙子般的女孩,而是一个真切的人,有七情六欲的女人。乌鸦们也许都眼含热泪了。

当小毛抱着吉他上台时,头上模仿崔健勒了一个红布条。王小恋发现,小毛还挺帅的。谁也没想到快到整台节目最后的时候,一个人在台下高喊:我来一段行吗?人群纷纷看过去,原来麻二牵着一头奶羊挤进人群,羊伸长着脖子跟在后面,显然有点对人群的恐惧。麻二老了,脸上的麻子反而看不清楚,人精瘦,剃光了头,又戴一顶蓝帽子。麻二卖了羊群,靠收迷宫门票生活,同时养着这只羊挤奶喝。人群欢笑起来,有人起哄:唱个小寡妇上坟吧!哈哈。

麻二一脸严肃,道:我唱一段河北梆子!

谁也没想到,麻二有这么高亢的嗓音,麻二站在舞台上唱时,力量用在了脖子上,脸红脖子粗,浑身都在颤抖,胳膊直直地侧在身体两边,强直着使出力量。人群一开始就被震慑住,许多人的心里都在翻腾。麻二唱戏,手里牵羊的绳子就松了,羊溜达下了舞台,被三个男孩制住,一个家伙竟然伸头到羊肚子底下吸了几口奶,钻出头来,羊的乳汁喷在了头脸上。

最后一个节目是器乐合奏《步步高》,人们深深陶醉又纵情地欢呼,人群的骚动,尘土飞扬,惊起乌鸦与麻雀飞飞落落。

太阳像炭火,慢慢熄灭在西边天空翻涌上来的云里,可是过了一会儿,像吹了口气,它又慢慢红艳起来。

五

冬天到了,大地白茫茫。

王小恋穿着厚厚的棉衣,一身红艳,当整个镇子安静下来,每个人都进入梦乡,王小恋却比任何人都清醒,她的听觉和内心,在空气中一丝丝颤动,敏感、安静。乌鸦镇的人们多有福呀,有这样一个精灵般的人,在半夜奏起乐声,仿佛向所有人的睡梦发出的问询和探求,仿佛轻拍与安慰。冬天的乌鸦群,也是安静的,这一天当所有乌鸦飞走,王小恋看到一只白色的鸟还蹲在枝丫上不肯离去。她以为它冻僵了,慢慢走过去伸出双手,可是,手指刚一触到它的羽毛,它的身体忽然碎了,羽毛像雪花一样纷纷落下,在雪地上无法分辨。

作者简介

　　宋峻梁,男,中国作协会员,河北省作协诗歌艺委会副主任,衡水市作协主席。作品入选《网络诗三百》《中国最佳诗歌》《高中新课标课外阅读——诗歌卷》《中国诗选》等多种选本。出版有诗集三部。获第 11 届河北省文艺振兴奖,第四届河北诗人奖。

图书在版编目（CIP）数据

北京文学年度短篇小说精选．2017／北京文学月刊
社选编．—北京：光明日报出版社，2018.7
ISBN 978 - 7 - 5194 - 3905 - 7

Ⅰ．①北… Ⅱ．①北… Ⅲ．①短篇小说—小说集—中
国—当代 Ⅳ．①I247.7

中国版本图书馆 CIP 数据核字（2018）第 014624 号

北京文学年度短篇小说精选．2017

BEIJINGWENXUE NIANDU DUANPIANXIAOSHUO JINGXUAN．2017

选　　编：北京文学月刊社

责任编辑：谢　香　李　倩　　　　责任校对：傅泉泽
封面设计：李尘工作室　　　　　　责任印制：曹　净

出版发行：光明日报出版社
地　　址：北京市西城区永安路 106 号，100050
电　　话：010 - 67078248（咨询），010 - 63131930（邮购）
传　　真：010 - 67078227,67078255
网　　址：http://book.gmw.cn
E - mail：renqing339@ 126.com
法律顾问：北京德恒律师事务所龚柳方律师

印　　刷：北京汇瑞嘉合文化发展有限公司
装　　订：北京汇瑞嘉合文化发展有限公司
本书如有破损、缺页、装订错误，请与本社联系调换，电话：010 - 67019571

开　　本：170×240mm
字　　数：284 千字　　　　　　　印　　张：19.75
版　　次：2018 年 8 月第 1 版　　印　　次：2018 年 8 月第 1 次印刷
书　　号：ISBN 978 - 7 - 5194 - 3905 - 7
定　　价：59.00 元